Helmut Beckmann

AlmTraum
Wer klaut schon eine Lektorin?

Roman

D1677701

Helmut Beckmann

26.10.2006

Bibliografische Information der Deutschen Nationalbibliothek:
Die Deutsche Nationalbibliothek verzeichnet diese Publikation
in der Deutschen Nationalbibliografie; detaillierte bibliografische
Daten sind im Internet über http://dnb.d-nb.de abrufbar.

© 2006 Helmut Beckmann
Umschlaggestaltung: Tobias Freudenreich (www.freudy.de)
Satz, Herstellung und Verlag: Books on Demand GmbH, Norderstedt
ISBN-10: 3-8334-5329-X
ISBN-13: 978-3-8334-5329-8

AlmTraum
Wer klaut schon eine Lektorin?

1

Schon im Aufwachen war ich schlecht gelaunt. Ich hatte sehr real geträumt, Pia und ich gingen über eine Wiese und sie verunsicherte mich mit ihrem ständigen Lachen und den wiederholten Bewegungen, mit denen sie die Haare gegen die Sommerbrise aus dem Gesicht schob, aber nicht auf ihren Rock achtete. Ich versuchte, ihre Hand zu nehmen, doch sie entzog sie mir und lief ein paar Schritte vor. Irgendwie bekam ich sie dann doch zu fassen, weil es mein Unterbewusstsein so wollte, und wir lagen im Gras, nur durch die dünnen Kleidungsstücke getrennt. Sie lachte mich aus. Begehrend küsste ich sie und alles tauchte in Farbe und Cinemascope.

Abgesehen von meiner trüben Stimmung war der Morgen wie jeder andere. Ich las mir die Arbeit des vergangenen Abends durch. Meine Laune besserte sich dadurch nicht. Der Text wirkte gekünstelt und steif, es fehlten Emotionen, die meinen Figuren Tiefenwirkung verleihen würden – ein sicheres Zeichen, dass ich mich auf falschem Terrain bewegte und meine Fantasie das Manko zwischen einer überzeugenden Darstellung und dem Nichterlebten nicht ausfüllen konnte.

Eine Weile döste ich vor mich hin und hörte nebenbei Musik. Ich wippte zu *Don't you love me anymore* und wurde melancholisch. Ob ich es einmal mit einer Liebesgeschichte versuchen sollte? Was würde wohl dabei herauskommen, wenn sich Sehnsucht und Melancholie vereinigen? Bittersüße Träume vielleicht, wie heute Nacht. Ich verwarf den Gedanken – damit lagen wieder zwölf Stunden des Tages vor mir ohne Ahnung, wie ich sie sinnvoll füllen sollte.

Um die Mittagszeit sah ich nach der Post. Heute war wieder einer meiner Glückstage. Der hellbraune Umschlag war schon vom Treppenabsatz aus zu sehen. Für die Absagen von den Verlagen brauchte ich eigentlich keinen Briefkasten. Die zurückgeschickten Manuskripte passten nicht in den Blechschlitz wie die Stromrechnungen und Ansichtskarten aus für mich zu weit entfernt liegenden Urlaubsorten. Alles zu groß Geratene legte der Briefträger auf der ersten Treppenstufe ab.

Die Hoffnung, der Umschlag könnte nicht für mich sein, währte die verbleibenden neun Stufen.

Aus der Erdgeschosswohnung rechts tönte eine markante Stimme, dann heulte ein Mädchen los. Sonja hatte sich eine Watschen von ihrem Vater gefangen. Eigentlich sollte Kallweit um diese Zeit bei schönem Wetter im Fenster liegen und dort stundenlang das Leben auf der Straße beobachten, die Arme auf ein Sofakissen gestützt.

Ich hörte Kallweits Frau maulen.

»Dat Kind is dat doch gaanich in Schuld! Mänsch, wennze doch endlich wieda am Rohr stehn könns!«

Ich riss den Umschlag auf und zog den Briefbogen heraus. Mein erster Blick galt der Unterschrift. Heute schrieb mir eine Lektorin, Bettina Kracht, und nicht nur irgendeine Sekretärin.

»... müssen wir Ihnen leider mitteilen, dass wir für Ihr Manuskript *Die Unschuld des Herbert Koslowski* keine Verwendung haben. Unser Programm ist nicht auf im Arbeitermilieu des Spätkapitalismus angesiedelte Themen ausgerichtet. Wir wünschen Ihnen ...«

Was mir Bettina Kracht schrieb, klang nicht nach einer fadenscheinigen Begründung. Es musste Verzweiflung gewesen sein oder Abstumpfung, mich überhaupt an diese Buchfabrik zu wenden. Das Verlagshaus Weigold produzierte eine Unmenge Taschenbücher, die *Goldene Reihe von Weigold*, vorwiegend Übersetzungen aus dem Amerikanischen. Auf den kaschierten Hochglanzrückseiten prangten die Auszüge aus Buchbesprechungen wie Gütesiegel, teilweise nur Satzfetzen, Anpreisungen wie Marktgeschrei ...

Der Stand war ungünstig platziert, zwischen Fisch rechts und Obst und Gemüse links. Der Verkäufer trug ein kurzärmeliges Hemd und eine Krawatte anstelle der blauen Leinenschürze der landwirtschaftlichen Konkurrenz um ihn herum. Vor ihm lag ein ungeordneter Haufen

Taschenbücher wie ein ausgeleerter Sack Kartoffeln. »Meister der Spannung!«, rief der Verkäufer und warf ein Taschenbuch achtlos in den Blechtopf auf der Waage. Der Topf mit dem Buch neigte sich nur wenig. Der Verkäufer stellte ein ½-Kilo-Gewicht auf die andere Seite und beobachtete die trägen Bewegungen der Zungen.

Der Gemüsehändler nebenan nutzte die Pause. »Spargel, eins a, die letzte Gelegenheit. Zergeht auf dem Gaumen.«

Der Buchverkäufer zog ein weiteres Taschenbuch aus dem Haufen. Ohne den Titel zu lesen, verkündete er: »Königin des Thrillers!« Schwungvoll warf er die Königin zum Meister in den Topf.

Eine alte Frau blieb stehen. »Mr. Stringer«, sagte sie und hielt ihren Begleiter am Ärmel fest. Die alten Leutchen verursachten eine Störung im Fluss der vorübereilenden Marktbesucher.

»Ja, Miss Marple?«, antwortete der Angesprochene mit einer betonungslosen, für einen Mann zu hohen Stimmlage.

»Wir sollten vorsorgen. Der nächste Mordfall kommt bestimmt«, sagte die alte Frau.

»Wie Sie meinen, Miss Marple«, antwortete Mr. Stringer. »Was wird nur Inspektor Craddock dazu sagen?«

Der Buchverkäufer enthob Miss Marple einer Antwort. »Internationale Spitzenklasse!«, intonierte er lauthals. »Gehört zu den Besten seiner Art! Geistreich! Kultiviert! Von schockierender Spannung!«, verkündete er seiner anwachsenden Kundschaft. Blind fand ein weiteres Buch seinen Weg zu den anderen in den Topf. »Nicht zweiunddreißig Euro, nicht zweiundzwanzig, keine zwölf, nein, anderthalb Kilo heute nur ... sechs ...« Eine warme Brise wehte Fischgeruch über den Marktplatz, und der Verkäufer verschluckte den Centbetrag hinter seinem Handrücken.

»Wollen Sie Ihren Bücherschrank noch weiter vollstopfen?«, nörgelte Mr. Stringer. »Die Welt wimmelt von Psychopathen unterschiedlicher Couleur, aber muss denn jeder seinen eigenen Roman bekommen?«

»Diesmal haben Sie Recht, Mr. Stringer. Was ist aus dem guten alten englischen Kriminalroman geworden, undurchsichtig verknotet, melodramatisch, lehrreich? Meine Agatha-Christie-Sammlung ist im Übrigen bereits vollständig.«

»Darf ich Sie heute Abend zu Spargel mit gekochtem Schinken einladen?«

»Gern, Mr. Stringer. Die Bücher hier sind unverdaulich.« Miss Marple verzog den Mund zu einem bissigen Lächeln. »Auch wenn Sie Sauce hollandaise darüber gießen.«

Ich erwachte aus meiner Reglosigkeit und steckte den Brief zurück in den Briefumschlag. Zu viel Intellektuelles würde dem Ruf des Verlages schaden, dachte ich, als ich die Treppenstufen langsam nach oben stapfte. Neulich, in der *Szene*, hatte Pia festgestellt, ich könne sehr sarkastisch sein und angedeutet, ich solle vielleicht das Genre wechseln. Sie forschte in meinem Gesicht, und ich fühlte Interesse von ihrer Seite wie lange nicht mehr. Wahrscheinlich sei ich aber einfach nur neidisch, war nach einigen Sekunden die nüchterne Quintessenz. Ich bekämpfte meine Enttäuschung mit dem Bier, das sie vor mir auf den Tresen stellte.

»Verdammter Mist!« Ärgerlich betrachtete ich den Briefkastenschlüssel, mit dem ich versucht hatte, die Wohnungstür zu öffnen. Ich warf den Briefumschlag auf die Fußmatte und hockte mich auf die Treppe.

Kallweit, natürlich! Im Haus wohnte ein Klempner, der nichts zu tun hatte. Schlosser oder Klempner, was machte das schon aus? Zwei praktische Hände waren gefragt. Ich ging hinunter und läutete. Kallweit öffnete selbst. Er trug seine Einheitskluft, blaue Hose, graues Unterhemd, die Ränder unter den Achseln von Schweiß verfärbt, und – so ziemlich das Letzte, was ich ihm zugetraut hätte – Filzpantoffeln.

»Na?« Kallweit war einen Kopf größer als ich, kräftig gebaut, ungefähr fünfzig, mit kurz geschnittenen dunkelblonden Haaren und Bartstoppeln, zu denen ich nicht sagen konnte, ob er schlecht oder gar nicht rasiert war.

»Ich wollte zu Ihnen, ja«, sagte ich. »Meine Wohnungstür ist zu. Präziser gesagt: Ich komme nicht mehr hinein. Der Schlüssel ist drinnen und ich bin draußen.«

»Du bis der Schnösel aussem dritten, nich?«

Von Kallweit musste ich mich nicht beleidigen lassen. »Hören Sie ...«

»Der dat Kabel vom Klo runterlässt«, unterbrach er mich.

Ich schluckte. Ein Schriftsteller benötigt Anregungen, er kann sich nicht nur auf Eingebungen verlassen; der Grund, warum ich wohl das längste Mikrofonkabel in der Stadt besaß. Aus dem Badezimmerfenster hatte ich das Mikro langsam in den Hof heruntergelassen, ihre Gespräche aufgenommen und auch schon mal halbe Vormittage auf der unteren Treppenstufe verbracht, das Mikrofon im Ärmel der Jacke und den Eingangsregler voll aufgedreht.

»Ich lass mich nicht verscheissan«, sagte Kallweit und gab mir mit zwei deftigen Ohrfeigen rechts und links keine Chance, nach einer Entschuldigung zu suchen. Die ganze Zeit hatte er Bescheid gewusst und sich nichts anmerken lassen! Ich setzte mich auf den Hausflur, rappelte mich wieder hoch, um mich trotz der Schuldgefühle in eine gleichwertige Position zu bringen. Meine Ohren dröhnten und beide Gesichtshälften brannten.

»Eins eins.« Kallweit hörte sich nicht verärgert, sondern wohlwollend an. Ich entschied, die Ohrfeigen als berechtigt abzuschreiben und traute mich, das Gesicht in beiden Händen, die Frage nach einem Dietrich zu stellen. Statt einer Antwort sah mich Kallweit einfach nur an, und das machte mich noch unsicherer.

»Es ist nicht so, wie Sie denken – mehr studienhalber, es war nicht persönlich gemeint«, stammelte ich in dem Glauben, eine Erklärung abgeben zu müssen.

»Wenichstens hasse keine große Klappe.« Kallweit drehte den Kopf in die Diele. »Olga!«, rief er. »Wie lang noch?«

»Zehn Minuten«, tönte es aus der Küche.

»Ich möchte nicht stören«, sagte ich, »und verantwortlich sein, wenn der Haussegen schief hängt.«

»Red nich so g'schert!« Aus Kallweits Mund klang die Verbindung von Ruhrpott und dem hiesigen Dialekt spaßig. »Ich hol dat Wärkzeug. Geh schomma rauf«, forderte er mich auf und schloss die Tür vor meiner Nase.

Kaum war ich oben angekommen, hörte ich schon Kallweits Schritte auf der Treppe. Alle Achtung, er war zuverlässig. Kallweit steckte den Dietrich in das Schloss, fummelte ein wenig – und klack, die Tür öffnete sich.

»Da habe ich noch mal Schwein gehabt«, seufzte ich erleichtert.

»Willze dir nichma ein Sichaheitsschloss anbring?«

»Bei mir gibt es nichts zu klauen«, antwortete ich.

Kallweit bückte sich und nahm den Briefumschlag von der Matte. »Deine Post.«

Die penetrante Duzerei gefiel mir nicht. Ich dachte an das lange Mikrofonkabel und wagte keinen Protest, sprach dem Du sogar eine gewisse Berechtigung zu. Schließlich war ich in Kallweits Privatsphäre eingedrungen und konnte nicht erwarten, ehrerbietig mit *Sir* angeredet zu werden.

»Danke. Darf ich Sie zu einem Gläschen einladen?«

»Schnaps? Da sachich nich nein.«

Ich holte den Aquavit und zwei Schnapsgläser aus dem Eisfach.

»Dir fehlt ne Frau wie Olga«, sagte Kallweit. Überrascht drehte ich mich um. Wie selbstverständlich war er mir in die unaufgeräumte Küche gefolgt. »Die jungen Weiba heut, die hamm nur Flausen im Kopp. Sind alle hintam Geld her. Hass wohl keine Kohle, was?«

»Ich bin arbeitsloser Schriftsteller.« Ich drückte Kallweit die frostbeschlagenen Gläser in die Hand und goss vorsichtig ein. Wir prosteten uns zu.

»Dat is wat Reelles«, sagte er anerkennend.

»Möchten Sie noch einen?«

»Den habich gut«, winkte Kallweit ab. Er deutete mit dem Daumen nach unten. »Dat geht ihr nämmich anne Närven. Ärst kochtse, dann is keiner da. Wie bei Muttern. Da gabs wat hinter die Löffel.«

Der Mann war rücksichtsvoller, als mir die Tonbandaufnahmen

offenbarten. Zumeist kommandierte er seine Familie, nur sein Sohn gab ihm Kontra. Olga pflegte ihn mit einem auf der zweiten Silbe langgezogenen, nur einen Ton ausmachenden *Kalleinz* zu rufen. Karl-Heinz musste Anfang zwanzig sein und eine eigene Bude haben, denn er kam und ging unregelmäßig. Ich schätzte seine Sprüche; *du gehs mir auffen Senkel, Alter,* war zwar nicht originell, aber sorgte für Stimmung zwischen Vater und Sohn.

Kallweit verabschiedete sich. »Wennze Zeit hass, kannze anschelln. Ich hab imma Zeit.«

Auch das noch. »Mach ich!«, rief ich ihm in gekünstelter Heiterkeit nach. »Und nochmals danke.«

Ich stopfte den Aquavit ins Eisfach neben die Packung Rahmspinat. Das Eis war schon wieder dickbauchig und drohte, über die Kanten zu wachsen und die Eisfachtür zu sprengen. Die Dichtung war hinüber. Ich stocherte und hackte große und kleine Eissplitter aus dem Eisfach und nutzte die Gelegenheit, gleich mit der Hausarbeit fortzufahren. Bei schlechten Nachrichten wurde ich reinlich. Bisher kamen die Absagen zwar in etwa gleichmäßigen Abständen, aber nicht häufig genug, um mir zu einer durchgehend sauberen Wohnung zu verhelfen. Putzen gegen den Frust, davon hatte ich neulich in einer Zeitung gelesen. Pia, die zwei Semester Psychologie studiert hatte, bevor sie die Fakultät wechselte, diagnostizierte, ich wolle mich vom Makel des Misserfolges reinwaschen. Ich hielt nichts von dieser tiefenpsychologischen Interpretation. Lieber hätte ich Holz gehackt, da könnte ich einfach drauflos schlagen wie im Stall der Almhütte. Dort erhielt ich aber keine Post, dort war das Holzhacken Arbeit und keine Therapie, denn ohne Brennholz ist es auf sechzehnhundert Metern auch im Sommer verdammt kalt.

Nach drei Stunden mit Staub, Fettresten und festgetretenen Krümeln lehnte ich mutlos an der Küchentür. Keine Schlieren mehr, streifenfrei, trotzdem keine Aussicht, bis auf den Blick auf die alte Anrichte mit dem Aufsatz und den verglasten Türen, hinter denen mein Geschirr stand.

»Ach du meine Güte«, begrüßte mich Pia. Sie langte nach einem dreiviertelvollen Bierglas und ließ einen kräftigen Strahl hineinschießen. Während ich auf dem Hocker Platz nahm, stellte sie das Bierglas vor mich auf die Theke. Es war noch wenig Betrieb in der *Szene*. Freitag abends ging es erst gegen elf richtig los, dafür dann bis fünf Uhr morgens.

Vor einem Jahr hatte ich Pia in dieser Kneipe kennen gelernt. Sie war damals dreiundzwanzig und frisch in Germanistik eingeschrieben, ich war vierunddreißig und verdiente mir meinen Lebensunterhalt als Taxifahrer. Ein Fahrgast versetzte mich in der *Szene*, und weil es schon spät in der Nacht war, blieb ich auf ein Bier und kam mit Pia ins Gespräch. Sie tröstete mich, ich sei nicht der einzig Sitzengelassene, und erzählte mir freimütig, wie ihre Beziehung vor drei Wochen in die Brüche gegangen war. Ich redete das übliche Zeug über Mädchen, die zu hübsch sind, um allein zu bleiben, und wurde auch mal eindeutig, obwohl ich nicht viel für solche Redensarten übrig habe. Dass ich überhaupt so viel redete, verdankte ich Pia. Sie schuf durch ihre Offenheit von Anfang an eine Vertrautheit, als seien wir zusammen zur Schule gegangen. Unsere Freundschaft begann gleich mit diesem Gespräch an der Theke, für mich an dem Punkt, als sie feststellte, von allem Schwachsinn, den sie hier zwangsläufig höre, sei der meine kultivierter, und ich ihr daraufhin eingestand, dass ich vom Taxifahren leidlich und vom Schreiben überhaupt nicht leben konnte.

Wir kannten uns etwa vierzehn Tage, als wir bei mir im Bett landeten. Sie erledigte die Sache routiniert und ohne Leidenschaft, und ich merkte, dass meine Gefühle deutlich stärker waren als ihre. Für sie musste es ein Test gewesen sein, wobei mir nicht klar wurde, ob sie oder ich der Gegenstand ihrer Prüfung war. Ich machte den Fehler, mit ihr nicht darüber zu reden. Ihre Art hielt mich zurück, die beherrschte Distanz und ihr Auftreten, mit dem sie mühelos jedem Gefühl auswich, ohne kühl zu wirken. Ich sprach und sie setzte den Punkt, gleich damals bei mir im Bett: Ich wollte sie in die Arme nehmen, doch sie schlüpfte in meinen Bademantel, noch bevor sie die Bettdecke ganz zurückgeschlagen hatte. Punkt – und der Anfang einer unausgesprochenen Übereinkunft, nicht mehr miteinander zu schlafen. Soweit ich ihre Bekanntschaften überblickte, schien sie keinen anderen Freund zu haben. In meinen sarkastischen Momenten fragte ich mich allerdings, ob ich überhaupt ihr Freund war – sie wurde meine Kritikerin, Beraterin, Mutter, und meine Sponsorin, weil ich längst nicht alles bezahlte, was ich in der *Szene* trank.

Heute trug sie ein oben wie unten kurzes Sommerkleid mit schmalen Trägern, aus einem dünnen dunkelblauen Stoff, bedruckt mit kleinen weißen Blümchen. Alles an ihr war dunkel, die schulterlangen Haare, die Augen, der Teint. Ich beobachtete sie, wie sie Bier zapfte, Gläser spülte, einen Aschenbecher leerte und mit dem Pinsel reinigte. Zwischendurch wechselte sie mein leeres Glas ohne Bestellung aus. Sie bewegte sich flink innerhalb des Rechtecks, das die Theke inmitten des Raumes bildete.

»Dein Gesicht spricht Bände«, unterbrach Pia meine Gedanken. »Ich merke sofort, wenn ein Verlag wieder einmal abgesagt hat.«

Ich gab keine Antwort.

»Ist es so schlimm?«

»Noch zwei Biere«, tönte es von rechts.

»Sofort«, nickte Pia.

Später kam sie wieder zu mir und stützte Arme und Oberkörper auf die Theke. Ich fand diese Haltung nicht fair, nicht in dieser depressiven Stimmung, die nach Anlehnung schrie.

»Du hörst ja nicht auf mich.«

»Seit wann gibst du dich mit Pauschalvorwürfen ab?«, fragte ich.

»Allein schon deine Titel: *Unschuld und Sühne*. Oder der letzte: *Die Unschuld des Herbert Koslowski*, oder so ähnlich. Man könnte meinen, du hättest deine noch – wenn ich es nicht besser wüsste.«

Meine Augen verließen ihre Augen, stolperten über den Mund, wurden aufgefangen und blieben hängen. Pia richtete sich auf. »Ach was«, sagte sie, und ich atmete durch. Sie ersparte mir eine Neuausgabe ihrer Predigt über meine handwerklichen Schwächen, in der sie sich über Stil, Satzmelodie und Satzgefüge verbreitete. Seit Pia kannte ich die These, dass Sätze mindestens aus vierzehn Wörtern bestehen müssen. Mein Durchschnitt lag darunter. Ich schrieb knapp, manchmal zu knapp, und das machte meinen Stil spröde. Mein Stil sei brüchig, so drückte es Pia aus.

»Du magst, wie ich Stimmungen aufbaue«, erinnerte ich sie.

»Die hoffnungslos traurigen«, sagte sie, »dass ich zum Kleiderschrank gehen und mir die tristesten Klamotten anziehen möchte. Und dann verwendest du Worte mit hellen, fröhlichen Vokalen statt mit dunklen, bedrohlichen.«

Ich kam also doch nicht ungeschoren davon. *Finsternis* und *Düsternis*, das war ihr überspanntestes Beispiel. Danach hatten wir uns zwei Wochen nicht gesehen.

»Du wiederholst dich«, bemerkte ich. »Wie gut, dass du nicht zum Bücherschrank gegangen bist und *Bonjour tristesse* herausgeholt hast.«

Pias Augen warfen Blitze.

»Ich hatte Düsternis schon zwei Seiten vorher gebraucht«, behauptete ich. Jeder Satz in dieser Diskussion war zu viel, trotzdem konnte ich mich nicht zurückhalten. Meine Laune war jetzt beinahe so schlecht wie auf der ersten Treppenstufe. »Erinnerst du dich an deine eigenen Ratschläge? Farbe und Abwechslungsreichtum der Sprache.«

»Streichst du dein Wohnzimmer nur deshalb schwarz, weil die Wände in der Diele schon weiß sind?«, konterte Pia.

»Wirkliche Synonyme, davon gibt es nicht allzu viele.« Meine Zunge formte das Fremdwort ungelenk. »Finsternis wird wohl der treffendste Ausdruck gewesen sein.«

»Und der präziseste für deine Karriere.« Pia servierte die beiden Biere. Für mich war eines mit abgefallen. Der Kuli glitt zwar über meinen Bierfilz, er verlängerte die schmale Reihe der schwarzen Striche jedoch nicht.

Pia und ich zankten noch eine Weile, bis sie so viel zu tun hatte, dass keine Unterhaltung mehr möglich war. Ich saß, Stunde um Stunde, beobachtete die Menschen um mich herum und formulierte Sätze, sinnvolle und abstruse, solange ich noch einigermaßen denken konnte. Irgendwann drängte sich mir ein anderer, ebenfalls betrunkener Einzelgänger auf. Nachdem wir uns eine Zeitlang durch den Lärm aus Musik und Quatschen mehr recht als schlecht verständigten, eigentlich nur mit Worten bewarfen, zog er aus meinem Zustand die falschen Schlüsse und konstatierte, ich sei ein Arsch, ebenso wie er, ein richtiger Saufkopp, und hieb mich vor Begeisterung fast vom Hocker. Während ich mit rechts mein Gleichgewicht an der Theke ausbalancierte, schüttelte er mir die Linke und sagte: »Jau, du bis auch nördlich der Gürtellinie gebor'n«, wohl froh darüber, dass ich nicht die einheimische Einfärbung des Hochdeutschen sprach.

Meine nächste Wahrnehmung war eine große helle Fläche, eine einfache Struktur, die ich aber nicht zuordnen konnte. Es dauerte eine ganze Weile, bis ich eine Zimmerdecke erkannte und feststellte, dass ich mit Unterwäsche bekleidet in meinem Bett lag und das Dröhnen nicht von draußen kam. Vorsichtig erhob ich mich, und das Tosen schwoll bedenklich an. Ich schleppte mich nach nebenan ins Badezimmer. Praktischerweise war es direkt vom Schlafzimmer aus zugänglich. Dafür fehlte im Bad das Klo. Es lag abgeteilt am Ende der Diele, was ich wiederum für unpraktisch hielt, denn ich musste morgens wie jeder andere erst einmal pinkeln. Ich unterdrückte das Bedürfnis, holte Alka Seltzer aus dem Spiegelschrank und bereitete mir ein belebendes Getränk. Auf der Badewannenkante sitzend wartete ich auf Besserung. Ich bewegte mich erst wieder, als ich den Druck nicht mehr aushalten konnte.

Von der Toilette aus ging ich ohne besonderen Grund ins Wohnzimmer. Das Rollo war heruntergezogen. Ich wunderte mich und zog an der Schnur, bis der Mechanismus griff und mir die Schnur aus der Hand glitt. Das Rollo ratterte und überschlug sich mehrfach.

»Ruhe!«, fauchte es von meinem Sofa. Pia lag dort blinzelnd unter einer Wolldecke. Die Anweisung war unnötig, denn zu Gesprächen fühlte ich mich noch nicht in der Lage, und das Hämmern in meinem Kopf konnte sie nicht hören. Ich versuchte, eine Frage zu formulieren, kam damit aber nicht auf Anhieb zurecht.

»Entsetzlich, wie du abgestürzt bist«, sagte Pia mit vorwurfsvollem Gesicht. »Im Taxi hast du die halbe Zeit gepöbelt, weil der Fahrer nicht den Weg genommen hat, den du dir eingebildet hast. Und weil er nur gebrochen Deutsch sprach und dich nicht verstand. Dabei hättest du dich hören sollen! Der Versuch eines neuen, lautmalerisch orientierten Dialektes!«

Pia stand auf, hielt sich die Wolldecke vor die Brust und ging zum Sessel. Sie drehte mir den Rücken zu, ließ die Wolldecke fallen und zog sich hastig das Kleid über. Der rechte Träger war abgerissen und brachte das Kleid in eine aufreizende Schieflage.

»Hast du wenigstens eine Sicherheitsnadel?« Pia hielt den Träger in der Hand und funkelte mich an. »Wenn das der Dank dafür ist, dass ich dich nach Hause geschleppt habe. Du bist über mich hergefallen.«

»War ich erfolgreich?« Hatte sie mir deshalb den Anblick ihrer Brüste beim Überziehen des Kleides nicht gegönnt?

Pia ging auf mich los. »Frag dein Schienbein.«

Mein Schienbein antwortete nicht. Pias Attacken mussten unerheblich gewesen sein. Es gelang mir, ihre Arme zu fassen, bevor sie tätlich werden konnte, und ich küsste sie; sie wandte den Kopf ab, aber ich griff ihn mit der rechten Hand und fing ihren Mund wieder ein. Während sie versuchte, mich an den Oberarmen wegzuschieben, schloss und öffnete sie abwechselnd ihre

Lippen. Sie berauschte mich mit ihrem Zappeln und ich nahm mir, was ich mir sehnlichst gewünscht hatte.

Ich ließ erst von ihr ab, als sie stocksteif stand und ihr Dulden die Erkundungen meiner Hand auf ihrem Körper zu *kneten* und *befummeln* abstufte. Mit einer Mischung aus Wut und Neugier schaute sie mich an, und selbst in meinem Zustand brauchte ich keine Reaktionszeit, um zu erkennen, dass mir eine verbale Hinrichtung bevorstand. Noch ehe sie etwas sagen konnte, quälte sich die Linie 9 quietschend durch die Kurve aus der Emmanuel-Müller-Straße. Ich las *Du Schwein!* von ihren Lippen. Eine Allerweltsformulierung, wunderte ich mich; sie musste in diesem Moment ganz sie selbst gewesen sein.

Weil sie sich umdrehte statt auf mich zuzugehen, wartete ich ab. Sekunden später knallte die Wohnungstür.

Im Verlaufe der nächsten Stunde tröpfelten mir die Konsequenzen ins Bewusstsein, mit der wachsenden Fähigkeit, meinen Verstand wieder klar zu gebrauchen. Pia würde mir nie verzeihen. Bei jeder anderen Frau hätte ich meine Begierde zu *Du bist wahnsinnig begehrenswert!* geredet und sie mit Leidenschaft begründet. Erschreckt stellte ich fest, dass nicht der Verlust einer Freundin, sondern das Alleinsein mein Fühlen bestimmte.

3

Wahllos zog ich ein schmales Bändchen aus dem Bücherregal, schlug es auf und las den ersten Satz.

Ich brauche jetzt Ruhe.

Holla, woher wusste die Autorin das? Die Schwierigkeiten in meiner Unruhe zu suchen, war wohl eine naheliegende Vermutung. Ich irrte im Nebel der Einleitung meines neuen Romans und suchte nach dem ersten Satz, der zündet und den Leser hineinreißt in den Strudel der Ereignisse, ihn an die Worte kettet, Lesevergnügen verspricht und dieses Versprechen über mehrere hundert Seiten hält.

Ich stellte das Taschenbuch zurück und nahm einen gebundenen Band.

Diederich Heßling war ein weiches Kind, das am liebsten träumte, sich vor allem fürchtete und viel an den Ohren litt.

Ich träumte gerne und war nicht unbedingt das, was heutzutage ein harter Kerl genannt wird. An den Ohren litt ich auch, denn ich hörte nicht auf alles, was man mir weismachen wollte. Vor einem Jahr hatte ich mich an ein ähnliches Thema gewagt, Befehl und Gehorsam in der Arbeitswelt. Ob die Verlage an meiner Version interessiert waren? Auch wenn die gestrige Absage von Weigold nicht zählte, hatte ich keine Lust, das Exposé erneut zu versenden.

Das Buch schloss die Lücke in der Reihe für einen kurzen Moment, bis ich seinen Nachbarn herausgegriffen hatte.

Vor dem von Doppelsäulchen getragenen Rundbogen des Klostereingangs von Mariabronn, dicht am Wege, stand ein Kastanienbaum, ein vereinzelter Sohn des Südens, von einem Rompilger vor Zeiten mitgebracht, eine Edelkastanie mit starkem Stamm;

Ich hielt mit dem Lesen inne und suchte den Punkt am Satzende, fand ihn schließlich nach weiteren elf Zeilen, betrachtete ihn bewundernd, als enthalte er auf kleinstem Raum die Aussage des Satzes, der seinerseits majestätisch mehr als die Hälfte der

Seite für sich beanspruchte, ein Königssatz also, dem sich der Leser unterwirft und bis zur letzten Seite folgt.

Resigniert stellte ich das Buch zurück. Ich wohnte nicht in einem Kloster, sondern in der dritten Etage eines Mietshauses, dessen Haustür kein von Doppelsäulchen getragener Rundbogen zierte und vor dem für eine Kastanie auf dem schmalen Bürgersteig kein Platz war, ganz zu schweigen von dem Lichtraumprofil, das die Oberleitung der Straßenbahn für sich beanspruchte.

Mit den Studien über erste Sätze konnte ich meinen Kopf nicht füllen. Ich komme dann auf dumme Gedanken. Elf Uhr war längst vorbei und ich erwartete keine Post. Trotzdem nahm ich den Briefkastenschlüssel vom Haken in der Diele. Altbauwohnungen seien gemütlich, hatte ich Pia vorgeschwärmt, als sie eine neue Wohnung suchte und ich im Stillen hoffte, sie würde bei mir einziehen, unpraktisch seien nur die Briefkästen Parterre im Hausflur. Ob ich glauben würde, in ihrem Neubauklotz käme die Post in die achte Etage, fragte Pia. Wer weiß, antwortete ich, wenn der Postmann zweimal klingele ... Pia drehte sich um, zeigte mir ihr hübsches Hinterteil und bediente die Männer auf der anderen Seite der Theke.

Ich ging am Briefkasten vorbei und aus dem Haus, als wollte ich einkaufen.

Kallweit lag wie üblich am späten Vormittag im Fenster und beobachtete das Leben. Bis vor einer Woche war ich mit einem unpersönlich gehaltenen *Guten Tag* vorbeigegangen. Seit der Sache mit dem Dietrich und der Aufdeckung des strafrechtlich nicht unbedenklichen Lauschangriffs war mehr Freundlichkeit geboten. Weil mir nichts Besseres einfiel, erwähnte ich: »Sie haben noch einen Aquavit bei mir gut.«

»Nachem Essen. Ich komm dann rauf.«

Ich gratulierte mir herzlich zu meinem Einfall, beruhigte mich dann aber wieder. Irgendwann musste es ohnehin sein. Warum also nicht heute?

Wenige Minuten nach zwei Uhr klingelte es. Ich bat Kallweit, auf dem Sofa im Wohnzimmer Platz zu nehmen und holte den Aquavit und zwei Gläser. Eigentlich mochte ich keinen Schnaps. An die Flaschen war ich während eines verlängerten Ostseewochenendes gekommen. Das Wetter war nicht besonders und eine Fahrt mit der Fähre von Puttgarden nach Rødbyhavn schien die einzig sinnvolle Flucht vor der Langeweile.

»Schriftsteller bisse?«

»Richtig.«

»Abba die Bücha sind nich alle von dir?« Kallweit deutete auf das dreiteilige Holzregal, Kiefer unbehandelt und gut mit Literatur gefüllt.

»Sie sind ein Witzbold.« Ich trank den Aquavit in kurzen Schlucken und beobachtete Kallweit über den Rand des Glases. Versprechen eingelöst. Kallweit konnte nun wieder in das Erdgeschoss zurück und die Arme auf das Sofakissen im Fenster legen.

»Hasse die alle gelesen?«

Mein Holzregal war gehaltvoller als jeder überdurchschnittliche Wohnzimmerschrank, für Kallweit wohl ein bisschen zu viel. »Nicht alle«, antwortete ich. »Die Nachschlagewerke liest man nicht, man gebraucht sie.«

»Du bissen Oberschlauen, was?«

»Es war nicht so gemeint«, sagte ich, und weil das halb gelogen war, goss ich ihm nach.

»Is denn schonnen Buch gedruckt?«

»Von mir? Nein.« Ich schenkte mir ebenfalls ein, blickte Kallweit auffordernd in die Augen und kippte diesmal das Zeug hinunter.

»Die ganze Maloche is umsons?«

»So ist das nun mal. Vor die Veröffentlichung hat der Herrgott die Lektorinnen und die Verleger gesetzt«, erklärte ich.

»Abba wennze nich gedruckt wirs, macht dat doch kein Sinn. Die ganze Aabeit.«

Ich zuckte mit den Schultern. Wir sollten alle streiken, dachte ich, wohl wissend, dass Streik keine Lösung war. Gab es überhaupt eine Lösung? Nicht alles Ungleichgewichtige endet so wie bei David und Goliath in der Bibel.

»Nä«, sagte Kallweit, »dat is wie als wennich ne Wassaleitung durchs Haus leech und nich anschließ.«

»Ein kleiner Unterschied ist schon da. Ich schreibe ohne Auftrag. Was mir so einfällt, und von dem ich glaube, es könnte die Leser interessieren.«

»Klempner is doch wat ganz anners als diese Schreiberei«, urteilte Kallweit. »Da drehsse den Hahn auf und wenn Wasser kommt, bisse häppi. Oder dat Haus fliechtich umme Ohrn. Bei Gas.«

Seine Augen verrieten mir, wie köstlich er sich über mich amüsierte. Ich spendierte die dritte Runde.

»Bis vielleicht dochen feinen Kerl. Prost.«

Wir tranken, und ich wurde langsam rauschig. Ich hätte vorher zu Mittag essen sollen.

»Wie alt bisse eintlich?«

»Fünfunddreißig.«

Kallweit musterte mich. »Schonne kleine Plauze.«

»Drei Kilo.«

»Mehr nich? Bei deine einssiebzich. Fürn Aabeitslosen bisse gut genährt. Kannze mir mal son Buch von dir geem?«

»Wann haben Sie denn zum letzten Mal gelesen?«

»Heute. Stellenanzein inne Zeitung.«

»Egal«, sagte ich laut, schüttete Aquavit ein und trank ihn gleich aus. Aus dem Regal holte ich den Umschlag mit dem Manuskript über Herbert Koslowski und reichte ihn Kallweit.

»Lesense dat«, sagte ich. »Wegen dem Kabel.«

Kallweit sah mich argwöhnisch an.

»Noch einen, zum Einlesen?« Ich hielt ihm auffordernd die Flasche hin.

»Nä«, meinte er nach kurzem Überlegen. »Ich hau dann getz ab.«

Ich schenkte mir noch einmal ein. Der Aquavit ging deutlich zur Neige. »Sagense mir ruich, wenn Ihnen wat nich gefällt.«

»Machich.«

Ich leerte das Glas und begleitete Kallweit zur Tür.

Seltsam, was ich da veranstaltet hatte. Immerhin, der Bildungsnull hatte ich es ordentlich gegeben, an dem Manuskript würde er sich die Zähne ausbeißen.

Vergnüglich angeheitert legte ich mich aufs Sofa und verschränkte die Arme. Die Zimmerdecke bot nichts Aufregendes, nur ein lästiges *streich mich*. Vor den ungeliebten Notwendigkeiten schloss ich gern die Augen.

Amanda balancierte auf ihren Stöckelschuhen ins Büro, mit dem rechten Arm ständig Gleichgewicht suchend. Sie trug ein hautenges rosafarbenes Trägerkleid, darüber ein offenes Bolerojäckchen in gleicher Farbe und ein ebenso offenes Dekolleté. Alles an ihr war Vamp.

Steves Sekretärin schaute vom Bildschirm hoch.

»Neuigkeiten?«, fragte Walter, der hinter Amanda durch die Tür in das Vorzimmer drängte.

»Nein, Steve hat sich noch nicht gemeldet«, antwortete Steves Sekretärin. »Sehr merkwürdig.«

»Das ist Amanda, die Schwester von Steve«, sagte Walter.

»Freut mich, Sie kennen zu lernen«, lächelte Amanda. Sie hatte einen breiten Mund und zog den rechten Mundwinkel beim Lachen spöttisch schief, als sei Steves Verschwinden ein Gag, über den nur das Büro nicht lachen konnte. Mit einer Hand versuchte sie die schulterlangen blonden Haare zu bändigen.

Walter zeigte auf die offene Tür zu Steves Büro. »Vielleicht hat er auf dem Schreibtisch eine Nachricht hinterlassen.«

»Ja, vielleicht«, ermunterte ihn Amanda.

Steves Sekretärin erhob sich und trat an die Tür zu Steves Büro. Sie war schlank, hatte ein intelligentes Gesicht und lange dunkle Haare, die zu einem Zopf zusammengebunden waren.

Merkwürdig, dachte Amanda, Pia trug die Haare immer offen. Und seit wann braucht sie eine Brille? Auch ihr Teint war heller ...

Steve durchwühlte das Papier und hob die Schreibtischunterlage hoch.

»Nein, da ist nichts«, sagte Pia. »Ich habe den Schreibtisch schon aufgeräumt.« Sie wandte sich Amanda zu und betrachtete die rosarot eingehüllte Blondine mit nicht verhohlener Ungläubigkeit. »Sie sind Steves Schwester?«

»Ich bin seine Halbschwester.«

Pia schüttelte den Kopf. »Steve hat mir nie von einer Schwester erzählt. Übrigens, er ist um neun verabredet, eine Besprechung, in der ›Szene‹ ...«

Ich fuhr hoch. Die Verabredung um neun mit Pia – ich hatte sie glatt verpennt! Kerzengerade saß ich auf dem Sofa und raufte mir durch die Haare. Herrgott nein, das war doch vorige Woche! Ich ließ mich hintenüber fallen, die Hände vor dem Gesicht. Der Film gestern mit Ellen Barkin auf Kanal 7 schien mich nachhaltig beeindruckt zu haben. Die Handlung rankte sich um einen Frauengebraucher, Steve, er war in freudiger Erwartung eines Liebesspiels zu viert in der Luxuswanne halb ersäuft und dann erschossen worden, durfte aber nicht in die Ewigkeit abtreten und musste zur Bewährung als Frau zurück. Notgedrungen gab er sich als seine Halbschwester aus, Amanda Brooks; eine originelle Variante eines nicht mehr taufrischen Einfalls.

In meinem Kopf bildete sich urplötzlich ein klarer Gedankenstrom, von dem ich mich willig erfassen ließ. Man müsste die Stoffe weniger intellektuell angehen, mehr kolportieren und hemmungslos erfolgreiche Rezepte kopieren, überlegte ich. Niemand interessierte sich für ein Original, also würde ich ihnen Kopien liefern. Sie wollten es nicht anders, und obendrein passte es wunderbar in diese Welt, in der jede Begebenheit des Lebens mehrfach gewendet auf Bildschirmen und Leinwänden erscheint.

Ich griff zur Flasche, schraubte den Verschluss ab und versuchte, den Papierkorb neben meinem Schreibtisch zu treffen. Erfolgreich! In einem Zug trank ich den angewärmten Rest Aquavit. Hemmungslos. Mit der leeren Flasche in der Hand durchmaß ich mit großen Schritten das Zimmer. Mein Geist, meine Gedanken bekamen Flügel, und mit dieser altgedienten Metapher befand ich mich schon auf dem richtigen Weg. Jetzt brauchte ich nur noch den Einstieg zu finden. Kallweit, der Klempner, kam mir spontan in den Sinn. *Olga, wo is der Trauschein? – Dat weisse doch, im Rahm hintam Hochzeitsbild!* Hm, wer die Satire von Kishon nicht kannte, würde meine Pointe nicht verstehen. Witze zu produzieren und einen Roman darum herum zu basteln, war wenig Erfolg versprechend.

Meine Wanderung endete vor dem Bücherregal. In einem Fach in Augenhöhe links standen dekorative Kleinigkeiten, in der Mitte die alte Schreibmaschine, Marke Triumph, die einst meiner Oma gehörte. Mit den Fingerspitzen fuhr ich die Konturen der silbrig umbördelten Tasten nach. Oma Käthe war aus der Sicht unserer Kinderaugen eine wundersame alte Frau gewesen. Damals waren wir davon überzeugt, Feen seien niemals jung und hübsch, sondern runzlig alt und gütig. Mit ihrer dunklen, warmen Stimme erzählte sie uns Märchen, deren geheimnisvolle Begebenheiten aus der zittrigen Art des Vortrags zusätzliche Spannung bezogen. Später – es war nach ihrem Tod – stellte sich heraus, dass Oma das Wundersame zumeist aus gewöhnlichen Märchenbüchern bezogen hatte, wie alle anderen Omas auf dieser Welt, bis auf die Geschichte von dem kleinen Mädchen mit den blonden Haaren und den blauen Augen, dem auf einem Waldspaziergang ein Zwerg begegnete. Weil die Sonne sich schon neigte, nahm der Zwerg das Mädchen mit in seine unterirdische Behausung unter einer mächtigen Buche. Oma erzählte diese Geschichte in Fortsetzungen, und weil gute Geschichten nie aufhören sollten, drängten wir sie erwartungsvoll, sooft wir sie sahen. Oma, komm bald wieder, bettelten meine Schwester und ich zu jedem Abschied. Mutter seufzte, sah Vater an und meinte, sie könnten nächste Woche wieder einmal ins Kino gehen. Vater machte dann ein gutmütiges Gesicht, strich uns über die Köpfe und sagte etwas über Leidenschaft, was wir nicht verstanden.

Als Oma starb und ich ihre Märchenbücher erbte, war ich acht Jahre alt. Zu meiner Enttäuschung fand ich die Zwergengeschichte, wie wir sie nannten, nicht in den Büchern. Meine Mutter tröstete mich. Oma hatte das Märchen für sie auf der Schreibmaschine verfasst und ihr schon als Kind erzählt. Oma wäre gerne Kinderbuchautorin geworden.

Ich befand, dass einzig die Triumph würdig war, das geplante Werk zu vollbringen, ohne Rechtschreibprüfung und automatische Seitennummerierung, ohne zigmal überarbeitete Ausdrucke. Um sicherzugehen, dass ich nicht etwa durch einen gedankenlosen Druck auf den Einschaltknopf rückfällig wurde, zog ich den Netzstecker des Computers.

Vorsichtig hob ich die Maschine aus dem Regal und stellte sie auf den Schreibtisch. Das Farbband war nach so langer Zeit sicherlich eingetrocknet. Ich nahm einen Bogen Papier aus dem Drucker und spannte ihn ein. Das ratschende Geräusch der Walze kribbelte über meinen Rücken. Ich tippte meinen Namen – das Papier blieb ziemlich unbeeindruckt. Hastig zog ich die Schreibtischschubladen auf und suchte nach dem Ersatzfarbband. Ich war sicher, eines gekauft zu haben. Mit dem Klopapier halte ich es genauso, es ist immer eine Ersatzrolle im Haus.

Zehn Minuten später war das Farbband eingefädelt. Ich probierte die Buchstaben, sie waren sauber. Nur die Typenhebel waren nicht justiert. Das hüpfende »r« störte mich nicht weiter. Dadurch erhielt das Manuskript eine äußerliche Unverwechselbarkeit, die dem Inhalt voraussichtlich abgehen würde.

Mit einem Ruck zog ich den Probebogen aus der Maschine, knüllte ihn zu einem Ball zusammen und warf ihn über die Schulter. Sorgfältig spannte ich einen neuen Bogen ein, richtete ihn aus und stellte den Rand auf 10 Grad ein. Über welches Thema sollte ich schreiben? Ratlos betrachtete ich mein Bücherregal. Auf den Platz der Schreibmaschine stellte ich die leere Flasche Aquavit. Ich könnte die Technik, mit geschlossenen Augen zuzugreifen, einsetzen. Dann abschreiben? Nicht wörtlich, sondern thematisch, fantasierend. Und sehen, was dabei herauskommt. Also griff ich blind zu, wenn auch zögernd und mit der verdrängten Erkenntnis, dass mein Standort vor dem Bücherregal dem Zufall ins Handwerk pfuschte.

Ich hielt ein dünnes Bändchen von Kafka in der Hand, schlug es auf und musste ein paar Seiten zurückblättern, um an den Anfang der Erzählung zu kommen. *Die Verwandlung*, lautete die Überschrift. *Als Gregor Samsa eines Morgens aus unruhigen Träumen erwachte, fand er sich in seinem Bett zu einem ungeheuren Ungeziefer verwandelt.*

In diesem Augenblick überkam mich eine ungeheure Eingebung. Eine Verbindung zwischen Kafka und Amanda versprach reizvoll zu werden. Wenn ich es geschickt genug anstellte, musste es keine literarische Kakerlake werden. Der Größe des Kopierten würde es keinen Abbruch tun. Wahrscheinlich, so beruhigte ich mein Gewissen, waren sich seine Leser und meine zukünftigen so fremd wie Menschen aus unterschiedlichen Kulturkreisen und würden sich niemals begegnen.

Der Titel? Ich entschied, mir darüber später Gedanken zu machen und einfach mit dem ersten Kapitel zu beginnen.

4

Erstes Kapitel

Als die Lektorin Stefanie eines Morgens aus
unruhigen Träumen erwachte, fand sie sich in
ihrem Bett zu einem erfolglosen Schriftsteller
verwandelt.
Stefanie wollte ihr blondes Haar bändigen, das
sich jede Nacht im Schlaf widerspenstig ausbreitete, und suchte, noch mit geschlossenen Augen,
nach den Strähnen. Überrascht setzte sie sich
auf. Aus der verspiegelten Tür des Schlafzim-
merschrankes blickte ihr ein Gesicht entgegen,
welches ihr eigenes hätte sein können, wenn es
nicht durch das Dunkelblond und den männlich
kurzen Schnitt verfremdet worden wäre.
Stefanie schrie, fasste sich an den Kopf und
glaubte, der böse Traum müsse gleich vorbei
sein. Vorsichtig spähte sie durch die Finger.
Es war kein Traum.
Ein merkwürdig gespanntes, bisher unbekanntes
Gefühl machte sich in ihrem Schoß breit. Erstaunt tastete sie unter der Bettdecke, griff
arglos zu und fiel in Ohnmacht.

Ich drehte die Walze mit dem Blatt nach oben, um den Text besser
lesen zu können. Der Anfang ist gelungen, lobte ich mich, du hast
der Lektorin einen ordentlichen Schock versetzt. Wie sollte ich
die Geschichte weiterspinnen? Ich könnte Stefanie nach Belieben
quälen, doch fehlte mir dazu das nötige Maß an Sadismus. Die
Arme war wehrlos, sie sollte nur ein bisschen leiden.

Mehrfach las ich die fünf Absätze, bis die Szene wie ein Film
in meinem Kopf ablief. Seltsam war, dass ich den Mann in dun-

kelblond nicht sah, sondern eine attraktive Frau mit blonder Löwenmähne.

Neben der Schreibmaschine lag noch das blindlings aus dem Regal gegriffene Buch. Ich öffnete den Deckel. *Alles Gute zum Geburtstag, Pia.* Richtig, der Kafka war ein Geschenk von Pia. Ich hatte mir zwar ein Literaturlexikon gewünscht, doch 49 Euro waren wohl zu viel für eine Studentin. Ich bekäme das Literaturlexikon, wenn ich drinstehen würde, hatte Pia gesagt, dann jedoch gleich die fünfzehnbändige Gesamtausgabe.

Ich stellte das Büchlein auch diesmal ungelesen ins Regal mit dem festen Entschluss, den unbekannten Kafka nicht weiter zu kopieren.

Stefanies nächste Wahrnehmung war eine große helle Fläche, die sie zunächst nicht zuordnen konnte. Es dauerte eine ganze Weile, bis sie die Schlafzimmerdecke erkannte. Schlagartig war die entsetzliche Erinnerung wieder da. Mit einem lauten Schrei sprang sie auf, hieb einige improvisierte Karateschläge gegen das Bild in der Schranktür – umsonst. Mit Spiegelfechtereien kam sie nicht weiter.
Mit zwei Fingern hob sie das kurze Nachthemd. Stefanies Nachbarin, die fünfundvierzigjährige ledige Verwaltungsangestellte Berta Böttcher, hörte den in ein wimmerndes Stöhnen übergehenden Schrei und presste die Lippen dünn zusammen. Die Bruhks hatte sogar morgens jemanden ...

Der Text geriet mir aus den Fugen. In diese Richtung wollte ich eigentlich nicht hemmungslos werden. Seltsam, wie mir die Formulierungen zuflogen, als schreibe die Maschine und nicht ich. Verwunderlich war auch der eigentümlich melodische Anschlag. Hatte die Triumph einen eingebauten Resonanzboden? Ich xte den letzten Satz durch. Neue Zeile.

Es war kein Zweifel möglich: Stefanie war ein Mann. Sie riss den Kleiderschrank auf: Kleider, Blusen, ein kleines Schwarzes, auffallend viele Kostüme, Jacken, Blazer und Röcke, wie sie von erfolgreichen Frauen im Beruf bevorzugt werden. Aus den Schubladen beförderte sie Slips und Hemdchen in verschiedenen Farben und einen BH. Alles war reichlich vorhanden, aber nichts zu gebrauchen. Sie ließ die Dessous auf den Boden fallen und stürmte ins Wohnzimmer.
Nichts kam ihr fremd vor. Im Raum stand ein mächtiges Bücherregal, ein Computertisch, eine Couch mit Glastisch, zwei Sessel. Sie fuhr mit dem Finger die Reihen der Buchrücken entlang. Das waren ihre Bücher.
Der Computer! Sie schaltete das Gerät ein, tippte wie selbstverständlich das Passwort und startete die Textverarbeitung. Sie kontrollierte die zuletzt geöffneten Dateien – da war nur ein einziger Eintrag, eine Abkürzung, die sie nicht kannte. Hastig blätterte sie durch den Text – es war ein Manuskript. In der Fußzeile jeder Seite stand:
(c) 2004 Stefan Bruhks. Und die Adresse.
Stefanie schrie erneut lang und ausdauernd.
Berta Böttcher dachte, wie ungerecht das Leben doch zu ihr war. So ein ausdauerndes Mannsbild war ihr nie über den Weg gelaufen. Dabei hatte der Tag so harmonisch angefangen, mit einem Frühstück zu zweit mit Fridolin, dem Wellensit-

tich. Und nun diese Unruhe, die sie bisher nur von den späten Abendstunden kannte. Sie streichelte ihr Knie und das Bein oberhalb, fahrig, mit wütendem Übergang zu festem Druck, bis es schmerzte.

Bei mir versteifte sich die Vorstellung, Oma Käthe könnte an dieser Maschine nicht nur Märchen geschrieben haben. Das Schreiben an der Triumph entrückte mich mehr, als ich es vom Computer gewohnt war. Beinahe wäre ich rückfällig geworden und hätte den Computer eingeschaltet; wie gut, dass ich den Stecker herausgezogen hatte.

Ich nahm einen Bleistift aus der von Pia mit Folie beklebten Konservendose. Vorsichtig, damit die Bleistiftspitze nicht durch das Papier brechen konnte, strich ich den letzten Absatz des Manuskriptes.

Stefanie fasste sich an den Kopf. „Ich bin Stefanie Bruhks", sagte sie mechanisch und nickte zur Bekräftigung.
„Alias Stefan Bruhks", antwortete eine innere, ihr bisher unbekannte Stimme.
„Ich bin Stefanie Bruhks ..."
„Alias Stefan Bruhks", tönte das Echo.
Stefanie hielt den Atem an. Das war keine Sinnestäuschung, sie hatte die Stimme deutlich gehört. Mit einem zornig geknurrten 'Aaaaaah!' zog sie ihren Kopf mit beiden Händen und schüttelte ihn.
Ob er an einen Wackelkontakt glaube, fragte die Stimme.
„Ganz ruhig", sagte Stefanie laut und bewegte die offenen Hände mit gespreizten Fingern langsam auf und ab. Man muss es nur fest wollen,

ganz fest, dann geht es. „Ich bin Stefanie Bruhks ...“

„Alias Stefan Bruhks“, sagte die Stimme unbeirrt.

Auf diese Weise kam sie nicht weiter. Statt eines andauernden Ping-Pong müsste sie den Beweis antreten. Es gab Menschen, die sie kannten, die „Guten Tag, Stefanie“ sagten, wenn man sich begegnete, oder „Frau Bruhks“, zum Beispiel ihre Arbeitskollegen.

Wo arbeite ich eigentlich?, fragte sie sich. Die Anstrengung, sich zu erinnern, steigerte ihre Angst und Verwirrung noch. Ob dieser Stefan wohl Tabletten im Haus hat? Eine Handvoll Valium könnte nicht schaden. Nein, besser nicht, sie brauchte einen klaren Kopf zur Ordnung ihrer taumelnden Gedanken.

Stefanie massierte die Schläfen mit den Fingerspitzen und regulierte den Atem. In ihrem Unterleib verstärkte sich der bis jetzt verdrängte Druck. Auch das noch. Musste Mann die Verrichtung üben oder war sie angeboren?

Resigniert legte ich den Kopf auf die Schreibmaschine. Meine Gedanken konnten beim Schreiben die Spur nicht halten. Ich fragte mich, ob es überhaupt eine gab, ich folgte bisher meinen unmittelbaren Einfällen und keinem Konzept, das den Konsequenzen der Verwandlung Rechnung trug. Wie würde ich reagieren, wenn über Nacht wichtige Teile fehlen und dafür andere vorhanden wären, mit deren Handhabung ich nicht vertraut war? Ich grübelte, ohne zu einem Ergebnis zu kommen, bis die Zweifel an meiner Fantasie mit der Überlegung verschwanden, dass man keine Frau zum Manne machen kann, ohne auf den Unterschied einzugehen. So gesehen gab es keinen Grund, mit mir zu hadern.

Stefanie setzte sich wie üblich aufs Klo und es funktionierte. Danach ging sie ins Schlafzimmer und stellte sich vor den Spiegel. Sie wollte diese - Funktion - einmal ausprobieren, dachte intensiv an unbekleidete Männer, starke Männer mit breiten Schultern und schmalen Hüften - es tat sich nichts. Plötzlich dämmerte ihr der Grund:

Das ging zu weit. Heftig riss ich das Blatt aus der Maschine. Die Triumph beschwerte sich durch ein helles Singen der Walze.

Drei Tage strafte ich die Maschine mit Missachtung und schaute im Vorbeigehen über sie hinweg. Meine Einfälle notierte ich unterdessen auf allem, was ich gerade zur Hand hatte – Zeitungsränder, Quittungsrückseiten, Notizzettel. Die Notizen ließ ich dort liegen, wo ich sie verfasst hatte, ohne mir die Mühe zu machen, sie thematisch zu ordnen; ich vertraute darauf, dass ich das Chaos schon beherrschen würde. Ich hätte den Zettelkasten benutzen können, den ich mir zu Beginn meiner Laufbahn angeschafft hatte, doch den missbrauchte ich längst in der Küche zur Aufbewahrung von Gewürzen in Tüten und Gläschen, des Vanillezuckers und dem Rumaroma vom Königskuchen, den ich meiner Mutter zur Erinnerung an manches kindliche Teigausschlecken zum Geburtstag gebacken hatte, für Zimtstangen und einen Zuckerhut für die nächste Feuerzangenbowle. Pia war gegen Feuerzangenbowle. Wegen der Figur, wie sie sagte, was ich ihr nicht glaubte; tatsächlich befürchtete sie wohl, wir könnten am Ende selig trunken mehr als nur Erinnerungen an Schülerstreiche austauschen.

Am dritten Abend wurde ich nervös und schlecht gelaunt. Ich bestrafte mich für die Anleihe bei Kafka, indem ich den von Pia geschenkten Erzählband las, wobei ich mich von einem schwarzen Gesicht beobachtet fühlte, einem Gesicht mit rundlichen Ohren und offenem Mund, aus dem vier Reihen silbrig eingefasster Zähne lachten: Ich fresse jeden Text.

Vergeblich deckte ich die Schreibmaschine mit einer Zeitung ab. Das Bild der grinsenden vier Zahnreihen war schon fest in meinem Kopf. Früher als sonst ging ich ins Bett, mit dem zweifelhaften Erfolg, mich dort unversehens in Betrachtungen über die Misere mit Pia wiederzufinden. Am Montag war ich in die *Szene* gegangen, um die Kontroverse mit ihr beizulegen. Sie war beschäftigt und unnahbar. Diesen nachtragenden Wesenszug kannte ich nicht an ihr. Verärgert machte ich mich nach einer Stunde von dannen, ohne zu bezahlen. Ärger und Enttäuschung sind keine guten Voraussetzungen zum Einschlafen. Ich grübelte, gab Pia den Laufpass, versöhnte mich mit ihr und liebte sie, um sie zu guter Letzt endgültig zu verstoßen.

Ich schlief unruhig und flach, auch wenn durch das geöffnete Fenster zum Hof die Geräusche nur gedämpft in das Zimmer drangen. In diesem Jahr kamen die schwülwarmen Nächte früher als sonst. Meine Gedanken schalteten nicht ab, und ich fand mich bei jedem Aufwachen im Manuskript vor dem Schlafzimmerschrank wieder, wälzte mich von einer Seite auf die andere und wendete die Bettdecke auf die vermeintlich kühlere Seite. Irgendwann hörte ich, wie ganz in der Nähe ein Fenster geöffnet wurde. Eine ruhige Melodie flog leise zu mir herüber, gespielt von einem Piano, zu dem sich bei den Wiederholungen des Themas eine Klarinette gesellte. Ich hörte ein drittes Instrument heraus, Violinen, die dem Piano Volumen und Klangfarbe verliehen, sobald die Klarinette verstummte. Entspannt schloss ich die Augen.

Am nächsten Tag war alles unverändert. Ich mied nicht nur die Schreibmaschine, sondern das gesamte Wohnzimmer. Was ich als Boykott beschloss, führte ich wie einen geordneten Rückzug durch. Mit reichlich Lesestoff und Papier setzte ich mich in die Küche und legte den Bleistift griffbereit.

Draußen war es heiß und die Luft in der Wohnung stickig. Gestern hatte ich vergessen, tagsüber das Rollo gegen die einfallende Hitze herunterzulassen, und die Nacht brachte keine Abkühlung. In der Badewanne würde ich es besser aushalten können, meinte ich, klemmte mir einen Band Edgar Allan Poe unter den Arm und tauchte bis zum Hals in das kühle Wasser, sorgfältig das Buch hochhaltend.

Aus dem Abschnitt *Faszination des Grauens* wählte ich die Erzählung *Das vorzeitige Begräbnis*. Während ich Seite für Seite umblätterte, schob ich mich zentimeterweise aus dem Wasser. Die Emaille der Badewanne, das weiße Leinen des Sarges ... noch vor dem Ertrinken in der Badewanne irrtümlich in ihr beerdigt ... Zwanghaft schloss ich die Augen. Friedhofsstille, Dunkelheit und der modrige Geruch feuchtwarmer Erde umfingen mich.

Poe flog in hohem Bogen, wobei er den Schutzumschlag verlor und auf die Kante des Waschbeckens aufschlug, kurz überlegte und dann plumpsend ins Wasser zu den eingeweichten Socken fiel. Nicht er hatte mich ersäuft, sondern ich ihn, allerdings postum, so dass er sich wegen eines Begräbnisses bei lebendigem Leibe nicht ängstigen musste.

Zitternd stieg ich aus der Wanne und rieb mich sorgfältig trocken. Noch mehr solcher Hirngespinste, der Abwechslung halber in der Küche und im Schlafzimmer, und ich würde die nächste Nacht sitzend auf dem Klo verbringen.

Vom Hof unten hörte ich, wie Kallweit seine Tochter anfeuerte.

»Un vier, un fünf, un sechs, un siem ...« Ein Seilchen klatschte in gleichmäßigen Abständen auf das Pflaster.

Kallweit – das war das Leben, Realität, Vitalität, lauter Dinge, zu denen ich momentan nur schwer den Bezug halten konnte. Ich steckte den Wohnungsschlüssel ein und ging hinunter. Meine Einbildungen konnten sich unmöglich bis in Kallweits Nähe verirren.

Er saß auf einem Campingklappstuhl in der Nähe der Mülltonnen.

Sonja verfing sich bei achtundneunzig.

»Blass siesse aus«, begrüßte mich Kallweit. »Sonja, holihm mal nochen Klappstuhl aussem Keller.«

Sonja lief ins Haus.

»Du wills dich doch setzen, oder?«

»Die Sonne ist gut für den Teint.«

»Da solln sogar Vitamine drin sein im Licht, habich ma inna Zeitung gelesen.«

»Wie gefällt Ihnen mein Manuskript?«

»Möchtesse auchen Bier?«

»Bisschen früh am Nachmittag«, wich ich einer Antwort aus. Sonja war flink, sie rannte bereits wieder auf den Hof. Ich bedankte mich bei ihr für den Klappstuhl und setzte mich auf die den Mülltonnen abgewandte Seite. Sie lächelte mich an.

»Geh spielen«, sagte ihr Vater. Sonja zögerte.

»Männer, dat is noch nichts für dich. Komm, machen neuen Rekord.« Kallweit langte in einen neben ihm stehenden Pappkarton und förderte zwei Flaschen Bier zutage. Geschickt öffnete er den Kronkorken mit einem am Gürtel hängenden Schlüsselbund. »Hier.«

Das Bier war noch kalt. Wir stießen die Flaschen aneinander und tranken.

Kallweit rülpste die überschüssige Kohlensäure heraus. »Dat tut gut bei die Affenhitze.«

Ich beobachtete die hüpfende Sonja. Kallweits Gesellschaft sollte mich von der Bedrängnis in meiner Wohnung ablenken, doch die Distanz zu ihm blieb groß, für mich nicht überbrückbar, ich konnte nicht aus meiner Haut und zweifelte, ob ich mir die geeignete Gesellschaft ausgesucht hatte. Worüber sollte ich mit ihm reden?

»Wie sacht ihr dazu – idüllisch. Ich bin son richtich idüllischen Aabeitslosen, könntesse denken. Sitzt inne Sonne und is rundrum zufrien.«

»Ihre Situation ist sicherlich nicht einfach«, pflichtete ich bei.

»Getz trink ich schon währnt der Aabeitszeit. Ich hab nie währnt der Aabeit gesoffen. – Wat hat dein Vatter gemacht?«

»Beruflich? Er war kaufmännischer Angestellter. In der Buchhaltung.«

»Inne Fabrik?«

»Nein. Großer Werkzeughandel.«

Sonja zählte laut fümmenfümfzich.

Die Tür zum Hof quietschte über eine Steinfliese und fiel dann ungehemmt ins Schloss. Die Scheibe saß nicht mehr fest im Kitt und klirrte. Martha Sedlberger, Erdgeschoss links, humpelte über den Hof, einen Abfalleimer in der Hand. Ich taxierte kurz das Gewicht des Abfalls und blieb sitzen. Die Witwe Sedlberger musste um die siebzig sein. Sie trug ihren dunklen gemusterten Alltagskittel und die täglich gleichen dauergewellten grauen Locken.

»Die Hitz, na, die muss net ins Haus«, tadelte sie mit ihrer hohen Stimme, bei der ich die Augen zukneifen musste, um sie zu ertragen.

»Jo mei«, antwortete Kallweit, »die Sonja.«

Frau Sedlberger schloss heftig den Deckel der Mülltonne und drehte wortlos ab. Ich beobachtete das ungleichmäßige Auf und Ab der Hüften. Den Dreiklang der Hoftür – quietschen, zuschlagen, klirren – ersparte sie uns nicht.

Mir wäre nie in den Sinn gekommen, wie Kallweit einen Teil meiner Freizeit hier im Hof zu verbringen. Der Hof war für mich die Heimat der Mülltonnen, die Kallweit jeden Mittwoch an die Straße rollte und geleert an ihren Platz zurückbrachte, eine triste Enge, die meine Gedanken erdrückte, und ein Symbol für Schmutz und Vernachlässigung. Aus den Mauern rechts und links drängten Backsteine durch den platzenden Putz ans Licht, vom Nachbarhaus lehnte sich ein baufälliger Schuppen an. In einer Ecke rostete ein Holzkohlengrill, daneben lagen die Reste eines Sandhaufens, auf dem Hundekot thronte. Grün gab es nur angrenzend zum gegenüberliegenden Haus, ein alter vielastiger Holunder, eine Forsythie und einige Edeltannen, die vor Jahren das Weihnachtsfest unbeschadet überstanden hatten.

»Du bis doch auch nich von hier«, nahm Kallweit das Gespräch wieder auf.

»Bochum.«

»Kein Wunner, dasse kein Buch verkaufen kanns. Wennze genauso kurz angebunn schreibs wiede sprichs ...«

»Achtenneunzig!«, brüllte Sonja und strahlte mich an. »Neuen Rekord!«

»Glückwunsch«, rief ich ihr zu.

»Wir sinn aus Doartmund. Warn Großauftrach für ne ganze Neubausiedlung. Dabei hat sich der Alte übernomm. Obbich nun in Doartmund sitz oda hier, is sowieso egal. Olga gefiel das Blauweiß auch ganz gut unda sinnwe gleich hier gebliem. An dat Bier kannze dich auch gewöhn.«

Ich schob die Versuchung an eine heimatliche Verbrüderung an die Seite. Die Fußballfans beider Städte mögen sich auch nicht besonders, wusste ich aus der Zeitung.

»Hammse Vawandte in Bochum?«

Die Frage war mir einfach so herausgerutscht. Kallweit guckte genauso komisch wie vor Tagen bei mir in der Wohnung.

»Willze mein Stammbaum haam?«

»Wo ich aufgewachsen bin, gibt es in der Nähe eine Klempnerei Kallweit. Ich dachte nur so.«

»Du denks zu viel.«

Jetzt war Kallweit zu weit gegangen.

»Das Denken unterscheidet uns Menschen von anderen Spezies«, belehrte ich ihn. »Mit einer Einschränkung. Es gibt Tendenzen zum Einheitsgedanken, wie ich es nenne, so eine Art genormte Betrachtungsweise. Das müssen Sie sich wie einen Hamburger von McDonalds vorstellen – jeder hat die gleiche Größe und das gleiche Gewicht. Nun darf der Gleichheitsgrundsatz uneingeschränkt für unsere Rechte gelten«, dozierte ich, »das heißt, jeder Mensch ist gleich, vor dem Gesetz, vor Gott, wie Sie wollen, das darf aber nicht als Alibi für allgemeine Volksverdummung herhalten. Schauen Sie sich das Fernsehen an: Auf jedem Kanal gibt es Quoten-Einheitsbrei auf dem kleinsten gemeinsamen Nenner! Hauptsache, jeder versteht es. Oder überspitzt ausgedrückt: Je dümmer, je besser.«

Kallweit verzog keine Miene. Ich fragte mich, ob er mich verstanden hatte, und wurde das Gefühl nicht los, dass er mich nicht ernst nahm.

»Im Färnsehn, da kammanes ja im Vorspann bring. Dieset Programm is nur für Doofe, oder inne Programmzeitschrift ausdrucken: Nur wat für Oberschlaue, Doofe bitte auf Kanal siem umschalten.«

»So habe ich das doch nicht gemeint. Niemand soll ausgegrenzt werden.«

»Wie soll dat denn sonns gehn? Manchmal willze einfach Stuss sehn, bei deme dich totlachen kanns. Dat Elend vonne Welt hasse sowieso inne Tagesschau. Kannze nich mehr hinkucken, sonns musse dirn Strick nehm.«

»Darum brauchen wir die gesellschaftliche Auseinandersetzung, im Fernsehen genauso wie in der Literatur. Wir müssen die Leute aufrütteln, ihnen die Probleme vor Augen führen ...«

»Meinze, du siehs dat alles richtich?«

Ich ließ mich nur ungern unterbrechen, bei Kallweit übte ich jedoch Nachsicht. »Warum nicht? Ich denke ...«

»Siehße«, unterbrach er mich erneut, »du denks wieder. So wie in deim Buch.«

Der Mann imitiert doch jemanden, fuhr es mir durch den Kopf. Ich überlegte, kam aber nicht drauf.

»Träumße? Du sachs ja nichs mär.«

Die Anspielung auf das Denken konnte er unmöglich bewusst gemacht haben. So viel Grips hatte er nicht.

»Es ist ein Manuskript, noch kein Buch«, antwortete ich. »*Die Unschuld des Herbert Koslowski*. Wie soll ich mich mit dem Thema auseinandersetzen, wenn ich mein Gehirn nicht benutzen darf? Das ist es ja, was ich an vielen Menschen so vermisse, sie denken zu wenig und lassen andere für sich denken: Politiker, Gewerkschaftsbosse, Unternehmer, Behörden, Vorgesetzte.«

»Da kannze ja Recht haam. Abba wat du so schreibs – nä. Warße schomma inne Fabrik, ma am Hochofen?«

Ich schüttelte den Kopf.

»Dat hab ich gleich gemärkt. Du schreibs übber uns, abba du bis keiner von uns. Wie so einen, der von oben da ma ehm reinkuckt. Erwin Dombrowski, mein Meister, der hatte sonne Masche auffem Bau. Wenn wir noch nichts installiert hatten und der Bauherr kam, isser hinn und hat gesacht: Gut, dasse komms, Chef, wir finn nämmich dat Badezimmer nich, wo doch noch nix drin is. Dann hat der Bauherr meist ganz wichtich gekuckt und uns dat Badezimmer gezeicht und wo die ganzen Teile hinsolln. Und hintaher hat sich der Erwin totgelacht und gesacht, wieder son Oberschlauen, der glaubt, in unsam Kopp sin auch nur diese leern Rechtecke wie auffem Bauplan.«

Ich schluckte. Ausgerechnet Kallweit, der von nichts eine Ahnung hatte, am wenigsten von Literatur, maßte sich ein Urteil an.

»Schönen Tach noch«, verabschiedete ich mich.

Sonja hielt bei zweihunnertachtenfümfzich inne.

»Willze dat Buch nich zurück haam?«, rief er mir nach.

»Kannze dirn Arsch mit abwischen«, rief ich zurück, ohne mich umzudrehen.

»Spa ich mir ne Rolle Klopapier«, antwortete Kallweit und griff zur Flasche. Sein Mund war schon geöffnet, als er jäh in der Bewegung innehielt und rief: »Nä! Da krich ich nur schwaaze Striem am Hintan. Ich leechs dir auffe Matte.«

5

Kallweit war für mich gestorben.

Ich ärgerte mich über meine emotionale Reaktion, die nicht unbedingt ein Zeichen von Souveränität war. Als Rechtfertigung ließ ich gelten, dass ich mich auf einem Tiefpunkt in meinem Leben befand; erfolglos, die Freundin verloren und von den eigenen Phantasien verfolgt, statt sie zu bändigen und in wohlgesetzten Worten zu Papier zu bringen. Um auf heitere Gedanken zu kommen, las ich einen bislang vor Pia versteckten Roman von Heinrich Spoerl. Ich vergnügte mich am pointenreich geschilderten Kleinstadtmilieu mit seiner biederen Bürgerlichkeit und fühlte mich versöhnter, als ich das Buch aus der Hand legte. Kallweits Beerdigung verschob ich bis aufs Weitere, vielleicht würde ein Wunder geschehen und Kallweit wiedererweckt, dann würde ich die vermeintliche Leiche noch gebrauchen. Kein Zweifel, Spoerl hatte Poe nicht aus meinem Kopf verjagt, er spukte bei diesen Gedanken noch dort, wenn auch unter strenger Beaufsichtigung, damit er nicht neuerlichen Schrecken verbreiten konnte.

Ich legte mich auf das Sofa und streckte mich aus, um zu entspannen. Es gelang mir, mich von angenehmen Träumen entführen zu lassen. Die dunkle Pia war für mich erledigt und so ergab ich mich der blonden Stefanie.

Als ich die Augen öffnete, stand die Dämmerung im Zimmer. Die roten Leuchtziffern der Schreibtischuhr zeigten halb zehn. Ich ignorierte den knurrenden Magen und setzte mich an die Schreibmaschine. Der Abend und die frühe Nacht waren meine kreative Zeit.

Die Zeitung auf der Schreibmaschine warf ich in den Papierkorb. Ich bewegte die Finger, um sie für die bevorstehenden schnellen Anschlagfolgen zu lockern, in meinem Kopf würden sich jetzt Sätze bilden ... Hmm, dachte ich, warum zieht mich die Schreibmaschine an ihren Platz, wenn es nichts zu schreiben gibt? Imma ruich bleim, ermahnte ich mich, nach der selbst verordneten Pause musste ich mich erst in das Thema zurückschreiben. So nannte ich diesen Zustand, als ich noch nicht mit dem Computer, sondern auf der Reiseschreibmaschine arbeitete, die mir meine Eltern mit vierzehn zu Weihnachten schenkten. Die feinen Gebrauchsspuren am blauen Metallgehäuse entdeckte ich erst Wochen später, so glücklich war ich.

Stefanie hielt das Nachthemd bis zu den Hüften hoch und betrachtete sich in der Spiegeltür des Kleiderschrankes. Lächerlich, dachte sie, da steht eine Frau, die aussieht wie ein Mann und sich in erotischen Fantasien ergeht. Entschlossen zog sie das Nachthemd über den Kopf, um sich anzukleiden. Alle Achtung, ich würde mir gefallen, urteilte sie über ihr Spiegelbild, das ihr einen schlanken, nicht zu athletisch gebauten Körper zeigte. Sie drehte sich zur Seite, strich prüfend über das Gesäß, die Seiten hoch und über den Brustkorb. Hier vermisste sie etwas, was ihr fehlte wie das eigene Ich und wofür ihr der anderweitige Zuwachs keine ausreichende Kompensation war.
Stefanie warf sich in einem neuerlichen Anfall von Panik auf das Bett, trommelte wild mit den Fäusten und biss in das Kissen. Danach lag sie erschöpft, bis sich ihr Atem beruhigte.
Es ist zwecklos, noch weiterzutoben, sagte sie sich, ich ändere nichts mit Gewalt. Die Metamorphose ist über Nacht gekommen, vermutlich wird sie auch über Nacht gehen. Heute oder morgen, irgendwann.
Stefanie hielt die Tränen nicht zurück. Ihre Zuversicht gründete sie auf Hoffnung.

Du bist ein mieser Kerl, tadelte ich mich, du quälst eine Frau, die dir nichts Böses getan hat.

Sie ist eine Lektorin, rechtfertigte ich mich, und es schadet nichts, wenn sie am eigenen Leibe erfährt, wie es in einem abgelehnten Schriftsteller aussieht.

Sie weiß es doch gar nicht. Und er ahnt auch nichts.

Die Stimme, hier bei mir? Ich starrte die Schreibmaschine an, dieses großmäulige Etwas, deren Typenhebel ich schlecht mit Leukoplast verkleben konnte, um sie zum Schweigen zu bringen. Die Stimme war meine Erfindung, die ließ ich mir von der Triumph nicht kopieren. Ich suchte nach einer Erklärung. Vermutlich hatte ich meine Gedanken unwillkürlich in die Stimme gekleidet, beruhigte ich mich. Mit dem Hören ist das so eine Sache, entweder oder, es gab kein zweites Mal, um zu verstehen. Wie auch immer, der Einwand der Stimme war berechtigt. Kopfschüttelnd machte ich mich wieder an die Arbeit. Jetzt müsste ich Stefanie endlich etwas anziehen. Sie lief schon viel zu lange nackt durch den Roman.

Die Uhr zeigte viertel vor zehn, also musste er noch einmal eingeschlafen sein. Er drehte das Gesicht aus dem feuchtwarmen Fleck des Kissens und hob langsam den Kopf, wie ein lauerndes, jagdbereites Tier. Heute Morgen war etwas Ungewöhnliches geschehen. Die Erinnerung daran war blass und gewann nur allmählich an Schärfe. Natürlich, er hatte ein Problem: Jemand behauptete, er sei nicht sie, sondern sie sei er. Wer war er?
Der Personalausweis! Die Gründlichkeit der deutschen Verwaltung würde allen Zweifeln ein Ende bereiten. Vermutlich steckte der Ausweis in der Handtasche auf dem Wohnzimmertisch.
Mit einem Satz sprang er auf und griff sich aus

dem geöffneten Kleiderschrank einen Morgenmantel. Der Kleiderbügel polterte gegen die Schranktür und fiel auf den Boden. Als er sich rechts in den Ärmel einfädelte, hielt die Naht unter der Achsel der ausholenden Bewegung des Armes nicht stand. Im Gehen verknotete er den Gürtel.

Eine Handtasche? Wenn das kein Indiz war – also sie! Unsinn, verwarf er die Schlussfolgerung, der Kleiderschrank war vollgestopft mit Frauengarderobe, was bedeutete da schon eine Handtasche? Zu welchem Zweck brauchte er überhaupt Beweise? Er war doch Stefan Bruhks.

Weil niemand widersprach, schöpfte er Hoffnung, dass sich die Frage erledigt hätte.

Hastig kippte er den Inhalt der Handtasche auf den Tisch: ein Portemonnaie, ein Scheckheft, ein kleines Notizbuch, der Ausweis in einer dünnen Brieftasche. Bruhks, Stefan, geboren am 15.10.1970. Deutsch. Die Unterschrift.

Er sank in den Sessel und vergrub den Kopf in den Händen. Aus einem Grund, der ihm nicht verständlich war, erwartete er eine tiefe Depression. Nichts.

Ich bin Stefan Bruhks.

Du gibst aber schnell auf, sagte eine unbekannte Stimme. Er hörte sie laut und deutlich, doch sie kam nicht aus dem Zimmer.

Verdammt noch mal, eine Menge Ungereimtheiten gaben sich bei ihm ein Stelldichein. Was bedeutete die Frauenbekleidung? Hatten sie gestern Abend Geburtstag gefeiert oder eine Beförderung? Sie waren allesamt betrunken gewesen und seine Freunde hatten sich einen schlechten Scherz mit ihm erlaubt, oder? Aber wer waren seine Freunde? Was arbeitete er? Wurde er nicht vermisst, wenn er nicht zur Arbeit erschien? Mit wem ging er ins Bett?

„Das darf nicht wahr sein!", sagte er laut.

Im Schlafzimmer untersuchte er den Inhalt des Kleiderschrankes noch einmal genauestens. Komplett weiblich, verführerisch weiblich, befand er, und gut riechend. Vielleicht war er einfach nur in der falschen Wohnung? Einfach nur? In dieser Wohnung kannte er sich aus, glaubte er sicher zu wissen.

Stefan probierte mehrere Slips, bis er merkte, dass es am schmalen Schnitt lag. Beim Anziehen fielen ihm seine gepflegten Hände auf, ohne Anzeichen von handwerklicher oder gar körperlicher Arbeit. Für einen winzigen Moment hatte er den Eindruck rot lackierter Fingernägel.

Er wählte hellblaue Leinenjeans aus. Sie hatten die richtige Länge, saßen aber nicht in der Hüfte und im Schritt. Auch die anderen Hosen passten ihm nicht. Fluchend zog er sich ein Sommerkleid über. Es spannte in den Schultern und hing vorne. Die Frau, die dieses Kleid ausfüllte, musste eine geile Figur haben.

Na, na, du gewöhnst dich aber flott an die neue Denkweise, bemängelte die Stimme.

Stefan verharrte regungslos vor dem Kleiderschrank. Er konnte die Stimme nicht weiter ignorieren, sie klang zu deutlich, als sei er nicht allein im Raum, und sie verunsicherte ihn mehr, als er sich eingestehen wollte. Was sich derzeit in seinem Kopf abspielte, unterschied sich von den gewöhnlichen kritischen Gedanken erheblich und klang mehr nach einem zweiten Ich.

44

Ich bin schizophren! Mit der Stirn schlug er
heftig gegen die Schranktür.
Wenn du schizophren wärst, würde es dir nicht
bewusst sein, erklärte es aus ihm.
Er schaute in die Spiegeltür. Der Einwand war
logisch, es musste demnach eine einfachere Erklärung für seinen Zustand geben. Einfach, aber
nicht naheliegend. Mit der Zeit würde er es her-
ausfinden, tröstete er sich.
Von dritter Seite gab es keinen Widerspruch.
Langsam, als wollte er in sich hineinsehen,
näherte er sich seinem Spiegelbild, den
graublauen Augen, dem Mund, ebenso weich wie die
Konturen seines Gesichtes. Der flüchtige Eindruck
einer Frau entstand ... blond ... ich wäre
hinreißend ... Sein Gesicht mochte als weiblich
durchgehen, nicht aber der kurze Haarschnitt.
Die Leute würden ihn für einen Transvestiten
halten. Mit einer Stola aus Straußenfedern,
lässig um die Schultern geworfen – perfekt!
„Um Himmels willen", stöhnte er und versuchte,
die bedrängenden peinlichen Vorstellungen wegzuschieben. Ihm würde nichts anderes übrig
bleiben, als sich als Frau auszugeben, wenn
er an die dringend benötigte Männerbekleidung
kommen wollte.
Er entschied sich für einen kurzen Hosen-
rock, den er am Bund mit einem Gürtel schließen konnte, und eine weit geschnittene Bluse.
Die beiden Kleidungsstücke vermittelten ihm am
ehesten das Gefühl, wie ein Mann angezogen zu
sein. Jetzt fehlten noch Schuhe. Ohne Schuhe
konnte er das Haus nicht verlassen. Seit dem
Einzug in diese Wohnung hatten die Schuhe ihren

Platz im Einbauschrank in der Diele. Der Gedanke überraschte ihn nicht sonderlich, ebenso wenig, dass der Schrank kein einziges Paar Herrenschuhe enthielt. Lediglich im Fach unten standen Badelatschen, ein Stück länger als die Sandalen daneben. Die Wohnungsinhaberin hatte wohl gelegentlich Herrenbesuch über Nacht, dachte er. War er etwa der Herrenbesuch? Ihm schwindelte.

Ich drehte das vollgeschriebene Blatt aus der Walze und legte es zur Seite. Mehrfach drückte ich den schmerzenden Rücken durch, dann setzte ich die Ellbogen auf den Schreibtisch und presste das Gesicht in die offenen Handflächen. Ein Augenblick Ruhe und Entspannung würde mir guttun.

Die veränderte Perspektive irritierte mich. Viel tiefer als sonst blickte ich über den Boden, als sei ich zwar nicht gerade winzig, doch viel kleiner geworden. Merkwürdig, dass ich meinen Körper nicht sehen konnte. Mühsam hob ich den Kopf. In der Zimmertür stand eine junge Frau. Ein Träger ihres Sommerkleides war gerissen. Obwohl sie die rechte Hand vor den Mund hielt, sah ich sie schreien. Ein anhaltendes Kreischen auf ›aah‹ stellte ich mir vor, denn hören konnte ich sie nur gedämpft, wie durch Watte. Sie verschwand kurz und kehrte, immer noch mit vor Schreck geweiteten Augen, zurück. Das erste Buch verfehlte mich nur knapp, das zweite traf hinter dem Kopf. Ungeachtet des dumpfen Schmerzes versuchte ich zu fliehen und unter das Bett zu kriechen. Trotz meiner Vielbeinigkeit blieb ich auf der Hälfte stecken. So sehr ich mich anstrengte – mein länglicher Körper mit dem käferhaft gewölbten Rücken saß fest. Panik befiel mich. Ein zweites Mal lief die Frau ins Wohnzimmer. Als sie wieder in der Tür erschien, hielt sie in beiden Händen das Literaturlexikon. Ich schrie, während die zwei Kilo durch den ausholenden Schwung zur tödlichen Waffe wurden.

Ich schreckte hoch und rieb mir Wange und Kinn an den Stellen, die nicht auf meinen verschränkten Armen, sondern in der

Nähe der Typenhebel gelegen hatten. Alpträume begannen meine Spezialität zu werden. Von Kafka gab es meines Wissens kein Werk, welches *Die Rache* hieß.

Von der Straße drangen vereinzelte Verkehrsgeräusche herauf. Die Schreibtischuhr zeigte einen Sonntagmorgen im Juni, acht Uhr dreizehn. Aus meinem Magen meldete sich ein intensives Hungergefühl und verdrängte die nachlassenden Schmerzen im Gesicht.

In der Küche aß ich ein Gabelfrühstück aus Heringen in Tomatensauce. Die restliche Sauce aus der Dose stippte ich mit trockenem Brot auf.

Allzu viel Abwechslung bot meine Wohnung nicht. Ich entschied mich wieder für ein Bad; es würde mich erfrischen und beleben, befand ich. Auch wenn der Tag warm genug zu werden versprach, ließ ich heißes Wasser in die Wanne ein. Langsam versenkte ich mich bis zum Kinn ins Wasser, diesmal ohne Lesestoff. Heftige Bewegungen musste ich vermeiden, damit das Wasser nicht über den Rand schwappte.

Müdigkeit stellte sich ein und ich fragte mich, wie lange ich letzte Nacht gearbeitet hatte. Den trägen Lidern nach zu urteilen musste es spät geworden sein. Mehrmals schärfte ich mir *Nicht einschlafen!* ein, weil ich nicht in der Badewanne ertrinken wollte. Eigentlich fürchtete ich mich nicht vor dem Einschlafen, ich misstraute dem Aufwachen. Seit Pia mich aus der Beziehungskiste gestoßen hatte, veränderte das Aufwachen mein Leben. Ich war vom Sofa aufgestanden und hatte einen Roman begonnen, ohne die üblichen Recherchen, Notizen und Skizzen, im Aufwachen überwand ich die Krise und schrieb weiter. Auch in meinem Roman schien dem Schlafen und Aufwachen eine besondere Bedeutung beizukommen. Diesen Umstand bewertete ich allerdings nicht über; beim Schreiben waren unbewusste Übertragungen normal.

Einschlafen, Aufwachen, Veränderung – die Bewandtnis dieser wiederkehrenden Abfolge wollte mir nicht einleuchten. Eine

Freundin zu verlieren war nicht ungewöhnlich, eher schon, den Computer zu ächten und sich mit der Schreibmaschine einzulassen. Ob das Sofa, auf dem ich eingeschlafen war, Teil eines Komplotts gegen mich war, angeführt durch die Schreibmaschine? Das Sofa stand regungslos in seiner verblichenen Pracht, nur die Tasten der Schreibmaschine grinsten mich an, sobald sie meiner ansichtig wurden. Wer jemals behauptet hätte, hinter Oma Käthe verberge sich ein Geheimnis, den hätte ich glatt ausgelacht. Ganz sicher war ich nun nicht mehr. Heftig rutschte ich mit dem Gesäß nach vorne, prustete Luftblasen und tauchte wieder auf. Kleine Wellen hüpften über den Wannenrand und platschten auf dem Boden. Auf dem Fußboden verbanden sich die kleinen Pfützen zu einer Seenplatte. Wie praktisch, dachte ich, beim Aufwischen würde ich aus den Sphären der überspannten Einbildungen in das reale Leben zurückkehren.

Das Telefon klingelte. Vorsichtig stapfte ich über die Fliesen, nahm im Vorbeigehen ein Badetuch und den Bademantel vom Haken und rannte ins Wohnzimmer. Pia hatte eingesehen, dass ihre Reaktion überzogen war und wollte sich mit mir versöhnen. Versöhnungen sind romantisch und vielversprechend.

»Mein Junge«, sagte meine Mutter, nachdem ich mich gemeldet hatte. »Ist alles in Ordnung?«

»Ja.«

»Du lässt überhaupt nichts mehr von dir hören.«

Ich ging auf den gewohnten Vorwurf nicht ein. »Ich erwartete einen anderen Anruf.« Mit einer Hand versuchte ich, mich so gut wie möglich abzutrocknen.

»Von einem Verleger?«, erkundigte sie sich, aufreizend hoffnungsvoll.

»Nicht direkt.«

Die nächsten zehn Minuten des Telefonats verliefen wie die anderen vorher. Wenn ich doch endlich wieder einen anständigen Beruf ergreifen würde, dann sei sie eine große Sorge los. Ich beteuerte wie üblich, erwachsen genug zu sein, und versprach, mich nach etwas anderem umzusehen. Demnächst. Das Manuskript, an dem ich derzeit schrieb, müsste selbstverständlich erst fertig werden. Sonst wäre die ganze Mühe umsonst gewesen.

Unnötige Mühe? Mutter verstand. Wie das Buch denn heißen solle.

»Es ist ein Manuskript!«, bellte ich gereizt in den Hörer.

»Schrei mich nicht an«, beschwerte sie sich. »Ich bin schließlich deine Mutter!«

»Schreib, wenn du kannst.«

»Wieso ich? Du kannst doch schreiben, oder?«

»Das ist der Titel, Mutter.«

»Du hast seltsame Einfälle! Kein Wunder, dass du keinen Verleger findest.«

Ich lenkte das Gespräch auf erfreulichere Dinge, zum Beispiel, dass mit Pia Schluss war. Über Pia hatte ich Mutter nur das Notwendigste erzählt, aber sie hatte sich mit dem ihr eigenen Instinkt aus dem Wenigen ein Bild gemacht. Sie konnte Pia nur bedingt leiden und schwankte zwischen der eigenen Meinung und dem notwendigen Respekt vor meiner Entscheidung; Pia war ihr zu entrückt, sie verstand offenbar kaum etwas vom Haushalt und ließ sich keine Kinder machen. Mutter tröstete mich. In Bochum gebe es genug anständige Mädchen, erst neulich die freundliche Krankenschwester, als sie für eine Woche zur Beobachtung im Krankenhaus gelegen hatte. Wie ich Mutter kannte, hatte sie in höchsten Tönen von mir als dem angehenden Literaturpreisträger geschwärmt. Wie ich Krankenschwestern kannte, hatten sie freundlich und geduldig zugehört, weil meine Mutter eine liebenswerte alte Dame ist, der man solche Dinge nachsieht.

»Schön, dass du angerufen hast«, sagte ich wehmütig, als sie ihre Krankenhausepisode abgeschlossen hatte. »Ich komme demnächst einmal hoch. Dann reden wir bei einem guten Glas Rotwein.«

»Das wäre eine Freude! Aber denke an die anstrengende Fahrt. Überleg es dir gut, ja?«

Das Auf-Wiedersehen-Sagen dauerte noch einmal fünf Minuten.

Ich warf mir den Bademantel über. Auf dem Rückweg ins Bad musste ich an der Triumph vorbei.

Stefan ging zurück ins Wohnzimmer. Keine seiner bisher aufgestellten Theorien konnte ihn überzeugen. Handtasche und Frauengarderobe ließen sich arrangieren, Erinnerungen konnten selbst Freunde, die sich einen besonders schlechten Scherz ausgedacht hatten und ihn perfekt inszenierten, nicht manipulieren. Bis auf seinen Namen und eine Menge Dinge, die er wie selbstverständlich tat, wusste er nichts über sich. Sogar das Zeitgefühl hatte er über Nacht verloren. Das Fernsehen teilte ihm den Wochentag mit, Samstag. Die Wahrscheinlichkeit, dass ihn niemand im Büro vermissen würde, war also hoch. Dabei war er sich gar nicht sicher, ob er überhaupt in einem Büro arbeitete.
Halt! Seine persönlichen Papiere könnten ihm Aufschluss geben, die er in zwei blauen Leitz-Ordnern aufbewahrte.
An der Stelle im Schrank klaffte eine Lücke. Stefan zwang sich zur Ruhe. Für diese Art der Standortbestimmung in seinem Leben musste er systematisch vorgehen. Die bekannten Dinge, auf die er schon gestoßen war, legte er auf den Couchtisch: Ausweis und Führerschein, ein Portemonnaie mit vier Fünzig-Euro-Scheinen und etwas Kleingeld, eine Scheckkarte. Seine ganze Hoffnung konzentrierte sich auf das kleine Notizbuch aus rotem Leder. In ihm lag vermutlich der Schlüssel zur Außenwelt: Adressen und Telefonnummern.

Stefans Puls beschleunigte sich.

Im Notizbuch fand er weniger Einträge als erwartet und erhofft. Er wählte die Nummer von Melanie.

„Hallo, hier ist Stefan", meldete er sich.

„Ja?" Melanies Stimme blieb kühl.

„Ich bin's, Stefan", sagte er mit Nachdruck.

„Was wünschen Sie?"

Stefan legte den Hörer auf.

Bei Ulla, Betta, Lisa und Klaus blieb er ebenfalls erfolglos. Nur mit Thomas kam er ins Gespräch. Thomas stellte nach drei Minuten fest, dass es sich um eine Verwechslung handeln müsste.

Stefan schlug die erste Seite des Notizbuches auf.

Es gehörte Stefanie Bruhks!

Hab ich sie bei einer Schlamperei ertappt, meinte die Stimme fröhlich.

„Wer hat geschlampt?", fragte Stefan. Die Stimme antwortete nicht.

Stefan zweifelte nicht, dass Notizbuch und der Inhalt des Kleiderschrankes zusammengehörten. Noch fehlte das Bindeglied, das ihn mit diesen Dingen in Beziehung brachte. In dieser Wohnung lebte nur eine Person, entweder eine Frau oder ein Mann. Er war nicht verheiratet, glaubte er, zumindest kamen ihm bei dieser Überlegung keine Zweifel. Während er in seiner Erinnerung nach einer möglichen Frau forschte, fiel ihm die Lösung zu: Ich bin in der Wohnung meiner Schwester! Warum war er nicht früher auf die Lösung gekommen? Der Berg, der auf Stefan lastete, bröckelte, doch das befreite Glücksgefühl wollte sich nicht

einstellen. Hoffentlich erkennt meine Schwester
mich, dachte er skeptisch. Sie war ihm so fremd
wie die Namen im Notizbuch. In seinem Bauch
ballte sich eine ohnmächtige Wut zusammen.

Ungewöhnlich lange reflektierte ich an dieser Stelle. Ohnmächtige Wut ... Stefan sollte nicht toben, ich wollte keine Aggression beschreiben, es gab auch niemandem, den Stefan anschreien konnte. Die Geschichte war noch nicht auf ihrem Höhepunkt und da mussten die Gefühle steigerungsfähig bleiben. Sollte ich Enttäuschung und Verzweiflung beimischen, um die Wut zu dämmen? Teuflisch, sagte ich mir, du denkst wie ein Alchimist in menschlichen Emotionen.

Mein Argwohn wuchs. Selten schrieb ich längere Passagen in einem Stück, ich überlegte und formulierte zwischendurch im Kopf. Diese Pause war keine gewöhnliche, mir fehlten einfach die Worte, um mit der Wut von Stefan umzugehen! Ich selbst war nie ausfallend geworden und lenkte die Wucht der Verlagsabsagen stets nach innen und gab mich nach außen deprimiert.

Ich markierte die nächste Zeile durch eine Klammer ohne Text. Auf diese Weise half ich mir, wenn Übergänge in der Handlung oder in Gedankengängen fehlten, die ich später nacharbeiten musste.

(   )

Mit einiger Mühe zwang er sich, weiterzuforschen. Den Computer durchsuchte er nach Programmen und Daten, die ihm Aufschluss über sich geben könnten. Vier große Textdateien entpuppten sich als Romane, dazu gab es Briefe an verschiedene Verlage. „Beigefügt übersende ich Ihnen ...", „erlaube ich mir, Ihnen meinen neuen Roman zu übersenden ...", „wünsche ich Ihnen viel Spaß beim Lesen."

Ich bin ein Schriftsteller, dämmerte es ihm. Wo waren die Antworten auf seine Schreiben?
Der rote Schnellhefter, instruierte ihn die Stimme.
Der gut gefüllte Plastikhefter steckte im Bücherregal zwischen zwei Ausstellungskatalogen. Hier müsste er auch die Verlagsabrechnungen finden.
Obenauf befand sich die Absage des Angelmann-Verlages. Er blätterte weiter.
„... müssen wir Ihnen leider mitteilen ... erhalten Sie beigefügt Ihr Manuskript zurück ... wünschen wir Ihnen viel Erfolg." Noch eine Absage, die nächste Absage, eine weitere Absage, ausschließlich Absagen.
Ich bin ein erfolgloser Schriftsteller, befürchtete er und wusste gleichzeitig, dass es der Wahrheit entsprach. Und dann sagte die Stimme, ohne die bisherige freundliche Nachsicht: Wie fühlst du dich, Lektorin?
Stefan verstand nicht. Ebenso wenig wie die Frage selbst konnte er sich die ihn überkommende Traurigkeit erklären.
Vier Romane hatte er geschrieben, Gott sei Dank keine Sachbücher. Die vier Romane waren Stücke aus ihm selbst, also galt es sie zu lesen, wenn er mehr über sich erfahren wollte. Weder in den Schubladen noch im Bücherregal fand er die Manuskripte. Offensichtlich gab es keine Ausdrucke.
Der Drucker war zwei Stunden beschäftigt, dann lagen tausendachtundfünfzig Blatt vor ihm.

Der Hunger löste mich von der Schreibmaschine. Die Sonne war inzwischen hinter einer grauschwarzen Wolkenwand verschwunden und es hatte zu regnen begonnen. Durch das Fenster ließ ich abgekühlte Luft ins Zimmer.

Der Küchenschrank bot nicht mehr die große Auswahl. Spaghetti Napoli, eine Dose Linsen, Tütensuppen. Der Bierkasten war bis auf zwei Flaschen geleert und von meinem Lieblingsrotwein aus dem Supermarkt – einem Chianti Classico zu einsneunundvierzig für dreiviertel Liter – gab es nur noch eine volle und eine angebrochene Flasche. Ich musste ans Geldverdienen denken. Gleich morgen würde ich Engelmayr vom Abendblatt anrufen, meine Geldquelle in Notfällen. Er ließ mich gelegentlich kurze Artikel schreiben, wenn ihm die Sachverhalte zu technisch waren und er sich nicht auskannte oder einfach zu faul zum Recherchieren war. Der arme Schlucker, sagte Engelmayr zu seinem Kollegen in der Buchhaltung und sorgte dafür, dass ich mein Honorar in bar ausgezahlt bekam. Beim Taxifahren verdiente ich mehr. Die lohnenden Fuhren gab es jedoch erst abends und nachts, ich tauschte sozusagen Geld gegen Kreativität ein und verhedderte mich tagsüber in meinen Romanhandlungen. Oft setzte ich dann mit dem Schreiben ganz aus.

Ich rührte Ochsenschwanzsuppe aus der Tüte an und servierte sie mit zwei Scheiben trockenem Brot. Das Brot tunkte ich in die heiße Suppe.

Komm, lachte die Triumph.

Ich machte mir nicht die Mühe, den Teller wegzuräumen, zog den Gürtel des Bademantels fester und setzte mich an den Schreibtisch. Neuerliche Gewissensbisse bedrängten mich. Stefanies verzweifelte Hilflosigkeit ließ mich nicht kalt und ich hatte beim Schreiben der letzten Absätze daran gedacht, ihr einen tröstenden Hinweis zu geben. Ehrlich gesagt – ich liebte sie und wäre gerne zu ihr auf das Papier gestiegen. Zwar schrieb ich über einen Mann, doch blieb hartnäckig die blonde Frau in meinem Kopf haften. Weit und breit war auch niemand außer Stefanie, dem ich meine Gefühle entgegenbringen konnte. Pia? Ich machte mir nicht den geringsten Vorwurf, dass ich betrunken über sie hergefallen war. Höchstens einen klitzekleinen – ich hätte mir beizeiten eine andere suchen sollen, eine für das Herz und die Seele, die mich nicht nur als Sprachverbieger schätzte. Späterer Gebrauch des Verstandes nicht ausgeschlossen.

Meine Gefühle für Stefanie waren für den Fortgang des Romans ausgesprochen hinderlich. Wie sollte ich mich mit der Allmacht der Lektorinnen auseinandersetzen, wenn ich meine Lektorin liebte, kaum dass ich sie auf wenigen Seiten skizziert hatte, und von ihren blonden Haaren in meinen Fingern träumte! Hatte ich so etwas wie einen Marilyn-Monroe-Komplex? Ich versuchte mich zu konzentrieren. Schwarz oder weiß, entweder gegen die Lektorinnen oder es sein lassen. Ich musste mich entscheiden.

Die Triumph grinste nach wie vor. Klar, sie wollte benutzt werden. Mein Blick fiel auf den roten Schnellhefter im Regal, eingezwängt zwischen zwei Ausstellungskataloge. Ich zog den Hefter heraus und blätterte durch die gesammelten Absagen. Multipliziert mit drei bis fünf Stunden pro Absage kam eine Menge Hausarbeit zusammen. Mit sämtlichen auffindbaren Stecknadeln heftete ich die Absagen an die Wand über dem Schreibtisch. Wenn ich den Kopf von der Schreibmaschine hob, war das Ziel vor Augen. Die alte Kampfesstimmung kehrte zurück, gegen die Stefanie machtlos blieb. Als Traumfrau konnte sie sich gegen die gelebten Gefühle nicht durchsetzen.

Entschuldigung, Stefanie. Wenn ich erfolgreich bin, brauche ich dich nicht mehr. Ein schrecklicher Gedanke. Wild trommelte ich auf die Maschine ein, bis ich mir an der Kante des Walzenkorbes die Handballen aufritzte und Blut auf das eingespannte Blatt tropfte. Der Schmerz und der rote Fleck gaben mir meine Beherrschung zurück. Ich ging ins Badezimmer und schnippelte mit der Nagelschere Heftpflasterstreifen zurecht. Von nun an musste ich den frischen Schmerz ertragen, wenn ich die Finger bewegte.

6

Zweites Kapitel

Stefan verbrachte die Nacht auf der Couch. Am
Morgen nahm ihm der Nacken die unbequeme Lage
übel.

Auf dem Couchtisch standen die Reste einer
Abendmahlzeit und eine leere Flasche Chianti
Classico, unter dem Tisch lag ein Blatt. Er hob
es auf, es war die Manuskriptseite, bis zu der
er den Text gelesen hatte.

Im Badezimmer zog er sich aus und warf die
Kleidungsstücke über den Wannenrand. Beim Ein-
seifen unter der Dusche zögerte er unten herum
und nahm den Waschlappen vom Haken. Auch beim
Abtrocknen ging er behutsam vor.

Auf der Suche nach Hautcreme öffnete er den
Wandschrank. Die Fächer enthielten Cremes in
Tuben und Gläschen, Wimpernroller und verschiedene Make-ups in aufklappbaren Plastikdös-
chen. Die Markennamen waren ihm aus der Werbung
geläufig, doch überforderten die Aufschriften
teilweise seine Sprachkenntnisse. 'Moisture
on-line'? Die helle Creme roch unaufdringlich.
Eine andere, gleichfarbige hieß 'Exceptionally
soothing cream for upset skin'. Er stellte das
kleine Glas zurück an seinen Platz neben ein
tiefblaues, 'Fruition Extra Multi Action Com-
plex'. Keine weitere Erklärung, keine aufge-
druckte Gebrauchsanweisung. Vielleicht zur Unterstützung der Fruchtbarkeit bei Frauen? Oder
zur sexuellen Anregung?

Die andere Seite des Wandschrankes enthielt

Medikamente, Aspirin, ein Schnupfenspray und eine Schachtel mit kompliziertem Namen, darunter in kleineren Buchstaben 'Ovulationshemmer'. Im oberen Fach standen einige Eau-de-Toilette-Fläschchen, vorzugsweise Gucci und Channel. Im Schrank neben dem Waschtisch waren frische Badetücher aufgestapelt, in der Schublade lag allerlei Kram wie Lockenwickler, Haarspangen, Schleifen und ein kleiner Rasierapparat. Stefan fühlte mit den Fingerspitzen über Kinn und Wangen. Die Haut war glatt. Nach dem Duschen probierte er einen Teil der Garderobe, bis ihm die Sache zu dumm wurde und er den Morgenmantel überzog, der durch den ausgerissenen Ärmel in der Schulter passabel geweitet war. Zur Tagesgestaltung fiel ihm nichts ein, also spülte er das Geschirr und räumte auf. Dann nahm er sich den kleinen Stapel Blätter und setzte die Lektüre fort. Seine Romane zu lesen war ihm wichtiger als zu frühstücken. Er wunderte sich über den stark ausgeprägten Sinn für eine schlanke Figur.

Um zwei Uhr nachts wachte ich an der Maschine sitzend auf. Schlafen an der Schreibmaschine schien zur Gewohnheit zu werden. Der Regen hatte nicht nachgelassen, meine Blumen waren durch das offene Fenster begossen und breite Streifen Spritzwasser über die Fensterbank und die Tapete auf den Teppichboden gelaufen. Mit dem achtlos über das Sofa geworfenen Badetuch betupfte ich die Tapete und rieb über die feuchten Stellen des Teppichbodens.

Ich machte mich an die Durcharbeitung des zweiten Kapitels, auch wenn es erst wenig mehr als eine Seite lang war; ich hobelte, glättete, feilte. Schließlich gab ich auf. Wortschatz und Ausdruck versagten gegen die aneinandergereihten Alltäglichkeiten, die Handlung wollte mir nicht gefallen und die Witzchen über kosmetische Produkte wirkten wie eingeklebte Effekthascherei, ohne eigentlichen Bezug zum Thema. Mit der Hand kehrte ich die schwarzgrauen Rubbeln meines Radiergummis auf der Schreibtischplatte zusammen, das Ergebnis von einer Stunde Anstrengung.

Am Vormittag rief ich bei Engelmayr vom Abendblatt an. Er würde erst Dienstag wieder in der Redaktion sein, hieß es. Somit konnte ich die nächsten Tage nicht einkaufen gehen. Es war wieder einmal Tütensuppenzeit, und mein Talent musste ich von jetzt an auch nüchtern beweisen. Statt Bier gab es gekühlten schwarzen Tee, der nicht lange gezogen hatte, weil ich die Teebeutel streckte.

Den weiteren Tag verbrachte ich vor dem Bücherregal mit Literaturstudien auf der Suche nach geeigneten Textstellen, die sich als Versatzstücke für meine Hemmungslos-Kopiertechnik eignen würden. Abends sah ich mir einen Film mit Kim Basinger und Bruce Willis an. Ich beneidete den Drehbuchautor um seine zündenden Einfälle, ohne mir damit den Spaß und das Vergnügen zu verderben.

Am nächsten Morgen schreckte mich heftiges Klingeln aus dem Bett. Ich warf mir den Bademantel über und stolperte benommen zur Wohnungstür. Vor der Tür stand der Briefträger, in der dritten Etage – ein Wunschtraum war in Erfüllung gegangen!

»Grüß Gott«, sagte er und las mir fragend meinen Namen vor.

»Das bin ich«, bestätigte ich und nahm ihm den Einschreibebrief ungefragt aus der Hand. Von meiner Mutter. Ich hatte keinen blassen Schimmer, was zwischen Mutter und mir wichtig genug für eine solche Förmlichkeit sein könnte. Ich riss den Umschlag auf und zog den Brief heraus.

Mein lieber Junge!

Nachdem Du mir am Telefon von der Trennung mit Pia erzählt hast und nun so schnell keine Aussicht auf eine Heirat besteht, habe ich mich entschlossen, Dir das Geschenk Deines verstorbenen Großvaters auszuzahlen. Er hatte Dir das Geld für Deine Hochzeit zugedacht. Du bist ja inzwischen in dem Alter, wo andere schon die Scheidung hinter sich gebracht haben. Mir ist es aber so herum lieber, auch wenn ich die Sorge um Dich endlich in liebevolle jüngere Hände legen würde. Ewig werde ich nicht leben, um für Dich da zu sein.

Der Briefträger bückte sich und hob ein kleines Stück Papier auf. »Bitt' schön, der Herr«, sagte er und reichte mir den Scheck, den ich mit dem Schreiben meiner Mutter aus dem Kuvert gezogen hatte.

Zweitausendfünfhundert Euro!

»Hier brauch' ich noch eine Unterschrift.« Ich kritzelte meinen Namen.

Der Briefträger tippte mit dem Zeigefinger irgendwo zwischen Auge und Ohr und wünschte einen schönen Tag.

»Ja, ja«, antwortete ich abwesend.

Den Anruf bei Mutter verschob ich auf die Abendstunden mit dem günstigeren Tarif. Eine halbe Stunde später verließ ich das Haus im Eilschritt. Die Filiale der Sparkasse, bei der ich in Erwartung der Tantiemen ein Konto unterhielt, lag zwei Straßenecken entfernt und damit nah genug, um meine Ungeduld bis dorthin zu zügeln. Ich übergab den Scheck einem Angestellten und bat um Auszahlung von fünfhundert Euro. Der Angestellte schaute skeptisch, immerhin konnte er den Scheck nur *Eingang vorbehalten* gutschreiben, wie er mir sagte, und die Sparkasse kannte mich nicht als guten Kunden, denn weder hatte ich viel Geld noch einen Haufen Schulden, ich war immer nur knapp bei Kasse. Von meiner Mutter, fühlte ich mich verpflichtet zu erwähnen, während der Angestellte den Zahlungsbeleg ausstellte. Ich bekam auf diese Erklärung keine Antwort und ärgerte mich über meine Unsicherheit. In diesem Schalterraum war ich ebenfalls unbedeutend.

Ob ich das Geld in einen Urlaub investieren sollte? Mal ausspannen, das Gehirn frei machen ... Der Angestellte zählte flink das Bargeld vor mir ab.

Auf dem Rückweg zur Wohnung begegnete ich meinem abgestellten Auto, einem Polo. Endlich wieder einmal volltanken! Ich griff zur Innentasche der Jacke, wo das Geld steckte. Von einem Augenblick zum anderen verschwand das Glücksgefühl und ich sah den Besuch des Geldbriefträgers in seiner wahren Bedeutung: Ich hatte Pia an Mutter verkauft! Dabei war ich mir noch nicht einmal klar darüber geworden, ob ich Pia zurückwollte oder nicht.

Als Nächstes sah ich silbern umbördelte, grinsende Tasten. Das Geld reicht, um den Roman ungestört zu Ende zu schreiben, hörte ich. Das war eine klare Botschaft und sie enthob mich der Entscheidung, das Geld empört zurückzuschicken oder mich von Mutter gekauft zu fühlen. Wenn es nun schon einmal da war, würde ich mich zunächst beim Discounter mit dem Nötigsten versorgen. Auf dem Weg dorthin summte ich *No woman, no cry*.

Ich verließ den Discounter mit vier Einkaufswagen. Vor dem Haus fand ich keinen Parkplatz, also schaltete ich die Warnblinkanlage ein und parkte in der zweiten Reihe. Heute konnte ich mir sogar ein Strafmandat leisten.

Kallweit stützte seine Oberarme wie gewöhnlich auf das goldbraune Sofakissen im Fensterrahmen. Ohne eine Miene zu verziehen sah er mir zu, wie ich zwölf Kartons Rotwein nach oben schleppte, mehrere Papp-Paletten mit Dosenbier und einige große Kartons mit allem Möglichen, was ein Einpersonenhaushalt braucht, bevorzugt Essbares mit Verfalldaten, die ich teilweise durch das Fernrohr nicht erkennen konnte. Eine schöne Formulierung, die ich mir nach einem der Aufstiege in die dritte Etage sogleich notierte.

Ich war ziemlich geschafft und durchgeschwitzt, trotz meiner auf Bergwanderungen erprobten Kondition, musste aber den Polo noch strafzettelfrei parken. Drei Querstraßen weiter zwängte ich mich in eine Lücke, die eine junge blonde Frau mit einem kleinen Fiat hinterließ. Während sie einstieg und ich blinkend wartete, erinnerte ich mich daran, dass wir im Gymnasium eine Zeit hatten, in der wir die Mädchen nach ihren Fahrgestellen zu taxieren pflegten. Dabei wussten wir nicht einmal, wie man richtig fährt.

In der Küche sortierte ich die Einkäufe, das Trinkbare unter und neben den Tisch, Essbares in den viel zu kleinen Vorratsschrank und kunstvoll aufgeschichtet auf den Tisch. Zufrieden schaute ich mich um. Die Küche war nun wieder begehbar und es gab keinen Grund, mit der Arbeit nicht fortzufahren; alles Profane, was mich ablenken konnte, hatte ich mit einem Schlag erledigt.

Ich warf die Schreibwalze nach links und tippte.

Bis zum Abend hatte Stefan den ersten seiner Romane gelesen. Die Handlung spielte in Neuengland, in Vermont. Das erklärte die umfangreiche Neuengland-Abteilung in seinem Bücherregal.

Bis zum Abend brachte ich nur diese drei Sätze aufs Papier. Zwischendurch schritt ich das Wohnzimmer mit großen Schritten ab, eine mittlerweile alberne Angewohnheit, als sei ich auf dem Weg zur großen Inspiration. Dabei war die Stelle in der Handlung überhaupt nicht kritisch, ich musste lediglich erzählen, wie es weitergeht ... wie es weitergeht ...

Um mich abzulenken blätterte ich bei Hermann Hesse, *Narziß und Goldmund*, brachte aber nicht genügend Ruhe auf und wechselte zu Kästner, *Emil und die Detektive*. Ein Band Kishon folgte, dann Frisch, Lenz, Remarque – ich türmte die Bücher aufeinander, legte einige *Erinnerungen* und Autobiographien oben auf und krönte den babylonischen Stapel mit dem einbändigen schwergewichtigen Literaturlexikon.

Statt eines weiteren Buches öffnete ich eine Flasche Rotwein. Ich bezweifelte, ob dies die richtige Form geistiger Anregung sei, brachte es aber nicht fertig, mich entsprechend dieser Erkenntnis zu verhalten. Ich musste dringend und gründlich durchlüften. Seit drei Wochen war ich nicht mehr beim Training gewesen. Jeden Donnerstagabend traf ich mich in einer Vorortturnhalle mit einigen ehemaligen Kommilitonen, verheiratete und geregelte Einkommensbezieher. Hermann kannte den Vorsitzenden des Sportvereins und hatte für uns eine eigene Abteilung gegründet, Fitness und Kondition, völlig unbeachtet vom allgemeinen Sportbetrieb. Auf dem Programm stand Zirkeltraining, doch das hinderte uns nicht, nach Herzenslust zu bolzen. Wir kippten zwei kleine Stapelkästen auf die Seite und benutzten die offenen Rechtecke als Tore. Wenn wir es zu toll trieben und übermütige Fernschüsse gegen die weiß getünchte Ziegelwand krachten, schreckten wir den Hausmeister auf, der uns ein weiteres Mal verwarnte. Fußballspielen war in der Halle strengstens verboten. Wir zeigten Reue und versprachen, was wir nicht halten würden, und glichen unser Konto durch einen Kasten Weißbier aus. Der Hausmeister nahm ihn mit einem anerkennend gnädigen *Ihr Saubuam* entgegen.

Es war noch nicht neun Uhr, als ich gähnte. Nicht wieder einschlafen, schärfte ich mir ein.

Ich lag nackt in der Badewanne, ohne Wasser und vollkommen trocken.

»Hast du gut geschlafen, mein Schatz?«, fragte Pia. Sie stand in der Tür und hielt mit ausgebreiteten Armen ein großes Badetuch, so dass ich nur den Kopf und die nackten Füße sehen konnte. Sie lachte mich vielversprechend an.

»Soll ich dich abrubbeln?«

Eine Flasche polterte zu Boden und weckte mich. Ich saß mit verschränkten Armen an der Schreibmaschine, mit offenem Mund, den Kopf zur Seite gekippt. Eine Viertelstunde nach Mitternacht, stellte ich fest. Gegen den steifen, schmerzenden Nacken hob ich den Kopf, dehnte und drehte den Hals. Die Triumph lachte. Wenn ich nicht betrunken gewesen wäre, hätte ich jeden Eid geschworen, dass ihr Lachen keine Sinnestäuschung war. Die Triumph trug ein Geheimnis in sich, da war ich mir inzwischen sicher. Sie war schwanger und würde in neun Monaten den Roman gebären, den ich an der Maschine schlafend nachts verfasst hatte! Im Aufstehen stieß ich die Flasche Beaujolais Villages zur Seite, Bierbüchsen schepperten. Für heute Nacht war Schreiben im Wachzustand sinnlos.

Ich schlief länger als sonst und nahm mir auch beim Frühstück Zeit. Der Tag hatte keine erkennbare Perspektive. Eine Weile schaute ich durch das Fenster den dünnen Regenfäden zu, dann setzte ich mich an die Maschine.

7

Den ganzen Sonntag über las Stefan in seinen Manuskripten. Erst vor dem Zubettgehen machte er sich Gedanken, warum das Telefon nicht ein einziges Mal geläutet hatte. In seinem Alter musste er doch Verabredungen haben. Trieb er Sport? Hatte er keine Freundin? Für einen Augenblick beschlich ihn Sorge. Nein, er bemerkte keine Anzeichen spezieller Neigungen an sich.

Am Montagmorgen wurde ein nicht durch Warten oder Nachforschen zu lösendes Problem akut. Wenn er zurück in das Leben draußen wollte, benötigte er eine Grundausstattung an Herrenbekleidung. Die zweihundert Euro aus dem Portemonnaie brachten ihn nicht weit, rechnete er Hemden- und Hosenpreise zusammen. Hoffentlich hatte er Geld auf dem Konto.

Schon mit dem Aufstehen und zwischen den anderen Überlegungen beschäftigte ihn die Frage, ob er als Mann oder als Frau einkaufen sollte. Mit der vorhandenen Damengarderobe gab er sich der Lächerlichkeit preis, wenn er versuchte, wie ein Mann auszusehen. Mit dem schon anprobierten Sommerkleid und dem Strohhut würde er als nicht ganz gelungene Frau überzeugender wirken und weniger Aufmerksamkeit erregen, dachte er. Schuhe! Wenn er sich als Frau auf die Straße wagte, brauchte er zuallererst ein Paar Damenschuhe, auch wenn das Geld dafür aus dem Fenster geworfen war. Bis zum Schuhgeschäft könne er in Badelatschen gehen, weiter traute er sich nicht. Für die Junisonne mit ihren sommerlichen Temperaturen wäre er gekleidet wie eine Mischung aus einem Badegast und einer Sommerfrischlerin. Nur mit dem Slip hatte er Mühe und er überlegte, ob er nicht *unten ohne* gehen sollte, bis er einen fand, der so geschnitten war, dass ihm *das da* nicht ständig nach rechts oder links herausrutschte.

Stefan schloss die Wohnungstür geräuschlos ab. Noch bevor er die Treppe erreichte, öffnete sich die Tür nebenan. Überhastet verlor er den rechten Badelatschen und musste zwei Schritte zurück.

Die Nachbarin verharrte an der Tür, die Hand am Knauf. Nach seinem flüchtigen Eindruck schaute sie unfreundlich bis feindselig. Das fängt gut an, dachte er, gleich die erste Begegnung ist ein durchschlagender Erfolg. Unten auf der Straße würden die Leute reihenweise mit den Fingern auf ihn zeigen und sich zuraunen: Stefan Bruhks ist eine Tunte! Trotzdem eilte er so schnell die Badelatschen dies zuließen an der Nachbarin vorbei und die Treppenstufen hinunter. Er musste sich überwinden, die Haustür zu öffnen, erst die Schritte der Nachbarin auf der Treppe gaben den Anstoß.

Stefan trat hinaus auf die Straße. Trotzig summte er *Ich bin, was ich bin, und das, was ich bin, ist einzigartig* ... Zugegeben, vielleicht benahm er sich wie ein Narr, aber deshalb wollte er nicht bis auf weiteres daheim im Käfig sitzen. Hier draußen wärmte das Sonnenlicht angenehmer als durch das Wohnzimmerfenster. Den eigentlichen Unterschied machte die Luft, nicht die Wärme, und der Geruch der Straße – warmer Asphalt, Blumen in grauen und grünen Balkonkästen, eine achtlos weggeworfene Schale mit Resten von Pommes frites. Und der Benzindunst, auch wenn er diesen liebend gern aus der Komposition gestrichen hätte.

Er rückte das Strohhütchen zurecht und ging los. Das Kleid trug sich bequem und gar nicht fremd. Der Wind streichelte den Stoff mit sanftem Hauch über die Haut.

Neben einem roten Polo blieb er stehen. Unschlüssig beäugte er das Auto, als wäre er einem ihm unbekannten Modell begegnet. Ob dieses Auto zu dem Wagenschlüssel in seiner Handtasche gehörte? Er probierte – die Fahrertür öffnete sich. Aha, dachte Stefan, man muss den Dingen begegnen, um sie mit Leben zu füllen. Was er jetzt noch brauchte war eine Karte, um überall dorthin zu gelangen, wo er Teile seines Lebens finden würde.

Du hast doch mich.

Bleib ruhig, ermahnte sich Stefan. Vor dem Schuhgeschäft erwischte er einen Parkplatz und, als gäbe es für solche profanen

Glücksfälle eine ausgleichende Gerechtigkeit, zerkratzte er sich beim Einparken die Radkappe an der Bordsteinkante.

Typisch einparkende Frau.

Die ironische Milde, das nachsichtige Lächeln in der Stimme nahm Stefan nicht wahr. Nervös stieg er aus dem Wagen. Die beinahe schon vergessene Stimme, die ihm anfangs ständig erzählt hatte, er sei ein Mann, meldete sich in einem denkbar ungünstigen Augenblick zurück, in dem er sich voll darauf konzentrieren musste, eine Frau zu sein.

Vom Auto hastete Stefan in das Geschäft, direkt in die Arme einer Verkäuferin.

»Damenschuhe sind weiter hinten.«

Hatte die Verkäuferin etwas gemerkt? Sie schaut mir direkt durch die Unterwäsche, dessen war er sich sicher. Diese verdammte Hitze!

Wahllos nahm er einen Damenschuh aus dem mit *41* beschrifteten Regalfach und setzte sich in einen Sessel. Die Länge stimmte, die Weite nicht. Immerhin kannte er jetzt seine Schuhgröße. Verstohlen schob er die Badelatschen mit einem Fuß unter den Sessel.

»Soll ich Ihnen ein Paar Strümpfe bringen?«, fragte die Verkäuferin.

Stefan starrte die Verkäuferin verständnislos an. Das war eine Komplikation, mit der er nicht gerechnet hatte.

»Anproben mit nackten Füßen – es soll doch alles hygienisch sein, nicht wahr?«

Stefan nickte. Während die Verkäuferin die Strümpfe und den anderen Schuh holte, flitzte er in die Herrenabteilung und griff sich Sportschuhe aus einem Sonderangebot. Basketball-Imitat. Zusammen mit Jeans wäre er damit für fast jede Gelegenheit als Mann perfekt gekleidet.

Die Verkäuferin reichte ihm ein Paar Nylonsocken. Wie viele Frauen hatten die Socken wohl vor ihm benutzt?

Er entschied sich für hellbraune Schuhe mit halbem Absatz.

Hoch genug, um ihm den typisch weiblichen Gang zu vermitteln. Die Schuhe saßen knapp, noch eben erträglich. Tausend Meter bis zur ersten Blutblase, schätzte er. Er habe ungewöhnlich breite Füße, bemerkte die Verkäuferin.

»Ich lasse sie gleich an«, sagte Stefan, während er die Strümpfe auszog. Seine Stimme kiekste erst und fiel dann eine halbe Oktave tiefer. »Und den Karton brauche ich auch nicht.«

»Soll ich Ihnen denn nicht ...« Die Augen der Verkäuferin suchten den Boden um ihn ab.

Fünf Minuten später hatte er neunundvierzig Euro ausgegeben und trat auf die Straße.

Stefan glaubte zu schweben. Er ignorierte die Druckstellen und genoss den schwingenden Gang, mit den Zehballen anstatt mit den Fersen aufzutreten. Nur der ausgestopfte BH beeinträchtigte das Körpergefühl und störte die Illusion. Gerne hätte er jetzt richtige Brüste gehabt.

Auf der anderen Straßenseite bemerkte er einen freien Tisch vor einem Café.

Sie überquerte die Piazza, die menschenleer in der Mittagsglut lag. Der gleichmäßige Takt der Schritte störte die Ruhe. Die Männer, die dösend im Schatten unter den Arkaden saßen, folgten ihr mit Blicken durch die Wimpern halbgeschlossener Augen. Sie hielt den Kopf stolz erhoben und atmete die flirrende Spannung.

Stefan bestellte Capuccino. Ob die Männer ihr nachschauten oder sie sogar ansprechen würden? Vergeblich versuchte er, sich sein Spiegelbild ins Gedächtnis zu rufen. War sie hübsch?

Hübsch? Du bist ein attraktives Mannsbild. Reicht dir das nicht?

Stefan schluckte. Er hatte andere Sorgen, als seine Wirkung als Frau auszuprobieren, einfach und geräuschlos wollte er in die Welt der Männer zurückkehren. Was er hier trieb, sollte keine Clownerie sein, sondern war Notbehelf. Die eigentliche Bewährungsprobe lag noch vor ihm, bei R&C, auch wenn er in einem großen Bekleidungshaus in der Menge der Kunden weniger auffallen würde. Außerdem konnte er bargeldlos zahlen.

Bei den Herrenartikeln kauften auch andere Frauen ein. Stefan fühlte sich dazu gehörig. Wenig später stand er mit einigen Garnituren Unterwäsche, Strümpfen und Freizeithemden an der Kasse. Der Drucker ratterte, ein Ratsch – »Unterschreiben Sie bitte.« Die Kassiererin legte den Beleg auf die Theke und hielt ihm einen Filzstift entgegen.

Die Scheckkarte trug den Namen Stefan Bruhks.

Schweißtropfen rannen ihm den Rücken herab. Hinter ihm stellten sich zwei Kundinnen an.

»Hier.« Die Kassiererin wies auf die weiße Stelle des Belegs.

Er unterschrieb mit Stefan Bruhks.

Die Kassiererin nahm die Karte und verglich umständlich die Daten.

Frag, ob die Zahlung durch die Bank bestätigt wurde.

Stefan schloss für einen Moment die Augen. »Ist die Lastschrift nicht durch die Bank bestätigt?«, fragte er wie jemand, dem Zweifel an der Bonität nicht lästig, sondern lächerlich erscheinen.

»Die Lastschrift ist in Ordnung«, antwortete die Kassiererin. Sie schaute suchend durch den Verkaufsraum. »Herr Bichler?«, fragte sie, halblaut und zögernd.

»Was ist?«, drängte Stefan.

Die Kassiererin machte eine unschlüssige Handbewegung. Dann gab sie ihm die Karte zurück.

Stefan widerstand der Versuchung, einfach davonzulaufen. Nur mit einer Hose konnte er den Alptraum ein für alle Mal beenden, am besten Jeans, eine für alle. Er studierte die Acrylglastafel an der Rolltreppe. II. Obergeschoss, Herrenbekleidung.

Nur wenige Schritte wären notwendig gewesen, um im I. Obergeschoss auf die Rolltreppe zum II. Obergeschoss umzusteigen. Stattdessen ging er geradeaus, folgte einem plötzlichen Interesse für die junge Frauenmode und lief ihr direkt vor die Füße. Sie stand inmitten einer Gruppe gut gekleideter Frauen, trug eine pinkfarbene zweite Haut mit zweifelhaft anständigem Ausschnitt, darüber eine Art Bolerojäckchen, sehr kurz und sehr offen. Stefan interessierte sich nicht für ihre toten Reize. Sein Blick hing an den schulterlangen blonden Haaren mit dem fransigen Pony. Das spöttisch wirkende Lächeln mit dem leicht nach oben gezogenen rechten Mundwinkel gab dazu einen reizenden Kontrast ab. Ihr rechter Arm war seitwärts nach oben abgewinkelt, Balance suchend, obwohl sie auf ihren Stöckelschuhen sicher stand.

Eine andere Kundin bat Stefan, vorbeigehen zu dürfen. Er trat an die Seite, ging ein paar Schritte, blieb wieder stehen, ohne die Kleiderpuppe aus den Augen zu lassen. Deutlich hatte er den Kick verspürt, den aussetzenden Herzschlag, wenn man, ohne darauf vorbereitet zu sein, plötzlich vor der Frau seiner Träume steht.

Die Haare! Das sind meine Haare, dachte er.

Um nicht im Weg zu stehen, ließ er sich mittreiben und umkreiste die Gruppe der Kleiderpuppen. Vorsichtig spähte er die Umgebung aus; je mehr Betrieb, je weniger würde er auffallen. Ein kurzer Griff, dann verschwand die Perücke in der Einkaufstüte. In der Nähe bemerkte er den offenen Vorhang einer einzelnen Umkleidekabine. Ehe er noch richtig begriff, was er getan hatte, verließ er die Umkleide und fand sich auf der Rolltreppe wieder – eine selbstbewusste blonde Frau.

Im II. Obergeschoss war es merklich ruhiger. Stefan suchte nach dem Gestell mit den Jeans. Welche Größe hatte er? Erneut stand ihm eine Schwierigkeit bevor, an die er bis jetzt nicht gedacht hatte: Würde man eine Frau in die Anprobe lassen?

Unauffällig hielt er eine Hose seitlich an und prüfte die Länge. Die amerikanischen Maßangaben waren ihm nicht vertraut und er hängte die Hose wieder ein. Am Gestell nebenan gab es verschiedene Größen eines deutschen Fabrikates. 50, das müsste es wohl sein, dachte er. Unschlüssig stand er mit der Hose in der Hand.

Ein junger Verkäufer näherte sich eilfertig. »Das ist eine Herrenhose«, sagte er im Kommen.

»Das ist mir nicht entgangen«, entgegnete Stefan geziert und bemühte sich, in eine höhere Stimmlage zu wechseln.

»Ich dachte ...« Der junge Mann verzog entschuldigend das Gesicht. »Die Kasse ist eine Etage tiefer.«

Ohne Zweifel übte Stefan Wirkung aus. Der Verkäufer schien noch unsicher gegenüber Frauen, die zehn Jahre älter waren. Stefan dachte weder an Zahlung noch an die neuerlichen Komplikationen an der Kasse. Ob es ihm gelang, mit einem betörenden Lächeln Verwirrung zu stiften? Immerhin war er eine blonde Schönheit, einen Tick verrucht, begehrlich, betörend. Dicht schritt er an dem Verkäufer vorbei und drehte sich im Weggehen um. Der Verkäufer starrte ihm bis auf die Rolltreppe nach.

An der Kasse verflog der Zauber der blonden Perücke schlagartig und die beklemmenden Gefühle und das unangenehme Schwitzen kehrten zurück. Gott, lass es gut gehen, nur noch dieses eine Mal, sandte er einen Hilferuf, nicht an die göttliche Instanz, sondern an eine unbekannte Allmächtigkeit. Direkt nach diesem Einkauf würde er nach Hause gehen und sich umziehen, um endlich ein richtiger Mensch zu werden.

Übrigens, mein Name ist Alfred, sagte die Stimme. *Wenn ich gewusst hätte, dass ein kleiner Chauvinist in dir schlummert ... Ich bin eine SaB.*

»Es a be?«

Seele auf Bewährung. Noch nicht Engel, aber auch kein Teufel.

»Kein Teufel?« wiederholte Stefan fassungslos.

Die Frau in der Reihe vor Stefan drehte sich um.

Sag bloß, du hast keine Ahnung! Seit der Sache in Bedford Falls dachte ich, die ganze Welt wüsste Bescheid über die postmortalen Klassifizierungen. Einer meiner Vorfahren, er nannte sich nach seiner Auswanderung Clarence, wurde nach seinem Tod sofort Engel zweiter Klasse. Wahrscheinlich war mein Sündenregister länger, ich habe es wohl zu toll mit den Frauen getrieben. Na ja, er bekam den berühmten Einsatz in Bedford Falls. Verhinderung eines Selbstmordes. Hast du den

Film nicht gesehen? ›Immer wenn ein Glöcklein klingelt, bekommt ein Engel seine Flügel.‹

»Immer wenn ein Glöcklein klingelt«, formten Stefans Lippen tonlos. »Aha.«

Musst du mir unbedingt alles nachsprechen? Ich bin gekommen, weil du jetzt auf der anderen Seite bist. Auch wenn ich noch nicht Engel zweiter Klasse bin.

»Ist Ihnen schlecht?«, fragte die Kassiererin. »Sie sind ja vollkommen weggetreten.«

Stefan legte mechanisch die Hose auf die Theke, obenauf die Scheckkarte. Die Kassiererin nahm die Karte und ihre Kollegin die Hose. Das Etikett wurde von der Hose abgerissen und eingelesen, die Hose verschwand sorgfältig zusammengelegt in einer Plastiktüte, ein kurzer Ruck – die Tüte lag griffbereit auf der Theke.

»Können Sie sich ausweisen?«, fragte die Kassiererin. »Sie sind doch nicht Stefan Bruhks.«

Stefan glaubte in seinem Rücken die feixenden Blicke der Wartenden zu spüren. Bloß jetzt keine Vorstellung, *comedy live.* Das heillose Durcheinander in seinem Kopf reichte lediglich zu der Frage, die Alfred ihm an der Kasse im Erdgeschoss soufliert hatte: »Ist die Lastschrift nicht durch die Bank bestätigt?«

»Soweit sind wir noch nicht. Da kann schließlich jede daherkommen. Womöglich ist die Karte geklaut.«

Die Kassiererin sah ihn herausfordernd an. Sie war so jung wie er und machte nicht den Eindruck, als ob er ihr etwas vormachen konnte.

Stefan riss sich die Perücke vom Kopf. »Beantwortet das Ihre Frage?« Er stülpte die Haare wieder über.

»Ist das ein Beweis?«, fragte die Kassiererin schnippisch.

Aus der Warteschlange tönte ein empörtes: »Das gibt's doch nicht!« Stefan schaute sich um. Drei Kundinnen entfernt stand die Begegnung aus dem Hausflur, mit einem Gesicht, in dem deutlich geschrieben war, wie sehr das Bild über die nachbarschaftlichen

Verhältnisse aus den Fugen geraten war. Stocksteif hielt die Nachbarin in der Rechten ein dunkelblaues Sommerkleid halbhoch, gleichsam wie Abwehr und Verlockung.

»Haben wir ein Problem?« Ein kleiner untersetzter Mann schob sich an der gaffenden Kundschaft vorbei nach vorne.

»Diese Kundin – nein, dieser Mann hat versucht, mit einer auf einen Mann ausgestellten Karte ...« Die Kassiererin brach ab.

»Kommen Sie mit. Ich bin der Hausdetektiv.« Der kleine Mann fasste Stefan und zog ihn von der Kasse. Im Weggehen griff Stefan die Tüte mit der Hose.

»Ich habe Sie beobachtet. Diebstahl einer Perücke.« Der Detektiv öffnete die Tür zum Treppenhaus. »Nach oben. Vierter Stock.«

In der vierten Etage wechselten sie auf einen Büroflur. Sie passierten verschiedene Türen – Personalbüro, Buchhaltung, dann Sicherheit, Herr Bichler.

»Hier hinein, bitte«, sagte Herr Bichler fröhlich. »Nehmen Sie Platz. Ich informiere den Direktor. Bin gleich wieder da.«

Es gab nur einen Stuhl gegenüber dem Schreibtisch. Drei Monitore und ein Kasten, ähnlich einem Stellpult, verbrauchten den größten Teil des Schreibtisches.

Während Stefan wartete, ebbte der Schock langsam ab. Verdammt, was hatte ihn geritten, die Perücke zu klauen?

Die Tür öffnete sich und ein schlanker, sorgfältig gut gekleideter Mann um die fünfzig betrat vor Herrn Bichler das Büro, mit gebräuntem Gesicht, sehr beherrscht. Die Haare formten trotz ihrer Länge über der Stirn eine perfekt liegende Welle.

»Das ist die Tunte, Herr Ralzinger«, sagte Herr Bichler. »In diesem besonderen Fall hielt ich es für gerechtfertigt, Sie zu informieren.« Er trat vor Stefan und nahm ihm die Perücke vom Kopf.

Stefan zuckte. Wenn es nicht um Diebstahl gegangen wäre, hätte er jetzt zugeschlagen.

Ralzinger schloss die Augen. Seine Augenlider waren ebenso

dunkel wie die Ränder unter seinen Augen. »Sie sollen Ihre Ausdrucksweise mäßigen«, tadelte er. »Wie oft muss ich Ihnen das noch sagen?«

Stefan sprang auf. »Machen Sie, was Sie wollen, aber meine Ehre lasse ich nicht beleidigen!«

Ralzinger winkte müde ab. Seine feingliedrigen Finger bewegten sich im Raum. »Was werfen wir ihm vor?«

»Ich habe sie im zweiten Stock beobachtet und dann beschattet. Sie war mir gleich verdächtig.« Bichler wirkte selbstgefällig. »Sie – er – strich um die Dekoration, die Kollektion von Yves St. Tropez. Plötzlich macht er sich von hinten an die Puppe im pinkfarbenen Kostüm ran, riss ihr die Perücke vom Kopf und stopfte sie in die Tüte. Sekunden später war sie in der Umkleidekabine untergetaucht. Geschlagene zwei Minuten brauchte sie, dann kam sie ohne den Strohhut raus – den habe ich in der Kabine sichergestellt – also, mit der Perücke auf dem Kopf, ein scharfes Weib, leider nicht echt.« Bichler machte ein bedeutungsvolle Pause.

»Weiter, Bichler.«

»Dann ist sie in die Herrenabteilung und hat Jeans ausgesucht. Auf dem Weg zur Kasse schob sie ihre ... äh, ihren Oberkörper, äh, rasiermesserscharf an dem neuen Verkäufer vorbei – Brunnhuber – dem fielen beinahe die Glubscher aus dem Gesicht. Unten an Kasse 2 habe ich sie dann gestellt. Frau Gruber, die Kassiererin – eine aufgeweckte Person – hat gleich gemerkt, dass ihr ein fauler Kunde ins Netz gegangen war. Dass die Karte auf einen Mann ausgestellt war.« Bichler reichte seinem Chef die Scheckkarte.

»Sie lesen zu viel«, kommentierte Ralzinger den Bericht seines Hausdetektivs.

»Ich lese! Was?«, fragte Bichler entgeistert.

»Groschenromane. Wahrscheinlich aber doch nicht.«

Bichler setzte ein beleidigtes Gesicht auf.

»Stefan Bruhks«, sagte Ralzinger und reichte Stefan die Scheckkarte mit einer grazilen Bewegung zurück. Das Gesäß bewegte sich in der schmalen Hüfte. Am Gewicht der Karte konnte es nicht liegen.

»Darum hat er auch keine – wie Sie es auch immer ausgedrückt hätten.«

»Ti ... Brüste.«

»Ihre Fantasie ist mit Ihnen durchgegangen, Bichler. Er hat außer der Perücke keine Ware gestohlen?«

»Ja. Nein. Nur die Perücke.«

Stefan schöpfte Hoffnung und schaltete sich ein. »Ich weiß auch nicht, was über mich kam, ich war einfach hingerissen, und ein Preisschild war auch nicht dran. Ich stand noch an der Kasse, als mich Herr Bichler abführte, ich wollte auch, aber dann ...«

»Herr Ralzinger«, ereiferte sich der Detektiv. »Bei R&C zählt nur der Tathergang, oder? Der Schwund, bezogen auf den Umsatz, betrug im letzten Jahr – wie viel Prozent?« Bichlers Zeigefinger wippte aufgeregt am ausgestreckten Arm auf und ab und wies auf die Monitore. »Wollen Sie einen Blick in das Erdgeschoss werfen? Damenunterwäsche. Was man – was sie – notwendig fürs Bett braucht. Ich wette, ich brauche keine zehn Minuten, dann habe ich eine erwischt. Instinkt!«, bekräftigte Bichler.

»Schon gut.« Der Direktor bewegte sich unschlüssig und bekam wegen der Enge des Raumes kein Auf und Ab zustande. »Ihre Sichtweise ist zu rechteckig, Bichler. R&C ist ein weltoffenes Haus, ohne Vorurteile, wir diskriminieren nicht ...«

Bichler warf die Arme in die Luft. »Diskriminirrn?« Seine Aussprache färbte sich mit Dialekt ein. »Mir? Na!«

»Regen Sie sich doch nicht künstlich auf, Bichler!«

»I?« Die kurzen Beine des Detektivs knickten ein, so dass er seinen Kopf weiter in den Nacken biegen musste, um seinen Chef aus der noch tieferen Warte anzustarren. »Iiiii?«

»Unerträglich, Bichler, wie lang Sie eine dermaßen kurze Frage ziehen. Und reden Sie wieder deutsch«, forderte Ralzinger, mehr flehend als befehlend. »Sie wissen doch, wie wenig mir das Volkstümliche liegt.«

»Dis-krimi-nieren«, blies Bichler heraus.

Sein Chef unterbrach ihn erneut. »An dem Wort haben Sie aber mächtig Gefallen gefunden.«

Bichler schluckte. »Bei uns darf jeder klauen«, fuhr er fort, »Schwarze, Weiße, Moslems, Juden, Asylbewerber, Schwule, Lesben, sogar Deutsche, christliche oder unchristliche, Bayern oder Preußen – wir machen da keine Unterschiede!« Bichlers Zeigefinger wedelte hin und her. »Nur erwischen lassen darf er sich nicht von mir! Oder *sie* – wir wollen doch niemanden diskriminirrn!« Bichler drehte den Kopf und fixierte seine Beute.

»Jetzt reicht es aber, Bichler«, sagte Herr Ralzinger mit resignierender Milde. Der Verweis lag in der geringfügig lauteren Stimme. »Notieren Sie die Personalien und fassen Sie in Gottes Namen die Anzeige ab. Ich möchte den Vorgang allerdings sehen, bevor er an die Polizei geht.«

Bichler nickte.

»Und geben Sie ihm die Perücke zurück. Sie steht ihm so gut.«

Bichler sperrte den Mund auf und brachte kein Wort heraus.

»Hat er sie entwendet, oder nicht?« Ralzinger sah seinen Detektiv nicht an, sondern beschäftigte sich mit dem perfekten Sitz seiner Krawatte. »Und weil er das Diebesgut gleich mitnimmt, erlassen wir ihm auch die hundert Euro pauschale Bearbeitungsgebühr für die Anzeige.«

Stefan erwachte aus seiner sprachlosen Verwunderung. »Danke, Herr Ralzinger«, sagte er, und: »Verzeihung!«

Der Kaufhausinhaber musterte Stefan. »Wenn Sie wieder einmal Appetit auf ausgefallenen Geschmack haben, kommen Sie zu R&C. Mein Büro hilft bei Problemen. Ich liebe zufriedene Kunden. Insoweit – wir stehen auf Ihrer Seite.«

Zehn Minuten später verließ Stefan das Kaufhaus. Auf dem Kopf trug er die blonde Perücke, an der Hand die Einkaufstüten. Der Umstand, dass er die Hose irrtümlich nicht bezahlt hatte, reichte nur für einen kurzen Moment der Freude. Auch die vage

Hoffnung, der Diebstahl könnte dank Herrn Ralzinger glimpflich ausgehen, konnte ihn nicht beruhigen. Eine Mordswut wühlte in seinem Innern. Der oder die, die ihn in diese Situation gebracht hatten und Verantwortung für den Inhalt seines Kleiderschrankes trugen, sollten sich vorsehen. Und natürlich Alfred Hirngespinst, falls er jemals die Absicht haben sollte, in diese Welt zu treten.

8

Zu Hause nahm Stefan ein Fußbad und rieb die schmerzenden Druckstellen mit Latschenkiefernextrakt ein. Im Kleiderschrank räumte er die Damenunterwäsche nach hinten und stapelte die Neuerwerbungen davor. Er tauschte den Slip gegen eine Unterhose und fand sich schon gut gekleidet. Damit vergaß er den Vorsatz an Kasse 2.

Nach dem Essen legte er sich zum Lesen auf das Sofa. Das Sommerkleid lenkte ihn ab, mal zog er den Saum nach unten oder strich den Stoff glatt, mal schob er ihn über die Knie hoch, bis ihm das Getue lästig wurde und er begriff, warum er sich ständig mit dem Kleid beschäftigte: Es vermittelte ihm den Eindruck, ein anderer Mensch zu sein. Eine andere Frau.

Stefan ging ein paar Schritte durch den Raum und schloss die Augen. Auf der Straße hatte der fließende Stoff angenehm auf der Haut geprickelt und er versuchte, die Erinnerung an diesen Eindruck zurückzuholen. Er stellte den Ventilator aus dem Einbauschrank in der Diele auf den Couchtisch. Der Kleiderstoff legte sich im Luftstrom um seine Hüften und die Beine. Stefan drehte sich und ging auf und ab, doch der erhoffte Sinneseindruck blieb aus.

Du bist albern, urteilte er schließlich, wenn dich eine deiner Freundinnen beobachten könnte, würde sie dich für verrückt erklären. Im gleichen Atemzug sprach er sich von allen Vorwürfen frei. Weil die Situation verrückt war, würde er mildernde, besser gesagt verrückte Umstände geltend machen.

Nur zögernd trennte er sich von dem Sommerkleid. Zwischen dem Entschluss, das Kleid auszuziehen und dem Öffnen des ersten Knopfes lagen einige Minuten Leere in seinem Kopf, als sei der Verstand ausgeschaltet worden.

»Das Kapital Frau ist abgeschlossen«, sagte er laut, um den Vorsatz zu bekräftigen.

Mit einer Flasche Rotwein in Reichweite versenkte er sich in seine Literatur. Stefan Bruhks las sich großartig, lobte er sich, er schmunzelte über pointierte Formulierungen, bewunderte präzise Beschreibungen, die ein Auge für das Detail verrieten, und ließ sich von Stimmungsbildern tragen. Die Schmach des Vormittags verblasste allmählich.

Der mit Hoffnungen und Enttäuschungen gefüllte Plastikhefter lag noch auf dem Wohnzimmertisch. Zuerst schenkte ihm Stefan keine Beachtung, dann tauchte der Hefter als roter Farbfleck in seinem Gesichtsfeld auf, wurde wenig später wahrgenommen, in Gedanken in das Regal zurückgestellt, lag noch immer auf dem Tisch, höhlte die Konzentration aus und schob sich dann ganz nach vorne in sein Bewusstsein. In der roten Mappe war ein wichtiger Teil seines Lebens abgeheftet, an den er sich absolut nicht erinnern konnte.

Stefan legte das Manuskript an die Seite. Er fächerte den abgehefteten Papierstapel mit dem Daumen durch. Am untersten Brief blieb er hängen. Der erste Versuch, wahrscheinlich klebte Herzblut daran. Der Brief war ein kleines Meisterwerk der Prosa und voll unbekümmerter Hoffnung. Acht Wochen später kam die freundliche Absage.

Stefan las sämtliche Briefe. Seine verloren zunehmend an Schwung, wurden illusionsloser und nüchterner – bei Nicht-gefallen Rückgaberecht innerhalb von sechs bis acht Wochen, lautete die Botschaft, dass er sich im Grunde nicht wundern durfte, wenn er eine Absage bekam. Die Antworten blieben immer gleich höflich und enthielten zuhauf unverbindliche Wünsche für weiteres Gelingen.

Stefan musterte die Wände des Wohnzimmers. Sie müssten gepolstert sein, dann könnte er sich als Autor nach Belieben austoben, seine Texte herausschreien und einer imaginären Leserschaft einbläuen, und die Verlage konnten weiterhin für ihn das nicht Fassbare bleiben, wie der plötzlich einsetzende Heißhunger auf Wackelpudding mit Waldmeister-Geschmack. Ein weißer See aus Kondensmilch schwamm auf giftgrünem Grund.

Er war nicht verrückt, sondern schwanger!

Das ist wohl schlecht möglich.

Alfred!

Der ungespülte Teller vom Mittagessen zerschellte am Rahmen der Küchentür und hinterließ dort eine Schramme im weißen Lack. Noch rechtzeitig bremste Stefan den Schwung der Rotweinflasche und setzte sie unsanft zurück auf den Tisch. Einen Teil des Wohnzimmers in einen unansehnlichen Fleck zu verwandeln, brachte lediglich zusätzliche Arbeit und Frust.

In einem Zug trank er das Glas leer.

Prost.

Die Stimme, die sich Alfred nannte, hatte sich als Seele auf Bewährung vorgestellt. Stefan stellte sich eine kleine Gaswolke vor, gemischt mit ein paar Staubpartikeln, so ziemlich das Unbedeutendste im Universum. Seele auf Bewährung! Noch nicht einmal ein Engel zweiter Klasse, was immer das sein mochte, war ihm zugeteilt worden, mehr als diese jämmerliche Seele stand ihm wohl nicht zu. Einen Racheengel könnte er gebrauchen, kein Puttchen, sondern etwas Ausgewachsenes mit Schwert in der Art eines Erzengels, besser noch eines Phantoms!

Ich bin nicht Stefan Bruhks, dachte er entmutigt.

Es gab keinen erkennbaren Grund für diesen Zweifel. Der Name war in diesem Gedanken ohne Belang, genauso gut hätte er *Ich bin nicht Anatol Stiller* denken können wie jemand, der sicher ist, dass er Sepp Daschlgruber heißt. In seinem Fall war der Name ein Etikett, einfacher zu merken als eine Nummer und darum praktischer. Ob Name oder Nummer, beide sagten nichts über den Inhalt aus. Wenn es Alfred nicht geben würde, hätte er retrograde Amnesie unterstellt.

Stefan legte den Kopf auf die Armlehne der Couch. Ich bin eine Flasche, dachte er, etikettiert mit *Stefan Bruhks, nicht so alter Jahrgang*, ohne genauere Kenntnis, was darin steckt.

Nicht Alfred ist das Phantom, er selbst war es. Er brauchte dringend eine gute Lebensgeschichte, notfalls auch aus zweiter

Hand, wenn es nur schnell gehen würde. In Geschäften konnte er keine Lebensgeschichte kaufen, vielleicht auf der Straße, wo sich Menschen, Figuren und Schicksale begegneten. Die Figuren waren in seinen Augen die interessantere Spezies, sie waren findig und agierten mit Menschen und schafften dadurch Schicksale. Was war beispielsweise mit dem orientalisch aussehenden jungen Mann, der ihm auf dem Rückweg von R&C begegnet war? Wenig zielstrebig schlenderte er die belebte Einkaufsstraße entlang, dicht an den Passanten vorbei. Ob er den Leuten etwas zuraunte? Stefan horchte, als lägen die geflüsterten Worte in der Luft: *»Leben, frische Leben, brauchen Sie neues Leben?« Halb öffnet der Mann seine Jacke. »Hier, eins a, noch frisch, ist aus Selbstmord«, preist er seine Ware einem älteren Herrn an. Der schreckt zurück und stolpert beinah in den Rinnstein, hebt schützend den Arm: »Jessesmaria.« Ein erbärmliches Leben muss das sein, was ihm da angeboten wird und ihm ordentlich Beine macht, vielleicht eine Mischung aus Hader, Zerwürfnis und fehlender Anerkennung, womöglich das Leben von Sepp Daschlgruber, Sohn eines Bauunternehmers aus Rosenheim, der große Teile seiner Kindheit zwischen unverputzten Wänden verbrachte, und dessen eigentliche Leidenschaft der Literatur galt.*

Stefan erhob sich, starrte gegen das Bücherregal und wiederholte im Kopf die Sätze, fügte neue an, repetierte, verwarf den Anfang und begann von vorne. Schließlich setzte er sich an den Schreibtisch, schob mit dem Ellenbogen die Manuskripte an die Seite und zog die Computertastatur zu sich heran. Ungeduldig wartete er, bis der Computer hochgefahren war. Endlich, neues Dokument. Der Schreibmarke blieb keine Zeit zum Blinken. Stefan tippte die Überschrift und rückte sie mittig ein.

Das Literaturphantom

Er sei ein Genie gewesen, so oder so, behauptete Max Daschlgruber und strich mit den Fingerspritzen über den grauen, von Zigarrenrauch angegilbten Schnurrbart. Sein Gesicht nahm den trotzigen Ausdruck eines Schuljungen an, der zwar ertappt wurde, aber dennoch nicht den Stolz über die Missetat dem Schuldgefühl opfern will.

Daschlgrubers Frau seufzte. »Der Bub«, sagte sie leise, »morgen wäre der Bub fünfunddreißig geworden.«

Max Daschlgruber durchmaß das hundertzwanzig Quadratmeter große Wohnzimmer mit langen Schritten. Vor einem Bücherregal mit imposanten Ausmaßen blieb er stehen, schnaubte verächtlich und nahm einen guten Schluck aus dem Rotweinglas.

»Die Flausen« – das Glas kreiste in einer ausholenden Bewegung über die Bücherwand – »hatte er von dir.« Max Daschlgruber drehte sich zu seiner Frau um. »Schau doch dich an. Du wärst besser Tennis spielen gegangen, als den lieben langen Tag mit den Schmökern herumzusitzen.«

Wie immer wurde Annerl unter dem Vorwurf ihres Mannes ein bisserl kleiner.

Sepp Daschlgruber, Sohn eines Bauunternehmers aus Rosenheim, verbrachte große Teile seiner Kindheit zwischen unverputzten Wänden, erst spielend und später helfend und lernend. Das Interesse für die Literatur weckte seine Mutter in ihm. Sepp musste seine Mutter sehr geliebt haben, wahrscheinlich war er sogar in hohem Maße von ihr abhängig, denn er entwickelte einen ausgeprägten literarischen Nachahmungstrieb. Während seine Schulkameraden mit Enid Blyton Geheimnisse lösten und Abenteuer bestanden und später an der Seite von Old Shatterhand durch die Prärie ritten und die Schurken mit Fausthieben an die Schläfe niederstreckten, auf ein Kamel wechselten und mit Hadschi Halef Omar in der Wüste die rettende Oase fanden, legte er Effi Briest sein kindliches Herz zu Füßen. Mit sechzehn begann er selbst Geschichten zu schreiben, immer tragisch endend, als sei verzehrendes Verlangen, dem Erfüllung auf immer versagt bleibt, sein Lebensthema. Sepp gewöhnte sich an, stets ein kleines Notizbücherl mit sich zu führen, in dem er seine Einfälle notierte und welches er in der Hosentasche verschwinden ließ, sobald sein Vater auf der Baustelle auftauchte, ihm wohlwollend die Kelle aus der Hand nahm und den Stein gekonnt mit der Kellenecke – klack! – in die Waagerechte brachte. Ein großer Baumeister sollte er nach den Vorstellungen seines Vaters werden und prächtige Bauwerke vollenden, Opernhäuser, Kongresszentren und Versicherungspaläste.

Sepp sah in Mauersteinen und Mörtel lediglich eine Brotarbeit. Insoweit fühlte er sich mit dem Erwachsenwerden neueren Idealen verbunden – Arno Schmidt, James Joyce, Kafka und Edgar Allan Poe; Thomas Bernhards lange Sätze saugte er wie Spaghettis ein. Je weniger er verstand, desto faszinierter klebte er an den Texten und machte sich das Unbegreifliche zur wahren Erkenntnis. Mit zwanzig schickte er seinen ersten Roman an einen Frankfurter Verlag, eine erste Adresse für gehobene sprachliche Ausdruckskraft. Nach über einem Jahr erhielt er sein Manuskript zurück, oben auf ein freundliches, nichts sagendes Schreiben. Sepp hatte Verständnis. Noch zählte er nicht zu den ganz Großen der Literaturszene, sein Stil würde in den nächsten Jahren noch reifen, und dann ... Und dann wiederholte sich der Vorgang mit allen deutschen Großverlagen. Kommerz, urteilte Sepp verächtlich, während er im väterlichen Unternehmen weiter Häuser baute, Kommerz sei zu einer wahren sprachlichen Empfindung nicht fähig. Als bitterer Nachgeschmack der Absagen blieb das ohnmächtige Gefühl, wie er ignoriert und seinem wahren Publikum vorenthalten wurde.

Literatur und Leben hielt Sepp für zwei grundverschiedene Dinge. Gleichwohl verstand er es, eine unverhoffte Wendung in seinem Leben für die Literatur zu nutzen. Auf einer Lesung lernte er Margot Weigold, die Tochter eines mächtigen Verlegers kennen. Er beeindruckte sie mit seiner oberflächlichen Belesenheit, und als sie seiner Einladung auf sein Zimmer folgte und er ihr den Faksimile-Druck der limitierten Ausgabe von *Zettels Traum* zeigte, erlag sie der Erregung ihrer Sinne, die von der geheimnisvollen

Unergründlichkeit des Werkes ausging. Wen wundert es, dass das Bauunternehmen Daschlgruber durch Margots Fürsprache den Auftrag zum Bau des neuen Verlagsgebäudes erhielt.

Der Fehler war, ihr sein Erstlingswerk hoffnungsvoll »zur weiteren Veranlassung«, wie er sich ausdrückte, zu übergeben. Margot leitete das Manuskript nicht an das Lektorat weiter, sondern las es in gespannter Erwartung zunächst einmal selbst.

Nie würde Sepp den Tag vergessen, an dem sie ihm das Manuskript zurückgab. Erst auf der Rückfahrt im Auto nach Rosenheim lösten sich die versteinerten Emotionen, abwechselnd wimmerte er und brüllte unartikuliert und schlug zwischendurch mit der Faust auf das Lenkrad.

Ab der darauffolgenden Woche begann Sepp, höchstpersönlich und heimlich doppelte Wände und verborgene Türen in den Neubau des Verlagshauses einzuziehen. In der Nacht der Einweihung verschwand er vom Fest, noch im Frack, auf Nimmerwiedersehen in ein wohnlich eingerichtetes Kellergewölbe, dessen Zugang, geschweige denn Existenz, die offiziellen Baupläne nicht auswiesen.

Sepp war vollkommen auf ein Leben im Dunkeln eingerichtet. Tagsüber schlief er, abends schrieb er an seinem neuen Roman auf einer alten schwarzen Schreibmaschine mit silbern umbördelten Tasten, nachts schlich er heimlich durch die Büros der Lektorinnen, immer auf der Hut vor dem Nachtwächter, der alle zwei Stunden seine Runden drehte. Der Nachtwächter schaltete geduldig Schreibtischlampen aus und schloss bereits verschlossen geglaubte Türen erneut ab. Da keine Beschwerden laut wurden, blieb die Sache undurchsichtig wie der Schatten, den der Nachtwächter gelegentlich gesehen haben wollte und von dem nichts in seinen täglichen Berichten erwähnt wurde; der Nachtwächter dachte nicht daran, durch Hinweise auf Imaginäres der eigenen Berufsunfähigkeit Vorschub zu leisten.

Erik, so Sepps selbst gewählter Künstlername, las nachts an den Schreibtischen der Lektorinnen die eingesandten Manuskripte.

Bald begnügte er sich nicht mehr mit Lesen, sondern schrieb Anmerkungen, korrigierte und kritisierte. Peinlich – was würden die Autoren denken, wenn die Manuskripte nach dem Überfliegen der ersten Seiten an sie zurückgeschickt wurden? Unter den Lektorinnen brach Streit aus, wer von ihnen die Saboteurin sei. Als die Diskussionen immer häufiger von heftigen Armbewegungen begleitet wurden, griff der Cheflektor ein. Er lud die Lektorinnen zum Abendessen und anschließend in einen Biergarten ein. Am nächsten Morgen inspizierten sie gemeinsam die Büros. Der Trick hatte funktioniert: Das Manuskript auf dem Schreibtisch von Amanda wurde überarbeitet und mit hämischen Anmerkungen zu Stil und Inhalt versehen. Die sechs Lektorinnen, noch nicht nüchtern, fielen sich um den Hals, und Amanda sprach den erlösenden Satz: »Niemand von uns war es, sondern ein Literaturphantom!«

Die Verlagsleitung rückte dem Literaturphantom mit der nächtlichen Überwachung der Büroräume durch Videokameras auf den Leib. Einige Wochen lang blieben die Manuskripte unbehelligt und die Lektorinnen atmeten auf. In der Tat hatte Erik jetzt keine Zeit mehr zum Durchsehen fremder Manuskripte. Er studierte die Kabelpläne. In dieser Zeit registrierte die Polizei einen merkwürdigen Einbruch in einen Multimedia-Markt. Wie durch Zufall festgestellt wurde, fehlte nur ein einzelner Monitor, obwohl reiche Beute in Form leicht zu Geld zu machender Elektronik winkte.

Unbemerkt schloss sich Erik an die Überwachungsanlage an und aktivierte die Kameras auch tagsüber. Aus dem Kellergewölbe heraus beobachtete er die Arbeit im Lektorat, musste aber zwangsläufig seine nächtlichen Ausflüge einstellen. Dafür eröffneten sich ihm im wahrsten Sinne des Wortes neue Perspektiven. Zwar war er vom Mitlesen ausgeschlossen, doch lernte er stattdessen die lesenden und urteilenden Lektorinnen kennen. Besonders angetan war er von Amanda, einer kurvenreichen Versuchung mit frechen blonden Haaren. Wie oft hatte er nachts an ihrem

Schreibtisch gesessen, ohne zu wissen, mit welch weichen Rundungen er den Schreibtischstuhl teilte!

Krank vor Liebe und Sehnsucht beschloss Erik, Amandas Karriere im Verlag kräftig zu fördern, mit sanfter Gewalt und unter Zuhilfenahme seiner bisher unveröffentlichten Manuskripte. Er zog das Videokabel vom Monitor und legte eine 230-V-Spannung an. Die Überwachungsbildschirme wurden schwarz – in einem Schaltkasten irgendwo im Keller war es den Bauteilen zu heiß geworden.

Erik schlich in Amandas Büro und legte ihr sein bestes Manuskript mit einem Begleitbrief auf den Schreibtisch. In dem Brief bat er sehr bestimmt um Durchsicht des Manuskriptes durch niemand anderen als Amanda, und um Veröffentlichung, ansonsten ...

Bestürzt wandte sich Amanda an den Verlagsleiter. Ohne Zweifel war das Literaturphantom wieder am Werke, diesmal mit dem eigenen. Um die Gemüter zu beruhigen, gab der Verlagsleiter Amanda den Auftrag, das Manuskript durchzusehen, als sei es mit der Post gekommen, und zwar gründlich, von Anfang bis Ende, und wenn Amanda es für halbwegs tauglich befinden würde, werde es veröffentlicht.

Anfänglich traute sich Amanda nicht, auch nur ein falsch gesetztes Komma – und davon gab es reichlich – zu ändern, mit fortschreitender Lesedauer wich ihr Zögern jedoch amüsierter Überheblichkeit. Sie rief ihre Kolleginnen zusammen und trug einzelne Textpassagen vor.

Mit wachsender Empörung verfolgte Erik am Monitor, wie sich das Lektorat in Heiterkeit erging. Wie konnte die Frau, die er liebte, ihn so verhöhnen? Amanda sollte für ihren Hochmut büßen, beschloss er, sie sollte leiden, wie er gelitten hatte und erfahren, wie eine verätzte Seele schreit. Zuerst müsste er Amanda in seine Gewalt bringen, sie entführen, und dann würde er ihren Geist für die Abfassung eines gewaltigen Romans – er dachte an eine Trilogie von je achthundert Seiten – und ihren Körper zur Stillung seines gewaltigen Verlangens gebrauchen.

Erik heckte einen Plan für Amandas Entführung aus. Er legte einen Brief auf ihren Schreibtisch und bat sie, ihn am nächsten Abend um zehn Uhr zu treffen. Natürlich ahnte Erik, dass zur verabredeten Stunde kein Polizist zu sehen, dafür umso mehr in ihren Verstecken lauern würden, und darum dachte er nicht daran, zum vereinbarten Zeitpunkt in Amandas Büro zu erscheinen.

Gegen Mitternacht wurde die Aktion abgebrochen und ein Polizist beauftragt, Amanda auf dem Nachhauseweg zu begleiten. Unten an der Eingangstür richtete der Nachtpförtner dem Polizisten aus, er möge noch einmal kurz in das Büro der Einsatzleitung kommen. Kaum war der Polizist die Treppe hinauf, betäubte der Nachtpförtner Amanda mit k.-o.-Spray. Zurück blieb der gefesselte und geknebelte echte Nachtwächter, den die Polizei auf dem Boden des engen Aufenthaltsraumes hinter der Pförtnerloge fand.

Damit das Versagen des Polizeiapparates erst einmal von der Öffentlichkeit unbemerkt blieb, wurde eine Nachrichtensperre verhängt – um Amandas Leben nicht zu gefährden, so die Version der Polizei. Die Polizeipsychologin überzeugte die Verlagsleitung von der Richtigkeit dieser Maßnahme. Wenn über die Entführung in der Presse nicht berichtet werde, so argumentierte sie, bringe die Nichterwähnung das Phantom zur Raserei, denn es sei gerade das erklärte Ziel des Phantoms, gedruckt zu werden und die Medien auf sich aufmerksam zu machen. Aller Erfahrung nach mache ein rasendes Phantom Fehler, und Fehler seien aller Erfahrung nach gut für die Aufklärung.

Erik war wegen der ausbleibenden Resonanz in der Tat ziemlich wütend. Um Fehler zu machen, blieb ihm allerdings keine Zeit. Zunächst sorgte er in den Tagen nach der Entführung für Amandas Wohlergehen und beschaffte unter schwierigen Umständen und unter Gefährdung seiner Sicherheit alles, was sie für das Leben im Dunkeln benötigte und wünschte.

Jeden Abend um acht Uhr veranstaltete Erik eine Lesestunde bei Kerzenlicht. Dafür zog er den Frack an und zwang Amanda in das schwarze Kostüm mit dem unverschämt offenen Dekolleté, das er eigens für diesen Anlass besorgt hatte. Abwechselnd lasen sie aus *Kaff auch Mare Crisium* und aus *Finnegans Wake*. Ob es denn unbedingt nur Arno Schmidt und James Joyce sein müssten, fragte Amanda am dritten Abend, gerne würde sie auch zeitgenössische Schreiberinnen wie Ira Lehnd oder Hanny Baumgapt vortragen. Erik gab keine Antwort. Ebenso brüsk wies Amanda ihn zurück, als er sich ihr erstmals in eindeutiger Absicht näherte.

Eine Woche nach Amandas Entführung war die Polizei der Aufklärung keinen Schritt näher gekommen. Weder das Verhör des Nachtwächters noch die Untersuchung, wie das Phantom ungesehen das Gebäude betreten und verlassen konnte, führten zu einem Ergebnis.

Wie üblich kam der Verrat aus den eigenen Reihen. Amandas Kollegin Gundula, zuständig für die Buchreihe »Die Frau in unserer Zeit«, witterte eine Chance, Amanda manch neidvoll beobachteten Männerblick heimzuzahlen, sie verkaufte die Geschichte des Phantoms und Amandas Entführung an den *Express*, das auflagenstärkste Blatt der Boulevardpresse. Die Emotionen der Öffentlichkeit gingen hoch.

In dieser kritischen Situation entwickelte der Leitende Oberstaatsanwalt eine geniale Idee. Kein Fall ist so verworren, als dass die Elite der deutschen und internationalen Ermittlungsbehörden nicht auf die Lösung kommen würde: Rickerd, ortsansässig, der aber schon in fast allen Wohnzimmern dieser Welt ermittelt hatte und noch während des Telefonats mit dem Leitenden Oberstaatsanwalt den Wagen vorfahren ließ, Kommissar Maigret, Columbo, Sherlock Holmes, Mr. John G. Reeder, ein Detektiv der Staatsanwaltschaft in London. Umgehend wurde im Kongresszentrum eine mit sämtlichen einschlägig vorbelasteten Autoren zu besetzende Fahndungszentrale vorbereitet, die dort Tag und Nacht an ihren mitgebrachten Schreibgeräten sitzend mögliche Auflösungen produzieren sollten.

Leider ergaben sich unvorhergesehene Schwierigkeiten. Man

stellte fest, dass Edgar Wallace bereits im Jahre 1932 verstorben war. Zu der Zeit war Mr. Reeder schon an die fünfzig Jahre alt. Von einem nahezu hundertzwanzig Jahre alten erfolgreichen Spürhund hätte man im Zeitalter der Massenmedien gehört.

Stefan ging hinüber zum Bücherregal, schob mit dem Fuß einige Tellerscherben an die Seite, und schlug in drei Bänden des Lexikons nach. »Zweiunddreißig, dreißig und neunundachtzig«, schärfte er sich halblaut ein. Wieder am Computer, ergänzte er bei Edgar Wallace die Jahreszahl auf 1932, bevor er weiterschrieb.

Ähnlich waren die Nachrichten über Arthur Conan Doyle († 1930) und Georges Simenon († 1989). Der Leitende Oberstaatsanwalt verzweifelte. Welchen der verschiedenen Drehbuchautoren, die für Columbo verantwortlich gezeichnet hatten, sollte er einladen? In höchster Not telefonierte er mit Duisburg und erhielt eine Zusage von Kommissar Horst Misanschki.
Das deutsch-deutsche Fahndungsduo wurde aus dem Kongresszentrum ausquartiert und in einer preiswerteren Hotelsuite untergebracht. Misanschki bezog das Schlafzimmer, Rickerd den Wohnraum. Unruhig liefen beide in ihren Zimmern auf und ab, und wenn sie sich an der offenen Tür trafen, blickten sie sich scharfsinnig an. Rickerd stellte ständig Fragen, auf die Misanschki keine Antwort wusste. Ein erster Vorschlag kam schließlich von Misanschki, er wolle sich als Phantom verkleiden und verdeckt ermitteln.
Rickerd lehnte am Fenster und beobachtete den Hoteleingang.
»Warum hat noch niemand das Phantom beim Betreten und Verlassen des Verlagsgebäudes gesehen?«
Misanschki schlug sich mit der flachen Hand vor die Stirn. »Ich Blödmann!«, tönte er aus dem Schlafzimmer. »Dass ich da nicht von allein draufgekommen bin! Das Phantom muss bereits vorher im Haus gewesen sein!«
»Sollen wir ... ich meine ... der Wagen ...«

»Um Himmels willen, nein! Wir lassen das Verlagsgebäude abriegeln und stürmen.« Misanschki zog die Dienstwaffe. Er presste sich mit dem Rücken an die Wand neben der geöffneten Tür zum Wohnraum, die Waffe fest mit beiden Händen umklammert. Ein vorsichtiger Blick durch die Tür, dann stand er breitbeinig im Rahmen, die Mündung mit ausgestreckten Armen in den Raum gerichtet. Die Arme ruckten nach links – dort war niemand –, zwei schnelle Schritte und er stand wieder mit dem Rücken zur Wand, diesmal auf der anderen Seite, den gesamten Wohnraum im Blickfeld. Keine Gefahr. Misanschki versenkte die Pistole in die Innentasche seiner grauen Freizeitjacke. »Nein. Das machen wir anders. Nach einer wilden Verfolgungsjagd über alle Korridore stöbere ich das Phantom in Amandas Büro auf. Das Phantom setzt sich zur Wehr und es kommt zu einer Prügelei. Ich stolpere unglücklich über einen Stapel achtlos beiseite gelegter Manuskripte, das Phantom entkommt aus dem Büro. Schließlich stelle ich, vom Sturz blutverschmiert und humpelnd, das Phantom auf dem Dach, von dem es kein Entrinnen gibt, und von dem es sich ausweglos in die Tiefe stürzen wird und zerschmettert.«

Rickerd protestierte. Der Einsatz sei zu spektakulär und ziele lediglich auf Effekte ab, zunächst sollten sie es mit dem Verstand versuchen und das Phantom in seinem Versteck aufspüren, bevor es zum Showdown komme. Diesen wolle er gerne Misanschki überlassen. Für den Fall, dass das Phantom den Einsatz überleben würde, stellte Rickerd zur Bedingung, dass er die Fragen stellen dürfe.

Misanschki überlegte kurz – Chance und Risiko. Dann sagte er: »In Ordnung.«

Stefan startete einen Ausdruck und schob zufrieden die Tastatur zurück. Die Fantasie war buchstäblich mit ihm durchgegangen und hatte den Grundstein für eine furiose Geschichte gelegt, sein erstes Werk, nachdem ihm diese Wohnung unmissverständlich bedeutet hatte, dass er Schriftsteller sei. Das Schreiben war unvergleichlich aufregender gewesen, als seine Manuskripte zu lesen, so gut sie ihm auch gefielen. Ohne tatsächliche Erinnerungen an deren Entstehung hatten seine Romane den emotionalen Wert einer Konserve. Ein gutes Gefühl machte sich in Stefan breit, Hoffnung für die Zukunft.

An der Wohnungstür schellte die Klingel. Der Drucker zog ein neues Blatt ein, klapperte mit den Führungsschienen und sang sein monotones *du-da*, drucken, Papier vorschieben, klack. Die Führungsschienen ließen das Blatt in das Ausgabefach fallen und der Drucker verstummte.

Es klingelte erneut, energischer.

Stefan erhob sich langsam. An diesen Augenblick hatte er nicht mehr geglaubt. Seit drei Tagen beschäftigte er sich erfolglos mit sich selbst. Außerhalb dieser Wohnung schien ihn niemand zu vermissen.

Es klingelte dreimal, kurz hintereinander.

Stefan riss die Wohnungstür auf, als wollte er hinausstürmen. Die Nachbarin wich erschreckt einen Schritt zurück. Sie trug die Neuerwerbung von R&C, das kurze Sommerkleid mit den dünnen Trägern und den kleinen Blümchen im dunkelblauen Stoff. Eine goldfarbene Spange hielt das zu einem Dutt hochgesteckte Haar. Im Kaufhaus hatte sie das Haar noch lang getragen, in Strähnen wie weiche Borsten eines Besens. Stefan musterte ihr Gesicht. Unzufriedenheit schaute ihn aus den Falten ihrer Mundwinkel und aus den Augen an.

»Ist Frau Bruhks nicht da?« Die Nachbarin zögerte. »Entschuldigung, wir kennen uns noch nicht. Ich wohne nebenan. Berta Böttcher.«

»Jaah«, dehnte Stefan, während er fieberhaft überlegte. Die Nachbarin bestätigte, dass in dieser Wohnung eine Frau lebte. »Ich bin Stefan Bruhks.«

»Sind Sie der Mann von Frau Bruhks?«

»Gewissermaßen ... ihr Bruder.« Er dirigierte die Nachbarin

ins Wohnzimmer. Sie stieg betont vorsichtig über eine Teller-scherbe und blieb stehen.

»Kleines Malheur. Sie kennen sicherlich das ewige Problem mit den Männern«, scherzte er, »zu faul, die Dinge in Ordnung zu bringen, die sie sich eingebrockt haben.«

»Ja, mit den Konsequenzen tun sie sich schwer.«

»Wie soll ich das verstehen?«, fragte er.

»Frauen schwängern und sich dann davonmachen«, presste Berta heraus.

Die spinnt, dachte Stefan. »Meines Wissens habe ich noch keine Frau mit einem von mir gezeugten Kind sitzen lassen«, sagte er, um Freundlichkeit bemüht. Auch wenn sein Wissen weniger als drei Tage alt war, würde er solches Verhalten als gemein bezeich-net haben. Begründete Ausnahmen blieben natürlich zugelassen, zum Beispiel bei seiner Nachbarin. Mit ihr wäre er allerdings nie in diese Situation gekommen, dessen war er sich sicher.

»Nicht dass Sie das falsch verstehen«, sagte Berta, »ich meinte nicht Sie. Nur weil Sie gesagt haben, dass sich die Männer gerne drücken. Mir fiel wieder ein, wie er meiner Schwester schöne Augen gemacht hat, bis er sie endlich im Bett hatte. Der Junge ist jetzt achtzehn.«

Aus welchem Grund erzählte sie ihm, einem Fremden, intime Details aus ihrer Familie? Sollte er den Verführer verurteilen?

»Frau Bruhks hat nie etwas von einem Bruder erwähnt.«

»Ich bin sozusagen ihr Halbbruder«, log Stefan. »Wir haben uns bisher nicht oft gesehen.«

»Sie sehen ihr sehr ähnlich, eher wie ein Zwilling.«

»Wir haben den gleichen Vater.«

»Ist Ihre Schwester nicht da?«

»Sie hat ein paar Tage Urlaub. Genauer gesagt, drei Wochen. Ich wohne solange hier, vielleicht auch länger.«

»Seit Samstag? Ich habe sie Samstag früh noch gehört.« Sie fügte hinzu: »Sie schrie ziemlich laut. Nichts Schlimmes. Es schien ihr zu gefallen.« Bertas Mund verengte sich.

Stefan hielt ihrem Blick stand. Ihm war nicht klar, worauf diese Frau hinauswollte.

»Halbbruder«, sagte Berta. »Halb Bruder oder halb Schwester?«

Jetzt war der Zeitpunkt gekommen, wo er diese dreiste Person und ihre Anspielungen vor die Tür befördern müsste. Andererseits war sie augenblicklich seine einzige Informationsquelle. Er ließ den ausgestreckten Arm, der zur Tür zeigte, wieder sinken. »Ich schlage vor, wir wechseln das Thema. Kommen Sie«, wies er seinem Besuch einen der beiden Sessel zu, ein gepolstertes Geflecht aus dünnen verchromten Stahlstangen.

Sie nahm zögernd Platz. Der Saum des Kleides rutschte hoch. Sie zog den Saum nach unten und die Träger nach oben. »Bei mir in der Wohnung ist es zu warm. Ich habe falsch gelüftet.«

Sie hat eine kraftvolle Figur, dachte Stefan, mit beginnenden Fettpölsterchen, doch immer noch schlank. Der Bauch wölbte den Kleiderstoff. Anschauen mochte man sie wohl erst ab den Schultern.

»Darf ich Ihnen etwas anbieten?« Stefan zog ein rundes Bartischchen zu sich heran. »Portwein, Sherry – Amontillado, hm! Armagnac – was haben wir denn da?« Er studierte das Etikett einer dunklen Flasche. »Fünfunddreißig Jahre alt, edel. Eine Bekannte erzählte mir einmal ... Seltsam, ihr Name fällt mir im Augenblick nicht ein. Macht nichts, Sie kennen sie ohnehin nicht. Diese Bekannte bekam von Geschäftsfreunden zu besonderen Geburtstagen eine Flasche Armagnac, die genauso alt war wie sie selbst.« Er betrachtete die Jahreszahl. »Mein Geburtsjahr. Also, was darf ich Ihnen anbieten?«

Berta winkte ab. »Ich möchte keinen Alkohol.«

Orangensaft, entschied Stefan und ging in die Küche.

»Ist Ihre Schwester nach Österreich auf die Alm gefahren?«, fragte Berta aus dem Wohnzimmer.

Alm? Stefan traute sich nicht, einfach ja zu sagen. Unbekannte Details waren wie Fallstricke, über die er im falschen Moment stolpern würde.

Schließe die Augen, nur für einen Moment. Manchmal sieht man im Dunkeln mehr. Alfred kicherte, als habe er etwas sehr Lustiges und gleichzeitig Gescheites gesagt. *Sie liegt nur scheinbar verloren im Grün, ringsum beschützt durch die Berge.*

Stefans Hand zitterte, als er die Augen wieder öffnete. Er goss einen Teil des Orangensaftes über den Rand des Glases. Die bislang unbekannte Schwester machte Urlaub auf seiner Hütte?

»Woher wissen Sie?«, rief er ins Wohnzimmer. Er riss ein Blatt Küchenpapier von der Rolle und wischte den verschütteten Saft auf.

»Sie hat es mir erzählt. Vor einer Woche oder so.«

Stefan reichte ihr das Glas.

»Einmal im Treppenhaus hat sie mir von der Alm erzählt, von der Ruhe und Abgeschiedenheit, und mir den Unterschied zwischen ihrer Arbeit und den Bergen erklärt. Sie sagte: ›Natur ist natürlich, Kunst ist künstlich, oder gekünstelt‹, ich weiß es nicht mehr genau. ›Dort‹, sagte sie, ›bin ich ein Teil der Natur, wie jeder Grashalm, nur etwas größer, und klein zu den aufragenden Lärchen, aber nicht geringer.‹ Ist ihre Schwester gläubig?«

»Sie hat ihre Empfindungen einfühlsam in Worte gekleidet, mehr nicht«, antwortete Stefan, während er die Scherben zum Abfalleimer trug.

»Was arbeiten Sie?«, fragte Berta.

»Ich bin Schriftsteller.« Er holte das Manuskript vom Schreibtisch.

»Lesen Sie«, hielt er Berta die Manuskriptseiten hin, »und urteilen Sie. Was Sie von der Geschichte halten und was Ihnen sonst dazu einfällt.«

Berta nahm widerstrebend die sechs Blätter.

»Und?«, fragte er, als sie nach endlosen Minuten aufblickte.

»Ich weiß nicht«, meinte Berta in ihrem gewöhnlichen unfreundlichen Tonfall. »Ich verstehe nichts von Büchern. Meistens gucke ich Fernsehen, am liebsten Schicksale; Filme, die auf wahren Begebenheiten beruhen. Eine Frau lässt sich scheiden und der Mann will ihr das Kind wegnehmen, illegal natürlich. Oder eine Frau heiratet einen Mann und stellt dann fest, dass er kriminell ist. Ein Mann hat eine Geliebte und sie versuchen, die Ehefrau loszuwerden. Mit anonymen Morddrohungen. Manchmal auch ganz raffiniert, dann gerät sie unter falschen Verdacht und erst am Ende der Gerichtsverhandlung findet die Anwältin den Beweis ihrer Unschuld.«

»Die Geschichte gefällt Ihnen nicht?«

Berta dehnte ein Nein zu einem unschlüssigen Ja. »Ich war auch schon in Hamburg, im *Phantom der Oper.*«

»Ein Plagiat? Sie vermissen also die Originalität.«

»Einiges kam mir bekannt vor.« Sie reichte ihm die Seiten zurück.

Stefan zerriss die Seiten, legte die Hälften übereinander und teilte sie noch einmal. »Das war ein Verriss«, sagte er und warf die Viertel in den Papierkorb.

Berta zupfte die Träger ihres Kleides nach oben. »Haben Sie das wegen mir gemacht?«

»Theaterdonner.« Stefan lachte. »Der Text ist im Computer gespeichert.«

Sie lächelte andeutungsweise zurück. Nur einen kleinen Zipfel liftete sie, gerade soweit, dass unter ihm ein Stück Freundlichkeit entwischen konnte. »Auch die Schicksale im Fernsehen wiederholen sich. Entweder sind die Männer brutal oder kriminell oder alkoholkrank oder krankhaft eifersüchtig. Eine Mutter kämpft um ihr Kind, eine Frau um ihr Leben. Trotzdem ...« Sie stockte.

»Offensichtlich fällt dem Leben nichts Neues mehr ein. Mir geht es nicht besser. Ich halte meine Einfälle so lange für jungfräulich, bis sie mir woanders begegnen als in meinem Kopf; ich lese ein Buch, sehe einen Film – schon ist die Idee eines anderen registriert, ohne dass ich mir dessen bewusst bin. Später, irgendwann, schleichen sie sich geschickt verkleidet aus dem entlegenen Winkel, in den sie die Zeit gedrängt hat, in meine Texte. Einige erwische ich, aber nicht alle. Das ist nicht weiter tragisch, allen Schreibenden ergeht es so.«

Stefans Gedanken schweiften ab. Für jemanden, der erst seit drei Tagen weiß, dass er Schriftsteller ist, äußerte er sich erstaunlich bewandert. Alfred war ihm zu dieser Seite seines Ichs noch einige Auskünfte schuldig.

»Kannten Sie meine Schwester gut?«

Berta leerte das Glas und stellte es auf dem Couchtisch ab. »Wir haben uns nur unterhalten, wenn wir uns zufällig trafen. Sie war nicht besonders zugänglich, aber pervers ist sie bestimmt nicht.«

»Damit meinen Sie mich, nicht wahr? Der eigentliche Grund Ihres Kommens sind unsere Begegnungen, im Treppenhaus und bei R&C.«

Sie ist eine verbitterte Frau, die erkannt hat, dass das Leben in großen Schritten an ihr vorbeigeht.

»Sie sind eine neugierige Person«, sagte Stefan. »Mit den gefühlvollen Worten meiner Schwester können Sie mich nicht täuschen.«

Berta sprang auf und sah ihn empört an.

»Schicken Sie mir jetzt Ihren Mann zum Duell?« Stefan lachte provozierend und erhob sich ebenfalls.

»Mann? Gott. Wozu könnte ich einen Mann gebrauchen? Etwa ein Exemplar von Ihrer Sorte, das nicht weiß, ob es Männlein oder Weiblein ist?«

»Sie haben soeben einen interessanten Gedanken aufgeworfen – die Frage, ob Schriftsteller ein eigenständiges Geschlecht begründen.«

Berta schaute ihn verständnislos an.

»Ich will es Ihnen erklären.« Stefan legte seine Hände auf ihre Schultern. Sie zuckte, protestierte aber nicht und ließ sich von ihm in den Sessel drücken. »Ein Schriftsteller ist eins mit seinen Figuren, ob sie Mann sind oder Frau. Ein Beispiel: Frauen schwängern, haben Sie eben gesagt. Ob ich beschreiben kann, wie sie geschwängert werden? Oder können Sie es besser, weil Sie den Vorgang als Frau empfinden?«

Berta legte ihre rechte Hand schützend über den Ausschnitt des Kleides.

»Keine Sorge, das überlasse ich einem anderem.«

»Sie wissen doch gar nicht, wovon Sie reden!«, fauchte Berta. »Jetzt, in Ihren Hosen, sind Sie einer wie alle Männer, nur glauben Sie, Bescheid zu wissen, weil Sie in Frauenkleidern herumgelaufen sind. In Wirklichkeit wollten Sie doch nur Ihren Spaß, harmlose Menschen hinters Licht führen. Das nennen Sie Feingefühl und rechtfertigen sich damit, dass Sie Schriftsteller sind. Wissen Sie, was Feingefühl und Spaß bei Männern gemeinsam haben?« Sie wartete nicht auf eine Antwort. »Sie enden gemeinsam. Wenn der Spaß vorbei ist, hört die Feinfühligkeit auf. Das war's dann, war nett, also bis demnächst – vielleicht im nächsten Jahr einmal.«

Stefan hätte Alfreds Hilfe nicht gebraucht, um zu erkennen, dass diese Frau zutiefst unglücklich war. »Ich kann mir vorstellen, dass Sie einsam sind«, lenkte er ein und bemühte sich, ehrliche Anteilnahme zu vermitteln.

»Was geht das Sie an?«

»Ich bin seit Samstag verdammt einsam«, sagte Stefan leise.

Berta schwieg einen Augenblick. »Wegen Ihrer Schwester? Sie lieben sie wohl sehr.«

»Es geht nicht um Amanda«, sagte er. »Natürlich habe ich sie sehr gern, aber das ist nicht ausschlaggebend.«

»Amanda? Ich denke, Ihre Schwester heißt Stefanie.«

»Lassen Sie mich doch endlich mit dieser verdammten Schwester in Ruhe!«, brauste er auf. »Sie machen mich ganz konfus. Ich bin ich!«, machte er ihr mit beiden Händen klar.

»Ich zweifle nicht daran«, entgegnete Berta ärgerlich. »Sie haben da eine interessante Frage aufgeworfen ...«

»Wenn Sie mir schon nachplappern müssen – *ich bin ich* hatte kein Fragezeichen. Haben Sie mich in dieser Wohnung schon einmal gesehen?«

Berta schüttelte den Kopf.

»Kennen Sie das Gefühl, völlig allein zu sein? Zu leben, ohne erkennbare Bindungen, weder in der Gegenwart, noch in der Vergangenheit?«

»Wenn Sie das meinen ...« Sie schaute zu ihm auf. »Ich bin alleinstehend.«

»Noch einsamer«, sagte Stefan eindringlich. »Stellen Sie sich vor, Sie würden nur mich kennen.«

»Das gibt es doch gar nicht. Jeder kennt irgendwelche Leute, Nachbarn, auf der Arbeit.«

»Mir ist so, als sei ich erst Samstag geboren worden. Sie sind meine erste Bekanntschaft.«

»Sie halten mich zum Besten, oder? Gehört Ihr komisches Benehmen zu Ihrem Beruf? Trotzdem – das ist nicht fair.«

Die Einsamkeit war der Schlüssel, dessen war er sich sicher. »Sagen Sie mir sofort Ihre geheimste Einsamkeit!« Er stützte beide Hände auf die Armlehnen ihres Sessels, als sollte sie ihm nicht entkommen.

Berta sah ihn trotzig an.

»Ich habe Ihnen meine Einsamkeit geschildert – sagen Sie mir Ihre!«

»Hören Sie auf!«, entgegnete Berta verärgert und erhob sich halb, traute sich dann aber nicht, Stefan an die Seite zu schieben. Zwei Sekunden hing sie eingeknickt zwischen Stefan und dem Sessel, dann sank sie zurück.

»Lassen Sie mich raten. Es ist ... « Stefans Stimme wurde mit jedem Wort leiser. »Abends auf der Bettkante.«

Mit hochrotem Kopf fuhr Berta aus dem Sessel hoch. Stefan taumelte zurück. Einen Augenblick standen sie sich stumm gegenüber.

»Ausgerechnet Sie! Sie falsch gepolter ...«, zischte Berta.

»Sie irren sich. Sie würden meine Erklärung aber nicht glauben.« Stefan fasste ihre Arme, zugleich in der Absicht, ihre gefährlichsten Waffen unter Kontrolle zu haben.

Mit einem heftigen Ruck machte sie sich wieder frei. »Sie können sich Ihre Erklärungen sparen!«

Das ist von vornherein zwecklos. Ich dachte, du hättest das verstanden.

»Halt die Schnauze, Alfred!«, brüllte Stefan und hielt sich beide Ohren zu.

Berta fiel erschreckt in den Sessel zurück. Stefan stützte sich auf den gepolsterten Rand, sein Gesicht zehn Zentimeter von ihrem entfernt.

»Ich bin nicht übergeschnappt«, flüsterte er heiser, »auch wenn es so aussieht. Ich kenne nur mich und meine innere Stimme. Alfred.« Er richtete sich auf. »Ich bin einsam!«, schrie er und ließ sie zusammenzucken. »Ich wollte nur wissen, ob *Sie* einsam sind.«

Berta reagierte nicht sofort. Dann nickte sie.

»Auf der Bettkante?«, fragte er leise.

Sie zögerte erneut, nickte dann aber wieder.

»Erzählen Sie«, drängte er und hielt dabei die Distanz von zehn Zentimetern.

»Das könnte Ihnen so passen«, antwortete sie mit gepresster Stimme. »Später finde ich mich in einem Roman wieder.«

»Schon möglich. Irgendwann benötige ich eine griesgrämig dreinblickende Frau«, sagte er bitter, »und dann werde ich mich an Sie erinnern.«

»Unverschämt! Ich habe mir Ihren Schwachsinn schon viel zu lange angehört. Hoffentlich muss den niemand lesen!«

»Da kann ich Sie beruhigen.« Stefan ging zum Bartisch, zog den Verschluss aus der Flasche Sherry und goss ein Glas randvoll.

»Ihr seid alle gleich!«, schluchzte Berta auf. »Der schale Geschmack und der Schnaps danach!«

Fluchtartig verließ sie die Wohnung.

9

Die Einsamkeit der Berta Böttcher. Stefan betrachtete die mittig auf dem Bildschirm eingerückte Überschrift. Er hatte seine Nachbarin gründlich aufgemischt, schreibend eins obendrauf zu setzen war überheblich und rechtfertigte sich nicht deshalb, weil sie ihm gegenüber anmaßend geworden war.

Stefan zwang sich zu einem Themenwechsel. Der Phantomgeschichte fehlten Fortsetzung und Schluss, und das Verhältnis zwischen Amanda und dem Phantom musste noch ausgestaltet werden – als große literaturkritische Auseinandersetzung oder als Dialog mit einem Wahnsinnigen? Diese Frage könnte er mit einer Lektorin erörtern. Das Phantom hatte Amanda, er hatte niemanden. Wenn er sich selbst eine Lektorin entführen würde, brauchte er sich über dramaturgische Anregungen nicht mehr den Kopf zu zerbrechen.

Schreib etwas über: Die Erfolglosigkeit von Stefan Bruhks.

Stefan überhörte Alfred und schaltete den Computer aus. Noch vor weiteren literarischen Einfällen brauchte er möglichst schnell eine Idee, wie er die Kontrolle in seinem Kopf gegen das verselbständigte Über-Ich zurückerlangen konnte.

Es tut mir leid. Ich werde einen strengen Verweis bekommen. Ich schätze, es wird auch diesmal nichts mit der Aufnahme in den Himmel. Dabei wünsche ich mir nichts sehnlicher als die Beförderung. Engel zweiter Klasse, statt Seele auf Bewährung, das wäre doch was! Dreimal muss man sich bewähren. Wer dreimal versagt – ab, Tiefflug in das Magma des Jenseits!

Also, ich biete dir eine neutrale Fassung an: Die Erfolglosigkeit. Von Stefan Bruhks.

»Scher dich zum Teufel!«, brauste Stefan auf. Der Drehstuhl polterte gegen das Bartischchen, Gläser fielen klirrend um. »Keine Scherben, kein Glück«, stellte er grimmig fest. Ganz offensichtlich steckte sein Leben in einer Sackgasse, von turmhohen Fassaden gesäumt, sie versperrten ihm den Blick auf die Gegenwart und brachten ihn nicht weiter, sondern ließen nur den Weg nach rückwärts offen. Zurück lag bisher wenig Verwertbares für eine Bestandsaufnahme. Alfred zu fragen war nahe liegend, doch so sehr Stefan auch litt, konnte er sich zu diesem Schritt nicht überwinden, als würde er ihn in noch mehr Abhängigkeit führen. Sobald sein Gedächtnis wieder normal arbeitete, würde Alfred von allein verschwinden.

Wo war sein Platz im Leben, sein Ort, zu dem er in Bedrängnis fliehen konnte und der ihm Geborgenheit vermittelte? Schon mitten im Gedanken fasste Stefan den Entschluss, ein paar Tage zur Hütte zu fahren, in der Abgeschiedenheit der Bergwelt auszuruhen und zur Besinnung zu kommen, den Ballast abzuwerfen und Freiheit von den Alltagszwängen zu atmen und diese gegen Regeln einzutauschen, die natürlicher waren und ihm darum menschlicher erschienen. Anfänglich hielt er diesen Vergleich für paradox, bis er lernte, sich von den Bergen, der Sonne und den Wolken den Tagesablauf weisen zu lassen.

Sonne, Wolken, Berge – im gleichen Moment war es dunkel in seinem Kopf. Alfreds Bild von der Hütte war weg wie ein unbelichtetes Negativ, und doch beanspruchte diese Hütte, seit Alfred sie ihm gezeigt hatte, wie selbstverständlich einen festen Platz in dem durchaus noch nach Stunden abmessbaren Zeitabschnitt, den er als sein Leben bezeichnen konnte. Den Polo hatte er in der Begegnung erkannt, sicherlich mit Alfreds Hilfe und darum nur ein halbes déjà-vu, und nach Alfreds Bild würde er auch die Hütte sofort als die seine erkennen. Gab es weitere Gesetzmäßigkeiten von Wissen und Erkennen? Bis jetzt blieben sie ihm ein Rätsel. War Alfred der Schlüssel? Alfred war als nicht abschaltbarer zweiter Gedanke lästig im Kopf, seine Hinweise waren aber nützlich gewesen. Hatte Alfred das Bild von der Hütte mitgenommen, als er ihn zum Teufel wünschte, oder waren diese Überlegungen Schwachsinn, weil alles nach einem Zufallsprinzip funktionierte?

Stefan nahm Papier aus dem Vorratsstapel des Druckers. Das

wenige, was er über sich wusste, wollte er aufschreiben und schrittweise ergänzen, sobald ihm Neues einfiel. Er beschriftete ein Blatt mittig am oberen Rand mit *Identität* und legte es an die Seite. Weitere Blätter folgten: Schulausbildung, Beruf, Liebe, Freundschaften, Freizeit und Interessen. Auf dem Blatt *Identität* zeichnete er freihändig zwei Spalten, die er mit *Merkmal* und *Beweis* überschrieb, und trug in die Spalte Merkmal den Namen ein, Stefan Bruhks; in die Spalte Beweis: Personalausweis, Scheckkarte. Berta Böttcher hatte gesagt, dies sei die Wohnung von Stefanie Bruhks; er glaubte ihr, trotz der Vertrautheit mit der Einrichtung. Irgendwo würde ein Telefon klingeln, pausenlos, und er würde nicht abheben, zur Verzweiflung seiner Freundin, des Chefs, seiner Mutter, seines besten Freundes. Warum Freundin? Er trug keinen Ehering, aber auch das war kein Beweis. Oh Gott! Schlimmstenfalls war er Familienvater mit zwei Kindern!

Die ständigen Gegensätze in seinen Feststellungen waren wenig ermutigend. Nachdenklich strich er sich durch die Haare. Er fühlte sich für weitere Überraschungen nicht besonders belastbar. Günstiger wäre es, die Wahrheit nach und nach an den Erfahrungen wachsen zu lassen. Er sammelte die Blätter ein und legte sie in die obere Schublade des Schreibtischs.

Es war noch früh am Nachmittag, da könnte er noch etwas unternehmen, jetzt, wo er die Zwänge der Damenbekleidung abgelegt hatte; vielleicht zu Bogner gehen, in die Buchhandlung am Ägidiusplatz. Bei Bogner durfte er ungestört stöbern, ohne das Gefühl zu haben, jedes Buch kaufen zu müssen, in dem er ein paar Seiten oder auch ein ganzes Kapitel geschmökert hatte.

Buchhandlung Bogner, notierte er auf dem mit *Freizeit und Interessen* überschriebenen Blatt, bevor er losging.

Jedes Mal, wenn Stefan die Buchhandlung betrat, glaubte er direkt auf die Kasse zuzulaufen, obwohl sie nicht geradeaus, sondern rechts im Raum platziert war, im goldenen Schnitt zwischen den Seitenwänden mit den bis zur Decke reichenden Bücherregalen, rechts die Taschenbücher, links die gebundene

Ware und die Nachschlagewerke. Die Verkäuferin an der Kasse grüßte ihn freundlich. Sie war jünger und einen Kopf kleiner als er. Die Wirkung ihres schmalen Gesichtes wurde durch das im Nacken mit einem Band zusammengehaltene, glatte schwarze Haar unterstrichen.

Eindeutig *déjà vu*, notierte sich Stefan in Gedanken. Die Kassenerlebnisse häuften sich, als habe er sich einen Komplex durch Kontaktinfektion zugezogen. Aber, auch daran glaubte er nicht und hätte dieses *aber* gerne mit den Händen erwürgt, um endlich Gewissheit zu erlangen.

Stefan wich Wühltischen und mobilen Regalen aus, die sich den Kunden mit dem Buch zum Film, zur Fernsehserie und der vergötterten Popgruppe in den Weg stellten. Hinten im Laden standen Sachliteratur, Kinderbücher, Schulbücher, Reiseführer und die zugehörigen Bildbände. Stefan ließ die Augen durch die Reihen schweifen und vergewisserte sich, ohne besondere Absicht, dass die Reiseführer über sein beliebtestes Urlaubsziel noch vorrätig waren.

Der Weg zurück führte ihn an den Lexika vorbei und bekräftigte den Wunsch auf die vierundzwanzigbändige Enzyklopädie. Es folgte der Blick auf die Autorinnen und Autoren, die es nach Ansicht ihres Verlegers wagen durften, vom Käufer bis zu fünf Zentimeter seines knappen Schrankraumes zu beanspruchen. Stefan zweifelte nun nicht mehr daran, dass dieser Weg durch die Buchhandlung ein Ritual war.

Er nahm die Memoiren einer geschiedenen Politikergattin in die Hand.

»Soll ich die Folie entfernen?«, fragte ein junger Mann. Auf der Brusttasche des karierten Hemdes steckte ein Plastikschildchen mit dem Namen *S. Bogner*.

»Wie weit entblößt sie ihre Seele, bis zur Unterwäsche oder ist es eher umgekehrt – zieht sie lieber ein wärmendes Mäntelchen über?«

Der junge Bogner lachte trocken. »Erwarten Sie Szenen einer

Ehe oder vielleicht die Niederschrift der letzten, entscheidenden Auseinandersetzung?«

»Danke, dass Sie mich für einfältig halten.«

Der junge Mann ordnete die Auslage und stopfte in die entstehende Lücke einen mitgebrachten Band von John Irving. »Wenn ich an Einfältige verkaufen wollte, wäre ich nicht Buchhändler, sondern Politiker.«

So konnte man das sehen. Stefan suchte nach einer ebenso geistreichen Antwort, setzte eine nachdenkliche Miene auf und ging dann zu den Taschenbüchern nach vorn, als nähme er das Problem ganz allein auf seine Schultern. Vor ihm breitete sich das Meer gedruckter Worte aus. Die schmalen und breiten Rücken standen nicht eindeutig für unergründliche Tiefe oder seichtes Plätschern. Auch die Ordnung innerhalb der unbeschrifteten Regalreihen offenbarte sich nicht auf den ersten Blick. Auffällig waren die in Griffhöhe mit der Titelseite nach oben liegenden Bücher, ausschließlich Bücher von Frauen, die entweder *Weib*, *Frau* oder *Mann* im Titel trugen und deren zugehörige Attribute *Super* und *Traum* oder auch *tot* und *impotent* waren; bei letzteren dachte Stefan an Schlappschwanz und Macho. In der Reihe darüber – aha! – jede Menge Stephen King und John Grisham, daneben ein einzelner Michael Crichton.

»Haben Sie das neue Buch von Ira Lehnd?«, hörte er eine Frau an der Kasse fragen.

»Sie meinen *Die Megafrau*? Ich schau mal nach.«

Stefan spürte die Nähe der Verkäuferin. »Darf ich?«, fragte sie, und er trat einen Schritt zurück. Die Verkäuferin zog eine Schublade auf und suchte in kleinen Stapeln. »Tut mir leid«, sagte sie. »Ich kann es für morgen besorgen.«

Stefan stellte die Fünfhundert-Seiten-Ausgabe einer amerikanischen Bestsellerautorin zurück in die Lücke. Da gab es drei weitere von ihr, ebenso breit, mit anderen Titeln. Wenn er daran dachte, wie viel Mühe ihm zweihundert Seiten anständiger Text bereiteten ... meine Güte, eine Megafrau. Du musst 'ne Frau sein in dieser Welt, dachte er, und dass der Wunsch nicht fair sei, ganz allgemein gesehen; allenfalls könnte er versuchen, unter dem Pseudonym einer Frau zu veröffentlichen.

»Suchen Sie etwas Bestimmtes?« Die Verkäuferin schaute ihn mit dem so anziehend schüchtern wirkenden Lächeln an.

»Nein, ich stöbere nur und warte, ob mich ein Titel anspricht.«

»Sie waren in den letzten Wochen nicht mehr bei uns.«

Stefan hielt die Luft an. Das war der erste unabhängige Beweis für seine Existenz als Stefan Bruhks.

Der Buchhändler rief aus einer Ecke des Ladens: »Christine?«

»Gleich«, antwortete die Verkäuferin. Und zu Stefan gewandt: »Macht der neue Roman Fortschritte?«

»Oh ja«, nickte Stefan zur eigenen Bestätigung.

»Und die Verlage?«

»Absagen, Absagen«, stammelte er.

Christine errötete. »Wollen Sie Ihre Bestellung jetzt mitnehmen? Ich kann den Preis aber diesmal nicht anschreiben, Sie verstehen – der Chef, ich müsste den Betrag sonst« – sie schaute kurz zu Boden – »wieder aus eigener Tasche vorlegen.«

Stefans Wangen brannten und er errötete bis unter die Haarwurzeln. Schlimm genug, dass die peinlichen Kassenerlebnisse nicht abrissen, aber dieses Mal schämte er sich. Er hatte sich von Christine literarisch aushalten lassen!

»Ja.« Mehr brachte Stefan nicht heraus.

Christine ging hinter die Kasse und suchte in einem Zettelkasten, unter B, wie Stefan sehen konnte.

»Habe ich noch Schulden bei Ihnen?«, fragte er mit belegter Stimme.

Christine drehte ihm den Kopf zu und lächelte. »Es ist alles in Ordnung.«

Stefan überlegte, ob sie nun einen Schuldenerlass oder ein ausgeglichenes Konto meinte. Christine ließ ihm keine Zeit für eine Entscheidung. »Hier«, sagte sie und zog aus einem Regalfach hinter der Kasse ein kleines gelbes Bändchen hervor. Stefan sah nicht das Büchlein, sondern starrte auf den Zettel. Der Name des Bestellers begann zweifelsfrei mit B, war aber nicht Bruhks. Nach dem B folgten Buchstaben, die er nicht eindeutig zuordnen konnte, r, a, e ch vielleicht, oder *ach, eck, och*. Der Name endete in einer Schlangenlinie.

»Die Bestellung ist doch richtig, oder?«, fragte Christine. »Sie schauen so zweifelnd.«

»Wie immer«, antwortete Stefan und war davon überzeugt, dass Christine stets das Richtige für ihn tun würde. Die Wärme war jetzt in seiner Magengegend, was selten vorkam und ihn deshalb sicher machte.

Stefan bezahlte und verabschiedete sich mit *bis bald*. Den Gruß meinte er freundschaftlich, auch dankbar, und mit einem großen Ausrufezeichen im Kopf – Vorsicht, nur keine persönlichen Beziehungen anknüpfen. Der Schreck, er könnte zweifacher Familienvater sein, war ihm noch in guter Erinnerung, und wer weiß, ob nicht doch bald seine Freundin anrufen würde oder sogar bei ihm vorbeikam. Wenn sie sich dann als seine Schwester entpuppte, war immer noch Zeit genug, ein weiteres Buch bei Christine zu bestellen.

Draußen vor der Buchhandlung holte er das gelbe Büchlein aus der Papiertüte und sah nach, was er gekauft hatte. *Interpretationen. Franz Kafka. Romane und Erzählungen.*

Geistige Nahrung. Nur zwei Straßen weiter lag der Discounter. Er brauchte Brotaufschnitt, Obst und die Zutaten für einen frischen Salat.

10

Die Interpretationen landeten im Abfalleimer, die Einkäufe auf der Arbeitsplatte.

Bis vor einer Stunde zweifelte er nicht daran, Stefan Bruhks zu sein. Christine kannte seinen Namen, Brockmeier oder Brockmann stand auf dem Bestellzettel, schnell hingekritzelt zur Ablage unter einem Anfangsbuchstaben. Zu blöd war die einfache Frage an Christine, sie möge ihm sagen, wie er denn heiße. Irgendwann würde er sich dieser Frage stellen müssen, wenn er ohne Einmischung von Alfred, der Quälseele, seinen wirklichen Platz im Leben wiederfinden wollte.

Stefan holte das Büchlein aus dem Abfall und klopfte den Kaffeesatz vom Einband. Ein Gesprenkel aus braunen Flecken blieb zurück. Das Buch war gekauft, und eines Tages würde ihm auch der Grund dafür einfallen, hoffte er und stellte die Interpretationen neben ein ebenfalls gelbes dünnes Bändchen von Dostojewskij aus dem gleichen Verlag.

Stefans Magen meldete sich. Das Hungergefühl war eine verlässliche Größe, er musste lediglich die zum Abendessen eingeplante Portion *Salat Spezial* etwas größer ausfallen lassen, obwohl der geschmackliche Reiz in der Vielfalt der verwendeten Zutaten und nicht in der Menge lag.

Wieder *déjà vu*, fiel Stefan auf. Wie zum Beweis sagte er sich das Rezept im Kopf vor. Es könnte der Grundstock für ein Kochbuch sein, dachte er. Bis er den entsprechenden Bekanntheitsgrad erreicht hatte, würde er genügend Rezepte gesammelt haben. Manche Autorinnen warteten nicht so lange und verstreuten ihre Rezepte kurzerhand in der Prosa, sozusagen als kostenlose Beigabe an die Leser.

Beinahe wäre die Zubereitung des Salates an der Sahne gescheitert, die Stefan beim Einkauf vergessen hatte. Mit Kondensmilch half er sich aus der Verlegenheit. Er rührte sie mit einem Schuss Vollmilch, Öl, Essig und einer Prise Pfeffer an und schüttete die Soße in eine hohe Tasse. Zwei Blätter Chicorée warf er mit grünem Salat, Feldsalat, drei Scheiben Tomaten, einigen roten Zwiebelringen und zwei Esslöffeln Mais in eine Schüssel, mischte und häufelte den Salat aus der Schüssel auf einen großen Glasteller. Vorsichtig goss er die Soße aus der Schüssel über den Salat. Den Rest der Soße schüttete er in den Ausguss, der Salat sollte Geschmack bekommen und nicht ertränkt werden. In der Pfanne brutzelte er eine Handvoll Speckwürfel. Mit den in Scheiben zerteilten Champignons und Croutons schwenkte er sie kurz an. Speck, Champignons und Croutons verteilte er als Dressing. Dazu gab es Dreikornbrot mit Schweineschmalz und Grieben.

Stefan war zufrieden und ab dem Magen abwärts satt; im Kopf, war sein Geist auf eine andere Art hungrig, er wollte entdecken und aus Kombinationen von Bekanntem auf Neues, Erzählenswertes stoßen. Ein Rezept gab es dafür leider nicht und auch noch zu wenig Zutaten. Dass er kochen konnte, war für den Alltag angenehm, ohne ihn auf dem Weg zu sich selbst weiterzubringen.

Mitten im Abwasch klingelte das Telefon. Würde neuer Schwung in die Selbsterforschung kommen? Er wartete, als ob er eine Bestätigung des nicht mehr für möglich Gehaltenen brauchte.

»Ja?«

Eine fremdländische Stimme fragte freundlich: »Yasemin ankommen?«

Stefan legte den Hörer auf, ließ ihn aber nicht los. Hatte er schon mal mit einer türkischen Freundin angebandelt? Yasemin stand nicht in seinem Notizbuch, das wäre ihm beim Durchsehen aufgefallen.

Das Telefon klingelte erneut.

»Falsch verbunden«, bellte Stefan und tippte mit dem Zeigefinger auf den Kontakt. Kein neuer Schwung, sondern alte Unwucht.

Um nicht über sein Dilemma grübeln zu müssen, setzte sich Stefan an den Schreibtisch und holte den Entwurf der Phantom-Geschichte hervor. Auf dem Weg zur Buchhandlung war ihm eine Idee für den Schluss zugeflogen. Inspirationen galt es festzuhalten und aufzuschreiben, zu flüchtig waren solche Gedanken und zu gern verdrängte sie der Alltag auf Nimmerwiedersehen in einen unzugänglichen Winkel seines Gedächtnisses. Stefan schrieb eine Weile, strich Formulierungen und ersetzte sie durch vermeintlich bessere, ergänzte und notierte Alternativen. Dann startete er den Computer zur Reinschrift.

Misanschki und Rickerd ordneten an, das Verlagsgebäude vom Keller bis zum Dachboden zu durchsuchen. Ergebnislos. Die Fassade wurde Millimeter für Millimeter abgeklopft, sogar bis zur dritten Etage, obwohl gesunder Menschenverstand gereicht hätte, um festzustellen, dass in derart luftiger Höhe ein geheimer Ausgang unmöglich war, solche Kletteraktionen wären auf der belebten Hauptstraße aufgefallen. Die Polizei versprach sich nichts von der Aktion außer einem gewissen Beruhigungseffekt für die Öffentlichkeit: Wir tun was. Während sie außen mit der Fassade in der dritten Etage beschäftigt schien, suchte sie drinnen das Literaturphantom unter den Angestellten. Vergeblich. Alle kamen morgens mehr oder weniger pünktlich, und alle verließen das Haus, der Verlagsleiter zumeist erst gegen einundzwanzig Uhr, Gundula noch später, weil sie freiwillig Amandas Arbeit übernommen hatte. Trotz der Fehlschläge blieb Misanschki bei seiner Annahme, das Literaturphantom müsse noch im Verlagsgebäude sein, und so sehr Oberinspektor Rickerd auch fragte, es gab keine Antwort.

Die Polizeipsychologin meinte, es müsse bald zu einer Krisis kommen. Etwa vierzehn Tage nach einer Entführung habe sich die Täter-Opfer-Beziehung stabilisiert. Welche Krise sie denn meine, fragte Rickerd, und Misanschki tippte sich mit der Mündung seiner Pistole an die Schläfe. Die Polizeipsychologin gab keine Antwort. Sie hing mit ihren Augen an der mattschwarzen Pistole, die Misanschki nicht in die Jackentasche, sondern vorne in den Hosenbund steckte.

In der zweiten Woche ihrer Gefangenschaft dachte Amanda verstärkt an Flucht. Sie schickte Erik, Binden zu besorgen; das würde ihr drei Tage Aufschub bringen für den Fall ... Sie wagte nicht daran zu denken.

Bei seiner Rückkehr fand Erik das Gewölbe leer vor. Mit einem verzweifelten Aufschrei stürzte er zu der geheimen Tür, die in das Innere des Gebäudes führte.

Im Nachhinein betrachtet wussten alle im Verlag, dass Gundula immer schon seltsam war. Zumindest behaupteten ihre Kolleginnen, dies gewusst zu haben. Warum sich Gundula eine blonde Perücke besorgte, in ein hautenges Kleid schlüpfte und spätabends über die Gänge des Verlagsgebäudes geisterte, konnte sich allerdings niemand erklären.

Der Nachtpförtner hörte die Stimme zuerst. Er schloss die Tür seiner Loge ab, bevor er zum Telefonhörer griff und die 201 wählte. Um diese Zeit waren nur noch Rickerd und Misanschki in dem zum Krisenstab umfunktionierten Sitzungszimmer anwesend – die Hotelsuite war ihnen gekündigt worden.

Die beiden Beamten stürzten auf den Gang. Eine blonde Frau kam ihnen entgegen.

Gundula erstarrte in der Bewegung wie eine verrenkte Plastik und kiekste mit vorgehaltener Hand, ein Laut, der weder eindeutig Angst noch Überraschung war. Blonde Haarsträhnen hingen ihr unordentlich im Gesicht. Am entgegengesetzten Ende des Flures tauchte aus dem Treppenhaus ein hoch gewachsener Mann mit wehendem schwarzem Umhang auf.

»Amanda!«, rief eine dunkle volltönende Stimme.

Gundula drehte sich um und floh in Richtung des Phantoms. Die Stöckelschuhe behinderten sie beim Laufen, ebenso das enge Kleid. Sie verlor den rechten Schuh und schüttelte den linken ab.

»Da ist die Frau!«, rief Rickerd.

»Da ist der Mann!«, rief Misanschki.

Misanschki zielte mit der Pistole, breitbeinig und beidhändig. Sein Körper nahm die Schussfolge zuckend auf, als würden sich die Kugeln aus ihm entladen und nicht aus dem Lauf. Putz spritzte von der Wand. Das Literaturphantom stolperte und fiel der Länge nach, Gundula auf ihn.

Klack-klack-klack.

»Jetzt hast du dein Pulver verschossen«, sagte Rickerd.

Misanschki warf die Pistole auf den Boden.

Das rückwärtige Treppenhaus hallte von hastigen Schritten. Gundula und das Phantom waren verschwunden.

Das Kellergewölbe wurde durch eine Vielzahl von zehnarmigen Kandelabern erleuchtet. Luftzug brach die Lichtschatten in den gespiegelten Wänden ringsum. Gundula stand dicht an das Literaturphantom gedrängt, das Gesicht leidenschaftlich zu ihm aufgerichtet. »Komm, ich will dich publizieren«, flüsterte sie Erik zu und liebkoste den Entsetzten zwischen Hals und Hemdkragen, dass ihm die Luft knapp wurde.

»Amanda! Hilf mir!« Die Stimme des Phantoms war nun leiser und flehender, weniger volltönend.

Schwere Schläge hallten gegen die Wand. Die Bilder in den Spiegeln zitterten.

»Sieh mich an, ich bin deine Amanda«, flüsterte Gundula. »Du schreibst nur noch für mich, ja?« Sie hielt Erik mit eisernem Griff im Nacken und küsste ihn. »Schreib mich voll«, bat sie, während er Luft holte. »Ich will deine Adjektive – zärtlich, weich, lustvoll, hart, hingebungsvoll, sanft, sinnlich; ich will deine Präsens-Partizipien – liebend, stoßend, stöhnend, drängend, quälend, wimmernd.« Sie nahm seine Hand und legte sie auf ihren Bauch.

Glas splitterte. In der Wand dahinter lief ein Riss durch die Steine und verzweigte in Mörtelfugen.

»Erik!«, flehte Gundula. »Wenn du es anders willst – dann bin ich dein Text, ja? Ich lass mich von dir rezensieren – zerreiß mich ...«

»Absagen«, stöhnte Erik, »die vielen Absagen!« Seine Hand, immer noch in Gundulas Griff gefangen, fuhr Achterbahn über ihren Leib, dazwischen der dünne, enthüllende Stoff.

»Nein! Schreib mich um, schreib ein neues, aufregendes Kapitel«, bat sie.

Mauersteine polterten auf den Boden, ein Staubpilz stieg hoch und zerfiel schwebend nach allen Seiten. Erik nutzte den Moment und riss sich von Gundula los. Hilflos zeigten ihre Arme auf den Wandschirm, hinter dem er verschwunden war.

»Hier muss noch eine geheime Tür sein!«, rief Rickerd und klopfte die Mauer hinter dem Wandschirm ab.

Misanschki hielt Gundula im Arm und streichelte durch ihr Haar. »Alles wird gut, ich bin da, Amanda«, flüsterte er.

»Hier ist sie!«, rief Rickerd triumphierend. »Gib mir das Stemmeisen!«

Misanschki warf das Werkzeug achtlos in die Richtung des Wandschirmes. Seine Augen ruhten in tiefblauen Seen.

Draußen bog von der Hauptstraße ein Polizeiwagen mit hoher Geschwindigkeit in die Einfahrt zum Verlagshaus. Der rechte Vorderreifen prallte auf den wie vergessen in der Einfahrt liegenden Kanaldeckel und schlug in die Öffnung dahinter. Mit gebrochener Achse blieb das Polizeifahrzeug im Hof liegen.

Eriks Körper baumelte im kreisrunden Schacht, die Hände über den Rand fest in das Gitter des Kanaldeckels gekrallt.

Stunden später wurde Amanda von Suchtrupps in der Kanalisation gefunden. Sie saß durchnässt an der Ecke zu einem Seitenkanal, aus dem sich ein dunkler Strahl in den Abwasserstrom zu ihren Füßen ergoss, und rezitierte mit monotoner Stimme aus einem Buch von Gaston Leroux.

Ende

Stefan schob die Tastatur an die Seite. Berta Böttcher hatte schneller Eingang in eine Geschichte gefunden, als sie es selbst befürchtet hatte. Für Amandas Kollegin Gundula war sie die Idealbesetzung. Sehr weit von einer tragischen Figur war auch er nicht entfernt, gestand er sich ein. Wie es aussah, blieb er zunächst auf seine Nachbarin als Informantin angewiesen. Also, nichts wie hin, versöhnen und ausforschen? Danach zu Christine in die Buchhandlung, bestellen und genau hinsehen, welchen Namen sie notierte.

Stefan verwarf die schnellen Entschlüsse und verschob den Besuch bei seiner Nachbarin. Die Wohnung bot ihm noch genug Gelegenheit zu Nachforschungen.

Im Bücherregal stand eine kleine Stereoanlage. Daneben schwang sich im Bogen ein einreihiges CD-Gestell vom Fußboden über einsachtzig bis zur Wand. In diesem Gestell fand er eine kleine ausgewählte Klassikabteilung, Orgelwerke und nur eine Oper, La Traviata. Der große Rest war Pop, Rock, Jazz, alles Querbeet und zumeist Sampler, mitten zwischen Rock-Interpretinnen entdeckte er Gershwin und *Play Bach* von Jaques Loussier.

Stefan legte *Rhapsodie in Blue* ein und räkelte sich in den Sessel. Nach der Einleitung ließ er die CD bis zum Höhepunkt des Themas vorlaufen. Intensiv genoss er die verbleibenden fünf Minuten, danach das Klavierkonzert in F-Dur, Céline Dion und Andrea Bocelli.

Die Musik entspannte ihn nicht im erhofften Maße, eine schwach vibrierende Unruhe blieb. Bevor er ins Bett ging, durchsuchte er noch den Kleiderschrank, fand aber bis auf einen Schlafsack nichts Besonderes.

Im Einschlafen wurde er durch die laute Musik eines vorbeifahrenden Autos aufgeschreckt. Er war wieder hellwach und hatte Gershwins Thema im Kopf. Die Melodie ließ sich nicht abzuschütteln, das Piano hämmerte dramatisch auf den Höhepunkt zu, an dem die Streicher besänftigend einfielen, während Stefan an den Ausgangspunkt zurückkehrte – *dadadada, dadadararataratara,* er dachte an Unverfängliches und geriet unvermittelt an Bichler, den Kaufhausdetektiv, von dort brauchte er keine Überleitung zu Direktor Ralzinger und der Frage, wie wohl er ihm gesonnen war und ob er die Anzeige unterdrücken würde, wie Stefan aus seinen Worten herausgehört zu haben glaubte. Für die Anzeige galt das Prinzip Hoffnung, gegen die schriftstellerische Erfolglosigkeit reichte Hoffnung nicht aus, er würde weiter aktiv bleiben müssen, notfalls eine Lektorin klauen – welch ein bestechender Einfall! Ein Dutzend Verlage war in der Stadt ansässig, Lektorinnen also reichlich vorhanden, auch wenn nur selten eine der freundlichen Rückantworten von einer Lektorin unterzeichnet war. Rückgabe der Lektorin, sobald sein Werk in den Schaufenstern der Buchhandlungen ausgelegt war, oder erst, wenn die ersten enthusiastischen Besprechungen in den Literaturbeilagen der überregionalen Zeitungen erschienen waren? Eine gehörige Portion kriminelle Energie wäre für das Vorhaben unerlässlich.

Stefan erschrak. An Fantasie mangelte es ihm nicht, doch schloss er, wie er ansonsten dachte und empfand, auf eigene Charakterfestigkeit. Er respektierte die von der Allgemeinheit festgelegten Regeln. War der Perückenklau bei R&C folglich nur ein Ausrutscher? Notwehr, weil die Situation für ihn so verrückt war, dass nur Verrücktes dabei herauskommen konnte?

Gegen ein Uhr stand er entnervt auf und suchte im Badezimmerschränkchen ohne Erfolg nach Schlaftabletten. Danach wälzte er sich von rechts nach links und probierte klassische Methoden des Einschlafens.

Ralzinger betrachtete seine gepflegten Fingernägel. »Ich habe dir die Perücke immerhin geschenkt. Ist es zu viel verlangt, wenn du sie für mich aufsetzt?« Ralzinger gurrte die Frage auf eine Weise, als dulde sie keine Absage.

Stefan schwitzte wie an der Kasse, bevor Bichler ihn dort aufgegriffen hatte. Direktor Ralzinger entschied immerhin über die Diebstahlsanzeige. Sollte er ihm den Gefallen tun? Eine Kleinigkeit, oder?

Ralzinger öffnete den flachen Karton auf dem Schreibtisch und schlug

das Seidenpapier zur Seite. »Es wird dir zauberhaft stehen.« Ralzinger
hob das pinkfarbene Kostüm aus dem Karton. »Bitte.«

Stefan schnappte nach Luft. Das pinkfarbene Kostüm schlang sich
eng um seinen Körper. Ralzinger näherte sich bis auf Scheckkarten-
distanz. »Ich heiße Dietmar«, sagte er und legte seine Hand auf Stefans
pinkfarbenes Gesäß.

Bichler stürzte ins Zimmer. Sein Kopf war viereckig und aus den
Schläfen wuchsen ihm Anschlusskabel. Unter dem Arm trug er eine
nackte Schaufensterpuppe. »Ein Dieb!«, schrie er und zeigte auf Stefan.
»Er hat das pinkfarbene Kostüm und die Perücke geklaut.« Der Zeige-
finger von Bichlers freier Hand fuhr durch den Raum und landete auf
Stefans Brust.

»Die ist ja echt!«, rief Bichler entgeistert.

»Eine Frau?«, fragte Ralzinger konsterniert und probierte selbst.
Leise schrie er auf.

Stefan schaute an sich herunter. Seine Brüste lagen fest im Kleid.
Von den Pumps sah er nur die Spitzen.

Stefan atmete schwer in die stickige Luft, rollte sich aus dem
Bett und öffnete das Fenster. Aus dem Schrank holte er sich ein
frisches Nachthemd. Gott sei Dank besaß Stefanie keine Negligés;
in die Baumwoll-Nachthemden ließen sich die Alpträume besser
einschwitzen.

Bis drei Uhr zählte er zwölf Autos, die durch die Gottfried-
Keller-Straße fuhren. Vier hielten für einige Minuten mit sur-
rendem Motor. Bevor die Wagen weiterfuhren, schlug eine Autotür. Abschiedsszenen, stellte er sich vor, Mädchen, die nicht über
Nacht ausbleiben durften, in leidenschaftlicher Umarmung, die
Hoffnung auf ein Wiedersehen schürt. Oder Frauen, die nicht
jede Bekanntschaft gleich in ihre Wohnung schleppten und bei
der Verabschiedung erst die Situation klarstellen müssen. Denen
ordnete er die Autos zu, die mit höherer Drehzahl die Weiter-
fahrt begonnen hatten. Später störten zwei Halbwüchsige, die
betrunken und in wohlgesetzten Abständen den Namen eines
heimischen Fußballvereins grölten.

Als die erste Straßenbahn im jungen Tag in die Gottfried-Keller-Straße einbog, stand er auf.

11

Am Vormittag ging Stefan zu Bogner. Dort traf er eine ältere Verkäuferin an, von der er nicht wusste, ob sie ihn kannte und seinen Namen bei einer Bestellung ohne Nachfragen aufschreiben würde. Enttäuscht machte er sich auf den Weg zur Sparkasse. Er wagte nicht daran zu denken, was dort auf ihn zukommen konnte; allein schon der Gedanke löste Erwartungsängste aus.

Vom Ägidiusplatz bis zur Sparkasse waren es zwanzig Minuten zu Fuß, nicht sehr viel Zeit, um im Kopf an den ungelösten Fragen seines Lebens zu arbeiten. Apropos arbeiten: Heute war Dienstag, er war gesund und konnte nicht sagen, welchem Broterwerb er nachging. Solche Gedächtnislücken bereiteten ihm Sorge. Die Romane in seinem Computer und der Hefter mit den Absagen waren kein Beweis. Auch erfolglose Schriftsteller müssen arbeiten, um zu leben.

In der Filiale der Sparkasse schob er die Scheckkarte in den Kontostandsdrucker. Seine Unruhe wurde nicht lang auf die Folter gespannt: 433,78 Euro betrug sein Guthaben. Der Auszug enthielt neben dieser nackten Zahl die Lastschrift aus dem Einkauf bei R&C, ansonsten keine Umsätze, die ihm Aufschlüsse über sein Leben liefern konnten. Vor dem Geldautomaten überlegte er eine Weile, ging dann zum Kassenschalter und ließ sich die Hunderter auszahlen.

Auf der Straße nervten ihn die Geräusche der unaufhörlich vorbeifahrenden Autos. In dieser Stadt gab es keinen Ort mit wirklicher Stille. Spätestens Freitag würde er in die Berge fahren, wenn sich nicht bis dahin hoffnungsvolle Aspekte in der Entdeckung seines Selbst eingestellt hatten, die wichtiger waren als die erholsame Ruhe der Bergwelt.

Das penetrante Hupen eines langsam vorbeifahrenden Taxis steigerte seine Aggressionen. Bevor er eine lautstarke Bemerkung loswerden konnte, rief ihn der Taxifahrer aus dem geöffneten Fenster an.

»Du fauler Sack, wo bist du abgeblieben? Moosbauer hat nach dir telefoniert, dich aber nicht erreicht. Er hat jetzt zweimal Pech gehabt mit Studenten und will unbedingt einen zuverlässigen Fahrer. Er lässt sogar einen Wagen stehen.«

»Kennst du mich?«, fragte Stefan verblüfft und blieb stehen.

»Der Dichter spinnt, wie immer«, lachte der Taxifahrer und wies in Richtung auf das Taxameter. »Ich hab 'en Fahrgast. Lass dich beim Alten sehen.« Die Scheibe glitt hoch und das Taxi beschleunigte.

Ein erfolgloser Schriftsteller, der sich seine Brötchen als Taxifahrer verdient, ergab einen Sinn und passte gut zu dem soeben abgefragten Kontostand. Der Anrede *Dichter* hätte es nicht mehr bedurft. Verwirrung stifteten die anderen Dinge, an die er sich nicht erinnern konnte.

Stefan schloss die Augen.

Moosbauer? – Nie gehört.

Die Bücher in der obersten Reihe links im Regal? – Charles Dickens, Edgar Allan Poe, Daniel Defoe, Nachschlagewerke zu Geschichte und Zeitgeschehen.

Der zweite Test zählte nicht, denn in der Wohnung seiner Schwester kannte er sich aus, nur nicht in seiner eigenen. Er zog das Portemonnaie aus der Gesäßtasche und klappte es hastig auf, zerrte den Personalausweis heraus und las die Anschrift. Die Wohnung – das war seine Anschrift, *seine* Wohnung, und die Nachbarin kannte ihn nicht ...

Die Kante des Bürgersteigs kippte seitlich weg.

»Da ist er wieder«, sagte der Mann mit der roten Jacke über dem weißen Hemd. Ein anderer Mann in Rot beugte sich über ihn und winkte mit den Fingerspitzen. »Willkommen.«

Der Wagen nahm eine scharfe Rechtskurve, ohne die Geschwindigkeit wesentlich herabzusetzen.

»Schorsch, lass gut sein«, rief der erste Mann in Rot nach vorn. »Sonst fällt er uns von der Trage und verletzt sich ernsthaft.«

Stefan tastete nach der schmerzenden Stelle am Kopf und fühlte einen Verband.

»Nur eine kleine Platzwunde. Habe ich auch mal gehabt, als ich als Kind von der Schaukel gefallen bin.« Der Notarzt pumpte die Manschette um Stefans Oberarm auf. Langsam entwich die Luft. »110 zu 70. Es geht aufwärts. Hatten Sie schon mal früher Probleme mit dem Kreislauf?«

Stefan verneinte. »Wohin fahren wir?«

»Zu den Barmherzigen Schwestern.«

»Ich möchte nicht ins Krankenhaus. Ich fühle mich schon wieder in Ordnung.«

»Haben Sie heute noch was vor?«

»Wieso?«

»Wenn ein kräftiger Kerl wie Sie bei 28 Grad auf der Straße umfällt und zehn Minuten im Koma liegt, ist das kein Spaß mehr. Oder hast du an der Stelle eine Laterne gesehen, Karl?«

Karl lachte. »Auch kein Verkehrsschild, Doc.«

»Es war ein Überfall«, stöhnte Stefan.

»Sicher.« Der Arzt langte auf eine Ablage und warf Stefan das Portemonnaie in den Schoß. »Die Johanniter fahren ihre Opfer anschließend ins Krankenhaus. Das gebietet uns die Nächstenliebe.«

Stefan verdrehte die Augen.

»Na, na«, sagte der Arzt, »für uns sind Sie die reinste Erholung. Kein Vergleich mit den lebenden Fleischklumpen, die man uns häufig in den Wagen legt. Das soll nicht heißen, dass Sie keine ärztliche Hilfe benötigen. Wir nehmen jeden Fall ernst.«

Der Wagen stoppte vor der Unfallaufnahme, die Tür wurde aufgerissen und die Trage herausgezogen. In der Ambulanz richtete sich Stefan auf.

»Der Mann wurde auf der Straße gefunden. Ohnmächtig«, instruierte eine Schwester den Arzt.

Der Arzt öffnete den Kopfverband. »Lassen Sie mal sehen.«

»Machen Sie sich mit mir keine Umstände«, bat Stefan.

»Glück gehabt«, sagte der Arzt. Er schnippelte mit einer Schere Haare von Stefans Hinterkopf. »Nur eine oberflächliche Wunde nah am Haaransatz. Mull und Pflaster reicht. Wir brauchen nicht zu nähen. – Elke.«

Die Schwester reichte dem Arzt ein Stück Mull.

»Warum habe ich dann den Kopfverband bekommen?«, erkundigte sich Stefan.

Der Arzt schnitt vom Mull die Hälfte ab und reichte der Schwester das Stück zurück. »Auf dem Wagen, die können gar nicht mehr anders. Pflaster.«

»Erholung nannte mich der Notarzt.« Stefan hüpfte von der Trage. »Vielen Dank. Dann kann ich jetzt gehen?«

»Wir sollten vorsichtshalber röntgen.«

»Mir ist aber nicht übel«, wandte Stefan ein.

»Aber mir. Weil die Patienten nicht auf meinen ärztlichen Rat hören.«

»Kommen Sie!« Schwester Elke brachte Stefan zur Tür und zeigte ihm den Weg zur Aufnahme. Hier wurde er als Stefan Bruhks aktenkundig gemacht, zwei Flure weiter zum Röntgen geschickt und danach in der Ambulanz auf dem Gang in die Reihe der Wartenden gesetzt, neben eine Frau mit einem Gips links bis unter das Knie. Stefan betrachtete eine Zeitlang ihre Zehen, danach den Saum des sorgfältig auf Bermuda-Short-Länge gekürzten Hosenbeins.

»Heute kommt er runter.« Die junge Frau klopfte mit einer Krücke auf den weißen Gips. Keine handschriftlichen Genesungswünsche, keine pfeildurchbohrten Herzen. Seltsam, dachte Stefan, mit der Frau kann man sich doch sehen lassen.

Wir wollen doch niemanden diskrimminirrn!, tönte Bichlers Stimme. Stefan erschrak. Nein, beruhigte er sich, das war kein zweiter Alfred, sondern eine ganz normale Erinnerung. Jeder hatte Familie, Freunde, Bekannte, und es machte keinen Unterschied, ob man hübsch war oder nur leidlich aussah.

»Ich bin beim Aufwärmen einfach umgefallen«, erzählte die

Frau unaufgefordert. »Das hat vielleicht geknallt! Der Übungsleiter wollte mich nach Hause bringen, aber ich habe ihm gesagt, dass ich das alleine schaffe. Es sind ja nur zwei Kilometer von der Halle bis zu unserem Haus und ich hatte mein Auto dabei. Abends hat mein Mann den geschwollenen Fuß abgetastet und gefragt, wo denn meine Achillessehne sei. Am nächsten Morgen bin ich zum Orthopäden gegangen, mittags lag ich im Krankenhaus.«

»Einfach so?«

»Der Arzt war fassungslos, dass man mich nicht sofort ins Krankenhaus gebracht hat. Ich war neu in der Gruppe.« Die Frau lachte warmherzig. »Nach vierzehn Tagen wurde ich entlassen, mit Mühe und Not. Ich musste die Stationsärztin bequasseln. Vier Wochen lang konnte ich nicht duschen, weil mir der Gips bis zu den Pobacken reichte.«

Gegenüber öffnete sich eine Tür. »Frau Bleck?«, rief eine Schwester.

»In diesem Moment beginnt ein neues Leben.« Die junge Frau sprach schon in Richtung auf den Behandlungsraum und humpelte los.

Stefan langweilte sich noch eine Viertelstunde, wäre beinahe mit dem Kopf an der Wand eingeschlafen, bis er aufgerufen und in ein Sprechzimmer gebeten wurde.

»Dr. Römer«, stellte sich der Arzt vor. »Herr Bruhks, es hat sich kein weiterer Befund ergeben.« Der Arzt ging zu einer beleuchteten Tafel. »Hier ungefähr ist die Wunde«, deutete er mit dem Kugelschreiber auf eine Stelle.

Stefan konnte im Schwarz nichts erkennen.

»Der Dickschädel hat den Aufprall gut überstanden.«

»Dann ist ja alles in Ordnung.«

»Ein Mann wie Sie fällt nicht ohne Grund um.« Dr. Römer setzte sich an seinen Schreibtisch. »Haben Sie einen Hausarzt?«

»Dr. Brinkmann.«

Der Arzt schaute von den Unterlagen hoch. »Die Gynäkologin?«

In Stefans Kopf pochte es. Offensichtlich brachte er etwas durcheinander. »Konzentrationsschwächen. Ich bin zur Zeit ziemlich abgespannt, verstehen Sie?«

»Haben Sie darüber schon mit Frau Dr. Brinkmann gesprochen?«

Stefan knetete seine Finger. »Ich – weiß es nicht – so genau. Nicht seit Samstag, das kann ich beschwören.«

»Was war Samstag?«

Das Pochen in Stefans Schläfen schwoll an. Dazu gesellten sich kleine dunkle Pünktchen, die vor seinen Augen einen unruhigen Tanz aufführten. »Ich weiß nicht, wer ich bin!«, platzte er heraus.

»Sie meinen, Sie leiden unter Amnesie?«, fragte der Arzt. Er prüfte die Unterlagen. »Zeigen Sie mal Ihren Ausweis«, bat er dann.

Stefan holte das Portemonnaie aus der Gesäßtasche und zog den Ausweis heraus. Der Arzt verglich das Bild. »Das sind Sie, kein Zweifel. Hier steht: Stefan Bruhks. Sie wohnen in der Gottfried-Keller-Straße. Dreizehn. Ist das richtig?«

In Stefans Kopf dröhnte es. Er schlug die Handflächen gegen die Schläfen. »Wenn es da steht ...«

»Sie erinnern sich nicht an Ihre Anschrift?«

Stefan konnte den durchdringend musternden Blick des Arztes nicht ertragen. »Ich möchte jetzt nach Hause.« Wenn er seinem Personalausweis glauben durfte – und der war schließlich von einer deutschen Behörde ausgestellt – wohnte er in der Gottfried-Keller-Straße 13. Wenn er seiner Nachbarin glauben durfte, lebte dort nicht er, sondern seine angebliche Schwester, von deren Existenz er keinen blassen Schimmer hatte. Die von Dr. Römer angedeutete Amnesie war plausibel bis auf die Quälseele Alfred, die nicht ins Krankheitsbild passen wollte.

Der Arzt holte Stefan an der Tür ein. »Ich darf Sie nicht so gehen lassen.«

»Sie haben doch selbst festgestellt, dass es keinen Befund gibt.

Das Loch im Kopf ist harmlos. Ich kenne mindestens zwei Menschen, die Auskunft über mich geben können.«

»Wie Sie meinen. Gegen Ihren Willen lässt sich kein Licht in das Dunkel bringen.« Der Arzt reichte Stefan die Hand. »Ich schlage vor, Sie warten eine Woche. Wenn Sie bis dahin nicht klar sehen, kommen Sie zu mir.«

»Danke, Herr Doktor«, sagte Stefan und drückte die Hand des Arztes in dem guten Gefühl, für den Notfall gerüstet zu sein, aber ohne die Absicht, es jemals so weit kommen zu lassen.

Vor der Wohnungstür verweilte er einen Augenblick. Angesichts der drohenden Nähe von Berta Böttcher verschob er den Besuch mit der Überlegung, dass er eine alleinstehende Frau, die sich ihren Lebensunterhalt verdienen muss, in der Mittagszeit ohnehin nicht antreffen würde.

12

Die Adresse von Taxi Moosbauer schlug Stefan im Telefonbuch nach. Ein Griff genügte. Alois Moosbauer pries seine Dienste hundertfach auf den Seitenrändern an.

Moosbauer gehörte eines der wenigen nicht mehrgeschossig bebauten Grundstücke in der Innenstadt, günstig in einer Nebenstraße in der Nähe des Bahnhofs zwischen einem kleinen Hotel und einem Bürohaus gelegen. Stefan erwischte den letzten Parkplatz am Ende des gedrungenen, grau verputzten Gebäudes. Fünf Garagen nahmen hier die halbe Grundfläche des Gebäudes in Anspruch. Auf dem Weg zur Eingangstür erkannte Stefan durch die Fenster ein Büro und einen Aufenthaltsraum mit Tisch und Stühlen. Er erinnerte sich nicht, jemals hier gewesen zu sein.

»Sakra, da ist ja der Dichter! Der Hallodri!«, lachte ein kräftiger Mittfünfziger, eine Eiche mit kurzen Haaren und Schnurrbart, und zog Stefan durch die Tür ins Büro.

Das ist also der Moosbauer, vermutete Stefan.

»Hast dich lang nicht mehr hier sehen lassen. Hab ich zu viel gezahlt oder hast etwa ein Buch verkauft?«, dröhnte Moosbauer und schlug Stefan auf den Rücken, dass er einknickte. »Du kannst sofort die nächste Schicht fahren. Anton Martha neun-neun-neun. Ein neuer Fünf-Achtundzwanziger. Dein Fünf-Fünfundzwanziger ist leider nicht mehr da. Die Vorfahrt in der Luisenstraße, Ecke Hedwigstraße. Offiziell habe ich den Wagen als Schrott nach Polen verkauft. Inoffiziell hat ihn der Hansi aufgearbeitet und wir haben ihn als Unfallwagen auch nach Polen verkauft. So hat alles seine Richtigkeit. Wenn du mal wieder flüssig werden willst – wie üblich zwanzig Prozent. Aber vorher fährst noch ein paar Touren.« Moosbauer zwinkerte ihm zu.

Stefan wich Moosbauers Blick aus. »Ist denn meine Steuerkarte noch bei euch?«

»Deinen Humor hast freilich nicht verlor'n«, lachte Moosbauer. »Willst die Traudel mit ihrer Ordnung beleidigen?«

Nein, das wollte er nicht, und so traute er sich nicht, die für ihn wichtigste Frage überhaupt zu stellen. Vielleicht ließ sich später noch etwas aus Unterlagen oder Einsatzplänen in Erfahrung bringen. Drüben an der Wand hing einer. Die Spalten waren mit Bertl, Franz, Stepi, Mohammed, Jussuf, Charlie, Erdic überschrieben. Eine monotone Frauenstimme drang durch die Wand. *Prinzregent dreizehn Dr. Achtermann, Prinzregent dreizehn Dr. Achtermann,* das melodische Piepen einer Funksprechanlage, und wieder die Frauenstimme: *Fürst Luitpold achtundneunzig, bei Siebert, zweiter Stock. Charlie, wo steckst du?* Aus einem Lautsprecher klang Krächzen und eine verzerrte Stimme.

»Wann kann ich anfangen?«

»Sofort.«

»Eigentlich wollte ich am Samstag für ein paar Tage in die Berge. Eine Woche oder so.«

»Ausspannen? Ich dachte, ein Dichter ist ständig auf Urlaub. Wo er doch noch nicht einmal zur Arbeit fahren muss.« Moosbauer dröhnte vor Lachen.

Stefan fühlte sich unbehaglich.

»Du lässt dich drängen wie eine Diva.« Moosbauer stieß ihm in die Rippen.

»Gut. Ich nehme die Nachtschicht. Am Freitag mache ich früher Schluss, danach geht's zur Hütte.«

»Traudel, gib mal die Papiere vom neuen Fünf-Achtundzwanzig«, rief Moosbauer in den Raum. Eine mollige Frau aus der Mitte des Lebens erschien in der offenen Tür und lächelte ihn wie ein verliebter schüchterner Teenager an. Meint sie mich persönlich?, fragte sich Stefan. Er lächelte verlegen zurück und nahm die Autoschlüssel und die Mappe mit den Papieren.

Die Nachtschicht endete zwischen drei und vier Uhr morgens, wie es sich nach den Fahraufträgen ergab. Schon kurz nach Mitternacht kämpfte Stefan mit der Müdigkeit. Er fand das nicht weiter verwunderlich und rief die Zentrale an. Er sei noch nicht im Rhythmus, meldete er sich ab. Zu Hause legte er sich gleich ins Bett.

Berta war ihm dicht auf den Fersen. Die Stöckelschuhe behinderten ihn beim Laufen, ebenso der enge Rock. Er verlor den rechten Schuh und schüttelte den linken ab. Blonde Haarsträhnen hingen ihm unordentlich im Gesicht. Mit heftigem Schwung warf er die Perücke hinter sich. Berta stolperte über die Schuhe. Er öffnete die Tür links – Herrentoilette, egal – und schloss sich in eine Kabine ein. Keuchend saß er auf dem Toilettendeckel. Von außen wurde heftig an der Klinke gerüttelt. Er hörte, wie eine andere Tür aufgerissen wurde und gegen die Wand knallte.

»Amanda!«, rief eine dunkle, volltönende Stimme.

»Nein!« Bertas Schrei ging ihm durch Mark und Bein.

Ungeachtet der Gefahr stürzte er aus der Kabine und auf den Gang. Ein hochgewachsener Mann in einem wehenden schwarzen Umhang hatte Berta wie ein Paket unter den Arm geklemmt und eilte zum Treppenhaus. Berta trug die blonde Perücke, die er weggeworfen hatte. Er wandte sich zur anderen Seite, doch seine Beine folgten den beiden. Eine Türklinke bot Halt und er griff zu, um die Richtung umzukehren. Sein Arm wurde im Ausmaß seiner Schritte länger, spannte sich und schoss gegen seinen Kopf. Der Länge nach fiel er auf den Rücken.

Am entgegengesetzten Ende des Flures tauchten Rickerd und Misanschki auf.

»Da ist die Frau!«, rief Misanschki und zielte mit der Pistole auf ihn, breitbeinig und beidhändig.

»Das ist ein Mann«, sagte Rickerd.

Misanschkis Pistole spuckte Feuer. Sein Körper nahm die Schussfolge zuckend auf, als würden sich die Kugeln aus ihm entladen und nicht aus dem Lauf der Pistole. Mehrere Schüsse trafen Stefan und hinterließen kreisrunde Öffnungen, scharfkantig wie von einem Locher.

Klack-klack-klack.

»Jetzt hast du dein Pulver verschossen«, sagte Rickerd.

Stefan zog das kleine Notizbuch unter dem Rock hervor, das er immer am Strumpfband bei sich trug, um die Ideen aufzuschreiben, die ihn außer Haus überfielen. Er notierte die Sätze über Misanschkis konvulsive Feuerstöße. Das Bild mit der feuerspuckenden Pistole war *möglicherweise schon zu abgegriffen, klang zu sehr nach Wilder Westen inklusive. Aber das ließ sich noch überarbeiten.*

Misanschki warf die Pistole auf den Boden. »Jetzt müssen wir ermitteln«, sagte er resigniert.

Stefan kroch rückwärts über den Boden. Rote Flüssigkeit rann aus den Löchern. Mit der Fingerkuppe des Zeigefingers schloss er ein Loch in der Brust und spreizte den Mittelfinger auf ein zweites. Aus dem Loch im Bauch sprudelte nun eine kleine Fontäne. Er hielt den anderen Zeigefinger in den Strahl und leckte ihn ab. Merlot 2002. Vin de Pays. Ein guter Tropfen. Zum Aufwischen viel zu schade.

Der Strahl knickte und versiegte schließlich. Er war verblutet. Langsam kroch er weiter. Zu spät bemerkte er die Treppe. Im Sturz überschlug er sich.

Das Kellergewölbe wurde durch eine Vielzahl von zehnarmigen Kandelabern erleuchtet. Luftzug brach die Lichtschatten in den gotischen Bögen und Pfeilern. Die blonde Perücke lag auf dem Boden. Berta stand dicht an das Literaturphantom gedrängt, das Gesicht leidenschaftlich zu ihm aufgerichtet. »Komm, ich will dich publizieren«, flüsterte sie Erik zu und liebkoste den Entsetzten zwischen Hals und Hemdkragen.

»Amanda!« Die Stimme des Phantoms klang nun leiser und flehender, weniger volltönend.

Das Literaturphantom dauerte Stefan. Er wollte sich bemerkbar machen und den Irrtum aufklären, die Zunge klebte ihm jedoch wie ein dickes Geschwulst im Mund.

Stefan saß aufrecht im Bett, öffnete und schloss den Mund und löste die Zunge vom trockenen Gaumen. Er stand auf, ging in die Küche und leerte eine halb volle Flasche Mineralwasser in kleinen Schlucken.

Wütend zerrte er sich das dünne Baumwollnachthemd vom Leib. Eine absurde Idee, Stefanies Nachtwäsche zu tragen, um Geld für einen Pyjama zu sparen, genauso absurd wie der Diebstahl der Perücke. Das Weibliche bedrängte ihn wie die Enge des Nachthemdes. Demnächst würde er noch seine Tage bekommen.

Die Wunde hinter dem Ohr pochte.

Er zog sich die Decke über den Kopf, als könnte sie ihn vor dem Träumen seiner eigenen Geschichten schützen. Beim Atmen geriet ihm der Bettbezug zwischen die Lippen, wie ein Erstickender warf er die Decke nach hinten und strampelte sie mit den Beinen fort, hielt es aber auch in dieser Lage nicht aus. Seine Nacktheit störte ihn. Er holte sich die Bettdecke zurück und stopfte sie unter die Arme.

Auf der Straße schlug eine Autotür, dann erklang das gleichmäßige Stakkato von Stöckelabsätzen. Stefan erinnerte sich an die letzte Nacht. Ereignisse, Gefühle und Schicksale ließen sich aus Geräuschen deuten und mit Einbildungskraft und Einfallsreichtum auskleiden.

Als die Straße still lag, schlief er ein.

Erst am späten Vormittag frühstückte er hastig im Stehen. Die verbleibende Zeit bis zum Mittag nutzte er für den Gang zum Bürgerbüro, um eine Lohnsteuerkarte zu beantragen. Ob Traudl seine Lohnsteuerkarte noch aufbewahrte, war durch Moosbauers Bemerkung nicht eindeutig geworden und Stefan jetzt auch gleichgültig. Er brauchte ein von einer deutschen Behörde ausgestelltes, amtlich beglaubigtes Dokument.

Das Bürgerbüro war ausgeschildert wie ein Autobahnkreuz. Passangelegenheiten, Namen von A bis L, M bis R, Lohnsteuerkarten. Die Mehrzahl der Schilder mündete in einen Warteraum, in dem weitere Schilder zur Ziehung einer Nummer aufforderten. Ungeduldig und nervös wartete Stefan, bis er aufgerufen wurde.

»Ich brauche eine Lohnsteuerkarte«, sagte er und legte den Personalausweis auf den Schreibtisch.

Der Angestellte warf einen Blick auf den Ausweis und tippte. Er wartete, schüttelte den Kopf und tippte noch einmal. Dann nahm er den Ausweis auf, sagte *Bruhks, Stefan*, und schrieb den Namen erneut, Buchstabe für Buchstabe.

»Das gibt es doch nicht«, sagte er erstaunt. »Augenblick.« Der

Verwaltungsangestellte verschwand durch eine rückwärtige Tür.

Stefan steckte den Ausweis ein und nahm den Ausgang. Auf dem Gang rannte er um die nächste Ecke, am Aufzug vorbei in das Treppenhaus. Draußen vor der Tür atmete er heftig die frische Frühlingsluft.

Es gibt mich nicht, dachte er.

13

Nach dem Erlebnis im Bürgerbüro wäre Stefan am liebsten fluchtartig in die Berge aufgebrochen. Trotzdem zwang er sich, zu
Moosbauer zu fahren. Ich bin zuverlässig, schloss er aus seiner
Selbstbeobachtung, und stehe zu meinen Zusagen, auch wenn
es schwer fällt.

Während der ersten Fahrt zum Flughafen verfiel er in eine
depressive Stimmung. Das Drumherumüberlegen und Ausweichen funktionierte nicht mehr, Panik schob sich hoch in den Hals
und zwang ihn, die Geschwindigkeit herabzusetzen, damit er
nicht laut schreiend in die Leitplanken fuhr. Sein Fahrgast, ein
Amerikaner, nahm das Tempo mit Humor und meinte *Is that
your Gemutlichkeit?*. Die Bemerkung eines anderen Fahrgastes
traf Stefan härter. Der Mann war jünger als er und ausgesucht
in Grauschwarz gekleidet, mit blauem Hemd und goldgelbem
Schlips. Er solle nicht einschlafen, sagte er, von seinen Unterlagen
aufblickend, dies sei ein Taxi und kein Platz unter einer Brücke.
Stefan würgte die Wut hinunter und beschleunigte. Eingangs
der Stadt übersah er eine rote Ampel, musste hart ausweichen,
um einen Zusammenstoß zu vermeiden und schleuderte auf den
Straßenbahngleisen. »Raus!«, brüllte er, nachdem der Wagen zum
Stehen gekommen war. Der junge Mann machte sich mit bleichem
Gesicht davon.

Stefan fuhr zu Moosbauer und stellte den Wagen auf dem Hof
ab. Moosbauer war nicht im Büro und so sagte er Traudel, dass er
sich nicht wohl fühle und die Schicht abbrechen müsse. Traudel
wünschte gute Besserung und lächelte.

»Kommst du morgen?« Sie verriet ihm mit einem verstohlenen
Blick, dass sie das Heftpflaster hinter dem Ohr bemerkt hatte. »Ist
es schlimm?«

»Ich habe meine Tage«, antwortete er grimmig und ließ Traudel stehen. In der Tür drehte er um und entschuldigte sich.

»Du armer Bub«, sagte Traudel.

Auf dem Heimweg grübelte er über Traudels Bemerkung. Meinte sie seine momentane Verfassung oder spielte sie auf seine erfolglose Karriere an? Er hatte im Übrigen die Chance vertan, Traudel unter vier Augen nach seinem Namen zu fragen. Moosbauer hatte ihn *Dichter* genannt, wahrscheinlich hielt man ihn für spinnert. Nur Traudel hätte ihm die Frage nach seinem Namen ohne Nachfrage beantwortet, schloss er aus ihrem Verhalten.

In der nächstgelegenen Apotheke besorgte er sich für alle Fälle eine Packung Schlaftabletten. Zwei beinahe schlaflose Nächte reichten ihm.

Zu Hause kramte er die Selbsterkennungsblätter aus der Schublade hervor und notierte sich auf dem mit *Beruf* überschriebenen Blatt: Schriftsteller. Broterwerb: Taxifahren. Auf dem Blatt *Identität* versah er seinen Namen mit einem Fragezeichen. Darunter schrieb er: Ich bin nicht Stefan Bruhks. Einen kurzen Moment zögerte er, dann zerriss er die Blätter und zerknüllte sie zusätzlich. Neue Beklemmungen tauchten auf und würgten ihm die Luft ab bei dem Versuch, tief durchzuatmen.

Es kostete ihn einige Kraft, sich an den Schreibtisch zu setzen. Mehrfach nahm er sich das Phantom-Manuskript und genauso oft legte er es an die Seite, weil sein Gehirn nur abgerissene Gedanken zu Wege brachte und Kreise um den spontan hingekritzelten Satz *Ich bin nicht Stefan Bruhks* drehte. Die zerknüllten Papierfetzen symbolisierten Endgültigkeit – Asche zu Asche, Staub zu Staub, ich bin tot.

Wo war Alfred?

Die Unruhe trieb Stefan vom Schreibtischstuhl hoch. Runde um Runde drehte er im Wohnzimmer, bis er sich so weit beruhigt hatte, dass er vor dem Bücherregal stehen blieb. Seine Augen wanderten die Reihen der bunten Rücken entlang, zumeist Neuerscheinungen der letzten Jahre, die als anspruchsvolle Arbeiten galten. Eine starke Geschichte tat not, bei der die Gedanken beim Lesen keine Freiräume zum Abschweifen bekamen.

Seine eigenen Romane hatten ihn bis jetzt gut unterhalten,

zudem waren sie frei von seelischen Erschütterungen, weil sie nur auf dem Papier stattfanden und ihn persönlich nicht betrafen. Auf dem Stapel der ausgedruckten Manuskripte lag obenauf das nächste Titelblatt, *Huren und Zitronen.* Stefan konnte sich kein Bindeglied zwischen diesen beiden Begriffen vorstellen. Neugierig begann er zu lesen. Auf Seite 25 fand er die Auflösung: Benno, der kaufmännische Angestellte, begegnet einem Kollegen am Kaffeeautomaten.

Der Raum, in dem der Kaffeeautomat stand, war eine Enklave inmitten der Geschäftigkeit des Bürogebäudes. Hier wurde Informelles ausgetauscht und ansonsten geschickt verborgene Gefühle krochen aus dunkelblauen oder schwarzen Bürouniformen hervor. Ein Kopierer und ein Reißwolf standen noch mit im Raum und markierten den Anfang und das Ende eines unendlichen Kreislaufes.

»Ich bin eine Zitrone«, sagte Benno, während er zwei Groschen in den Blechschlitz einfädelte.

»Bist du sauer? Hat es Ärger mit Möhlmann gegeben wegen der Preiskalkulation für Spanien?«

Benno wählte Kaffee mit Milch.

»Er ist eine Hure.«

»Drück' dich genauer aus. Schläft er mit seiner Sekretärin?«

Der Automat presste den Kaffee jaulend durch den Filter in den Becher.

»Es gibt zwei Arten von arbeitenden Menschen.« Benno zog den Becher vorsichtig aus der Halterung. »Die einen prostituieren sich. Für Geld, und Macht über eine Abteilung, über andere Menschen. Das sind die Huren. Sie halten sich für die Stützen der Volkswirtschaft und bezeichnen ihr Tun selbst als *Karriere machen.* Zu diesem Zweck pressen sie Zitronen aus. Das ist die andere Sorte.«

Stefan legte das Blatt aus der Hand. Bennos Theorie über die

Zwei-Klassen-Gesellschaft in der Arbeitswelt überzeugte ihn. Sympathisiert mit Zitronen wäre ein Merkmal für seine Selbsterkennungs-Notizen gewesen, aber auch eine Abneigung gegen klischeehafte Schwarzweißmalerei. Genau genommen war Bennos Feststellung seine eigene, ohne dass er einen Anhaltspunkt hatte, woher er die Kompetenz für eine kritische Auseinandersetzung mit der Arbeitswelt bezog. Schluss damit, sagte er sich, ein unbeschriebenes Blatt wie er sollte sich nicht bereits mit der Zeichensetzung seines Charakters beschäftigen. Besser als Problematisieren war, unter Leute zu gehen und sich zu zerstreuen, etwas anderes hören, nur raus aus dieser Wohnung, in der seine Gedanken von den Wänden reflektiert wurden.

Am Ende der Gottfried-Keller-Straße lag eine Wirtschaft. Dort hockte er sich an einen leeren Tisch und bestellte ein Weißbier. Lange hielt er es nicht aus, abwechselnd in das Bierglas und unbeteiligt in die Runde zu starren und das Geschwätz über Frauen und Saufereien von den Nebentischen anzuhören. Schließlich wurde es ihm zu dumm und er stand wieder draußen vor der Tür. Ziellos schlenderte er ein paar Straßen weiter und genoss die Abendluft. An der roten Leuchtschrift *Hexenkessel* blieb er stehen. Mariah Carey sang. Durch die Eingangstür drang *So here I am with the open arms* ... Zutritt nur für Frauen, verkündete das Messingschild an der Tür. Stefan hörte Lachen aus Frauenkehlen und fühlte sich ausgeschlossen.

In seiner Wohnung empfing ihn vollkommene Leere. Das ist nur äußerlich, dachte er und betäubte den Schmerz mit einer Flasche Rotwein und einer Schlaftablette.

Die Nacht blieb traumlos. Als er aufwachte und durch das Fenster schaute, hatte sich der Himmel bezogen und es nieselte. Der Schlaf hatte ihm gutgetan, das Wetter in seiner Seele war heute weniger grau als gestern, mehr heiter bis wolkig. Für den heiteren Anteil sorgte die Freude auf die bevorstehende Woche in den Bergen. Einen Dämpfer gab es beim Packen der Tasche. Er benötigte mehr Wäsche. Seine Kasse war nicht üppig und er konnte nur hoffen, dass die laufenden Ausgaben für die Wohnung von Stefanie bezahlt wurden.

Beim Einkauf mied er R&C. Die hundertfünfzig Euro, die er für Hemden, Unterwäsche, Strümpfe und zwei Pyjamas ausgab, motivierten ihn zum Geldverdienen. Zügig fahren, freundlich und aufgeschlossen für ein Gespräch mit der Kundschaft sein, für jeden Stau eine plausible Erklärung haben, das brachte Trinkgeld. Traudel sagte etwas Freundliches über seine schnelle Genesung und verschenkte ein Lächeln, zu dem Stefan einfiel, dass man damit Herzen einpacken könne. Er entschied sich, Traudels Lächeln nicht persönlich zu nehmen.

Am nächsten Tag stellte er einen Hüttenspeiseplan als Einkaufshilfe auf. Es machte keinen Sinn, wahllos Lebensmittel mitzunehmen. Ohne feste Planung fehlten entweder Zutaten oder Restbestände ließen sich nicht schmackhaft verwerten. Was kocht man aus Kartoffeln, Mehl und einer Dose Thunfisch? Für Bratkartoffeln fehlten die Zwiebeln, für Pfannkuchen Milch und Eier und zum Thunfisch der frische Salat. Eine Einkaufsfahrt von der Hütte aus nach Josephskirch dauerte zwei Stunden. Da überlegte er sich schon, ob er statt Kleinigkeiten einzukaufen im Dorf lieber zu einer Frittatensuppe oder einem Kaiserschmarrn einkehren sollte.

Bis auf einen Schlafsack im Kleiderschrank fand er nichts Mitnehmenswertes. Bettwäsche, Wanderkleidung und Bergschuhe waren schon oben auf der Hütte, die Grundausstattung brachte er in jedem Frühsommer hinauf, sobald die Schneeschmelze an den Wochenenden um Pfingsten und Christi Himmelfahrt den Weg nach oben freigab.

Bevor er zu Moosbauer fuhr, packte er den Wagen. So konnte er sofort nach der Schicht aufbrechen, ohne erst zurück zur Wohnung zu müssen. Zuletzt nahm er die Hüttenschlüssel aus der Schreibtischschublade. Nachdenklich wog er das Holzklötzchen mit dem groben Bindfaden und den anhängenden Schlüsseln in der Hand. *Obere Walln-Hütte* war in kantigen Buchstaben auf dem

Klötzchen eingebrannt. Berta, die Nachbarin, hatte ihm erzählt, wie gerne Stefanie auf die Alm fuhr. In bestimmten Dingen unterschied er sich nicht von Stefanie. Obwohl er einsam war, freute er sich auf das Alleinsein. Ob Stefanie auch einsam gewesen war? An ihrer Konfektionsgröße könnten Bekanntschaften nicht gescheitert sein, im Gegenteil; aus dem, was er in der Wohnung vorgefunden hatte, schloss er auf eine interessante Frau. Ihr Aussehen war ihm nicht wichtig; Stefanie hätte er zur Hütte mitgenommen und sie hätte seine Einsamkeit bereichert, davon war er überzeugt.

Beim abschließenden Blick durch das Wohnzimmer bemerkte er auf dem Schreibtisch die angebrochene Packung mit den Schlaftabletten. Auf der Alm schlief er immer wie ein Murmeltier. Kurz entschlossen steckte er die Packung ein, als würde er der Höhenluft nicht mehr vertrauen.

Um 18 Uhr übernahm Stefan bei Moosbauer die letzte Schicht dieser Woche. Am Wochenende fuhr er abends und nachts nicht den Flughafendienst, sondern in der Stadt, Reisende, Theaterbesucher, Leute, die zu Feiern unterwegs waren, später Geschäftsleute in Bars, Biergartenbesucher. *Wo kann man sich denn hier amüsieren? Fahren Sie mich mal in den ... na, Sie wissen schon ...* In den Stunden nach Mitternacht umgekehrte Fahrtrichtung: Geschäftsleute aus Bars, aus *na, Sie wissen schon,* und Biergartenbesucher nach Hause. Die komplette Skala von Null bis zwei Komma vier Promille. *Moment, i hob noch net zoahlt ... ich muss noch mal auf die Toilette ...* zehn Minuten Wartezeit für eine Fuhre von manchmal nur fünf Minuten, in einem von zehn Fällen noch einmal fünf Minuten zum Aufwecken, der Streit um das Fahrgeld – *siebzehn achtzig? Hab' doch sonst immer nur sechs Euro bezahlt,* die Information an die Zentrale, Anruf bei der Polizei ...

Stefan fühlte sich unbehaglich. Er dachte an besoffene und fettleibige Männer, die sich junge Körper kauften und deren Benutzung er ihnen nicht gönnte. Nicht, weil er sie selbst begehrte. Bin ich Feminist?, fragte er sich. Nein, ganz sicher rührte seine

Einstellung nicht aus dem Umstand, dass seine Garderobe derzeit zu Gast in Stefanies Kleiderschrank war.

Der Funk teilte ihm einen Fahrauftrag aus dem Hotel Astoria zu, ein paar Querstraßen weiter. Eine nette ältere Frau stieg ins Taxi, die in die Oper wollte und dafür extra von Augsburg angereist war. Eigentlich wollte ihr Sohn sie begleiten, erzählte sie schon auf den ersten hundert Metern, dann hätte sie sich die Hotelübernachtung sparen können. Aber der Beruf ließ ihm keine Zeit. Ihr Sohn war Diplom-Ingenieur und in der Baubranche tätig.

»Ein Baumeister«, flachste Stefan und dachte an Sepp Daschlgruber aus Rosenheim, der in späteren Jahren zum Literaturphantom avancierte.

»Ein Bauleiter«, sagte die Frau, nicht ohne Stolz in der Stimme. Sie gab ihm ein anständiges Trinkgeld und dankte für das nette Gespräch.

Danach fuhr er zwei *Kunden*. Auf dem Rückweg zu seinem Stammplatz schaltete er den Funk wieder ein.

Parzival 17 Herrnberger 2. Etage.

Franz-Ferdinand 48 Verlagshaus Weigold, Franz-Ferdinand 48 Verlagshaus Weigold, plärrte der Lautsprecher.

Stefan bremste heftig vor einer roten Ampel. Weigold!

»Zwei-fünfzehn«, meldete er sich. »Wagen zwei-fünfzehn«, wiederholte er. »Ich übernehme Franz-Ferdinand 48 – bin gleich um die Ecke.«

»In Ordnung, zwei-fünfzehn. Verlagshaus Weigold, am Haupteingang beim Pförtner melden.«

»Danke.«

Stefan fuhr die Strecke bis zur Franz-Ferdinand-Straße in weniger als den zehn Minuten, die er bei Einhaltung der Straßenverkehrsordnung benötigt hätte.

»Das Taxi«, meldete er dem Pförtner.

»Frau Kracht?«

Aus einem der Besuchersessel erhob sich eine Frau in beigefarbenem Kostüm, faltete eine Zeitung zusammen und schob sie in eine dünne Aktentasche aus Leder. Stefan kämpfte gegen die Aufregung, die ihm die Kraft aus den Beinen zog. Die letzte Absage war aus ihrer unverbindlichen Anonymität herausgetreten und er stand ihr nun Auge in Auge gegenüber. Oder war das lediglich eine zufällige Namensgleichheit? Nein, das durfte nicht sein ...

Sie stieg in das Taxi und nannte die Adresse.

Beim Anfahren würgte er den Motor ab. »Sie arbeiten bei Weigold?«, fragte er, endlich auf der Straße.

Bettina Kracht schaute ihn argwöhnisch im Rückspiegel an.

»Ja, wenn das den Fahrpreis nicht erhöht.«

»Natürlich nicht.«

Seine Lektorin, seine Amanda! In Stefans Kopf stürzten die Gedanken wild durcheinander. Auf dem Rücksitz saß *seine* Lektorin! Diesmal war es Wirklichkeit, kein Traum.

»Ach, du meine Güte! Die Wagenpapiere! Ich habe erst mit der Schicht begonnen, verstehen Sie?« Er verringerte die Geschwindigkeit. »Bitte, nur ein kleiner Umweg, zwei Minuten – ich fahre Sie auch umsonst.«

Bettina Kracht antwortete nicht sofort. »Gut. Beeilen Sie sich.«

»Danke.« Die zwei Minuten Fahrzeit waren stark untertrieben. Zehn Minuten mindestens würde er brauchen, wenn alle Ampeln grün zeigten. Zu schnell durfte er nicht fahren, um nicht ihren Argwohn zu wecken.

Die Zeit war längst verstrichen, als sie sich meldete. »Sind Sie ganz sicher, wegen der zwei Minuten? Können Sie die Papiere nicht nach dieser Tour holen?«

»Wir sind gleich da«, lachte er gequält und schaltete den Funk aus.

Bettina Kracht gähnte. »Ich hatte einen anstrengenden Arbeitstag und möchte schnell nach Hause. Können Sie das nachempfinden?«

»Wenn morgen früh die Schicht zu Ende ist, ja. Was machen Sie denn, beruflich?«

»Ich bin Lektorin. Ich lese Manuskripte.«

»Ich weiß, was eine Lektorin ist.« Noch einen Kilometer. »Sachbuch oder Belletristik?«

»Oh, ein verkappter Intellektueller?«

Stefan lachte verlegen. »Brotarbeit. Ich bin Aushilfs-Taxifahrer.«

Bettina beugte sich nach vorn. »Sie haben doch nicht etwa ein unveröffentlichtes Manuskript in der Schublade?«

»Ich? Ja. Sie lesen nicht nur Manuskripte, sondern auch anderer Leute Gedanken.«

»Nein!«, sagte Bettina. »Schicken Sie ein Exposé, ausreichend frankiert, und eine Leseprobe. Ich verspreche Ihnen faire Beurteilung. Nur heute Abend nicht, ich habe bereits Kopfschmerzen.«

Stefan zuckte innerlich. Ein Stich, der nicht schmerzt und dennoch tödlich verletzt. Dieses eine Wort *bereits* besaß die Schärfe eines Dolches. Er bog auf Moosbauers Platz und hielt neben seinem Wagen.

»Ich habe Kopfschmerztabletten dabei.« Die Handbremse ratschte. »Ohne Koffein. Danach können Sie schlafen.«

»Danke, nicht nötig.«

»Bitte«, sagte Stefan. »Ich möchte die Verzögerung wiedergutmachen.«

»Wenn es unbedingt sein muss. Beeilen Sie sich bitte.«

Stefan hatte Mühe, den Polo aufzuschließen. Die Schachtel mit den Tabletten lag auf der Ablage vor dem Beifahrersitz. Zwei Tabletten fielen auf die Fußmatte, bis zwei in der Handfläche lagen. Das musste reichen. Er warf die Tür zu und schloss den Kofferraum auf. Bitter Lemmon wäre ideal vom Geschmack, aber den hatte er nicht. Also Mineralwasser in den Deckel der Thermoskanne. Mit dem Zeigefinger zerdrückte er die Tabletten. Lichtjahre schienen zu verstreichen, bis sie sich auflösten.

»Hier.« Er hielt Bettina den Plastikdeckel hin.

»Wo ist die Tablette?«

Verdammt, sie machte Schwierigkeiten. Er zeigte auf den Deckel. »Im Wasser.«

»Sie haben die Tablette ...? Woher soll ich wissen, was Sie wirklich ins Wasser getan haben?«

Ein Tropfen löste sich zwischen Stefans Schultern und lief die Wirbelsäule entlang bis zum Gummizug der Unterhose. Ein zweiter Tropfen folgte.

»Entschuldigung«, sagte er. »Meine Mutter ... Ich konnte als Kind nie Tabletten schlucken, da hat sie mir die Dinger in Wasser aufgelöst. Seitdem mache ich es immer so.«

Bettina zögerte.

»Ich mache Ihnen einen Vorschlag.« Stefan fuchtelte mit der freien Hand. »Weil Sie durch mich schon so viel Ungelegenheiten gehabt haben. Sie trinken das Wasser mit der Tablette, und ich behalte mein Manuskript. Ist das ein Wort?«

»In Gottes Namen. Und bringen Sie mich bitte jetzt nach Hause. Ich zahle auch.«

»Wollen Sie mich beleidigen? Versprochen ist versprochen.«

Bettina nahm einen Schluck. »Huh, ist das aber bitter.«

»Mit der Schoole ist es wie mit der Medizin«, zitierte er, »sie moss bitter schmäcken ...«

Bettina trank aus und winkte gleichzeitig ab. »Verschonen Sie mich mit Ihren Sprüchen.«

Stefan nahm ihr den Becher ab. »Ich komme gleich zurück.« Er hampelte wie jemand, der übertriebene Eile an den Tag legt, lief zum Polo und schraubte langsam den Becher auf die Thermoskanne. Sorgfältig stellte er die Kanne an ihren Platz zwischen dem Getränkekarton und der Sporttasche, damit sie beim Fahren nicht umfallen konnte, er ordnete das Gepäck umständlich und zwang sich, nicht zu Bettina hinüberzusehen, ob sie schon ungeduldig geworden war oder womöglich aus dem Wagen gestiegen. Wie beim Luftanhalten unter Wasser versuchte er den Punkt der Rückkehr so weit wie möglich herauszuzögern, bis er den Druck auf die Brust nicht mehr aushalten konnte.

Bettina hatte den Kopf auf die Rückenlehne gelegt und hielt

die Augen geschlossen, als er in das Taxi einstieg. »Wenn Sie nicht sofort losfahren, kostet Sie das Ihre Lizenz.«

Stefan hatte keine Ahnung, wann die Wirkung der Tabletten einsetzen würde. Fünfzehn, maximal zwanzig Minuten würde er bis zu ihrer Wohnung brauchen. Damit sich die Lektorin nicht noch mehr aufregte, fuhr er los. Jetzt könnte er rote Ampeln, Staus und Verkehrsunfälle gut gebrauchen, stattdessen freie Fahrt überall. Soweit es der Verkehr zuließ, beobachtete er Bettina durch den Rückspiegel. Eine Frau in seinem Alter, mittelblonde Haare, die sie aus der Stirn zurückgekämmt hatte. Sie hielt die Augen weiterhin geschlossen, und er traute sich, einen kleinen Umweg zu fahren, der auf dieser Strecke gerne den Ortsunkundigen zugemutet wurde.

»Wo sind wir denn hier?« Bettina blinzelte mit einem Auge durch die Seitenscheibe.

»In der Viktor-Emanuel-Straße ist ein Unfall«, erklärte Stefan geistesgegenwärtig.

Als er klopfenden Herzens das Fahrziel erreichte, atmete sie ruhig und gleichmäßig. Probeweise fuhr er zwei Mal um den Block. Sie merkte nichts, und er machte sich auf den Rückweg zu Moosbauer.

Verdammt, das war die Lektorin, die ihm die letzte Absage erteilt hatte, die mit der frischen, kaum vernarbten Wunde. Gott segne den Zufall, mit dessen Hilfe in Romanen die unmöglichsten Dinge aneinandergefügt werden. Wie viele Geschichten würden ohne den Zufall haltlos in sich zusammenbrechen? Er strengte sich an, erinnerte sich aber nicht mehr an den Wortlaut der Absage. Seltsam, die Briefe waren allesamt an Stefan Bruhks adressiert, obwohl er unter diesem Namen amtlich nicht existent war.

Der Beifahrersitz in seinem Polo war noch frei.

14

Hinter Josephskirch verschwand der weiße Streifen von der Mitte der Landstraße. Die schmale Straße führte durch buckliges Weideland an Gehöften vorbei, die abseits auf kleinen Geländeerhebungen standen. Rechts und links rückten die Berge nicht nur in der Perspektive zusammen. Stefan kannte das Priachtal und nahm das Landschaftsbild auch in der Dunkelheit auf.

Ein geöffneter Schlagbaum trennte die Straße vom nachfolgenden unbefestigten Weg. Unter den Reifen knirschte feiner Schotter und in regelmäßigen Abständen polterten die Räder über hölzerne Querrinnen. Der Weg legte sich eng an die Priach, als weise sie mit ihrem Rauschen die Richtung aufwärts: *von dort, wo ich herkomm.*

Stefan war müde. Der Weg mit seinen vielen Kurven forderte seine Aufmerksamkeit, auch wenn er nachts problemloser zu befahren war als tagsüber, wo er hinter jeder Biegung mit Wanderern rechnen musste, aus deren Gesichtern trotz seines rücksichtsvollen Tempos sprach, dass sie ihn mit seinem deutschen Kennzeichen für einen der Touristen hielten, die möglichst weit den Berg hinauffuhren, um die anschließende Strecke Fußweg zu verkürzen. Sollte er jedem erklären, dass er das Recht hatte, die Zufahrt zur Hütte mit dem Auto zu benutzen?

An der Jägerhütte begann das lange Stück mit dem steilen Abhang zum Bach. Er schaltete herunter. Vor ihm war die Kante zum Bach abgerissen und eine breite Schleifspur führte vom niedergewalzten Gestrüpp herauf. Stefan konnte die Deppen nicht begreifen. Eine stinkbesoffene Abfahrt, wusste er aus dem Gerede, galt unter Einheimischen als eine besonders potente Form von Männlichkeit, als das kleine Abenteuer vor der eigenen Haustür. Wer mit dem Auto im Bach landete und mit einem blauen Auge davonkam, wurde diskret geborgen und das Auto von einem der Almbauern mit dem Traktor abgeschleppt, ohne dass man Ermittlungen befürchten musste.

Stefan passierte einen überhängenden Felsen in einer Kurve. Hinter dieser Engstelle öffnete sich das Tal und der Weg wechselte über ein Viehgitter und eine flache Holzbrücke in eine lang gezogene Ebene. Noch verwehrte ein schmales Wäldchen aus jungen Erlen den Ausblick. Durch die gesamte Ebene war der Weg auf beiden Seiten gegen Wiesen und Brachland eingezäunt, als müssten die Menschen und nicht das weidende Vieh beaufsichtigt werden. Stefan durchfuhr kleine Gruppen von Fichten und Lärchen und überquerte mehrfach die Priach. Weg und Bach schlängelten sich durch das breite Tal und suchten ihren Lauf nach dem geringsten Widerstand, ohne dass die ursprünglichen Hindernisse noch erkennbar waren.

Am hinteren Ende der Talebene gabelte sich der Weg, rechts führte er am Fuß des Berges entlang und verschwand hinter einer Kurve, geradeaus bildete er den Beginn einer scharfen Steigung in den Wald hinein, abgetrennt durch einen Schlagbaum. Stefan hielt und stieg aus.

Gegen die Dunkelheit konnte er die Umrisse der unteren Walln-Hütte kaum ausmachen. Erst das helle gewellte Eternitdach gab dem Auge einen Anhaltspunkt, von dem aus die Hütte für Stefan langsam Gestalt aus Sichtbarem und Erinnerung annahm. Stefan drückte das Gegengewicht des Schlagbaums herunter. Die Stange bewegte sich nur wenige Zentimeter, dann schlug Metall an Metall. Am Aufleger vorne ertastete Stefan ein faustgroßes Vorhängeschloss. Der Schlüssel am Holzklotz, erinnerte er sich.

Hinter einem der kleinen Fenster schimmerte flackernd ein schwaches Licht auf. Gleich darauf öffnete sich die Tür und dünner Lichtschein fiel über zwei Reihen einfacher Holztische und Holzbänke. Stefan konnte den Mann in seinen Einzelheiten erst ausmachen, als er bei ihm angekommen war, er war von großer und hagerer Statur und sein gebeugter Oberkörper erklärte den hölzern wirkenden Gang. Aus der gefütterten Allwetterjacke ragten die langen Hosenbeine eines Schlafanzugs.

Stefan rieb sich kräftig die Oberarme gegen die kalte Nachtluft.

»Willst um diese Zeit noch auffi?«

»Ja. Ich kam nicht früher weg.«

»Du bist narrisch! Es ist schlechtes Wetter ang'sagt, im Radio.«

»Verdammte Kälte. Ich schließe die Schranke wieder ab. Ist der Lift in Ordnung?«

»Soll ich dir etwa die Packerl auffitragen?«

»Nichts für ungut«, antwortete Stefan.

Der Jausenwirt brummte und hob die Hand zum Abschied. Er tauchte im Dunkeln unter und im Lichtschimmer der geöffneten Tür wieder auf, dann schlug die Tür zu und die Nacht war so schwarz wie vorher.

Von der Jausenhütte zog sich der Weg zunächst in flachen, dann in steileren Kehren den Berg hinauf. Stefan schaltete in den Steilstrecken in den ersten Gang zurück. Die ausgewaschenen Fahrspuren zwangen ihn zu einem Zickzackkurs um Schlaglöcher, und die kantigen Köpfe von Felsbrocken, die Schnee und Regen im Weg freigelegt hatten, die verwitterten Brücken über die Quellzuläufe zur Priach waren ihm nicht geheuer genug, um darüber hinweg zu fahren, ohne nach den tragfähigsten Stellen zu schauen. Soweit der Zustand des Weges nicht seine ganze Aufmerksamkeit beanspruchte, beobachtete er Bettina. Sie war unruhig geworden, ihr Kopf schaukelte mit den Unebenheiten und sie atmete schwer. Immer wieder geriet der Weg in die Nähe des Baches, der sich zwischen Felsbrocken und Bäumen tief in die Bergflanke eingegraben hatte und Gischt schäumend zu Tale stürzte. Tagsüber war ein Blick nach links in den Abgrund atemberaubend, heute Nacht klammerte sich Stefan mit den Scheinwerfern fest an die Bergseite.

Ein Viehgatter sperrte den Weg und markierte das Ende des Waldes, oder den Anfang, wenn man es von der Alm aus sah. Weiter oben gab es nur noch Stacheldrahtzäune, die über Kämme und Grate gespannt verhindern sollten, dass das Vieh abstürzte oder aus dem Lungau in den Pongau auswanderte und umgekehrt.

Stefan zog die Handbremse, rannte zum Gatter und zurück zum Auto, fuhr hindurch und wiederholte die Prozedur. Der Weg mündete in weitem Bogen in eine sanft ansteigende Fläche. Die Berghänge standen hier schon dichter zusammen als unten an der Jausenhütte, doch reichte der Platz für den Bach, den Weg und ein Stück Almwiese.

Beim nächsten Gatter hatte er Schwierigkeiten mit dem Schließmechanismus, der nur von einer Seite zu betätigen war. Nachdem er den Wagen durch das Gatter gefahren hatte, hantierte er einige Zeit blind, bis der Riegel einrastete. Bevor er weiterfuhr, stellte er das Gebläse der Heizung höher und rieb sich die klammen Finger im warmen Luftstrom.

Vom zweiten Gatter waren es nur einige hundert Meter bis zu einer mit Steinen ausgekleideten Rinne am Ende einer mächtigen Geröllhalde, die eine Mure hinterlassen hatte und die nur während der Schneeschmelze oder nach heftigen Regenfällen Wasser führte. Stefan ließ die Vorderräder in die Rinne einlaufen, stoppte, zog mit viel Gefühl den Wagen vorne so weit heraus, bis die Räder hinten in der Rinne standen und bremste sanft. Schrammen hatte es immer nur dann gegeben, wenn der Wagen mit zu viel Schwung in die Rinne einschaukelte. Mit wenig Gas bekam er die Hinterräder heraus und hatte das Hindernis passiert.

Bettina lag wieder ruhig.

Dünne Tropfen landeten auf der Windschutzscheibe und vermehrten sich schnell. Stefan schaltete den Scheibenwischer ein. Heute Nacht würden sie nicht mehr zur Walln-Alm kommen. Selbst wenn er Bettina weckte, könnte er sie nicht schlaftrunken mit dem Lastenlift nach oben bringen. Das Risiko, dass sie unterwegs aus Panik aussteigen würde, war zu groß.

Der Weg endete vor einer Felswand als Fahrspur im Gras. Helle Kalkfelsen reflektierten das Licht der Scheinwerfer. Stefan bog in ein Lärchengehölz und fuhr bis vor einen Schuppen. Die rechte Hand zum Schutz gegen den Nieselregen vor Augen haltend, löste er den Holzriegel des Tores, es sprang unter Spannung ein kurzes Stück auf und blieb im nassen Gras vor seinen Füßen stecken. Mit viel Kraft schleppte er das Tor über das Gras, bis es weit offen stand.

Die Scheinwerfer erhellten ein Rechteck aus grauen Latten. Beim Einfahren des Wagens tauchten aus dem Schatten in der hinteren Ecke zwei aufeinander gestapelte Bierkästen mit leeren Flaschen und ein blauer Plastiksack auf. Den Müllsack musste er beim letzten Besuch schlicht vergessen haben.

Stefan schaltete das Licht aus und drehte den Zündschlüssel. Die Temperatur im Wagen würde sich ohne Heizung nicht lange halten lassen. Von der Rückbank zog er eine Decke nach vorne, die sich mit einem Reißverschluss zu einem Schlafsack zusammenlegen ließ, und deckte sich und Bettina damit zu.

Der Nieselregen war auf dem Holzdach nicht zu hören. Das ewige Getöse der Priach, die in einiger Entfernung einen Höhenunterschied von über hundert Metern teilweise senkrecht überwand, übertönte den Aufprall der feinen Tropfen.

Die Kälte weckte Stefan. Durch die Ritzen des Verschlages fiel Tageslicht. Die Armbanduhr zeigte, dass acht Uhr vorbei war und er demnach vier Stunden geschlafen hatte. Ungelenk stieg er aus dem Wagen und reckte sich. Die Luft war immer noch empfindlich kalt und auch der Niederschlag hatte nicht aufgehört. Draußen lag ein durchsichtiger, grüner Hauch von Schnee.

Sie befanden sich unmittelbar an der Schneefallgrenze. Den Berg hinauf verdichtete sich das Grün zu Weiß bis hin zu den grauen Schleiern der talwärts ziehenden Wolken. Im Schutz des Schuppens beobachtete Stefan die immer dichter fallenden schweren Flocken. In wenigen Minuten verschwand die Wiese unter einer Schneedecke, die sich schnell weiter ausbreitete.

Er ging zum Wagen zurück, holte die Jacke vom Rücksitz und zog sie über. Bettina atmete gleichmäßig, sie hielt ihre Hälfte der

Decke mit einer Hand fest am Kinn. Vorsichtig rüttelte er sie an der Schulter. Irgendwann musste es sein, und da war jeder Moment so gut wie der andere. Er rüttelte heftiger und gab ihr einen leichten Klaps auf die Wange.

Bettina öffnete die Augen. Stefan konnte verfolgen, wie sie sich von weit her mit Leben füllten.

»Wer sind Sie?«

»Ich bin der Taxifahrer.«

Sie drehte den Kopf. »Wo bin ich?«

»Bei mir.«

»Das ist doch nicht das Taxi, oder?«

»Nein. Das ist mein Wagen.«

»Und wo steht Ihr Wagen?«, fragte Bettina gereizt.

»Auf fünfzehnhundert Metern, aufgerundet.«

Sie setzte sich kerzengerade auf. »Was machen wir hier?« Mit den Fingerspitzen massierte sie Stirn und Schläfen. »In meinem Kopf ist alles so weich ... es geht auf und ab, wie auf einem Trampolin ... Puhh!« Sie bewegte den Kopf kreisend und hob und senkte die Schultern.

»Verspannt«, kommentierte Stefan. »Die Rückenlehne lässt sich nicht weiter nach hinten verstellen.«

Abrupt hielt Bettina inne. Ihr Blick blieb an der Uhr des Armaturenbretts hängen. »Acht Uhr durch. Ich habe fest geschlafen ... Sie ... «

Stefan konnte die Erkenntnis in ihrem Gesicht lesen.

»Was haben Sie mir in das Mineralwasser getan?« Ihre Stimme gewann an Klarheit und Schärfe.

»Schlaftabletten. Sie brauchen sich keine Sorgen zu machen.«

»Keine Sorgen? Sie haben mich betäubt!« Bettina stockte, öffnete den Mund, und dann platzte sie heraus: »Ist das eine Entführung, oder was?«

»So ähnlich.« Stefan klang nicht sehr überzeugend.

Sie schloss die Augen und lehnte sich in den Sitz zurück.

»Sind Sie in Ordnung?«, fragte er nach einer Weile.

»Sie haben mich verwechselt, ich bin nicht die Braut, und jetzt ist es Ihnen irrsinnig peinlich.«

»Sie sind Bettina Kracht und ich möchte Sie nicht heiraten. Ich möchte einen Roman von Ihnen.«

»Uuaaah!« Bettina warf die Decke gegen die Scheibe, riss die Autotür auf und sprang aus dem Wagen. Ihr rechter Fuß verheddderte sich in der Decke und sie musste sich an den Türrahmen festklammern, um nicht zu stürzen. Sie rannte aus dem Schuppen ins Freie.

»Himmel!«, rief sie. »Es schneit! Im Juni!« Sie schien beeindruckt und rührte sich nicht vom Fleck, erst als sie den Schnee von den Schultern und aus den Haaren schütteln musste, kam sie zurück. Widerspruchslos nahm sie die Decke, die Stefan ihr umlegte.

»Ich träume«, flüsterte sie. Laut rief sie: »Taxi!«

»Bin schon da, Madam.«

Sie fuhr herum und funkelte ihn mit zornigem Blick an.

»Es ist keine Zeit zu streiten«, sagte er eindringlich. »Wir müssen zusehen, dass wir in die Hütte kommen, sonst holen wir uns den Tod. Eine ordentliche Erkältung, meine ich.«

»Sie bringen mich in keine Hütte, sondern nach Hause. Sofort. Sonst wird es Ihnen leid tun.«

»Bei dem Wetter? Wenn ich mit dem Wagen auf dem Schnee ins Rutschen komme, haben wir gute Chancen, eine Abkürzung zu nehmen. Immerhin wirkungsvoller, als hier langsam zu erfrieren.«

»Dann gehe ich allein zu Fuß.«

»Möchten Sie wissen, wie weit wir im Gebirge sind? Bis zum Dorf sind es zwölf Kilometer Luftlinie und achtzehn Kilometer zu gehen.«

»Wo sind wir?«

»Das erkläre ich Ihnen später. Jetzt müssen wir unbedingt ins Trockene. In der Hütte gibt es einen Ofen.«

»Wo ist diese verdammte Hütte?«

»Ein Stück über der Felswand, vor der wir stehen. Sie heißt *Weiße Wand*, weil der Kalkfelsen so deutlich zum Vorschein kommt.«

Bettina trat einen Schritt ins Freie und warf einen kurzen Blick nach oben. »Haben Sie Seil und Pickel dabei? «

»Schön, dass Sie Ihren Humor wiedergefunden haben.«

»Wir werden sehen, wer am Ende noch lacht!«

»Sparen Sie sich Ihre Energie. Ich werde Sie mit dem Lastenlift nach oben bringen.«

»Ich lasse mich von Ihnen doch nicht wie ein Gepäckstück behandeln!«

»Ich zeige Ihnen den Lift«, unterbrach er sie beim Luftholen. Er ging voraus zu einem Holzverschlag, aus dem Seile über einen Stahlträger in die Höhe führten. Am Seil hing ein Tragkasten aus Holz mit einem umlaufenden, verbogenen Eisengitter. Ein zweiter Mast ragte wie ein stählerner Finger vom Grat der Weißen Wand schräg in den Himmel und trotzte den Gesetzen der Schwerkraft. Nah über seiner Spitze trieben die Schneewolken.

»Niemals!«, sagte Bettina.

»Es gibt keine Wahl. Bei Regen, Schneefall und Kälte kraxelt niemand durchs Gebirge, höchstens die Bergwacht, um unvorsichtige Touristinnen zu retten. Nur in einer Hütte ist man sicher aufgehoben. Also erst Sie, dann das Gepäck und die Vorräte. Sie laden oben aus und dann komme ich über den Fußsteig nach.«

»Ich ziehe das Risiko mit dem Auto vor«, sagte sie entschlossen.

Stefan überlegte. »Also gut«, lenkte er ein, »ich bringe das Gepäck mit dem Lift nach oben. Anschließend gehen wir beide zu Fuß.« Er musterte ihre Schuhe. »Der Aufstieg ist bei Nässe nicht ungefährlich. Der Pfad ist schmal und steil und Sie haben Straßenschuhe an, Sie bekommen kalte Füße und das macht Sie steif und ungelenkig. Sie täten wirklich gut daran, auf mich zu hören.«

Bettina ließ ihn stehen und ging zum Wagen zurück.

Eine gewaltfreie Entführung ist eine verdammt anstrengende

Sache, dachte Stefan. Man benötigt triftige Argumente, um das Entführungsopfer zum Mitgehen zu veranlassen. Bettina war störrisch wie ein Esel. Allerdings konnte er nicht erwarten, dass sie ihm willig folgen würde. Während er die Vorräte und das Gepäck vom Wagen zum Lift schleppte, stand sie nur da und vertrat sich die Füße auf der Stelle, wie eine Madonna mit Umhang. Als er sie aufforderte, sich in den Wagen zu setzen, gehorchte sie zu seiner Überraschung.

Der Holzverschlag am Lift war mit einem Vorhängeschloss gesichert. Stefan entfernte das lose Brett, das nur für die nicht Eingeweihten festgenagelt schien. Den Trick der Genossenschaftsbauern gegen die Vergesslichkeit und für unvorhergesehene Fälle hatte ihm der Lugleitner gezeigt, von dem er die Hütte gepachtet hatte.

Der Generator brummte in den stillen Morgen. Am Seil setzte sich der Tragkasten in Bewegung, rappelte über die Führungsrollen des Mastes, sackte ein kurzes Stück und schwebte dann aufwärts. Die ganze Zeit schaute Stefan ungeduldig nach oben in die Wand, bis der Kasten den zweiten Mast erreicht hatte und über dem Grat verschwand. Mit einem Ruck blieb das Seil stehen. Stefan schaltete den Generator ab und fügte das lose Brett in die Öffnung.

Mittlerweile fielen die Flocken dünner und nicht mehr dick und nass; ein Zeichen, dass die Temperatur weiter gesunken war. Der Schnee entwickelte sich allmählich zu einer Bedrohung; er war nun ganz und gar nicht mehr nur ein vorgeschobenes Argument, um Bettina möglichst schnell zur Hütte zu bringen.

Bettina saß nicht mehr im Auto, und sie hatte die Decke, seinen Schlafsack, mitgenommen.

»Verdammt!«, fluchte Stefan. Bettinas Fußspuren waren im Schnee noch zu erkennen. In vorsichtigem Laufschritt folgte er ihnen. Sie war mit kurzen Schritten den Weg hinuntergerannt und häufig ausgerutscht. Eine breite Stelle platt gedrückter Schnee am oberen Gatter zeigte, dass sie beim Überklettern gestürzt war.

Ihr Aufschrei war pure Todesangst.

»Ich komme!«, schrie Stefan und rannte wie besinnungslos um die vor ihm liegende Wegkurve.

Bettina klammerte sich mit dem Kopf in Weghöhe an den Stamm einer dünnen Fichte und an einen Steinbrocken, der auf der Wegkante lag, und versuchte, mit den Füßen Halt im Abhang zu finden. Immer wieder lösten sich Steine und Erde und stürzten in das tief unter ihr liegende Bachbett.

Stefans Beine zitterten, als er in die Hocke ging und Bettina unter die Achseln fasste. Im Ziehen fiel er nach hinten und bekam sie auf den Weg. Sie rollte sich von ihm weg.

»Du Scheißkerl!«

Er wusste es bereits, obwohl er sie nie und nimmer in Gefahr gebracht hätte und sich für ihre Kurzschlusshandlung verantwortlich fühlte. Gegen ihr Sträuben versuchte er, sie auf die Beine zu stellen, aber sie machte sich schwer wie ein nasser Sack.

»Bitte!«, sagte Stefan.

Bettina stand auf und strich die Haare aus dem Gesicht. Er zog sie an einem Arm in Bewegung und legte die weniger schmutzige Seite der Decke um ihre und seine Schultern. Seine Sportschuhe waren mittlerweile durchfeuchtet und die Kälte kroch ihm in die Zehen und durch die ungefütterte Jacke. Beim Gehen berührte er ihre Schulter. Sie achtete nicht darauf und ging stur in dem einmal gewählten Tempo weiter, als verfolgten sie beharrlich ein gemeinsames Ziel. Zwischendurch schniefte sie und heulte leise wie ein Kind.

Am Fuße der Bergwand blieb er stehen. »Sie wollen wirklich nicht mit dem Lift ...?«

Sie wartete das Ende der Frage nicht ab und schüttelte den Kopf.

»Gut. Versuchen wir unser Glück. Wir können nun nicht mehr nebeneinander gehen. Ich bleibe dicht hinter Ihnen und sichere, wenn Sie rutschen. Der Schnee – wenn ich das gewusst hätte ...«

Ihr Frieren tat ihm weh.

»Ich wickele Ihnen den Schlafsack um«, sagte Stefan. Er hakte den Reißverschluss der Decke ein und zog ihn bis zum Fußende hoch. »Halten Sie«, sagte er, legte ihr den Schlafsack um den Oberkörper und drückte ihr das Ende in die Hand. Mit dem Hosengürtel band er den zusammengerollten Schlafsack fest. »Passt«, sagte er und fädelte den Dorn durch das letzte Loch des Gürtels. »Wenn Sie stürzen, dann wenigstens weich«, versuchte er einen Scherz. »Beim Aufstieg wird Ihnen zusätzlich warm werden.«

Bettina ging los, ohne auf seine Aufforderung zu warten. Der Pfad war wegen des Schnees nur noch an geschützten Stellen als schmaler Streifen im Gras zu erkennen, gesäumt von Latschenkiefern und krumm gewachsenen kleinen Lärchen. Kurze Kehren wechselten mit treppenstufig ausgetretenen Anstiegen, in denen sie Felsbrocken, Zweige oder auch große Grasbüschel zum Festhalten benutzten. Stefan gab ununterbrochen Anweisungen, wo sie hintreten solle. Trotzdem glitt sie ständig aus und musste von ihm gestützt werden. Auf einer ebenen Stelle machte sie keuchend halt.

»Gehen Sie langsam weiter«, mahnte er, »dann bleiben Sie warm und erkälten sich nicht.«

Sie öffnete den Mund, und er rechnete mit einer Beschimpfung. »Der Rock ist nass«, sagte sie unter schnellem Atmen. Mühsam hielt sie die Tränen zurück.

»In der Hütte können Sie sich umziehen.« Stefan legte Zuversicht in seine Worte. Jammern half nicht, sie tat ihm leid. Auch mit trockener Kleidung wäre der Aufenthalt im Freien ungemütlich. Den Umweg über den Beinaheabsturz hatte er zwar nicht zu vertreten, gleichwohl war er für alles verantwortlich.

Ein riesiger Felsbrocken versperrte den Aufstieg und zwang sie, sich rechts zu halten, auf das anschwellende Donnern der Priach zu. Mehrere hundert Liter eiskaltes Bergwasser stürzten vor ihren Augen in jeder Sekunde in die Tiefe und verschwanden in Gischt und feuchtem Wassernebel. Unmittelbar am Abgrund führte der verschneite Steig um den Felsen. Bettina lehnte sich instinktiv an und klammerte sich mit beiden Händen fest.

»Ein atemberaubender Anblick, nicht wahr?«

Sie tastete sich vorsichtig weiter und setzte jeden Fuß mit Bedacht, ohne den Felsen loszulassen.

»Ganz in der Nähe gibt es einen Sitzplatz, von dem aus lässt sich der Wasserfall traumhaft genießen.« Dicht hinter ihr blieb er stehen, bereit, sie zu stützen oder festzuhalten.

Das letzte Drittel des Weges wurde flacher und führte durch ein Gehölz aus mannshohen Latschenkiefern. Bettina bog die Zweige zur Seite und ließ sie ohne Rücksicht auf Stefan hinter sich zurückschnellen. Auf der Almwiese lag der Schnee dicht und verdeckte die Polster von Alpenrosen, Blaubeersträuchern und Schneeheide, als seien sie die Narben der Wiese.

Stefan entlud den Tragekasten des Lifts und stellte die Kartons mit den Lebensmitteln und das Gepäck auf ein noch schneefrei gebliebenes Fleckchen Erde unter Bäumen ab. Sorgfältig bedeckte er den Stapel mit blauen Abfallsäcken. Bettina war zunächst am Lift stehen geblieben und dann allein weitergegangen. Sie muss Eisfüße haben, dachte Stefan.

»Warten Sie«, rief er und arretierte das Schutzgitter des Tragekastens. »Ich zeige Ihnen, wo es langgeht, damit Sie nicht stolpern, es liegen überall Felsbrocken im Gras.«

Sie hörte nicht auf ihn. Stefan stellte den Karton zu den anderen und rannte ihr nach. An der Hüttentür holte er sie ein.

»Herzlich willkommen«, sagte er mit deutlicher Betonung, ohne sie dabei anzusehen, während er die Tür aufschloss. Für Stefan war die Ankunft auf der Alm jedes Mal ein bewusster Übergang von der Zivilisation in die vollkommene Harmonie der Natur. Von Bettina konnte er solche Andacht nicht erwarten.

Das Tageslicht erhellte nur schwach den Raum. »Gibt es hier keine Lampe?«, fragte Bettina.

Stefan zündete eine Kerze an. Der Raum erstreckte sich über die gesamte Tiefe der Hütte. An der linken Wand ragte ein mächtiger Ofen mit seinem Kamin bis unter die Decke, am Ende des Raumes war ein Tisch mit einer weit über den Rahmen hinausragenden Platte zu erkennen, darüber zeichnete sich das Viereck eines Fensters mit geschlossenen Läden ab.

»Setzen Sie sich nach nebenan in den Wohnraum«, sagte Stefan. »Ich mache Feuer.« Stefan drückte Bettina den Kerzenhalter in die Hand. Er nahm sich eine Taschenlampe von einem Wandbrett und verschwand durch eine von schweren Holzbalken niedergedrückte Tür.

Mit einem Arm voll Feuerholz kam er zurück und warf es auf den Boden. Aus der unteren Lade des Herdes holte er Zeitungspapier und Holzspäne, zerknüllte das Papier zu Kugeln und schob sie zusammen mit den Spänen in den Herd. Als das Feuer ordentlich loderte, legte er einen dicken Scheit obenauf, schloss die Feuerklappe und öffnete zufrieden den Luftregler. Auf das erste Feuer freute er sich immer besonders, nicht nur, weil es die Kühle aus der Hütte vertrieb.

Er lugte durch die Tür in den Wohnraum. Bettina saß am Tisch auf einer Holzbank, vollständig eingehüllt in die Decke. Die Schuhe lagen unter der Bank, sie rieb ihre Füße aneinander und wiegte dazu im Takt ihren vornübergebeugten Oberkörper.

»Bald wird es warm«, sagte er. »Aber vorher setze ich Wasser auf, damit Sie ein Fußbad nehmen können.«

Das Wasser floss zehn Schritte vor der Hütte in einen Trog. Aus dem schneebedeckten Gras wuchs ein schwarzer Schlauch bis zu einer Manschette am oberen Ende eines Pfahles hervor. Auf dem Schlauchende steckte ein zu einem Entenschnabel aufgebogenes Kupferrohrstück und schoss einen daumendicken Strahl in den Trog. Stefan bog den Schlauch zu sich und ließ eine Gießkanne randvoll laufen. Die Lektorin würde sich nicht nur die Füße wärmen, sondern auch waschen wollen.

»Es dauert nicht mehr lange«, versprach Stefan, als er den Wasserkessel aufsetzte. »Wollen Sie sich nicht etwas Trockenes anziehen? Ich kann Ihnen zünftige Wanderbekleidung anbieten.«

Weil Bettina nicht antwortete, ging er in den Wohnraum. »Seien Sie doch nicht so stur. Sie werden tagelang mit Erkältung im Bett liegen und die unvergleichliche Schönheit der Bergwelt verpassen, und ich auch, weil ich Fieber messen und kalte Wadenwickel anlegen und Ihnen den Schweiß von der Stirn tupfen muss. – Ach, du meine Güte! Ich habe die Lebensmittel vergessen! Sie kriegen Frost! Nehmen Sie erst einmal das Fußbad. Eine Schüssel finden Sie hier vorne unter dem Ecktisch neben der Eingangstür.«

Bettina wandte den Kopf ab. Die Wände der Hütte trugen ein dunkles Braun und verschluckten den Kerzenschein. Der Raum war karg mit Tisch und einer Kommode eingerichtet, darüber eine Kombination aus Tellerregal und Wandschrank und eine Sitzbank entlang den Außenwänden. Der einzige Schmuck bestand in einem mit Heftzwecken an der Wand befestigten Tuch, bestickt mit blauen Buchstaben. Enzian und Edelweiß verzierten umschlungen die Ränder.

Draußen quietschte ein Fensterladen in der Angel. Tageslicht fiel durch ein Fenster, in dem dünne Stege die Scheiben in vier Teile teilten, jedes kaum größer als ein Rasierspiegel. Gleich darauf öffneten sich auch die anderen Fensterläden und erhellten eine alpine Puppenstube mit rot-weiß karierten Übergardinen und aufgeschichteten Wänden aus vierkantig behauenen Baumstämmen. Hinter der offenen Tür stand ein grün gekachelter Ofen auf einem gemauerten Podest, davor ein Holzbottich als Vorratsbehälter für das Brennholz.

In der Küche zischte und sprudelte das Wasser. Bettina goss es in die Schüssel, mischte kaltes Wasser aus der Gießkanne zu und prüfte mit den Fingerspitzen die Temperatur. Dann trug sie die Schüssel an ihren Sitzplatz. Bevor sie den Rock hob und die zerrissene Strumpfhose herunterrollte, beobachtete sie für einen Augenblick die Tür.

Stefan brauchte einige Gänge, um die Vorräte in die Hütte zu holen. Zwischendurch versorgte er den Herd. Im Stall verstaute er die verderblichen und offen verpackten Lebensmittel als Schutz vor Siebenschläfern und anderen Mitbewohnern in einen mit Fliegendraht bespannten Schrank. Die Konserven und Getränke packte er in den Futtertrog für die Kühe neben das gestapelte Brennholz. Den Speiseplan heftete er an die Stalltür, wie immer als sichtbares Zeichen, dass er angekommen war. Die Wäsche räumte er in die Schubfächer unter dem Bettgestell im Schlafraum.

Himmel, die Lektorin, dachte er, die hatte er völlig vergessen.

Der Fußboden des Wohnraums knarrte beim Eintreten. »Das sind noch die ersten Bohlen«, erklärte er. »Hinter der Schwelle gibt es eine ausgetretene Stelle, da kann man sich leicht den Fuß vertreten. – Warten Sie. Ich hole Ihnen ein Handtuch.«

»Sie sind sehr besorgt um mich«, sagte Bettina, als er ihr das Handtuch reichte. Ihre Stimme vibrierte leicht im Bemühen um einen ruhigen Tonfall. Sie trocknete die Füße und zog die Schuhe an. Auf dem braunem Leder verliefen von der Sohle aus dunkle Flecken.

»Langsam wird es warm«, sagte er zufrieden. »Sie sollten das schmutzige Kostüm ausziehen. Ich habe saubere Sachen für Sie.«

Sie erhob sich, und er glaubte, sie sei nun endlich vernünftig geworden. Stattdessen hieb sie wütend mit Fäusten auf ihn ein. Schützend hob er die Arme und duckte den Kopf zur Seite. Ein Schlag traf sein Pflaster hinter dem Ohr und verursachte einen dumpfen Schmerz. Er schrie auf.

Bettina hielt jäh inne.

Er tastete hinter dem Ohr. »Auch das noch«, sagte er und betrachtete seine blutverschmierten Finger. »Das Loch ist wieder offen.«

»Ich wollte Sie nicht verletzen.«

»Wie nett von Ihnen! Waren das symbolische Prügel?«

»Sparen Sie sich Ihren Hohn, oder ist die Entführung auch symbolisch? Lediglich ein Versehen? Verkehrt herum in eine Ein-

154

bahnstraße gefahren. Das kann jedem einmal passieren, nicht wahr?«

Stefan presste ein Taschentuch an den Kopf. »Im oberen Schubfach der Kommode hinter mir ist ein Verbandskasten. Bitte.«

»Zeigen Sie mal.« Bettina zog vorsichtig die Haare auseinander. Ein Ruck, dann war das blutgetränkte Pflaster weg.

»Seien Sie doch vorsichtig«, schimpfte er.

»Das müsste wohl genäht werden. Bis dahin tun es Mull und Leukoplast. Haben Sie so etwas hier oben? Sobald es das Wetter zulässt, fahren wir zum Arzt und dann zur Polizei.« Sie holte den Verbandskasten und versorgte die Wunde.

»Danke«, sagte er. »Wir warten die Heilung ab, und Sie schreiben unterdessen an meinem Roman.«

»An Ihrem Roman? Sie haben kein Loch im Kopf, sondern einen Dachschaden.« Sie rückte das rot-weiß karierte Sitzkissen zurecht und setzte sich rittlings auf die Holzbank, bückte sich nach dem unter dem Tisch liegenden Schlafsack und legte ihn sich um die Schultern. Unvermittelt brüllte sie: »Scheißkerl!«, und schlug mit der Faust heftig auf den Tisch.

Stefan zuckte und hielt sich instinktiv den Kopf.

»Keine Wiederholungen«, sagte er. »Wir sollten uns um originellere Dialoge bemühen.« Er legte den Verbandskasten zurück in die Kommode. »Und zunächst auf den Schreck anstoßen. Das beruhigt die Nerven.«

»Immer griffbereit«, sagte Bettina, als Stefan eine Flasche Obstler und zwei Stamperl aus dem Wandregal über der Kommode nahm. »Wenn dem Stückeschreiber nichts mehr einfällt, setzt er ein Besäufnis an. Oder er schreibt eine Bauernposse, sonst wären wir nicht hier.«

Stefan lachte. »Ihr Humor gefällt mir, auch wenn er schmerzhaft ist.« Er stellte die beiden Stamperl auf den Tisch und goss sie randvoll. »Unten in Josephskirch führen sie pünktlich zur Saisoneröffnung und zur Erbauung der Touristen einen Schwank in drei Akten auf, dann alle drei Wochen, wegen dem Bettenwechsel. Ich bin zwar kein Heimatdichter, aber Heimat hat etwas. Ich würde sogar so weit gehen, Heimat für ein menschliches Grundbedürfnis zu halten. Prost!« Stefan nahm eines der Stamperl.

»Wer sind Sie, und was wollen Sie?«

»Haben Sie keine Heimat?« Stefan kippte den Schnaps hinunter. »Eigentlich mag ich den Obstler gar nicht. Es gibt hier einen leckeren Kräuterschnaps, *Schenkelspreizer* nennen ihn die Einheimischen. Nach zwei Gläschen musste ich höllisch aufpassen, weil die Burschen dann bei mir zu grapschen anfangen. Vierhändig, mein Liaba, von beiden Seiten, unten und oben.«

Bettina starrte ihn verständnislos an. »Bei Ihnen, unten und oben?«

Stefan hatte für einen Moment das Gefühl, das Gleichgewicht zu verlieren. Meinte er sich oder sie oder die frivole Freizügigkeit des Almlebens?

»Sie sind doch nicht etwa prüde? Im Gebirge ist man nicht nur dem Himmel näher. Die letzten Senner auf dieser Alm hatten acht Kinder, davon fünf außerhäusige, drei von ihm, zwei von ihr. Während die Sennerin das Rindvieh beaufsichtigte, war er als Holzknecht unterwegs. Stellen Sie sich einmal vor, den ganzen Sommer!« Er zeigte auf das Glas. »Sie mögen nicht?« Ohne die Antwort abzuwarten leerte er das zweite Glas.

»Wer sind Sie und was wollen Sie von mir?«, fragte Bettina noch einmal mit Nachdruck.

»Wollen Sie sich nicht doch endlich umziehen?« Er zog auffordernd am Schlafsack.

»Lassen Sie das!«, fauchte Bettina und schlug ihm auf den Arm.

»Sie könnten freundlicher mit Ihrem Lebensretter umgehen. Ich trage schließlich für Sie die Verantwortung.«

»Lebensretter? Mit der Verantwortung mögen Sie Recht haben. Wo säße ich jetzt, ohne Sie?«

»Ich hatte Sie gewarnt, aber Sie haben nicht auf mich gehört. Mein Gott, haben Sie mir einen Schreck eingejagt. Der reicht in dieser Höhe für zwei Flaschen.« Stefan trank einen weiteren Schnaps. »Bevor die Flasche warm wird«, erklärte er.

»Wer sind Sie?« Bettina betonte jedes Wort eindringlich.

»Sie lassen wohl nicht locker. Ich heiße Stefan Bruhks.«

»Warum haben Sie mir die Augen nicht verbunden? Wahrscheinlich ist der Name falsch.«

Stefan lachte spöttisch. »Nachdem ich Ihnen endlich geantwortet habe, glauben Sie mir nicht. Genau weiß ich allerdings selbst nicht, wer ich bin.« Er konnte die plötzliche Verunsicherung von ihrem Gesicht ablesen. »Ich bin ein Niemand«, fügte er hinzu, »ein Nichts. Ein Phantom. Eine Null. Wertlos. Vier – nein, fünf Gründe, um die Konsequenzen nicht zu fürchten.«

»Niemand ist ein Nichts, jeder ist irgendwer.« Bettina starrte ihn mit Augen an, die sich vor Angst weiteten. »Mein Gott!«, flüsterte sie. »Sie wollen mich umbringen! Das ist die einzig plausible Erklärung für Ihr Verhalten!« Sie erhob sich, ging rückwärts und stolperte über die Schüssel. Ihre Kniekehlen stießen gegen Holz und sie plumpste auf die Bank an der Wand.

»Seien Sie nicht kindisch!«, fuhr Stefan sie an. »Ich brauche Sie lebend, vor allen Dingen schreibend. Als Frauen sollten wir Vertrauen zueinander haben.«

Er strich sich verwirrt durch die Haare.

»Ich – ich bin ziemlich durcheinander«, sagte er und zeigte in Richtung auf seine Kopfverletzung. Ironisch lachte er: »Sie haben mir den Verstand aus dem Kopf geprügelt.« Sogleich wurde er wieder ernst. »Normalerweise macht es mir nicht viel aus, wenn ich die Nacht bis vier oder fünf Uhr durchfahre. Anscheinend vertrage ich den Obstler nicht. Ich lege mich wohl besser ein Stündchen hin.«

»Tun Sie das«, nickte Bettina. Sie hielt sich mit beiden Händen an der Kante der Bank fest.

Er wollte ihr für die Erlaubnis danken, schwieg aber angesichts der Hilflosigkeit, mit der sie ihn ansah. Sie würde beim geringsten Anlass in Tränen ausbrechen. Als Entführer stand es ihm wohl nicht zu, das Entführungsopfer zu trösten.

»Den Wagenschlüssel habe ich bei mir«, sagte er an der Tür, sich umblickend. »Seien Sie also vernünftig. Darum schließe ich die Hütte auch nicht ab. Für heute reicht eine Rettung aus Bergnot. – Übrigens, ich habe Ihre Handtasche aus dem Auto mitgebracht. Sie steht auf dem Tisch neben der Eingangstür. Und wenn Sie nicht spätestens alle zwanzig Minuten Holz nachlegen, geht der Ofen aus. Sie haben heute schon genug gefroren.«

15

Obwohl Stefan aus tiefem Schlaf gerissen wurde, reagierte er prompt und schüttelte Bettinas Hände von seiner Brust ab.

»Sie haben vier Stunden geschlafen. Ich habe etwas zu essen gemacht«, sagte sie.

Stefan richtete sich auf und massierte Augen und Stirn mit den Fingerspitzen.

»Sie hätten für mich nicht die Nacht durchfahren müssen«, sagte Bettina. »Lessingstraße. Nur zwanzig Minuten Fahrzeit.«

Stefan musterte sie über die Finger hinweg. »Ich habe vergessen, Ihnen Wäsche zum Umziehen herauszulegen.«

»Ich habe mich an den Ofen gestellt. Das Kostüm ist wieder trocken.«

Er wartete mit dem Ankleiden, bis sie den Raum verlassen hatte. Die Hütte war wohlig warm. Sie hat den Ofen versorgt, stellte er zufrieden fest. Auf der Herdplatte standen ein Topf und eine abgedeckte Pfanne in Warmhalteposition.

»Spaghetti Bolognese!«, sagte er mit der Begeisterung eines frisch vermählten Ehemannes, dessen Frau soeben die Zubereitung des ersten gemeinsamen Mahles gelungen war. »Sie haben den Speiseplan gelesen, den Vorratsschrank im Stall gefunden und das Geschirr!«

»Ich hatte Zeit genug.«

Der Tisch war für zwei Personen gedeckt. Die Servietten lagen gefaltet auf dem Teller – er legte für gewöhnlich die aufgerissene Packung auf den Tisch –, die Vase mit der getrockneten Distel stand nicht mehr auf der Kommode, sondern in der Mitte zwischen den Tellern, und eine Kerze brannte, ohne dass sie das Dämmrige des Raumes erhellen konnte.

Stefan vermischte die Fleischsauce mit den Nudeln. »Da denke einer schlecht von Lektorinnen.«

Bettina ließ das Besteck auf den Teller fallen. »Sie widerlicher kleiner Schreiberling ...«

»Na«, protestierte Stefan und drehte die Gabel in seinem Löffel. »Steht Ihnen gut, wenn Sie in Rage sind.«

»Sind das die originellen Dialoge, um die Sie sich bemühen wollten?« Bettina nahm das Besteck wieder auf. »Was hätte ich damit gewonnen, für mich allein zu kochen?«, fuhr sie in ruhigerem Ton fort. »Eine halbe Stunde später zu essen hätte Ihnen nichts ausgemacht. Übrigens habe ich die andere Hälfte des Hackfleisches angebraten. Hält sich das Fleisch im Stall?«

Stefan nickte. »Ein paar Tage, wenn es nicht zu heiß wird.«

»Die Schneefallgrenze sinkt auf vierzehnhundert Meter. Morgen soll sich zum Mittag hin die Wolkendecke auflösen.«

Stefan hielt mit dem Drehen der Gabel inne.

»Ich habe auch das kleine Radio im Wandschränkchen gefunden. Der Empfang ist miserabel. Die Batterien sind ziemlich am Ende.«

Prüfend schaute er Bettina an. »Sie haben Nachrichten gehört. Gibt es Neuigkeiten?«

Bettina schüttelte den Kopf. »Nein, wenn Sie das meinen. Wir sind in Österreich, nicht wahr?«

Stefan nickte.

Schweigsam aßen sie zu Ende.

»Ich habe Scheißangst«, brach Bettina die Stille. »Entführung ist keine Spielart von Überlebenstraining, sondern ein kriminelles Delikt. Auf Sie wartet das Gefängnis oder die Psychiatrie. Und ich werde alles tun, Ihre Wartezeit darauf zu verkürzen. Trotz meiner Angst. Sie treiben ein mieses Spiel, bei dem ich mitspielen soll – sagen Sie mir endlich die Regeln!«

»Ich möchte einen Roman von Ihnen. Ich dachte, Sie hätten das bereits verstanden.«

»Beruhigend zu wissen, dass Sie mich nicht für eine Millionenerbin halten. Das ist wohl auch der Grund, warum ich nicht gefesselt und geknebelt im Kuhstall liege.«

»Fesseln behindern beim Schreiben.«

»Nicht eine einzige Zeile!«

»Wir spielen *Misery* mit umgekehrtem Vorzeichen. Und einer geringfügigen Änderung: Ich lasse mich von Ihnen nicht mit der Schreibmaschine erschlagen.«

»Sie wollen etwas in der Art von Stephen King?«

»Nicht unbedingt. Es freut mich, dass Sie nicht nur Bücher lesen, sondern auch ins Kino gehen.«

»Ja – und? Wissen Sie denn überhaupt, was ein Buch ist?«

Stefan überlegte. »Bedrucktes Papier?«

»Falsch. Ein veröffentlichtes Manuskript.«

Stefans Gesichtsausdruck verhärtete sich. »Sie sind sehr clever. Legen gleich den Finger in die Wunde. Können Sie auch so pointiert schreiben?«

»Nicht für Sie!«

»Warten Sie.« Stefan verließ den Wohnraum. Kurz darauf kam er mit einem flachen blauen Kunststoffkoffer zurück, zog den Reißverschluss zu beiden Seiten auf und klappte den Deckel hoch. Liebevoll strich er über das blaue Metallgehäuse. »Eine Reiseschreibmaschine. Die habe ich mit vierzehn von meinen Eltern bekommen. Elegant, nicht wahr?« Er tippte auf ein paar Tasten und die Typenhebel schlugen auf die Walze. »Das ist eigentlich verpönt«, tadelte er sich selbst. »Die Walze muss sauber bleiben. Für das jungfräulich weiße Papier.«

»Und ich soll einen Roman schreiben und damit quasi meine Unschuld verlieren?«

Stefan lachte. »Sie machen mir bereits Konkurrenz, Lektorin.«

»Nennen Sie mich nie wieder Lektorin, Sie mieser Möchtegern-Wortdrechsler.«

»Einverstanden. Wir verzichten ab sofort auf Beleidigungen. An Ihre Unschuld glaube ich allerdings nicht.«

»Läuft es darauf hinaus?«

Stefan hob abwehrend die Hände.

»Verstecken Sie das Papier, bevor ich es in den Ofen werfe.«

»Notfalls tippen Sie auf Klopapier«, erwiderte Stefan

entschlossen. »Es wäre töricht, auch das Klopapier zu vernichten. Dann werden Sie sich Ihren hübschen Hintern mit Blättern von Huflattich abputzen. Ich war mal mit der kleinen Engländerin hier. Von ihr kenne ich auch den englischen Namen. *Coltsfoot*. Wenn Sie an der richtigen Stelle ein r einfügen, klingt es drollig, nicht wahr?«

»Sie können mich mal ...«

»Keine Zitate! Auch wenn sie in den Zusammenhang passen sollten. Kommen Sie, ich zeige Ihnen, wie die Chemietoilette präpariert wird und wir legen die Regeln für das Ausleeren fest.«

Sie rührte sich nicht.

»Seien Sie nicht so dickköpfig. Ich kann Sie auch in die Wiese scheißen lassen, wenn Sie das vorziehen. Das ist bei Regen und Schnee besonders angenehm, wenn das Papier einfeuchtet. Also wählen Sie.«

Bettina holte Luft zu einer Entgegnung.

»Sagen Sie nicht schon wieder *Scheißkerl*«, kam er ihr zuvor. Er nahm die Gießkanne und ging zur Stalltür.

Bettina folgte widerstrebend. Sie zog den Kopf nicht tief genug ein und schlug gegen den schiefen Querbalken der Stalltür. Dem Schmerzensschrei schickte sie ein nicht minder lautstarkes *Ich glaub' es nicht!* hinterher.

»Noch vier Mal, dann kennen Sie sich aus«, sagte Stefan ungerührt.

Ein kleine Rampe aus Holzbrettern führte von der Tür auf den ebenerdigen Stallboden. Stefan ließ die Stalltür zufallen. »Das hier ist der ehemalige Kuhstall«, erklärte er im Tonfall eines Museumsführers. »Gleich hier rechts haben wir den Saustall in eine Toilette umgebaut.« Stefan öffnete die mit einem Lederriemen am Pfosten befestigte Brettertür, die nach Art einer Saloon-Tür nicht bis zum Erdboden reichte.

Die Bretterwände des Saustalls waren mit Blümchen auf gelbem Grund tapeziert, davor hingen Werkzeuge und eine grüne Petroleumlaterne, auf dem Boden reihten sich mehrere Kanister und ein Werkzeugkasten neben Rollen von in Folie verpacktem Toilettenpapier. Inmitten stand eine schwarze Kunststofftoilette, ausgerichtet mit Blick auf die gelbe Blumenwiese.

Stefan griff sich einen der Kanister. »Das ist die Chemieflüssigkeit.« Er hob den Toilettendeckel und goss von der Flüssigkeit in den Eimer, dazu etwas Wasser aus der Gießkanne.

»Fertig«, sagte er und klappte die Klobrille und den Deckel herunter. »Nach jedem Gebrauch wird mit Wasser nachgefüllt, bis die festen Stoffe bedeckt sind.«

»Man sieht das, wenn einer vorher ...«

»Stellen Sie sich nicht so an«, sagte Stefan. »Waren Sie noch nie mit einem Wohnwagen unterwegs? Wenn der Eimer voll ist, muss er in das alte Plumpsklo gekippt werden. Das finden Sie hinter der Hütte in dem kleinen Stall, der so aussieht, als würde ihn der nächste Windstoß umpusten. Der Eimer wird im Bach sauber gespült und wieder neu präpariert, so wie ich es Ihnen gezeigt habe. Wasser gibt es gratis aus dem Bächlein vor der Hütte und das elektrische Licht simulieren wir mit Petroleum und Kerzen.«

»Kaltes Wasser aus dem Bach?«

»Wo denken Sie hin! Ich zeige Ihnen, wie wir warmes Wasser zubereiten. – Vorsicht Balken«, mahnte er beim Eintreten in die Küche. Sie zog den Oberkörper um zehn Zentimeter tiefer ein als notwendig gewesen wäre. Beim nächsten Mal würde sie den schiefen Querbalken wieder vergessen haben.

Stefan hob einen rechteckigen Deckel aus der Herdplatte. »Im Herd steckt ein Warmwasserbehälter. Wenn der Herd richtig bullert, kocht das Wasser sogar. Warum die Schöpfkelle hier hängt, brauche ich Ihnen nicht weiter zu erklären, auch nicht das Gestell über dem Herd. Hängen Sie alles hier auf, was trocken werden muss, Wäsche, Geschirrtücher, was so anfällt. Aber seien Sie vorsichtig mit dem Ofenrohr.« Das noch silbrig frisch glänzende Ofenrohr stieg senkrecht nach oben und mündete in zwei Biegungen am Trockengestell vorbei in den Kamin.

»Beim Wasser halten wir es wie mit der Toilette. Wer die

Gießkanne zuletzt benutzt, füllt sie am Trog wieder auf.« Stefan brachte die Gießkanne an ihren Platz neben der Eingangstür. Ein dunkler Fleck im Holz markierte die Stelle, wo die Kanne gestanden hatte. »Plastik ist auch nichts für die Ewigkeit«, murmelte er im Bücken.

»Wo ist das Badezimmer?«, fragte Bettina bissig.

»Dort.« Stefan zeigte auf den Tisch mit den gebogenen Beinen in der Ecke zwischen Eingang und Wohnraum. »Das ist sogar ein echter Waschtisch aus dem Schlafzimmer des Almbauern. Das Badezimmer ist die gelbe Schüssel. Die kleinere rote nehmen wir für den Abwasch.«

»In der ich mir die Füße gewärmt habe?«

»In ein paar Tagen denken Sie natürlicher.«

»Kommen Sauberkeit und Hygiene in Ihrem Naturwahn nicht mehr vor?«

»Schon. Nur relativ.«

»Sie machen sich einen köstlichen Spaß mit mir, führen sich auf wie Mutter Natur persönlich und wollen ein Exempel an einem verhätschelten Zivilisationskind statuieren!«

Stefan trat einen Schritt zurück. Seine Lektorin war ein ausgesprochen vitales Exemplar, das auch vor handgreiflicher Argumentation nicht zurückzuschrecken schien; mit ihr würde es nicht einfach werden. Ihr noch einmal zu sagen, wie gut ihr diese Wut stand, ginge wohl zu weit. »Ich halte es mit Francis Bacon: *Die Natur kann man nur beherrschen, indem man ihr gehorcht.*«

»Mit gelben und roten Plastikschüsseln, einer grünen Plastikgießkanne und einer schwarzen Plastiktoilette, in der Chemie schwimmt.«

»Sehen Sie das nicht so grundsätzlich. Wir gehorchen ein paar Regeln und haben alles im Griff.«

»Ich möchte unter die Dusche«, sagte Bettina so bestimmt, dass Stefan noch einen weiteren Schritt Abstand zwischen sich und die Lektorin legte. »In meiner kleinen, hübschen Eigentumswohnung in der Lessingstraße!«

»Wir stecken dazu den Gießaufsatz auf die Kanne«, sagte er.

»Bitte, das ist kein Scherz. Gebadet wird in der gelben Schüssel. Sie gießen warmes Wasser hinein, so viel Sie brauchen. Und waschen sich.«

»Ich stehe nackt in der Schüssel und Sie bieten an, mich abzuseifen?«

»Warum nicht?«, fragte er, als habe er den plumpen Versuch, ihm eindeutige Absichten zu unterstellen, nicht verstanden. »Die kleine Engländerin ließ sich gerne den Rücken waschen. ›Mach ruhig weiter, auch die Beine‹, sagte sie.«

»Ersparen Sie mir die intimen Details.«

Stefan lachte und schlug mit der flachen Hand auf eine gedrungene Kommode. »Das hier ist unser bestes Küchenmöbel.« Man sah ihr an, dass sie vor langer Zeit und für Höhen oberhalb von tausend Metern angefertigt worden war. Die linke Seite hatte drei quadratische Schubladen und die rechte eine Tür, die mit einem Hölzchen im Rahmen festgeklemmt war. Die Tür zierte ein dunkelgrünes, rot umrandetes Herz, umgeben von blühenden Blumen. Die kleine Engländerin hatte sich an der Tür in Bauernmalerei versucht.

Stefan ruckelte die obere Schublade heraus. Besteck klapperte. »Dieser Schrank enthält alles, was die moderne Hausfrau braucht: Töpfe, Geschirr, Sieb, Reibe, sogar einen Handquirl. Erstaunlich, wie wenig Platz dafür benötigt wird, nur leidet die Ordnung und es ist nicht alles so griffbereit wie in meiner Einbauküche.« Es gelang ihm, die Schublade mit einem Ruck zu schließen.

»Ich habe bereits hineingeschaut«, sagte sie. »Sonst hätten Sie Ihre Spaghettis um die Finger wickeln können.«

»Gut formuliert, aber nicht logisch«, erwiderte er. »Ich weiß nämlich, wo die Löffel und Gabeln sind. Und in diesem Schränkchen – das brauche ich Ihnen nicht zu erklären.« Neben der Kommode stand der Aufsatz eines alten Küchenschrankes mit verglasten Türen. Stefan handelte den Inhalt mit einer Handbewegung ab: Konserven, eine Flasche Ketchup, Tomatenmark,

Sonnenblumenöl, Senf, Würfelzucker, Mehl, aufeinandergesta-
pelte Dosen mit Fisch, Hundefutter, Kerzen, Streichhölzer.

»Das Gewürzregal hier ist ebenfalls ein Original.« Die weißen Porzellanschubladen waren mit *Zucker*, *Salz*, *Pfeffer*, *Anis* und
Feigenkaffee beschriftet. In den offenen Fächern darüber standen
kleine Gläser, Dosen und Tüten, ein Sammelsurium von Zutaten
für die schmackhafte Zubereitung von Mahlzeiten.

Stefan hob einen blau umsäumten Vorhang an der Wand.
»Hier hängen die Werkzeuge für die Frau – Besen, Schrubber,
Handfeger, Kehrblech.« Mit dem Fuß tippte er gegen eine Aus-
beulung des Vorhanges. »Der Putzeimer.«

»Ist Ihr Einführungskurs in die Wohngemeinschaft mit
Entführten jetzt beendet?«

Die Lektorin klang kämpferisch, nichts mehr von Angst war
spürbar. Stefans innere Anspannung wuchs sprunghaft – er
würde vorsichtig sein müssen, damit die Situation nicht außer
Kontrolle geriet, denn schließlich war er nicht gewaltbereit.

»Dann gehen wir wohl jetzt in den Schlafraum«, sagte er kühl,
mit äußerster Beherrschung. Ihre Augen flackerten. Getroffen,
stellte er fest. Ohne Zweifel war es eine Schweinerei, mit ihrer
Angst zu spielen, aber sie blieb seine einzige Waffe.

»Vielleicht – nach den praktischen Dingen des Alltags – ich
soll einen Roman für Sie schreiben?«

»Nicht in dem schlamperten Aufzug. Ich werde Sie erst neu
einkleiden.«

Im Schlafraum zog er eines der großen Schubfächer aus dem
Fußraum unterhalb der Bettstellen.

»Hier ist Ihr Schlafsack.« Er händigte ihr eine Steppdecke aus.
»Wenn Ihnen unser gemeinsames Schlafgemach nicht zusagt,
können Sie sich meinetwegen in den Stall auf den Erdboden legen. Womit Sie wollen, nur nicht mit einem meiner Schlafsäcke.
Die bleiben sauber.«

»Welches Bett haben Sie mir zugedacht?«, frage sie.

»Gewöhnlich schlafe ich hier rechts. Dann kann ich vom Bett

aus das kleine Schiebefenster bedienen. Seit der ersten Nacht hier oben habe ich die fixe Idee, ich könnte eines Morgens mit einer Kohlenmonoxydvergiftung aufwachen. Wir feuern den Herd nämlich so lange wie es geht, damit die Hütte bis zum Morgen nicht zu sehr auskühlt.«

»Ich werde es mir im Wohnraum bequem machen.«

»Auf der Bank?«

»Ja. Die eine Nacht werde ich überstehen.«

»Wie Sie meinen. Bücher finden Sie in der Truhe in der Küche, unter dem rückwärtigen Fenster. Oder soll ich Ihnen ein Manuskript von mir geben?«

»Werden Sie ruhig schlafen, während ich nebenan wache?«

Stefan gefiel der Ton der Frage nicht. »Sie schlafen in dem Bett links, hinter der Tür«, entschied er. »Das Bettlaken ist frisch. Im Herbst nehme ich die Wäsche mit nach Hause und bringe sie erst nach der Schneeschmelze wieder hoch.« Er öffnete ein weiteres Schubfach mit Unterwäsche, Baumwollslips ohne Eingriff – er stutzte – und einem Büstenhalter. Im Fach daneben fanden sich Freizeithemden, Hosen, Pullover. Hastig ging er die Wäschestapel durch. Ausschließlich Größe 38. Nicht ein einziges Wäschestück für ihn! Diese Schubfächer waren das Spiegelbild seines Kleiderschrankes!

Stefan hielt sich an einem der Pfosten fest, die das Bettengestell zwischen Fußboden und Decke abstützte. *Nicht dass Sie das falsch verstehen, sagte Berta Böttcher. Frau Bruhks hat nie etwas von einem Bruder erwähnt.*

»Ist Ihnen schlecht?«, fragte Bettina.

Er schüttelte den Kopf. »Ich habe einen Fehler gemacht. Ich hätte Alfred fragen sollen, anstatt ihn fortzujagen.«

»Das war nicht Ihr einziger Fehler.«

Seine Lektorin war hellwach und nutzte jede Blöße zum Gegenangriff. Er musste auf der Hut sein. »In Konfektionsgröße 38 habe ich reichlich Auswahl.«

»Eine Garnitur reicht. Sie werden nicht lange – Sie werden

überhaupt keine Freude an mir haben.« Sie machte keine Anstalten, etwas auszusuchen.

»Worauf warten Sie?«

»Ich werde mich in Ihrer Gegenwart nicht ausziehen«, sagte Bettina entschlossen.

Er wusste, dass sie es ernst meinte, sehr ernst. Ein skrupelloser Entführer würde Gewalt anwenden und musste mit Gegenwehr rechnen. Was sie nicht wusste war, dass er keine Absichten hegte. Das schwächte seine Position, denn sie würde sein Verhalten als Teilerfolg verbuchen.

»Wenn Sie den Schlüssel für den Keuschheitsgürtel nicht dabei haben, nehme ich die Eisensäge«, sagte er schroff und verließ den Schlafraum.

16

Die dicken Scheiben eines Baumstammes lagen im Stall wie Bauklötze durcheinander. Der Walln-Bauer lieferte sie frei Hütte in der für den Ofen benötigten Länge.

Stefan öffnete die Außentür und holte das Tageslicht herein. Für den Anfang wählte er ein Baumstück mit geringerem Durchmesser aus. Mit wuchtigen Hieben teilte er den Stamm und die abfallenden Stücke, bis sie noch armdick waren. Zwischendurch sammelte er die Scheite auf und stapelte sie im Futtertrog entlang der Wand. Die dicken Baumstücke konnte er mit der Axt nicht mehr heben. Um sie zu spalten trieb er Eisenkeile hinein, viel Mühe für die wenigen Stunden Wärme, die ein solcher Baumklotz hergab.

Während des Holzhackens vergaß er die Lektorin. Zufrieden mit der Arbeit hieb er die Axt in den Hauklotz. Ob Schnee oder Dauerregen, er würde dem Wetter viele Tage trotzen und behaglich wohnen können.

Er versperrte die Außentür von innen mit dem Holzpflöckchen. Die kleine Engländerin hatte am ersten Tag auf der Hütte, noch ohne den Abstand vom Alltag, die besorgte Frage gestellt, ob eine Tür ohne Schloss nicht ein Risiko sei. Stefan hatte auf ihren Einwand gelacht und geantwortet, er habe noch nie von einer Kuh gehört, die man von der Alm geklaut hätte. Die kleine Engländerin sprach danach sehr schnell und heftig englisch, so dass er sie nicht verstand.

Die Stalltür schlug krachend hinter ihm zu, weil er die Hand nicht weit genug zurückgestreckt hatte. Bettina stand am Ecktisch und spülte Geschirr. Sie trug ein kariertes Hemd, Jeans und dicke Wollsocken.

»Heh«, sagte Stefan. Noch rechtzeitig konnte er sich in seinem augenblicklichen Hochgefühl bremsen. Sie sah gut aus und die kurzen Haare standen ihr auch ungewaschen. Die verschiedenen Schattierungen des Mittelblond verloren sich im schummrigen

Licht der Hütte. »Zünden Sie ruhig eine Kerze an. Bei schlechtem Wetter, wenn man die Tür nicht zusätzlich öffnen kann, ist es doch recht dunkel.«

»Wo finde ich die Abtrockentücher?«, fragte Bettina, ohne sich umzudrehen.

»Im Schlafraum, in der vierten Schublade, dort wo die Tischdecken sind.« Er ging selbst und kam mit zwei Abtrockentüchern zurück.

»Sie brauchen mir nicht zu helfen«, sagte sie und nahm ihm den Teller aus der Hand.

Er stand da wie überflüssig. »Der Herd ist ausgegangen«, stellte er fest und überspielte damit die Situation. »Merken Sie sich: Wenn nichts knackt und knistert, muss man nach dem Herd sehen.«

Im Herd war nur noch ein Rest von Glut. Er öffnete die Luftzufuhr und brachte das Feuer mit Papier und dünnen Holzstückchen unter ständigem Pusten zum Lodern. Zufrieden legte er zwei Holzscheite in die Flammen.

Bettina räumte die Teller in das Wandregal über der Kommode.

»Schütten Sie das Spülwasser einfach vor die Tür«, sagte er. »Und füllen Sie den Wasserbehälter im Herd wieder auf.«

Sie riss die Tür auf und ließ das Wasser im hohen Bogen fliegen. Im Schnee bildete sich ein großer grüner Klecks.

»Ist was?«

Sie gab keine Antwort.

»Verstehe«, sagte er, »es herrscht Krieg.«

Bettina hängte das Trockentuch über dem Ofen auf und ging in den Wohnraum. Er setzte sich ihr gegenüber an den Tisch.

»Haben Sie die Signatur auf der Tischplatte gesehen? Der Großvater des Walln-Bauern hat sie eingebrannt. Anton Lugleitner. 1892. Das ist das Jahr, in dem die Hütte erbaut wurde.«

»Ist die Schnitzerei eine Sehenswürdigkeit?«

»Eher eine Art von Grundstein. Es lag schon immer im Wesen des Menschen, sich Denkmäler zu setzen«, sagte Stefan.

»Und für Ihr persönliches Denkmal brauchen Sie mich?«

»Ich möchte es anders ausdrücken: Wäre mir nicht der Platz verweigert worden, würde ich mich selbst um die Ausführung kümmern, wie viele Monarchen vor mir.«

»Ich fürchte, das ist tatsächlich Ihre Meinung«, sagte Bettina.

»Glauben Sie, was Sie wollen. Jetzt ist es Zeit, dass wir uns über den Tagesablauf Gedanken machen.«

»Schauen Sie mich an: Ich bin aus dem Stundenplanalter heraus!«

»Führen Sie keinen Terminkalender?«, entgegnete Stefan.

Sie schwieg.

»Wenn das Wetter mitspielt, können wir nach dem Frühstück wandern gehen. Es gibt einige lohnenswerte Ziele, zum Beispiel den Girpitschsee. Warmes Essen machen wir uns am Nachmittag, wenn wir zurück sind. Nach dem Essen wird gearbeitet.«

»Das hört sich an wie humaner Strafvollzug.«

»Sie schreiben an meinem Roman«, sagte Stefan, »so wie Sie ihn gern hätten, damit Weigold ihn annehmen kann.«

»Zu welchem Thema?«

»Wir unterhalten uns über das Thema, wenn es so weit ist.«

»Wie viel Zeit habe ich?«

Ihm entging nicht, dass sie eine rhetorische Frage gestellt hatte. »Bis Ende Oktober sollten wir fertig sein. Dann müssen wir spätestens von der Hütte, wenn wir nicht überwintern wollen. Ein reizvoller Gedanke, zugegebenermaßen.«

»Wie wollen Sie verhindern, dass ich vorher gehe?«

Er hatte keine Ahnung. »Solange es schneit, brauche ich Sie nicht anzuketten«, redete er sich heraus. Wenn sie erst einmal dahintergekommen war, dass er bluffte, war es ohnehin aus. Als Alfred noch zu ihm sprach, konnte er die merkwürdigen Umstände seines Daseins als so unwirklich abtun wie Alfred selbst; ohne Alfred war die Wirklichkeit ein Irrgarten, aus dem er den Ausgang nicht finden konnte. Die Lektorin war momentan seine einzige Bindung an das Leben.

»Ich bin fest entschlossen, Sie nicht gehen zu lassen.«

»Sie sind verrückt!«, flüsterte Bettina.

»Ja«, bestätigte er mit belegter Stimme. »Behalten Sie diese Erkenntnis fest im Auge und lassen Sie sich nicht beirren, wenn Sie aus einem anderen Betrachtungswinkel zu einer anderen Einschätzung kommen.«

»Vielleicht sind Sie krank. Sie sollten sich helfen lassen.«

»Ich appelliere an Ihre Unfehlbarkeit«, brauste er auf, »und schon zweifeln Sie, haben Mitleid – das Schlimmste überhaupt! Der arme Kerl! Warum wollen Sie mir absprechen, dass ich verrückt bin? Habe ich Ihnen irgendetwas verweigert außer diesem jämmerlichen Zustand, den Sie Freiheit nennen?«

»N-nein«, stammelte Bettina und lehnte sich zurück, fand im Rücken keinen Halt und musste zur Tischkante greifen.

»Ein Paradies für Ihre Freiheit, das biete ich Ihnen.« Stefan öffnete die Hände. »Ich schenke Ihnen die Chance, Ihre innere Freiheit zu finden. Um den Preis von ein bisschen Einschränkung bei der freien Wahl Ihres Aufenthaltsortes.«

»Verzeihen Sie. Ich bin eine undankbare Frau.«

»Ironie ist keine Antwort.« Er holte sich die Flasche Obstler und ein Stamperl aus dem Wandschrank und stellte beides auf den Tisch.

»Ist das der Weg in die innere Freiheit, den Sie mir zeigen wollen?«

»Ich fühle mich nicht wohl.« Er schob Flasche und Glas mit dem Arm an die Seite. Das Stamperl polterte auf die Tischplatte. Für einen Augenblick erwog er, sich zu offenbaren. Zunehmend verlor er die Kontrolle über die Situation. Eine Lektorin zu klauen war eine absurde Idee. Nun, da er sie hatte, konnte er sie nicht ohne weiteres wieder laufen lassen; das hieße, sich aufzugeben. Dann blieb ihm, Stefan Gibtesnicht, nur die Weiße Wand, der Inbegriff des tiefen Abgrundes.

»Haben Sie vergessen, dass ich nicht freiwillig hier bin?«

»Eben das ist das Verrückte.« Stefan stellte das umgestürzte

Stamperl auf, ließ das Glas aber nicht los. Das Bild eines ange-
schlagenen Boxers tauchte in seinem Kopf auf, der wild und
unkontrolliert um sich schlägt und damit sein vorzeitiges Ende
beschleunigt.

»Trinken Sie«, forderte Bettina ihn auf.

Jetzt marschierte sie wieder nach vorne, und er wusste nicht,
wie er seine Deckung hochbekommen konnte. Wo blieb der rettende Gong? Er brauchte die neutrale Ecke.

»Es ist Zeit für das Abendessen«, sagte er.

Während er den Tisch deckte, saß sie nachdenklich auf der
Bank. Er servierte eine Käseauswahl und Wurstaufschnitt auf
einem Holzbrett. Sie lehnte Bier und Wein ab und bekam Orangensaft.

Beim Essen redeten sie nur belangloses Zeug. Stefan stellte
Häppchen aus Brot, Aufschnitt, Käse und Gurkenscheiben zusammen und schmeckte sie mit Pfeffer und Salz, Senf und Tomatenmark ab. Er variierte mit den vorhandenen Möglichkeiten,
gab ihr zum Probieren und gemeinsam wählten sie die schmack-
hafteste Kreation aus.

»Fühlen Sie sich wieder besser?«, erkundigte sich Bettina
zwischendurch.

Stefan wickelte einen Würfel Edamer in eine Salamischeibe
mit Camembertrand. »Ja, sicher«, antwortete er wie auf eine über-
flüssige Frage. Das Essen hatte seine Stimmung gehoben, und die
vorhin erlebte Krise war nichts weiter als ein Schwächeanfall.

Bettina half ihm wortlos beim Abräumen und Spülen. Das
Schweigen deutete er nicht als den Ausdruck einer tiefen Kluft,
allerdings auch nicht als die Selbstverständlichkeit, die Vertrauen
voraussetzt und keinen Dialog mehr benötigt. Sie wirkte entspannt, als sie sich nach der Arbeit in den Wohnraum setzte und
ihn um ein Glas Wein bat. Wieder kamen Stefan Zweifel, ob er
die Entführung noch im Griff hatte, die soeben erst beim Essen
wiedergewonnene Festigkeit und sein Vorsatz, Bettina auch mit
Einschüchterung auf der Alm zu halten, bröckelten wie trockener

Putz von der Fassade. Ihn ärgerte das Wechselbad zwischen Überzeugung und Unsicherheit, das konnte er so gut gebrauchen wie die enttäuschten Hoffnungen bei der Identitätsfindung.

Stefan holte eine Flasche Rotwein aus dem Stall. Während er die Flasche öffnete und die Gläser füllte, saß Bettina wie unbeteiligt am Tisch. Auch nach dem Eingießen kam kein Gespräch in Gang. Stefan begann, diesen Zustand zu mögen. Sie würde ihm doch nur mit der Entführung in den Ohren hängen, ein Thema, zu dem er heute Abend nichts mehr hören wollte. Er könnte sich mit ihr über das vergebliche Schreiben unterhalten, aber womöglich würde die Lektorin ihm über ihr vergebliches Lesen erzählen und über die Abstumpfung, Manuskript für Manuskript an die Seite zu legen und die Hoffnung nicht aufzugeben, das nächste würde die Erfüllung bringen.

Mitten in seine Betrachtungen zeigte Bettina auf das weiße Tuch an der Wand. *Wenn dich die ganze Welt verläßt und eines dir nur bliebe* – diese Aussage spannte sich als Schirm von blaugestickten und von Blumen umrankten Buchstaben über die beiden folgenden Zeilen – *doch eines halt dir immer fest, das ist die Gottesliebe.* Eine zu umständliche Aussage, wie sie fand.

»Bodenständig«, meinte Stefan, »nicht umständlich. Ihr Eindruck ist verständlich, weil bei Ihnen die kritische Einstellung zu allem Geschriebenen berufsbedingt ist.«

Bettina nahm einen Schluck Rotwein. Mit dem Absetzen des Glases fragte sie: »Welches Ihrer Manuskripte habe ich eigentlich abgelehnt?«

Er nannte den Titel.

»Bei der Fülle von Papier, das über meinen Schreibtisch geht ... Ich erinnere mich nicht. Um welches Thema ging es denn?«

»Eine sozialkritische Auseinandersetzung mit der Arbeitswelt.«

»Nicht unbedingt ideal für einen Ersteinstieg bei Weigold. Ein solches Thema braucht einen bekannten Verfasser. Es muss die Leute interessieren, was denn der ... Wie war Ihr Name?«

Stefan wischte die Frage mit einer Handbewegung weg.

»Was denn der *Dingsda* zu dem Thema zu sagen hat«, vollendete Bettina, »dann wird das Buch gekauft. Unbekannter Autor, anspruchsvolles Thema, kleine Auflage, keine Käufer, kein Umsatz, kein Gewinn, vergiss es, pflegt mein Chef zu sagen. – An was hatten Sie denn gedacht, was ich für Sie schreiben soll?«

Stefan verblüffte die ruhig und sachlich gestellte Frage. »Ich habe einen Entwurf, *Das Literaturphantom*«, rettete er sich. Über den Roman hatte er sich bis jetzt keine wirklichen Gedanken gemacht. »Warten Sie.«

»Machen Sie sich keine falschen Hoffnungen«, sagte Bettina, als er ihr die zusammengefalteten Seiten reichte. Die kühle Beherrschtheit, die er bisher an ihr nicht kannte, traf ihn schmerzhaft, glaubte er doch seit dem Abendessen, die Lektorin habe eingelenkt und die Dinge würden von nun an einen friedlichen Verlauf nehmen. Stattdessen würde er sich weiter vorsehen müssen, um von ihr nicht eingewickelt zu werden wie beim Essen die Käsestückchen in die Salami.

Bettina verzog keine Miene, während sie las, und das störte ihn zunehmend.

»Was soll das sein?«, fragte sie und legte die Blätter auf den Tisch. »Plagiat oder Persiflage? Oder beides – ein persifliertes Plagiat? Die Niederschrift einer Wahnvorstellung über Lektorinnen?«

Stefan nahm die Seiten wortlos vom Tisch und stopfte sie zusammen mit zwei Holzscheiten in den Herd. Aus dem Schlafraum holte er eine Wolldecke, nahm seine braune Skijacke vom Garderobenhaken und ging vor die Tür und um die Ecke der Hütte. Ein schwacher Lichtschimmer lag auf der Schneedecke vor dem Wohnraumfenster. Außerhalb des Fensterbereichs verschluckte die pechschwarze Nacht den Schnee. Mit der Hand fegte er ein Brett frei, das über zwei kurze Baumstücke genagelt worden war, hockte sich drauf und lehnte sich an die Hüttenwand.

Seine theatralische Reaktion war nicht zu vergleichen mit der bei Berta Böttcher, auf deren Urteil er wahrlich keinen Wert legte. Bei der Lektorin lagen die Dinge anders, sie hatte ihr Urteil in ein überlegenes Wortspiel gekleidet, sie hatte es ihm gezeigt, ihn in Frage gestellt.

In der Hütte war es lange Zeit ruhig, dann hörte er Bettina hantieren. Was sie wohl macht, fragte er sich und knüpfte an das Spiel der Fantasien an, die Interpretation der Geräusche, die ihn über nächtliche Schlaflosigkeit hinweggeholfen hatte. Die ausgetretenen Bohlen des Wohnraumes knarrten in unregelmäßiger Folge; er glaubte, das Schlagen der Ofentür und das Gießen von Wasser zu hören. Einmal öffnete Bettina die Tür nach außen. Er lauschte angestrengt, doch deckte der unermüdliche Fluss des Wassers in den Trog die anderen Geräusche zu. Später flackerte Kerzenlicht durch das Schlafraumfenster und erlosch schließlich.

Als es ihm zu kalt wurde und er hineinging, brannte kein Licht mehr. Er langte nach den Streichhölzern auf dem Ecktisch und zündete eine Kerze an. Bettina lag in dem Bett, das er ihr zugewiesen hatte, den Schlafsack über die Schultern gezogen. Sie atmete ruhig und gleichmäßig.

»Machen Sie bitte die Kerze aus«, sagte sie plötzlich, ohne die Augen zu öffnen.

17

Mit der linken Hand suchte Stefan den Raum über dem Fußboden ab, wo die Taschenlampe stehen musste. Dann erinnerte er sich, dass er die Taschenlampe bereits gestern Abend vermisst hatte. Er stieg aus dem Bett und tastete sich Schritt für Schritt durch das Dunkel bis zur Kerze, die er vor dem Zubettgehen in der Küche neben dem Gaskocher abgestellt hatte.

Manchmal war er nachts zu faul, in den Stall auf die Toilette zu gehen und er stellte sich vor die Tür. Jetzt, wo Schnee lag, machte das keinen guten Eindruck. Unter einfachen Bedingungen neigen Männer dazu, sich ordinär zu verhalten, insbesondere wenn sie sich unbeobachtet fühlen; hier waren es durchaus praktische Überlegungen, denn je öfter der Toiletteneimer voll war, desto häufiger musste er entleert werden. An diesem Punkte geriet er mit der kleinen Engländerin in Streit, und sogar Hermann, der auf den Bergtouren als gemeinschaftserprobter Mitwanderer galt, scheute den Eimerwechsel.

Leise kehrte Stefan in den Schlafraum zurück. Mit der Handfläche schirmte er das Kerzenlicht ab, um Bettina nicht zu wecken.

Das rote Innenfutter ihres Schlafsacks lag weit offen. Nur halb wach begriff er nicht sofort, was vorgefallen war: Bettina hatte sich davongemacht! Deshalb konnte er die Taschenlampe nicht finden! Die Wunde hinter dem Ohr begann schmerzhaft zu pochen.

In der Dunkelheit war es unmöglich, Bettina zu suchen. Ebenso unmöglich war, ruhig im Bett zu bleiben. *Wenn dich die ganze Welt verläßt ... doch eines hält dir immer fest ...* Bettina war der einzige Mensch, den er hatte, Berta Böttcher, Ralzinger, Bichler, Moosbauer, Traudl, das waren Begegnungen. Man hat einen Menschen, wenn man sich mit ihm verbunden fühlt, und mit Bettina fühlte er sich verbunden, über Absage und Entführung hinaus. Die Verantwortung für sie lastete doppelt schwer.

Angst kam, sie entstand wie immer oben im Magen und breitete sich schnell bis hoch in den Hals aus. Diesmal würgte sie ihn nicht, sondern trieb ihn in eine lähmende Unruhe. Er zog sich an und machte Feuer im Ofen, verbrachte die zwei Stunden bis zur Morgendämmerung gehend, stehend und sitzend, er räumte auf und ordnete, was bereits geordnet war. Die Weiße Wand mischte sich massiv in seine Gedanken als die Befreiung von aller Schuld.

Als die Nacht in graue Schatten überging und einige Meter Sichtweite zuließ, holte er aus dem Stall die Baustellenlaterne und füllte sie mit Petroleum auf.

Ein leichter Wind trug die spärlich fallenden Schneeflocken sanft zur Erde. Vor der Hütte waren Bettinas Fußabdrücke noch zu erkennen, sie führten in Richtung auf den Lift. Hin und wieder rissen die Spuren ab und wurden nur dort wieder deutlich sichtbar, wo die Grasfläche eben war, am Lift vorbei verloren sie sich. Da sie nur den Weg durch die Latschen und am Wasserfall vorbei nach unten kannte, musste sie zwangsläufig dorthin gegangen sein. Selbst er hatte Mühe, im Halbdunkel die Einmündung des Pfades auf die Alm am Rand der Latschen zu finden.

Gott im Himmel, flehte er und versuchte nicht daran zu denken, dass die Lektorin sich verirrt haben könnte.

Er suchte entlang der Latschen, bis er auf die Priach stieß. Der Bach war an dieser Stelle flach und breit, durchsetzt mit Steinen wie Pickel auf einer glatten Wasserhaut. Da sie von unten kommend den Bach nicht überquert hatten, würde Bettina spätestens hier kehrtgemacht haben, und dass sie aufwärts gegangen war, konnte er ebenfalls ausschließen.

»Bettina!«, rief er laut. Kurz entschlossen drang er in die Latschen ein und bahnte sich einen Weg abwärts. Schnee stieb von den Zweigen auf Jacke und Gesicht. Noch einmal rief er: »Bettina!«, während er mit den Zweigen kämpfte und Wassertropfen aus dem Gesicht wischte.

»Hier bin ich!«, hörte er und glaubte, die Antwort zu träumen; er blieb stehen, lauschte und rief erneut, lauter.

»Hier!«, kam die Antwort prompt zurück. Von links.

So gut es ging ruderte Stefan durch die Latschen. Ein zurückschnellender Ast zerschlug das Glas der Petroleumlaterne und löschte die Flamme. Er fluchte und warf die Laterne auf den Boden.

»Wo sind Sie?«, rief er.

Keine zehn Meter vor ihm leuchtete eine Taschenlampe auf. Bettina stand in einem Bodentrichter nahe der Priach. Steile Wände hielten sie von drei Seiten gefangen. Im Rücken versperrte ein Felsbrocken mit glatten Kanten den Ausweg über den Bach.

Mit ausgestrecktem Arm ging er auf die Knie. Noch bevor Bettina seine Hand greifen konnte, zog er den Arm zurück. »Wenn ich abrutsche, sitzen wir beide in der Falle«, erklärte er und stand auf. »Ich hole eine Leiter, das ist sicherer. Im Stall liegt eine, die benutzt der Lugleitner, wenn er lose Dachschindeln festnagelt.« Er wusste selbst nicht, warum Dachreparaturen im Augenblick erwähnenswert waren.

»Beeilen Sie sich!«

Stefan folgte seinen Fußspuren und hielt sich zwischen den Latschen, von denen er im Vorbeigehen den Schnee von den Zweigen gefegt hatte. Im Stall fand er die Leiter nicht dort, wo sie seiner Erinnerung nach liegen sollte. Er durchsuchte das Gerümpel und fand sie schließlich unter einem Haufen verrotteter, noch mit dem rostigen Stacheldraht verbundener Zaunpfähle.

In den Latschen war die Leiter hinderlich. Die Sprossen fädelten sich immer wieder in die Kiefernzweige ein und wehten ihm Schnee ins Gesicht.

»Machen Sie die Taschenlampe an!«, rief er und blieb stehen.

Rechts von ihm stieg bewegtes Licht in die Höhe. Mit der Leiter schob er die Zweige zur Seite und bahnte sich den Weg durch das Gestrüpp.

Bettina schaute von unten hoch. »Ich habe schon geglaubt, Sie kommen überhaupt nicht mehr.«

»Ich konnte die Leiter nicht sofort finden«, sagte er und senkte sie in die Vertiefung. »Legen Sie die Leiter nicht zu steil an und achten Sie auf sicheren Stand«, mahnte er. Sie probierten zwei Stellen, bis er zufrieden war.

Als sie oben stand, schickte er sie voraus. Auf der Wiese schloss er bewusst nicht zu ihr auf. Er wollte mit der Erleichterung ebenso allein sein wie vorhin mit der Angst. Seinetwegen sollte sie glauben, er treibe sie vor sich her wie ein Schaf zur Schlachtbank.

In der Hütte hängte Bettina die Jacke an die Garderobe und ging durch in den Schlafraum.

Stefan legte Holz nach und setzte Kaffeewasser auf. An Schlafen war nicht mehr zu denken. Zum Kaffeekochen wendete er mehr Handgriffe auf als nötig und pendelte unnütz zwischen Herd, Geschirrkommode und Wohnraum. Als er endlich mit einer Tasse im Wohnraum saß, stand er wieder auf und kontrollierte den Herd, brachte die Milch zurück in den Stall, um sie gleich wieder mitzunehmen, weil er mehr als eine Tasse Kaffee trinken wollte.

Nebenan war es ruhig. Kaum vorstellbar, dass die Lektorin schlief, doch nachzusehen traute er sich nicht. In seiner Verfassung würde er den Schein nicht wahren und auftreten können wie jemand, der einen anderen Menschen in seiner Gewalt hält. Wenn die Lektorin nicht auf den Kopf gefallen war, würde sie sich einen Reim darauf machen. Sobald der Schnee geschmolzen war, was nach der Jahreszeit morgen bedeutete, würde sie mit einem *Grüß Gott* nach Hause aufbrechen. In einer Stunde war sie an der Jausenhütte. Von dort aus gab es für eine attraktive Frau in Schwierigkeiten genügend Möglichkeiten, nach Josephskirch zu kommen.

Wenn dich die ganze Welt verläßt ... Stefans Augen glitten über den Wandbehang, ohne wirklich zu lesen.

Bettina sah gut aus und war ihm – noch – ausgeliefert. Über diese Komponente der Entführung hatte er bisher keine Sekunde ernsthaft nachgedacht. Er hatte gedroht, getan als ob, mehr nicht. War er wirklich anständig? Warum spürte er kein Verlangen, wunderte er sich und war andererseits froh, denn die Lage war kompliziert genug. Ob er denn bereue, richtete er die Frage aus der Perspektive einer gerechten Instanz an sich. Nein, warum, antwortete er, sie ist eine Frau und ich stehe auf ihrer Seite; sie hat nichts zu befürchten. *Ich stehe auf Ihrer Seite,* hatte auch Direktor Ralzinger gesagt. Mit der Perücke und dem pinkfarbenen Kostüm hatte Stefan die Macht. Plötzlich war er sicher, dass Ralzinger ihn niemals anzeigen würde.

Stefan strich sich durch die Haare; die einzige Möglichkeit, in die Nähe seiner verworrenen Gedanken zu kommen, allerdings ohne sie ordnen zu können.

Bettina stand im Türrahmen. Sie hatte die Jeans gegen eine Leinenhose gewechselt. Hoffentlich steht sie nicht schon länger dort, dachte Stefan.

»Wie sind Sie in das Loch hineingekommen?«, fragte er. Na wie wohl, gab er sich die Antwort, bestimmt ist sie nicht aus Spaß hineingehüpft.

»Ich bin weggerutscht und habe das Gleichgewicht verloren. Ehe ich mich versah, lag ich drei Meter tiefer.«

»Sie waren nicht in Lebensgefahr.«

»Dass Sie mich ein weiteres Mal gerettet haben, ist schon verdammt zwiespältig. Andererseits, wenn Sie mich mit dem Taxi einfach nur nach Hause gefahren hätten ... Vorhin, auf dem Weg zur Hütte habe ich gedacht, jetzt holt er gleich den Strick raus, aus ist es mit deiner Bewegungsfreiheit. Und was machen Sie? Kochen Kaffee.«

»Möchten Sie eine Tasse? Bringen Sie die Milch mit, sie steht auf der Kommode.«

Bettina kam mit der Milch und einer emaillierten Blechtasse. »Seit ich denken kann«, sagte sie und betrachtete die großen weißen Punkte auf der blauen Tasse, »gehe ich in kritischen Situationen ins Bett. So wie eben. Ich stelle mich nicht.«

»Jeder Mensch hat seine eigenen Mechanismen in der Bewältigung von Konflikten.«

»Darum geht es nicht. Ich bin Ihren Vorwürfen ausgewichen.«

»Ich sehe keinen Grund, Ihnen Vorhaltungen zu machen.«

»Das ändert nichts an der Tatsache, dass die Flucht unvernünftig war. Weiter unten am Wasserfall hätte der nächtliche Ausflug tödlich enden können. Seien Sie doch nicht so entsetzlich selbstgefällig. Ihre Rücksicht rechtfertigt nicht die Freiheitsberaubung, derer Sie sich schuldig gemacht haben.«

»Sie sind das Entführungsopfer, ich bin der Entführer. Sie haben das Recht auf Fluchtversuche.« Schrecklich, wie er heuchelte. Auf solche Eigenschaften konnte er im Zusammentragen seines Persönlichkeitsbildes gerne verzichten.

»In Ordnung, wenn Sie es so sehen.« Bettinas Augen verengten sich und ein entschlossener Zug trat um ihren Mund. »Wagen Sie es nur nicht, sich mir auf weniger als fünfzig Zentimeter zu nähern.« Sie stellte die Kaffeetasse auf den Tisch und verließ den Wohnraum.

Es war kein Teller in Reichweite, so wie in der Wohnung. Den hätte er nicht gegen die Wand, sondern auf seinem Kopf zertrümmern müssen. Eine zweite Chance, über einen Friedensschluss zu reden, würde sie ihm nicht so schnell wieder geben.

Eine andere Hälfte, die vorsichtigere in ihm, fragte: Hätte sie dich mit einem blauen Auge davonkommen lassen? Er fand darauf keine schlüssige Antwort.

Bettinas Zubettgehen-Verhalten war ihm nicht fremd. Hatte er nicht das erste Streitgespräch mit ihr auf die gleiche Weise beendet? Zum Holzhacken war er ebenso ausgewichen und schließlich war er davongelaufen, als sie mit ihrer pointierten Frage ein vernichtendes Urteil über seine Phantomgeschichte gefällt hatte. An diesem Punkt der Überlegung stülpte sich eine tiefer greifende Vermutung über die vorhandene Erkenntnis: Ich bin auf der Flucht, doch ich weiß nicht, wovor. Es gibt etwas, dem ich mich nicht stelle.

Stefan lugte zur Enzianflasche im Wandschrank, während er den Kampf mit sich ausfocht.

18

Im Laufe des Vormittags zerrissen die durch das Tal ziehenden Wolken, stiegen höher und begnügten sich damit, die Berggipfel ringsum unter einer grauen Decke zu halten. Der Schnee lag noch hauchdünn auf den Zweigen der Bäume wie vergessene Wolkenschleier.

Zu Mittag gab es Bratwurst mit Bratkartoffeln. Bettina erledigte den Abwasch nach dem Essen, ohne dass Stefan sie darum bitten musste. Sie könnte die Idealbesetzung für eine Hüttengemeinschaft sein, dachte er. Als hätte Bettina seine Gedanken gelesen, bemerkte sie mürrisch, dass für die Frauen immer die Drecksarbeit übrig bliebe, während die Herrschaften die Essenszubereitung als kreative Kochkunst zelebrierten.

»Was halten Sie von einer Wanderung durch den Schnee?«, fragte er in versöhnlichem Ton. »Das Wetter hat uns lang genug an die Hütte gefesselt.«

»Hat es das?«

Die Frage irritierte ihn. Damit hat sie ihr Ziel erreicht, ärgerte er sich. »Ich gehe auf jeden Fall«, antwortete er unfreundlich. »Wenn Sie hierbleiben, schließe ich Sie ein, damit Sie mir nicht in die nächste Felsspalte stolpern.«

»Ich wollte Sie nicht provozieren.« Bettina schüttelte den Spülmittelschaum von einem Teller und stellte ihn zum Abtropfen in die gelbe Schüssel.

Obwohl er nicht überzeugt war, dass Bettina die Wahrheit gesagt hatte, akzeptierte er die Erklärung. Mit dem Schuhputzzeug hockte er sich so auf die Truhe am Ende des Küchenraums, dass ihm das Tageslicht durch das Fenster über die Schulter fiel, und rieb seine und Bettinas Bergschuhe mit Lederfett ein.

Bettina schob die Besteckschublade der Kommode mit einem heftigen Ruck zu. »Meine Schuhe – ich meine, die ich letzte Nacht getragen habe – sind mir zu groß. Ich werde mir Blasen laufen.«

»Ich lege Ihnen ein zweites Paar Wollsocken heraus. Soll ich Ihnen die Fersen mit Heftpflaster abkleben?«

»Nicht nötig.« Bettina goss das Spülwasser vor die Hüttentür ins Gras. »Ich bin so weit«, sagte sie.

Stefan wollte ihr in den Skianorak helfen, aber sie nahm ihm die Jacke aus der Hand. Mit zwei Strümpfen hatte sie Mühe, in die Bergschuhe zu kommen. Probeweise ging sie ein paar Schritte auf und ab.

»Passt«, sagte sie. »Blasen sind kein Thema mehr, dafür werden mir die Füße absterben.«

»So kalt ist es draußen nicht.«

»Ich spreche von der Blutzirkulation.«

»Ich werde Ihr Blut schon in Wallung bringen.« Zu spät erkannte Stefan, wie zweideutig der flapsige Ausspruch war.

»Dafür kochen Sie auf viel zu kleiner Flamme«, hieb Bettina zurück.

»Im Gegenteil«, erwiderte er, »wenn ich verglühe, wird jeder in meiner Nähe verbrennen.«

»Und Sie werden endlich zu dem, was Sie sind: ein schwach leuchtender weißer Zwerg.«

Stefan schluckte. »Ein kleines Licht«, sagte er tonlos, »das von Lektorinnen ausgeblasen wird.«

»Ich fasse es nicht!« Bettina schlug die Hände gegen die Stirn. »Erst markige Sprüche und dann zerfließen Sie in Selbstmitleid! Kein Wunder, dass Sie keine anständige Entführung auf die Reihe ...«

Erschreckt hielt sie inne. »Wir benehmen uns albern. Bitte, ich würde jetzt gern die Schneewanderung machen.«

Vor Ärger konnte Stefan nicht antworten. Sie hatte ihn mit Worten abgeschossen, und er krönte ihr den Erfolg mit dem weinerlichen Eingeständnis von Schwäche!

»Es tut mir leid«, sagte sie eindringlich. »Sie sind beleidigt, nicht wahr?«

Sollte er zugeben, dass er nicht sie meinte? Nein, das änderte nichts. Spätestens morgen würde sie den Spieß umgedreht haben, und er saß in der Falle. Der unabänderliche Wetterumschwung war ihr Verbündeter. Er ging los.

»Soll ich hierbleiben? Und schließen Sie die Hüttentür nicht ab?«, rief sie ihm hinterher.

Stefan breitete die Arme aus, ohne sich umzudrehen. »Wer klaut schon eine Lektorin?«

Die Hüttentür fiel so laut ins Schloss, dass er sich sorgte, sie könnte beschädigt worden sein. Trotzdem freute er sich, dass sie ihm folgte.

Der Oberalmsee lag anderthalb Wegstunden bergwärts hinter einem Sattel, der die Grenze zwischen dem Lungau und dem Pongau bildete. Dahinter verlief der Tauernhöhenweg am Oberalmsee und der gleichnamigen Hütte vorbei. Bis zum Sattel wollte Stefan nicht gehen, um Bettina kein zusätzliches Tor zur Freiheit zu zeigen und jede Begegnung mit anderen Menschen zu vermeiden, auch wenn bei diesem Wetter auf dem Tauernhöhenweg nicht mit Wanderern zu rechnen war. Die Oberalmhütte würde dahingegen umso voller sein, sie war bewirtschaftet und bot Nachtlager an.

Bettina schloss zu ihm auf. Am Fuß eines gewaltigen Buckels, der sich vor ihnen in den Weg stellte, stießen sie auf einen Zaun mit einem schmalen Durchlass.

»Hier hinauf führt ein schmaler Fußweg. Selbst ohne Schnee ist er nur stellenweise zu erkennen«, erklärte Stefan. »Laufen Sie mir einfach nach.«

»Wie weit gehen wir hinauf?«

»Ich schätze hundert Meter Höhendifferenz. Sie blicken so skeptisch. Sie haben doch keine Konditionsprobleme, oder?«

»Ich war noch nie so hoch im Gebirge. Ich bevorzuge die weite Ebene.«

»Sylt – stimmt's? Kampen oder Keitum? Wo selbst der steife Nordnordwest den Geruch von Geld und Einfluss nicht wegwehen kann.«

»Bisher haben Ihre Berge nur mit Ungemütlichkeit überzeugt. Was ist eigentlich so aufregend daran, wenn man fröstelt?«

»Ihre Gänsehaut vielleicht.«

»Und die möchten Sie sehen?«

»Herrgott noch mal!«, polterte Stefan. »Können Sie an nichts anderes denken?« Mehr wusste er nicht zu sagen. Im Grunde wollte er überhaupt nicht reden, sondern dem Wetter trotzen und sich nach der Wanderung gut fühlen.

»Wer hat die Haut ins Spiel gebracht, ich oder Sie?«, fragte Bettina.

»Gut«, sagte Stefan nach einer kurzen Pause. »Versuchen Sie, Ihren Rhythmus finden, einen gleichmäßigen Schritt. Wenn ich zu schnell bin, melden Sie sich.«

Stefan zwängte sich durch die schmale Öffnung des Zaunes. Ungezählte Male war er schon zur Oberalmhütte gewandert, wann er zuletzt durch Schnee aufgestiegen war, daran konnte er sich nicht erinnern. Wahrscheinlich würde er es auch nicht gewusst haben, wenn sein Erinnerungsvermögen einwandfrei funktionieren würde. Er konzentrierte sich auf den Weg und die Markierungen, große Felsbrocken, einzeln stehende Lärchen und Kiefernsträucher. Der Schnee behinderte das Gehen, häufig trat er auf Grasbüschel oder Steine und rutschte ab; er konnte auch den Verlauf der ausgetretenen Stellen nicht ausmachen, die ihm die Gerade den Hang aufwärts zur nächsten Spitzkehre wiesen. Er kam im Hang zu weit rechts ab und gab die Suche nach dem Weg auf. Steil arbeitete er sich auf einen Felsbrocken zu, den er zu kennen glaubte; dort angekommen hielt er an, zog die Luft tief durch und wartete auf Bettina.

»Sie scheinen Ihren Rhythmus nicht zu finden«, sagte sie, heftig atmend. »Das ständige Umtreten ist sehr anstrengend.«

»Der Schnee«, erklärte er. »Ich habe den Weg verloren.«

»Ich bin enttäuscht.« Sie fing seinen fragenden Blick auf. »Schnee im Juni, das muss man genießen. Sehen Sie die farbigen Schimmer unter dem dünnen Weiß?«

»Alpenrosen.«

»Wir gehen daran vorbei und in unserem Kopf existiert nur der nächste Schritt. Fest auftreten, nicht rutschen. Eine geeignete Stelle zum Auftreten suchen. Weiter.«

»Möchten Sie sich gerne ein Bein brechen? Resi wird Ihnen den Gips mit Alpenrosen bemalen.«

»Resi?«

»Die Tochter des Walln-Bauern.«

»Mich stört, dass wir uns ganz auf das Aufsteigen konzentrieren und ringsum nichts mehr wahrnehmen.«

»Mich erfüllt bereits das Hiersein. Die Details verwischen sich, wie überall im Leben, und das Empfinden ändert sich durch häufigen Gebrauch.«

»Auch wenn Sie mir nicht glauben: ich finde das Panorama überwältigend. Eigentlich sollte ich das nicht sagen, weil ich Ihnen keine Rechtfertigung liefern möchte. Sind Sie denn bereits abgestumpft?«

»Nein!«, beteuerte er mit erhobenen Händen. »Die ersten Male hier oben hatte ich ähnliche Eindrücke. Aber dann faszinierte mich die Herausforderung, der Mensch abgeschnitten von der Technik, die ihn überall umgibt und ihm hilft, ohne dass er darüber nachdenken muss. Nur Unwissende und Überhebliche glauben, dass die paar Bäume und Sträucher und die Millionen Kubik von aufgeschichtetem Kalkstein lediglich eine andere Form von Landschaft sind, die nur die Sicht versperren. Das Übermaß von Natur ringsum war für mich auch stets bedrohlich. Die Berge und das Wetter sind zwei Kumpane, denen ich nie getraut habe. Sie schmeicheln uns mit Sonnenschein und lauern hinter dem Horizont mit Gewitterwolken. Damit wird ein Aufstieg nicht zu einer Frage von Kondition. Andere Umstände spielen mit, der unebene Wanderpfad zum Beispiel, und der Stein, den die letzte Schneeschmelze dorthin gespült hat, wo wir hergehen, exakt mit der in Jahrmillionen geschaffenen Rundung, die uns beim Auftreten den Halt nimmt. Wenn dieser Stein im Schnee dort vor

Ihnen liegt, und Sie brechen sich im Sturz das Bein, rufen wir dann den Krankenwagen oder haben Sie das Gefühl, in einer lebensbedrohenden Situation zu stecken?«

»Wie hoch ist das Risiko – eins zu Jahrmillionen?«

»Es gibt mehr Steine dieser Sorte, als Sie denken. Wenn Sie auf der Landsdorfer Straße von einem Auto überrollt werden, ist Ihre Überlebenschance möglicherweise größer als ein Beinbruch hier oben, schon deshalb, weil Sie hier unbeweglich sind wie die Tonnen von Gestein ringsum, aber bedeutend machtloser. Sie haben nicht so viel Zeit.«

»Warum steigen wir hier herum, wenn es Ihrer Meinung nach gefährlich ist?«

»Sie müssen nur Acht geben, wohin Sie treten.«

»Und vor lauter Achtgeben nichts mehr um mich herum wahrnehmen. Damit sind wir am Ausgangspunkt meiner Frage.«

Stefan zuckte mit den Schultern. »Wollen wir trotzdem weitergehen?«

»Wenn Sie mir auf dem Rückweg den Bildstock unter den beiden Lärchen zeigen, ja.«

»Maria mit dem Kind. Die Senner nannten den Bildstock eine Kapelle.«

Bettina trat unruhig mit den Füßen auf der Stelle. »Sie haben nur Ihre eigene Vision vom Paradies im Kopf, nicht wahr?«

»Wem geht das nicht so? Wenn es Sie interessiert, können wir auch gerne über mein Paradies diskutieren.«

»Nicht hier. Ich brauche Bewegung, damit die Wärmeversorgung wieder in Gang kommt.«

Stefan lachte. »Sehen Sie, das meinte ich, als ich sagte, ich wollte Ihr Blut in Wallung bringen. Tut mir leid, dass wir darüber gestritten haben.«

»Das ist eine Frage des präzisen Ausdrucks. Eine Lektorin muss unmittelbar verstehen, was der Autor sagen will.«

»Frieden?«

Bettina zögerte. »Machen Sie es sich nicht zu einfach?«

»Nein«, sagte er knapp. »Tun wir etwas für die Erhaltung Ihrer Gesundheit.« Er stapfte los, weiter bergwärts, und sie folgte ihm. Zielstrebig stieg er auf eine Gruppe von Latschenkiefern zu. Hinter dem Gesträuch gelangten sie in eine Ebene, in der Ferne war der Oberalmsattel zu erkennen. Es gab keine Bäume mehr, nur Weiß auf Dunkelgrün, wo sich die Latschen bis zur Grenze ihrer Überlebensfähigkeit nach oben ausgebreitet hatten.

»Rechts, das ist die Priacher Kalkspitze. Priacher nennen wir ihn kurz und bündig, was nicht heißt, dass ich keinen Respekt vor den zweitausendfünfhundert Metern Höhe habe.«

»Wie hoch sind wir jetzt?«

»Achtzehnhundert Meter etwa.«

»Wollen Sie noch weiter hinauf?«

»Nur noch bis vor den Sattel, wo die Steigung beginnt. Die sollten wir uns schenken.«

»Rutschgefahr?«

Stefan ärgerte der ironische Unterton. »Knapp daneben. Wenn die Wolken aufreißen, zeigt uns der Priacher vielleicht noch sein graues Haupt.«

»Der Berg ist wohl so etwas wie eine Legende?«

»Am ersten Sonntag nach dem 15. August wird eine Messe auf dem Gipfel gehalten. Dann ist ganz Josephskirch oben – also die, die noch gut beisammen sind. Vorsicht, hier ist es matschig.«

»Hat das Datum eine Bewandtnis?«

»Der 15. August ist Mariä Himmelfahrt.«

»Aha«, sagte Bettina.

Stefan schenkte sich die Frage, was sie mit dem einen Wort ausdrücken wollte. Sie überquerten einen flachen Zulauf zur Priach. Jeder Schritt platschte und färbte den Schnee dunkel. Stefan schlug einen Bogen und sie hatten wieder Gras unter den Füßen. Ein vom Schnee freigewehter Felsbrocken trug ein rot-weißes Zeichen mit einer Nummer, verwittert, aber noch erkennbar.

»Hier verläuft ein Wanderweg«, bemerkte Bettina überrascht.

Stefan brummte eine Zustimmung. »Von dort drüben«, sagte er, ohne die Richtung konkret anzuzeigen. »Das ist eine alte Markierung, der Weg führt mittlerweile hinter dem Priacher her«, log er geistesgegenwärtig. »Hier herum ist es zu gefährlich.«

Bettina blieb stehen und öffnete ihre Arme. »Sie sind offensichtlich der Tarzan der Berge. Ohne Sie ...« Ihre Arme fielen herab.

»Ich hatte bereits zweimal das Vergnügen.«

»Verdammt ja!«, sagte sie heftig. »Verdammter Zwiespalt! *Sie* gehören abgestürzt!«

»Damit ich mich zwiespalte?«

»Zwei Teile werden Ihrem Anspruch nicht gerecht. Sie zerfallen in so viel wie mögliche Steinchen mit der gewissen Rundung. Zum Drauftreten für harmlose Touristinnen.«

Nein, für Lektorinnen, dachte er. Ein eigenartiger Einfall drängte sich ihm auf. Wenn er schon als Stefan Gibtesnicht untergehen sollte, dann müsste sie das Urteil vollstrecken und ihm einen ihrer Sprüche mit auf den Weg geben, oben an der Weißen Wand im Augenblick des Abschieds. *Flieg mit den Lerchen* ...

»Ist hier das Ende der Gefährdungen?«

Stefan drehte sich abrupt weg. Sollte doch ihr Einfühlungsvermögen entscheiden, ob sie seine Reaktion als Missachtung oder als Eingeständnis seiner Niederlage einstufte. In den folgenden Minuten blieb er stumm. Der Weg war hier sehr ausgetreten und uneben, und die Gefahr, auf einen verdeckten Grasbüschel oder Stein zu treten ... Schluss! Seine ständigen wohlmeinenden Hinweise und Erklärungen mussten überheblich und anmaßend auf Bettina wirken, als sei sie ein dummes Ding ohne Gespür für Achtsamkeit und er eine Nervensäge. Vergeblich suchte er nach einem unverfänglichen Neuanfang für ein Gespräch und fühlte sich erlöst, als sie bemerkte, sie würden sich inzwischen oberhalb der Baumgrenze befinden.

»Sie könnten auch die Strauchgrenze und die Vegetationsgrenze sehr schön am Kegel des Priacher erkennen«, erklärte er. »Leider verwischt der Schnee heute alle Unterschiede.«

»An den Schnee im Juni habe ich mich inzwischen gewöhnt, ich würde mir nun gern auch einmal anschauen, was darunter ist. Sind die Alpen Ihr Hobby?«

»Nein. Das Meiste habe ich aus den Gesprächen mit den Bauern.« Er blieb stehen und schaute sie direkt an. »Wenn es Sie interessiert ...«

Bettina wich seinem Blick nicht aus. »Antworten Sie ehrlich: Wann ist der Weg nach unten wieder frei?«

Er hätte gelogen und weitergespielt, so gut es ohne Gewalt ging, doch ließ ihm der Appell an seine Ehrlichkeit keine Wahl. Ein warmer Tag genügte, um das Weiß in Wiesen und Felsen zu verwandeln. Das Wetter knabberte bereits grüne Tupfer in den Schnee. »Morgen.«

»Gut«, nickte sie. »Dann weiß ich wenigstens, was wir heute Abend machen.«

Stefan verkniff sich die Frage, was sie damit meinte. Eine große Abrechnung, stellte er sich vor, bei der sie ihn lektorieren und alles in Frage stellen würde. Leider konnte er ein Buch, das *Wirklichkeit* hieß, nicht umschreiben.

Am Fuße des Oberalmsattels kehrten sie um und machten erst an der Kapelle halt. Hinter einem Kreuzgeflecht aus schwarzem Eisen stand eine Madonna in einer in den Spitzbogen eingelassenen Nische, das Kind auf dem Arm. Unter dem Enzianblau von Marias Umhang schimmerte der Gips hervor.

Mit Bildstöcken und Wegkreuzen waren nach Stefans Vorstellung Errettung aus Bergnot oder Tod verbunden. Er wusste nichts über die Entstehung dieser Kapelle und erzählte Bettina deshalb von dem Holzkreuz hinter dem Oberalmsattel; es gedachte dem Tod von zwei jungen Leuten anno 1912. Sie wurden Fronleichnam auf dem Weg nach Josephskirch von einem Schneesturm überrascht. Stefan ging nie an dem Kreuz vorbei, ohne einen

Augenblick zu verweilen. Heutzutage war es kaum vorstellbar, mitten im Juni in einem Schneesturm umzukommen. Wer ging schon Fronleichnam übers Gebirge nach Josephskirch, etwa zur Prozession? Und ohne den Wetterbericht gehört zu haben?

Stefan war auf einen Aufguss der Kontroverse mit Bettina vorbereitet. Sie dagegen sprach von einem traurigen Schicksal, von Hoffnung, Erwartung und Lebensfreude, die plötzlich zerstört wurden, von der Angst der Betroffenen und dem quälend langen Zeitraum bis zu der Erkenntnis, dass es viel zu früh vorbei war, die bitteren Momente der Rückschau. Bettina war es auch, die weiterging und damit das Ende des Gespräches bestimmte.

19

Stefan kniete vor der geöffneten Herdklappe und schob zer-knülltes Zeitungspapier in den Ofen.

»Darf ich?«, fragte Bettina.

»Können Sie denn Feuer machen?«

»Hätte ich sonst gefragt? Sie denken, ich sei eine Frau aus der Wohlstandsgesellschaft, perfekt in der Handhabung des Raum-thermostats.«

»Vielleicht waren Sie bei den Pfadfinderinnen. Dann könnten Sie immerhin die Windrichtung bestimmen und einen Knoten schlingen, den niemand ohne Schere öffnen kann.«

Bettina nahm ihm das Papier aus der Hand und steckte es in den Ofen. Er stand unschlüssig und wusste nicht, was er mit der geschenkten Zeit anfangen sollte. Die Betrachtung ihres Rückens und der Bewegungen beim Aufstehen und Niederknien erschien ihm aufdringlich. Für die Vorbereitungen zum Abendessen war es noch zu früh. Er füllte den noch drei viertel vollen Wasserbe-hälter im Herd bis zum Rand und die Gießkanne am Wassertrog bis zum Überlaufen auf und setzte sich dann im Wohnraum an den Tisch. Nebenan schloss Bettina die Ofenklappe.

»Wie haben Sie die Luftzufuhr eingestellt?«, fragte er, als sie im Türrahmen erschien.

»Offen. Es ist noch nicht genug Glut vorhanden. – Sie sollten Ratgeber schreiben statt Romane.« Bettina setzte sich ihm gegenü-ber. »Hat es Ihnen die Sprache verschlagen? Ich bin ganz Ohr.«

»Geschichten von der Alm? Auch wenn Sie einen falschen Eindruck von mir bekommen – ich trinke einen Obstler und ein Bier. Leider habe ich kein Murauer Märzen hier.«

Bettina zögerte. »Keinen Schnaps«, entschied sie. »Ich nehme ein Bier. Von unserem bayerischen.«

Stefan servierte und prostete sich mit einem Nippen am Obst-ler zu. »Ich trinke sonst nie Schnaps«, erklärte er, doch klang, was er sagte, eher nach einer Entschuldigung.

»Sie bevorzugen *Schenkelspreizer*, nicht wahr?« Kaum hatte Bettina den Satz ausgesprochen, saß sie stocksteif und sortierte die Finger an beiden Händen.

»Sie sind vorlaut«, sagte Stefan und verbarg dabei geschickt sein Vergnügen über ihre unbedachte Äußerung.

»Nicht vorlaut.« Bettina legte die Hände auf den Tisch. »Frau darf in einer von Männern beherrschten Welt nicht auf den Mund gefallen sein.«

»Da stimme ich Ihnen aus eigener Erfahrung zu.«

»Sie?«, fragte Bettina und machte ein ungläubiges Gesicht. »Erzählen Sie, von Ihren persönlichen Erfahrungen als Frau.«

»Ich meine – ganz allgemein«, stotterte er und suchte krampfhaft in der Erinnerung nach einem Beispiel. Sein Kopf blieb leer. Genauso gut hätte er einen Blinden mit verbundenen Augen auf Entdeckungsreise schicken können.

»Kann es sein, dass ich Ihnen in einem früheren Leben als Frau begegnet bin?«

Stefan wurde einen Moment schwarz vor Augen, wie auf der Landsdorfer Straße, gerade lang genug, dass es Bettina auffallen musste.

»Ist Ihnen wieder schlecht?«, fragte sie. »Wir bringen uns gegenseitig ganz schön aus der Fassung. Die Anspielung auf die Inkarnation war ein Scherz. Ich glaube nicht an eine Wiederkehr.«

Stefan trank das Stamperl in einem Zug leer.

»Ich frage mich, welcher Mensch Sie sind«, sagte Bettina leise. »Sie entführen eine wildfremde Frau – das Thema drängt sich ja wohl auf«, fügte sie hinzu, weil er die Augen verdrehte, »und fallen bei harmlosen Bemerkungen fast in Ohnmacht.«

»Ich weiß es nicht«, antwortete er.

Im Herd knackte ein Scheit wie ein Pistolenschuss. Bettina stand auf und versorgte das Feuer.

»Gedrosselt«, informierte sie und setzte sich auf ihren Platz.

»Willkommen an Bord«, sagte er und betrachtete die Tür zur Küche. »Ich kann den Kurs nicht halten.«

»Die Entführung läuft doch nach Plan, oder? Nachdem ich Ihr Manuskript gelesen habe, drängt sich bei mir der Verdacht auf, dass ...«

»Ich habe keine wildfremde Frau entführt«, unterbrach er. »Ich kannte Ihren Namen.«

»Ich bin schon einen Schritt weiter. Amanda, die Lektorin, das bin ich, und Sie spielen das Literaturphantom. Stimmt's?«

»Nein. Amanda hat hellblonde schulterlange Haare, und sie trägt ein hautenges pinkfarbenes Kostüm, für Männer praktisch eine Klarsichtverpackung. Vielleicht bin ich selbst Amanda oder sie ist meine Schwester.«

Bettina antwortete nicht sofort. »Das klingt alles ein wenig ...« Sie suchte nach dem passenden Ausdruck. »Überspannt.«

»Wundern Sie sich? Sie haben mir doch bereits gestern gesagt, dass ich verrückt bin. Und ich Ihnen, dass Sie sich in dieser Meinung nicht beirren lassen sollen.«

»Nein«, schüttelte Bettina den Kopf. »Sie tischen mir leicht Verdauliches auf. Hier findet keine Entführung statt, sondern eine Parodie, obwohl ich das weiß Gott nicht komisch finden kann mit dieser Angst, die mir immer wieder auflauert.«

Stefan hielt die Bierflasche mit beiden Händen. Seine Daumen streichelten die Rundung am Hals. »Wenn ich Ihnen«, sagte er langsam, »einen Status quo anböte, eine Art von Garantie ...«

»Ob ich einem Versprechen glauben würde?«

Stefan wartete, aber Bettina beantwortete ihre Frage nicht. »Zum Frühstück habe ich das Brotmesser nicht gefunden«, sagte er. »Es lag nicht in der Besteckschublade und auch nicht in den anderen. Sehr viele Möglichkeiten, ein Brotmesser zu verlegen, gibt es hier nicht. Die Erkenntnis kam mir schlagartig: Frauen greifen immer zum Brotmesser. Sie verbinden mit der Größe der Klinge die Wirkung als Waffe. Dabei hat ein Brotmesser eine runde Spitze und es ist zu biegsam. Soll ich Ihnen nicht besser das Kartoffelschälmesser ins Bett legen?«

Bettina funkelte ihn an. »Was bezwecken Sie mit Ihrer

Bemerkung? Den Beweis, dass Sie obenauf sind? Oder wollen Sie sich dahinter verstecken?«

»Warum sollte ich abwarten, über Sie herzufallen? Wegen eines intensiveren Genusses?«

»Wenn Sie verrückt genug sind, macht auch das Unwahrscheinliche einen Sinn.«

»Sie müssen es wohl oder übel darauf ankommen lassen.«

»Dann entscheide ich mich für das Kartoffelschälmesser«, sagte Bettina.

Stefan lachte. »Sie nehmen mich ernst, und das fasse ich als Kompliment auf.«

»Werden Sie mich morgen gehen lassen?«

»Ja.« Er ließ vom Hals der Bierflasche ab und füllte das Stamperl mit Obstler auf.

»Was werden Sie wegen der Entführung tun? Werden Sie untertauchen?«

»Das ist meine Sache«, antwortete er bestimmt und trank, um ihr nicht ins Gesicht schauen zu müssen.

»Gut«, sagte Bettina, ohne dass es nach Triumph klang.

20

Auf dem Tisch am Ende der Küche erhellten zwei Kerzen ein unruhig flackerndes Oval, in dessen Mitte ein Buch lag. Henry, der Protagonist des Romans, durchlebte soeben eine Krise und wurde von Selbstzweifeln geplagt, mit denen sich Stefan auf Anhieb identifizieren konnte. *Nicht das Scheitern ist das Unglück, sondern es nicht versucht zu haben,* war die Erkenntnis, mit der sich Henry am eigenen Schopfe aus dem Dilemma ziehen wollte.

Stefan schlug das Buch zu.

Er fand Bettina schlafend im Wohnraum. Sie lag unbequem mit dem Oberkörper auf der Bank an der Wand. Mit den Fingerspitzen trommelte er eine Melodie auf die Tischplatte, und als sie nicht reagierte, klopfte er auf den Tisch.

»Du meine Güte«, sagte sie und richtete sich auf. Sie schüttelte die Haare und benutzte die Finger als Kamm. »Ich wollte mich nur einen Augenblick ausruhen und habe mich zur Seite gelegt. Dabei bin ich eingeschlafen.«

»Kein Wunder, Sie haben die halbe Nacht draußen verbracht, sind zwei Stunden gewandert, haben Bier getrunken. Und jetzt die Abendessenszeit verschlafen.«

Bettina stand auf und dehnte ihre Hüften.

Während des Essens lenkte Stefan das Gespräch auf die Hütte.

»Ich habe die Hütte seit acht Jahren vom Lugleitner gepachtet«, erzählte er. »Einer seiner Vorfahren hieß Walln, deshalb wird er auch der *Walln-Bauer* genannt, die Alm heißt *Walln-Alm* und die Hütte ...« Er steckte sich einen seiner Appetithappen in den Mund.

»Das ist nicht schwer zu erraten«, sagte Bettina. »Wie kommt man an eine Hütte? Ich schätze, sie wird nicht als Kleinanzeige im *Express* angeboten.«

»Mit Dusel. Wir waren zu viert, alles Freunde aus dem Studium. Über Christi Himmelfahrt wollten wir ein zünftiges langes

Wochenende in den Bergen verleben. Wandern, saufen, Karten spielen. Mein Freund Hermann kannte unten im Priachtal die Jausenhütte – sie gehört übrigens auch dem Lugleitner. Dort bieten sie Nachtlager an. Hermann hatte uns vier Matratzen für vier Nächte reserviert. Stellen Sie sich vor, Sie liegen ruhig und warten auf den Schlaf, hören das gleichmäßige Atmen Ihrer Schlafgenossen. Neben mir lag Hermann, und ich fragte ihn, warum er sich denn verdammt noch mal in die Hose gepinkelt hätte, anstatt auf die Toilette zu gehen. ›Lenk nicht ab‹, antwortete Hermann, ›wer den Furz zuerst gerochen ...‹«

»Wie originell!«

»So ist das eben mit Obstler und Murauer Märzen. Die anderen beiden unterstützten mich und meinten, sie könnten wohl eine mit Obstler verfeinerte Bierfahne von Uringeruch unterscheiden. Am nächsten Morgen schaute Hermann unter den Laken nach. Es war ekelhaft. Dunkel geränderte Urinflecken lebten in Gemeinschaft mit Blutflecken – eine Frau sollte doch wissen, wann sie mit ihren Tagen zu rechnen hat.«

Bettina legte die belegte Brothälfte zurück auf das Holzbrettchen.

»Der Lugleitner sah an diesem Morgen auf der Alm nach dem Vieh und hörte von unserer Beschwerde. Zusammen mit den Matratzen warf er gleich den Pächter raus. So kamen wir mit dem Lugleitner ins Gespräch und ins Saufen, obwohl der Lugleitner keiner von denen ist, die sich mit einem Obstler bestechen lassen. Der weiß, was er will und was er hat. Kurz und gut, er glaubte uns die Leidenschaft fürs Gebirge, und fragte, ob wir Interesse an seiner oberen Hütte hätten, der Pachtvertrag liefe dieses Jahr aus. Wir stiegen noch am gleichen Tag herauf, haben uns die Hütte angesehen und ich machte den Pachtvertrag per Handschlag fest.«

»Und Sie sind gleich umgezogen?«

»Ja. Allerdings war es hier auch nicht viel besser. Wir verbrannten die Matratzen und legten uns mit unseren Schlafsäcken aufs Heu, das wir auf dem Dachboden fanden.« Stefan wies in die Richtung des Schlafraums. »Die Luke in der Decke vor der Schlafzimmertür führt unter das Dach. Im nächsten Frühsommer zimmerten Hermann und ich die Bettstellen und die Schubladen darunter. Das Holz hat uns der Lugleitner geschenkt.«

Bettina schaute ihn nachdenklich an. »Sie sind ein Glückspilz.«

Stefan wiegte den Kopf. »Ich möchte jetzt nicht abwägen, was mir ein veröffentlichtes Manuskript im Vergleich zur Hütte wert ist.«

»Sie haben die Alm Ihr Paradies genannt. Wenn ich einen Ihrer Romane zur Veröffentlichung bringe, würden Sie mir dann den Pachtvertrag überschreiben?«

Stefan lachte. »Wahrscheinlich nicht. Sie sind eine kluge Frau.«

»Ich habe mich lediglich von Ihrer Begeisterung anstecken lassen.«

»Das ist gut«, sagte er zufrieden.

Sie räumten den Tisch ab und spülten das Geschirr. Stefan versuchte sich zu erinnern, mit wem er zuletzt gemeinsame Tage auf der Hütte verbracht hatte. Hermann war es nicht, auch nicht die kleine Engländerin. Gelassener als sonst nahm er die Lücken in seinem Gedächtnis zur Kenntnis.

Als sie wieder am Tisch saßen, getrennt durch eine Flasche Rotwein, fragte Bettina, was er denn über die Alm und das Tal erzählen könne, sie sei neugierig wegen seiner Andeutung an der Kapelle.

»Ich bringe zuerst die Wie-komme-ich-zu-einer-Almhütte-Geschichte zu Ende. Wo hatten wir unterbrochen?«

»Sie haben mit Hermann die Bettstellen gezimmert.«

»Und die Wände im Schlafraum zur Wetterseite hin mit Profilholz verkleidet. Schauen Sie sich um.« Stefan fuhr mit dem Zeigefinger eine Ritze zwischen zwei Balken entlang. »Die Senner haben hier Moos und Stoffreste hineingestopft, damit es nicht zieht. Als wir einzogen, kam die Kälte zusätzlich von unten. Die alten Bohlen waren verzogen und an vielen Stellen gebrochen. Der Walln-Bauer hat im Schlafraum und in der Küche einen neuen Fußboden gelegt und für das Holz mehr Geld ausgegeben, als ihm die Pacht der ersten Jahre eingebracht hat. Ihm geht es aber nicht darum, Geld zu verdienen. Die Hütten verfallen, wenn sie nicht bewohnt und beheizt werden.«

»Wenn niemand die Wetterschäden repariert ...«

»Dahinter steckt mehr als nur Vernachlässigung. Eine Hütte lebt, und für mich hat sie auch eine Seele. Lachen Sie mich jetzt aus?«

Bettina hob abwehrend die Hände. »Nein. Menschen verkümmern ebenfalls, wenn sie nicht in Gemeinschaft leben.«

Argwöhnisch schaute er sie an.

»Sind Sie anderer Meinung?«

Bevor Stefan verneinte, nahm er einen Schluck aus dem Rotweinglas. »Im vergangenen Jahr hat der Lugleitner das Dach und den Kamin erneuert. Auf die traditionelle Art, versteht sich.«

In die Pause, die er einlegte, sagte Bettina: »Sie wissen, dass ich es nicht weiß, also spannen Sie mich nicht auf die Folter.«

»Die neuen Dachschindeln wurden nach dem überlieferten Verfahren hergestellt. Eine Lärche wird zwischen Weihnachten und Neujahr gefällt und mit der Spitze nach unten in den Hang gelegt. Ein gefällter Baum, der ...« Stefan lachte. »Bäumt sich halt ein letztes Mal auf, sagt man, und schickt seine ganze Kraft in die Zweige. Wenn im Frühjahr die Äste abgeschnitten werden, ist das Stammholz besonders hart und eignet sich hervorragend für die Schindeln.«

»Das Gefälle«, sagte Bettina.

»Mir ist die Überzeugung des Walln-Bauern sympathischer als die naturwissenschaftliche Erklärung.«

»Bei Ihrer Ehrfurcht für die Natur dürfen Sie keine andere Einstellung haben. Wie war das mit der Einrichtung? Haben Sie die Kommoden, Tische und Bänke zusammensuchen müssen?«

»Bis auf den grünen Kachelofen in der Ecke ist die Einrichtung unverändert, seit die Senner ausgezogen sind. Die Gardinen und die Kissenbezüge habe ich genäht.«

Bettina machte große Augen. »Sie haben genäht?«

»M-meine Mutter«, stotterte er. »Außerdem haben wir die achtundachtzig Nägel aus den Wänden gezogen.«

»Sie brauchen mir nichts vorzumachen. Mir ist es egal, wer genäht hat, die Gardinen und Kissen sehen hübsch und gekonnt aus. Achtzehn Nägel würden mir auch reichen.«

»Warum sollte ich übertreiben? Bei der Masse an Nägeln mussten wir einfach nachzählen, schon um unsere Leistung zu würdigen.«

»Hat Ihnen der Nagler auch die schreckliche Tapete im Saustall hinterlassen?«

»Die Tapete ist ein Restposten. Im Laden sah sie gar nicht übel aus, hell und freundlich. Erst in der holzbraunen Umgebung entfalteten Farben und Muster ihre volle Wirkung. Von Hermann stammt, glaube ich, der Spruch, dass die Tapete die Verdauung beschleunigt, vorausgesetzt, man verrichtet sein Geschäft mit offenen Augen. Na ja, er hat es damals wohl etwas drastischer ausgedrückt.«

»Ich kann einen derben Witz vertragen, wenn er zündet.«

»So bemerkenswert war der Witz nicht. Die Pointe lief wohl auf *schneller scheißen* hinaus.«

»Wo ist denn die Verbindung zu Ihrem Paradies, wenn hier oben lediglich übliche Männerwelt geherrscht hat?«

»Der Eindruck täuscht. Bis auf die kleine Engländerin war ich in den letzten Jahren immer allein hier«, erklärte er aufs Geratewohl. Sie konnte es ohnehin nicht nachprüfen. Auch in seinen Erinnerungen suchte er nach Brücken, um die Bruchstücke, die er ohne nachzudenken erzählte, miteinander zu verbinden.

»Hat die kleine Engländerin auch einen Namen?«

»Natürlich.« Er könnte einen Namen erfinden, Sandra oder Jennifer oder Vivien, sie pflegten aber beim Erfinder schnell in

Vergessenheit zu geraten und waren später Anlass für peinliche Nachfragen. »Für mich ist sie eben die kleine Engländerin.« Sabine, dachte er, aber der Einfall löste bei ihm keine Erkenntnis aus. »Sie hat eine ausgesprochene Neigung zum Anglikanischen. Das fängt mit den Sprachkenntnissen an und gipfelt in Bed & Breakfast als der höchsten Stufe, auf der man in die englische Lebensart eintreten kann, so wie ein Wurm, der sich durch den Apfel frisst und erst im Kerngehäuse glücklich ist.«

»War sie Ihre Freundin?«

»Ja«, antwortete er und überlegte, warum er sich so sicher war, nie mit ihr im Bett gewesen zu sein.

»Danach wollten Sie Ihr Paradies mit niemandem mehr teilen?«

»Es ergab sich so.«

»Leben Sie jetzt allein?«, fragte Bettina, hörbar vorsichtig.

Vor ein paar Tagen hatte er sich gefragt, ob er vielleicht Familienvater mit zwei Kindern sei. Inzwischen schätzte er diese Version als unwahrscheinlich ein. Keine der Begebenheiten, die er erzählte, bot einen Anhaltspunkt für eine Partnerschaft, weder auf Frau oder Kinder, noch auf eine Freundin. Ja, er lebe allein, sagte er ihr. Fehlt nur noch, dass sie wissen wollte, ob er Bindungsängste habe. Der Gedanke, dass er eine Psychoanalytikerin dringender als eine Lektorin brauchte, beunruhigte ihn für einen Moment. Weit davon entfernt, in der Hütte eine Couch aufzustellen, war sie mit ihrer ständigen Fragerei nicht.

»Ich betrachte das Alleinsein als eine Phase der Besinnung und Orientierung«, erklärte er. Die Aussage klang glaubhaft und hörte sich überlegen an, *alles unter Kontrolle.* »Vielleicht wird aus mir ein Schmetterling.« Oder eine Motte. Ob sie mit ihrer Schlagfertigkeit darauf kommen würde?

»Bei Ihnen gibt es einiges zu entlarven«, sagte Bettina. »Das macht neugierig.«

Stefan überlegte, das Stamperl zu holen, auch wenn es sich nicht mit dem Rotwein vertrug und bei Bettina einen falschen

Eindruck hinterlassen würde. Scheinbar musste die Entlarvung nicht heute sein, denn sie lenkte das Thema auf den Girpitschsee.

Stefan rutschte auf der Bank in eine entspannte Sitzposition.

»Der Berg, der See, die Alm – ich wüsste kein besseres Beispiel für den Irrtum, wir Menschen hätten alles unter Kontrolle, mit Ausnahme gelegentlicher Erdbeben und Überschwemmungen natürlich. Merken Sie, wie gut das Wort *natürlich* passt? Eine Menge Respekt habe ich vom Girpitsch mit heruntergenommen und Gefühle mitgebracht, die ich bisher in dieser Intensität nicht kannte, Angst und Verlorensein. Obwohl der Girpitsch kein Wort darüber verlauten ließ.«

»Und?«

»Ich bin mit der kleinen Engländerin gegen Mittag aufgestiegen, eigentlich recht spät, auch wenn man nur anderthalb Stunden bis zum See braucht. Zum Girpitsch führt kein Weg, streckenweise gibt es einen Trampelpfad, aber im Wesentlichen orientiert man sich an bestimmten Punkten am Berg. Ich war schon mehrfach oben und glaubte, die Wanderung sei wie der Spaziergang durch den Wald vor der Haustür. Wir sind am See entlanggegangen. Danach haben wir Blaubeeren für einen Pfannkuchen gesammelt. Schließlich lagen wir im Gras und haben uns die schroffen Bergspitzen angesehen. Ich erwähnte, ohne mir etwas Besonderes dabei zu denken, ich sei vom See aus noch nie weiter aufgestiegen, und sie meinte, wie schade und dass heute der Tag sei, der wie geschaffen sei, weiße Flecken in unserer persönlichen Landkarte auszufüllen. Die Sonne stand hoch am wolkenlosen Himmel, und ich ließ mich von ihrer Begeisterung anstecken. Der Anblick über den Girpitschsee und das Tal entschädigten für den steilen Anstieg über die Wiesen. Je höher wir kamen, umso berauschender wurde das Panorama. Verstehen Sie, das war wie ein Kick, der Rausch einer erstmalig eingenommenen Droge.«

»Nein«, sagte Bettina, »aber ich bin neugierig.«

»Scheitellinien sind wie Sirenen, sie besitzen einen verführerischen Lockruf. Weil er unhörbar ist, hilft es auch nicht, wenn man sich die Ohren zuhält.«

»Erzählen Sie mir nichts von romantischer Geometrie. Was war mit dem Panorama?«

»Wir standen unten am See vor dem Hang und sahen dahinter das Bergmassiv mit der Spitze. Auf der Scheitellinie angekommen, waren wir zwar höher, aber es hatte sich nichts geändert. Vor uns türmte sich ein weiterer Hang auf, den wir von unten nicht erkennen konnten, und dahinter blieb der Berg. Das Spiel wiederholte sich wohl fünf Mal, und auf jedem Hügel, den wir erklommen, entschädigte uns der Ausblick für die Anstrengung. Die Hänge zogen uns nach oben. Jedes Mal glaubte ich, das war's, und dann kam der nächste Hügel, und ich dachte, wenn wir schon so weit gekommen sind und jetzt umkehren würden, wäre alle Anstrengung umsonst gewesen, und dass wir den einen Buckel vor uns auch noch schaffen würden.«

»Also doch keine Sirenen, sondern gewöhnlicher Ehrgeiz.«

»Ich lasse nur Ehrgeiz gelten, alles andere ist ungewöhnlich. Die Hügel flüstern, sie möchten bezwungen werden und versprechen dir, den Horizont zu erweitern und dir ein Stück Erde zu zeigen, mehr, als du je gesehen hast. Als wir endlich nur noch den Felsen mit der Bergspitze vor uns hatten und das Holzkreuz an den Drahtseilen erkennen konnten, war es halb sechs.«

»Zu spät, vermute ich.«

»Ich hatte glatt die Zeit vergessen. Wir mussten den Abstieg bei Tageslicht schaffen. Von der Hütte aus waren wir mindestens drei Stunden aufgestiegen! Ich geriet in Panik und dachte, jetzt hat es dich erwischt, du bist verloren, abseits jeglicher Wanderwege, und nichts von der Erfahrung und dem Wissen, mit denen du den Alltag locker beherrschst, rettet dich. Meine Angst übertrug sich sofort auf die kleine Engländerin. Seltsam, ihr erschrecktes Gesicht gab mir Kraft. Ich hatte die Verantwortung, und der wollte ich gerecht werden.«

»Hätten Sie denn nicht am Girpitsch übernachten können?«

»Die Nacht hätte uns eine Erkältung gekostet, nicht das Leben, aber Angst ist nicht rational und Panik sowieso nicht. Wir sind losgerannt, so weit man steil bergab überhaupt rennen kann, und erreichten schon nach einer Viertelstunde den See. Vom See bis zur Weißen Wand ist das Gelände auch hügelig, aber längst nicht so steil, deshalb sieht man den nächsten Orientierungspunkt erst nach dem letzten Hügel, eine Lärche mit einem toten Zweig wie der Arm eines Kaktus. An ihr stößt man auf die Weiße Wand und biegt links in den Wald ab. In den Grasbuckeln zwischen dem See und der Weißen Wand habe ich mich zu weit links gehalten und wir kamen viel zu hoch am Wald aus. Zu allem Unglück stürzte die kleine Engländerin beim Überspringen eines Baumstumpfes und verstauchte sich ein Bein. Sie saß im Gras und weinte über ihr Missgeschick, derweil sich die Sonne hinter dem Kreuzeck verabschiedete.«

»Ein filmreifes Klischee«, sagte Bettina. »Es sind immer die Frauen, die alles verderben, weil sie auf der Flucht stürzen oder im entscheidenden Augenblick hysterisch schreien, wo sie besser die Klappe gehalten hätten. Danach darf der männliche Held dem erschreckten Zuschauer zeigen, was in ihm steckt. Müßig zu erwähnen, dass die Szenen samt und sonders aus der Feder von Männern stammen.«

»Ich habe es nicht nötig, mir Spannungsbögen in mein Leben einzubauen«, sagte Stefan gereizt. Es schien ihm, als wollte Bettina ihre Hand beruhigend auf seinen Arm legen, aber sie änderte die Bewegung.

Er füllte die Weingläser nach. »Als wir endlich aus dem Wald heraus waren und auf die Mure kamen, war es dunkel. Bis zur Fromml-Hütte orientierten wir uns am hellen Geröll. Zu guter Letzt sind wir noch in den Bach gefallen.«

»Das durfte nicht fehlen«, schmunzelte Bettina. »Zünftiger Slapstick.«

»Ich war wütend. Bei eigenem Ungeschick verstehe ich keinen Spaß.«

»Ich dachte mir, dass Sie nicht über sich lachen können. Weil es sich nicht mit der Ernsthaftigkeit Ihrer Bemühungen verträgt.«

»Erinnern Sie sich etwa doch an mein Manuskript?«

»Zur Abwechslung möchte *ich* Ihnen einen Vorschlag machen: Wir reden morgen über Manuskripte, bevor Sie mich nach unten fahren. Das ist versprochen. Heute Abend erzählen Sie nur vom Girpitsch und der Priacher Kalkspitze und der Oberalm.«

»Gut«, sagte Stefan. »Morgen. Und die anderen Dinge? Wie geht es weiter?«

»Morgen«, antwortete Bettina.

Stefan schwenkte den Rotwein in seinem Glas. Ganz langsam schnürte sich der Hals zu.

Nach einer Weile sagte Bettina leise: »Schade.«

Das Glas stoppte und brach abrupt den Schwung des Weines. Stefans Gedanken schweiften zurück in die Wohnung in der Gottfried-Keller-Straße. »Ich sitze gerne vor der Hütte, besonders abends. Das befreit das Ich von seinen Fesseln und seinen vielfältigen Verkleidungen. Dann ist das Ich einfach nur es selbst. Sie kennen die Metapher von der Seele, die sich emporschwingt?«

»Wer nicht?«, fragte Bettina zurück.

»Hier können Sie es in natura erleben.« Indem er aufstand sagte er: »Sie muss jetzt fliegen, sonst erstickt sie.«

21

Ich bin allein, dachte Stefan, umkreise den Mond und fliege an Jupiter vorbei. Das Licht der Sterne wirkte aus der Nähe viel kälter als von der Erde, wohl eine Folge der Traurigkeit, die ihn trug und sein Empfinden veränderte; sie war unendlich wie die tiefschwarze, mit Leuchtpunkten gespickte Weite um ihn herum.

Er raste durch eine Wolke, die nichts weiter als leuchtender Staub war, und tauchte in Dunkelheit, trudelte und ruderte mit den Armen, um mit dem Kopf voraus zu fallen. Ein schwarzes Loch?! Ein heller Punkt bildete sich und wurde schnell größer, verlor an Intensität und veränderte seine Farbe von Weiß in Gelb, Orange, dann Braun. Gerade Linien und Kanten bildeten sich heraus. Der Weltraum zerfloss vor seinen Augen in dunkelbraun und formte sich zu parallelen Linien.

Stefan zog den Schlafsack höher an das Kinn und schloss die Augen. Manchmal schaffte er es, einen schönen Traum einzufangen und ihn im Wiedereinschlafen fortzusetzen. Heute hatte er kein Glück. Nach einer Viertelstunde war er hellwach, zog sich an und machte Feuer im Herd. Das Kaffeewasser setzte er auf dem Gaskocher auf, es würde noch eine Weile dauern, bis der Herd genügend Hitze abgab.

Bettina betrat barfuß den Wohnraum, in einem blauen Pyjama mit Kuschelbären-Muster.

Stefan legte Messer und Gabel auf dem Tisch aus. »Hallo! Haben Sie gut geschlafen?«

»Autsch«, antwortete Bettina. Sie humpelte zur Bank.

»Zeigen Sie mal.« Er hob das Bein, das sie angewinkelt hielt, und beugte sich zum Fuß hinunter. Sie klammerte sich mit beiden Händen an der Bank fest.

»Seien Sie nicht so rüde«, beschwerte sie sich.

»Ein Holzsplitter. Vom Brennholz.« Er strich ihr mit dem Daumen über die Fußsohle. Sie zuckte heftig und trat ihn beinahe in den Bauch.

»Ich brauche keine Massage, sondern eine Pinzette«, beschwerte sie sich.

»Im Leben gehen nicht alle Wünsche in Erfüllung.«

»Geht das schon wieder los!« Sie dehnte das *wieder* zu einem Bogen, an dessen Ende sie ihm den Fuß aus der Hand zog und ihn vorsichtig mit der Hacke auf die Dielen setzte. »Ich habe mich über Sie geärgert. Haben Sie gestern Abend Ihre Seele befreit? Oder bleibt nur mein Dank für die Rücksicht, dass ich mich ungeniert waschen durfte?«

Stefan setzte sich neben sie. »Weder noch. Ich werde mich nach vorne orientieren, lautet die Erkenntnis. Im dauernden Rückblick liegt keine Perspektive. Da ich keine Vergangenheit habe, sollte ich der glücklichste Mensch auf Erden sein, ohne Ballast, der mich in den Abgrund zieht und mein Leben vermiest.«

»Fehlt Ihnen ohne Vergangenheit nicht der Boden unter den Füßen? Vergangenheit muss in der Gegenwart bestellt werden wie ein Acker, damit in der Zukunft etwas wächst.«

»Ist das von Ihnen?«, fragte er. »So viel Weisheit vertrage ich nicht vor dem Frühstück.«

»Kurz abgeblockt«, kommentierte sie. »Sie lassen nur an sich ran, wen oder was *Sie* wollen. Im Davonlaufen, wenn es kritisch wird, sind Sie ebenso gut wie ich, wenn nicht gar besser.«

»Ich habe mildernde Umstände. Genauer gesagt: Ich bewege mich zur Zeit auf stark schwankendem Boden.«

»Wenn ich eins und eins zusammenzähle, sieht die Sache doch so aus: Die unveröffentlichten Manuskripte haben Sie aus der Bahn geworfen. Trösten Sie sich, wir fliegen alle irgendwann einmal am Ziel vorbei.«

»Gut erkannt. Vielleicht war es ein Fehler, mich allein auf die Bank zu hocken.«

»Zu spät, zurückzugeh'n, zu spät, zu jammern und zu klagen«, deklamierte Bettina.

Ein Zitat, dachte er. Die Herkunft war unwichtig, die Aussage entscheidend: *Zu spät, zu spät,* klang es seinen Ohren. Anstatt sich zurückzuziehen und über drohende Konsequenzen nach-zudenken, hätte er an deren Vermeidung arbeiten können. Die Stimmung gestern Abend war günstig gewesen, locker und freundschaftlich.

»Sie überlegen? Das *Phantom der Oper*. Sie sollten Ihre Quellen besser studieren.«

»Machen Sie sich ruhig lustig über mich.« Stefan verschwand in die Küche und legte Holz nach. Auf dem Rückweg brachte er die Kaffeekanne und eine Stecknadel mit.

»Das ist gut.« Bettina nahm die Stecknadel und piekte in die Fußsohle. »Auh«, sagte sie.

»Wir könnten morgen zum Girpitsch aufsteigen«, sagte Stefan. »Als Wiedergutmachung für das gestern abgewürgte Gespräch ist es nicht zu spät, eher zu früh.«

»Warum nicht heute? Wegen der Rückfahrt?«

»Für die Heimfahrt reicht es, am späten Nachmittag aufzu-brechen. Nach der Schneeschmelze ist es heute noch zu nass und zu matschig.«

Bettina drehte sich um und schaute durch das Fenster. »Die Sonne steckt hinter den Wolken«, sagte sie und schnitt dünne Scheiben von einem Stück Käse.

»Der Käse riecht und schmeckt.« Bettina biss in das Brot. »Keine Sorge, ich werde mir nicht angewöhnen, mit vollem Mund zu sprechen«, kaute sie. »›Wo bleibt denn Bettina?‹, werden sie jetzt bei Weigold fragen. ›Bettina macht blau‹, ist die Antwort.«

»Lieben Sie Ihren Beruf etwa nicht?«

»Mir geht es nicht um den Beruf, sondern um die Frage, was mir lieber wäre, jetzt ein Manuskript zu lesen oder zum Girpitsch aufzusteigen. Ihnen kann ich diese Frage wohl schlecht stellen.«

»Soll das heißen ...«

Sie nickte. »Wir fahren erst morgen Nachmittag. Ich kann das bei Weigold regeln. Sie sind überrascht, nicht wahr?«

»Das kann man wohl sagen.« Weil er auf der Bank saß und nicht auf dem Fußboden stand, konnte er den Freudensprung an die Decke nicht machen. Er war beeindruckt von der unterkühlten Gleichgültigkeit, mit der er reagierte und seine Gefühle unter Kontrolle halten konnte. Unergründlich blieb ihm, warum er bei anderen Gelegenheiten umfiel, so wie gestern Abend, als er sich vor die Hütte gesetzt hatte.

»Ich freue mich«, schob er nach.

»Ich gebe Ihnen noch mehr Grund zur Freude.« Bettina beobachtete ihn, während sie kaute.

Schlagartig war er verunsichert. Wer hat hier wen in der Gewalt? Nein, sie war nicht der lächelnd zustechende Typ, beruhigte er sich.

»Ich werde Ihren Roman schreiben.«

Er verschluckte sich und musste husten. »Meinen Roman? Wie soll er denn heißen? Ich meine – das Thema?«

»Entführung einer Lektorin.«

»Ist das Thema oder Titel?«

»Dumme Frage. Beides.«

Stefan verzog den Mund. »Das können Sie mir nicht weismachen. Den Titel kaufen nur schadenfrohe Schriftsteller und Kolleginnen, die wissen möchten, ob eine Stelle frei wird. Vielleicht, mit dem richtigen Cover, eine halbnackte Blondine, gefesselt und mit zerrissener Bluse, wo jedermann nicht nein sagen würde, wenn sich eine solche Chance böte, natürlich unerkannt. Also braucht sie eine Augenbinde und ein erschrecktes Gesicht, das den Betrachter richtig lüstern macht.«

»Ich habe Sie unterschätzt«, sagte Bettina steif. »Das Thema bleibt, der Titel wird später gefunden. Ich schildere die Entführung aus Sicht der Lektorin, die Auseinandersetzung mit dem Entführer, die schrittweise Aufdeckung seiner Motive, das Psychogramm, das ganze Drum und Dran halt. Ich dachte, in Form eines Tagebuchs.«

»Ich übernehme den zweiten Teil. Der Entführer sitzt im Gefängnis. Auch er schreibt Tagebuch.«

»Keine schlechte Idee«, meinte sie. »Ich komme Sie besuchen.

Zwischen uns ist eine Beziehung entstanden – im Roman, selbstverständlich.«

»Würden Sie mich wirklich besuchen kommen?« Seine Stimme vibrierte.

»Warum nicht, wenn Sie anständigen Text abliefern?«

»Mit einer Lektorin im Tandem kann Qualität doch nicht ausschlaggebend sein, oder?«

»Sie sind ein Träumer«, sagte Bettina, »als ob Qualität je das einzig selig Machende für eine Veröffentlichung war. Mein Chef gab mir bei der Einstellung ein Motto mit auf den Weg: Wir sind ständig auf der Suche nach dem zukünftigen Literatur-Nobelpreisträger, in der Zwischenzeit aber verdienen wir Geld, und zwar so viel wie möglich. Verleger sind Unternehmer, sie basteln an Medienkonzernen, mehren Umsatz und Gewinne, damit sie sich die Verluste mit den Kleinauflagen für Leute wie Sie leisten können.«

»Auf den Punkt gebracht: Sie wollen bedrucktes Papier verkaufen. Wozu braucht Weigold dann noch Lektorinnen?«

»Ich könnte antworten, es ist eine Frage der Kapazität. Einer muss sortieren, weil wir nicht alles drucken können, was getippt wird. Oder ich könnte sagen, weil es unser Marketing noch nicht geschafft hat, vom Inhalt abzulenken. Bücherkauf, das ähnelt heute dem Gang in den Supermarkt. Nehmen Sie zum Beispiel Bratensoße, Maggi und Knorr. Wenn daneben eine Packung – na, wie heißen Sie?«

»Stefan Bruhks.«

»Wenn daneben eine Packung *Bruhks – Garantiert klumpenfrei* im Regal steht, welche Marke kaufen Sie?«

»Ich bin keine Marke!«

»Eben. Jetzt verstehe ich endlich, warum Sie mir gesagt haben, Sie seien ein Niemand.«

Stefan knurrte.

»Ein Unternehmensberater riet uns zu mehr Wegwerfbüchern, am besten Thriller. Wer die Lösung kennt, liest das Buch kein zweites Mal, sondern kauft ein neues.«

»Ich soll Fast-Food-Literatur schreiben?«

»Muss Ihr Erguss denn für die Ewigkeit sein? Wenn etwas von Ihnen in der Zukunft weiterleben soll, warum zeugen Sie nicht ein Kind? Ich ... Sie ...«

»Etwa mit Berta Böttcher? Sie ist meine Nachbarin, sitzt abends allein auf der Bettkante und flüchtet sich in Träume.«

»Wie sieht es denn mit Ihrer Einsamkeit aus? Sitzt allein an der Schreibmaschine ...«

Nicht schlecht, die Lektorin, dachte er, sie könnte Alfreds Schwester sein. »Und träumt von Lektorinnen«, ergänzte er ihren Satz und drehte dabei beide Hände gegenläufig um einen nicht vorhandenen Hals.

»Oh, Sie lassen Ihren Humor von der Leine.«

»Galgenhumor«, erklärte er und fügte an, was ihm zu Galgenhumor einfiel: »Lektorinnen hängen Schriftsteller auf.«

»Nun machen Sie mal einen Punkt«, sagte Bettina heftig, »bevor aus Wortgeplänkel Ernst wird, und ich verlange, dass Sie sich entschuldigen.«

»Schluss-Punkt«, sagte er, indem er die Spitze des Zeigefingers auf dem Tisch drehte. »Ich habe mir die Seele wund geschrieben.«

»Und ich sollte wohl Ihr Pflaster sein?«

Stefan lächelte andeutungsweise und fasste sich hinter das Ohr. »Die Heilung macht Fortschritte.«

Nach dem Frühstück lud Stefan zu einer Almbesichtigung ein. Die Wolkendecke war bereits an einigen Stellen aufgerissen und ließ die Sonne durchscheinen und die Alm in Grün leuchten. Auf den Hängen hatte sich der Schnee bis in die geschützten Winkel zurückgezogen, nur ganz oben lag er noch als Fleckenteppich auf den Matten.

Wie ein dicker Bauch hing der Hang, den sie gestern im Schnee hinaufgestiegen waren, auf der Alm. Sie gingen bis zur Kapelle und weiter zur Priach. Der Bach hatte sich an dieser Stelle den Berg hinunter einen felsigen Einschnitt gegraben. Lärchen wuchsen auf den Felsabsätzen bis an den Rand der engen Schlucht und hielten das karge Erdreich fest, einige von ihnen waren von der Priach überwältigt und umgestürzt worden. Unten im Bach war eine tiefe Stelle entstanden, aus der das Wasser flacher und ruhiger abfloss, ein idealer Badeplatz, wie Stefan erklärte, für die Hartgesottenen. Nur einmal habe er sich zusammen mit Hermann überwinden können.

»Und die kleine Engländerin?«

»Wenn sie sich ausgezogen hat, wollte sie es lieber warm.«

Bettina bückte sich und tauchte einen Finger in das Wasser. »Du meine Güte«, sagte sie und schüttelte die Wassertropfen ab. »Ich kann sie verstehen. Bei der Temperatur würde ich Wärme zur Weltanschauung machen.«

»Gehen Sie mit mir den Bach ein Stück aufwärts?«

»Durch das eiskalte Wasser?«, fragte Bettina entsetzt.

»Was glauben Sie! Wir nutzen alles, was im Wasser liegt, um nicht hineinzutreten, Felsen, Steine, Sand- und Kiesbänke, Baumstämme, die Böschung. Hundert Meter etwa habe ich es bis oben hin geschafft, dann wurde es mir zu steil. Das Klettern ist eine wirkliche Herausforderung für die Körperbeherrschung. Einige knifflige Stellen haben es in sich.« Er fasste Bettina am Arm und stieg auf einen flachen Stein.

Sie zögerte.

»Folgen Sie mir einfach. Beim nächsten Mal schaffen Sie es allein.«

Zwanzig Minuten benötigten sie bis zu einem kleinen Wasserfall, ab dem sie nicht mehr weiterkamen.

»Hat es Spaß gemacht?«

»Es ist tatsächlich kein Kinderspiel«, sagte Bettina, »trotzdem irgendwie albern. Die Zeit, in der ich mich für Abenteuerspielplätze begeistern konnte, ist vorbei.«

»Steppen auf der Stelle, hundert Mal das gleiche Gewicht stoßen – ein Fitness-Studio ist aufregender, und viel erwachsener.«

»Sie haben mich überzeugt«, nickte Bettina.

»Dann gehen wir jetzt zur Fromml-Hütte, wo die letzten Senner dieser Alm gelebt haben, Lori und Georg, so bis 1980 etwa. Die beiden waren über siebzig und hatten sich ihren Ruhestand verdient. Vor Georg, dem alten Schlawiner, war kein Weiberrock sicher. Halb blind, wie er war, hat er noch Holz gehackt, ohne jemals danebenzuhauen. Bei den Frauen musste er nichts sehen, da hat er ohnehin lieber getastet. Erst um die Schultern und dann an die Brust.«

»Ich hätte ihm schon auf die Finger geklopft.«

»Ich habe das nie so eng gesehen. Der Alte war ansonsten ein lustiger, liebenswerter Kerl.«

»Männer unter sich! Hat Sie das nicht gestört, wenn er die kleine Engländerin begrapscht hat?«

»Wie gesagt ...« Er glaubte Georgs Hände zu spüren, wie sie auf *seinem* Schenkel lagen. »Bier und Obstler gingen bei Georg nie aus. Blieben wir länger, lud uns Lori zu einer Brotzeit mit Wurst und Speck ein. Am Ende haben wir selbstverständlich bezahlt, und immer etwas mehr, als Lori verlangte.«

»Wollten Sie das Brauchtum fördern oder war das *etwas mehr* ein Almosen?«

Stefan schwieg betreten. Die Lektorin verdarb ihm mit ihrer messerscharfen Analytik die Stimmung. Von Feinfühligkeit und Bewunderung für ihr urtümliches Leben konnten die beiden armen Teufel nicht leben, nie hatten sie die Wahl gehabt, sich für oder gegen die Alm zu entscheiden. Stefan war versucht, die Nase der Lektorin auf diese Sichtweise zu stoßen, unterließ es aber und streckte den Arm aus. In einiger Entfernung lag die Fromml-Hütte vor einem hoch aufragenden Berghang mit der grauen Blutspur einer alten Mure. Latschenkiefern bedrängten das Geröll und bedeckten einen Teil der Mure wie die Kruste einer Wunde.

»Hinter der Hütte, durch die Latschen das Geröll hoch, führt der Weg zum Girpitsch. Man hält sich links«, zeigte er mit dem Finger, »und kann dann auf die Weiße Wand wechseln und kommt in einen Wald – er breitet sich nach oben wie ein Trapez aus.« Stefans Arme umrissen die Form. »Auch im Wald bleibt man an der linken Seite und erreicht oben schließlich die höchste Stelle der Weißen Wand.«

»Muss ich mich dort zurechtfinden – allein?«

Anstatt zu antworten setzte sich Stefan auf einen flachen Felsbrocken und rückte ein Stück, damit sie Platz bekam.

»Es tut mir leid«, sagte Bettina, »ich war unnötigerweise verletzend, auch als ich eben Ihre Großzügigkeit lächerlich gemacht habe.«

»Mir ist es peinlich, wenn Sie sich bei mir entschuldigen.«

Bettina schaute ihn von der Seite an.

»Ich würde lügen, wenn ich sagte, dass mir die Entführung leid tut«, sagte Stefan. »Sie sind eine angenehme Begleitung.«

»Das konnten Sie aber nicht wissen.« Bettina erhob sich, ging ein paar Schritte und blieb stehen. »Sie lieben Ihr Paradies und möchten mich teilhaben lassen. Ihre Gefühle für die Alm sind so erdrückend wie ein Felsmassiv und darum versuchen Sie ständig, sie mir auf erzählerische Weise zu vermitteln. Ohne eigenes Erleben funktioniert das jedoch nicht. Deshalb sollten wir jetzt die Fromml-Hütte besichtigen. Wie ich sehe, hat sie einen Keller, im Gegensatz zu unserer.«

»Die Sennerin musste Milch und Butter kühl lagern. Ich hätte ihr gerne frühmorgens beim Buttern zugeschaut, habe es aber nicht ein einziges Mal geschafft, zeitig genug aus den Federn zu kommen.«

»Los«, ermunterte sie ihn.

»Jetzt pressiert es nicht mehr. Seitdem die beiden Sehenswürdigkeiten in den Ruhestand getreten sind, ist die Fromml-Hütte eine wie jede andere.«

An der Wand neben der Eingangstür stand noch der Tisch mit den beiden Bänken, das eigentliche Wohnzimmer. Alle saßen dort, Verwandte, die Genossenschaftsbauern, Freunde und Nachbarn aus dem Dorf. Stefan führte vor, wie der Senner trotz seiner Blindheit und seines Alters von der Bank den abschüssigen Weg um die Hausecke zum Kellereingang flitzte, um kühles Bier und Schnaps zu holen.

»Er kannte sich in seiner Welt aus«, kommentierte Bettina. »Klein, überschaubar und nicht so kompliziert wie unsere. Ich vermute, er war glücklich.«

»Die beiden haben sich nie beklagt. Natürlich hat ihnen die Arbeit in ihrem Alter Mühe gemacht. Sie haben nicht ferngesehen, keine Zeitung gelesen, geschweige denn ein Buch; sie waren ausschließlich auf Kommunikation mit den Leuten angewiesen, die an ihrem Tisch vor der Hütte saßen. Können Sie sich ein Leben ohne intellektuellen Anreiz vorstellen?«

»Schwerlich«, antwortete Bettina nachdenklich. »Des Senners Horizont waren die Viecher, meiner sind die Bücher. Wenn Sie das falsch verstehen, bekommen Sie Streit mit mir.«

»Nein, nein, Sie sind nicht überheblich.«

»War das etwa ein Kompliment?«, fragte Bettina argwöhnisch.

»Eine Feststellung. Sehen Sie, Georgs Lebensinhalt bestand aus Essen und Trinken, Unterkunft, Kleidung, regelmäßig eine Frau. Wenn er nicht Senner, sondern Bauer gewesen wäre, hätte es schon mehr bedurft, um ihn zufrieden zu stellen.«

»Die Erfüllung soll man dort suchen, wo man im Leben steht. Oder den Platz wechseln.«

»Hatten die Senner eine Chance zu wechseln?«

»Wohl kaum«, meinte Bettina. »Das ist das übliche Dilemma.« Weil Stefan das Gespräch nicht unmittelbar fortsetzte, sagte sie: »Wir werden auf diese Frage jetzt keine schlüssige Antwort finden.«

»Sie hätten mein Manuskript lesen sollen.«

»Nein«, sagte Bettina gequält, »bitte machen Sie aus der Geschichte keinen Alptraum. Hatten Sie ein Exposé eingeschickt oder das Manuskript?«

»Ich habe es bei mir.«

»Vermutlich haben Sie das Manuskript geschickt. Ich habe den Einstieg in das Thema nicht gefunden und mich an die Abarbeitung der anderen Texte gemacht. Herrgott, Sie sind nicht der Einzige!«

»Wollen Sie es lesen?«

»Gut. Heute Abend, und mit dem Versprechen, Ihnen exakt die Seitenzahl zu nennen, an der ich das Manuskript endgültig zugeklappt habe.«

»Das ist ein Wort«, stimmte er zu.

Bevor er zu Bett ging, fragte er erwartungsvoll, wie weit sie gekommen sei.

»Ich lese noch«, antwortete sie, ohne den Kopf zu heben.

22

Am Dienstag versprachen frische, klare Luft und ein unent-
schlossen zwischen Blau und Weiß schwankender Himmel einen
schönen Tag. Beim Frühstück hielt Stefan einen Vortrag über das
Wetter und die Angewohnheit moderner Menschen, vom Wetter unabhängig zu planen und zu handeln; auf der Alm müsse
man dagegen erst einen Blick aus dem Fenster werfen. Bettina
amüsierte sich über seine Ernsthaftigkeit, und beinahe wäre das
harmlose Gespräch in einen Streit gemündet, hätte sie nicht eingelenkt.

Stefan hatte schon beim Aufwachen an das Manuskript
gedacht, seine Frage nach der Seitenzahl aber zunächst zurückgestellt, um nicht aufdringlich zu sein. Als sie zur Wanderung
aufbrachen, war er guter Laune und das Manuskript vergessen.
Gerne hätte er sein Herz zum Girpitsch emporgeschleudert:
Hallo, ich komme in netter Begleitung.

Zu Fuß ging es nicht so schnell wie in seinem Kopf. Hinter
der Fromml-Hütte folgten sie der Mure bis zu der Stelle, an der
die Weiße Wand in die Bergflanke stieß. Ein Stück kraxelten sie
den Felsausläufer empor und trafen oben auf einen schmalen
Fußsteig, der sie am Abhang vorbeiführte. Sträucher und kleine
Bäume versperrten den Blick in das Tal. Nur die Jäger und Bauern
und damals auch die Senner würden diesen Weg benutzen, wenn
sie zum Girpitsch wollten, erzählte Stefan.

Der Weg endete am Wald im Unterholz. Die Lärchen standen
weit genug auseinander, um das Sonnenlicht in hellen Streifen
einzulassen und Gras und kleinen Sträuchern eine Überlebenschance zu geben. Stefan stieg geradlinig den Wald hinauf und
wich selbst umgestürzten Bäumen nicht aus. Weit oben, nahe
dem linken Waldrand, schlug er plötzlich einen Zickzackkurs
ein und verließ schließlich zielstrebig den Wald zwischen zwei
Sträuchern.

»Hier ist die Lärche mit dem verkrüppelten toten Ast.« Schwer atmend standen sie am unteren Ende einer Wiese, die den Berg hinaufreichte.

»Pause«, sagte er und setzte sich ins Gras. »Die Sonne bringt uns ordentlich ins Schwitzen, selbst hier im Wald. Können Sie unten die Hütte sehen?«

Bettina trat einen Schritt die Böschung hinunter, schrie ein helles *aah!* und krabbelte auf allen vieren einige Meter die Wiese hinauf. »Himmel, ich stand direkt am Abgrund.« Sie krallte ihre Hände in das Gras.

»Vor einigen Jahren ist hier eine Kuh abgestürzt.«

»Wenn ich nicht so erschrocken wäre, würde ich darin eine Anspielung sehen. Können wir noch einen Augenblick hier sitzen bleiben?«

Aus dem Augenblick wurde eine in der Sonne verdöste halbe Stunde. Mitten hinein fragte Bettina, wie denn diese Kuh auf die Weiße Wand und die anderen von Lori und Georg auf die Alm gekommen seien, etwa mit dem Lastenaufzug oder dem steilen Pfad am Wasserfall vorbei? Es müsse noch einen anderen Weg geben.

Über die Decker-Alm, sagte er träge in den Himmel, dort drüben. Weiter unten im Tal gebe es eine Weggabelung, mit dem Auto könne man den Weg nicht hinauffahren und zu Fuß sei er ein viel zu weiter Umweg, um zur Walln-Hütte zu kommen. Selbst wenn sie den Weg kennen würde, sei er für eine Flucht im Schnee ungeeignet.

Bettina fragte nicht, wo die Decker-Alm und *dort drüben* war. Später gab sie das Zeichen zum Aufbruch. Sie stiegen in Serpentinen über die Wiesen nach oben und erreichten schnaufend eine bucklige, mit hohem Gras und Latschen bewachsene Ebene. Um eine ausgedehnte sumpfige Stelle schlug er einen Bogen, an dessen Ende die Wiesenbuckel auseinander traten und den Blick auf den See freigaben.

Vor der massigen Girpitschkarspitze wirkte der See wie ein Tümpel, in dem sich das Wasser des letzten Regens gesammelt hat, vorne hell und gegen das rückwärtige Steilufer in das Dunkelgrün der Sträucher übergehend. Die Hänge verloren nach oben schnell an Bewuchs und endeten mit vielfältigen Schattierungen an Kalkfelsen und Schutthalden. Vor einer senkrecht aufsteigenden Felswand hatte die Zeit einen Steinbruch aus gewaltigen Brocken angelegt. Eine imposante Kulisse für einen eher mickrigen See, urteilte Bettina.

Stefan führte sie ein Stück am Seeufer entlang. Die Luft bewegte die Wasseroberflache so sanft, dass die Brechung des Lichts beim Blick auf den Grund kaum wahrnehmbar war. Ein kleiner Fisch stand regungslos, verschwand dann blitzschnell zwischen Steinen, dass Stefan nur ein *Da!* herausbrachte, ohne eine Chance, den Zeigefinger in Richtung auf das Fischlein zu bewegen.

»Kennen Sie diese Pflanzen?« Bettina deutete auf die vereinzelt und in kleinen Gruppen stehenden fleischigen Stängel, die beinhoch aus dem Gras ragten. Die langen Blätter standen nur oben kraftvoll, unten hingen sie schlaff und färbten sich an den Rändern braun.

»Weißer Germer«, antwortete Stefan. »Er fällt wegen seiner Üppigkeit auf, wo ringsum alles kahl ist.« Er übersprang ein schmales Bächlein, das den Zufluss zum See bildete.

»Geradeaus können wir durch die Steine bis an den Fuß der Felswand klettern. Rechts hoch kommen wir auf die Girpitsch-Alm.«

»Ist das der Aufstieg, den Sie mit der kleinen Engländerin gemacht haben?«

»Ja. Möchten Sie?«

»Warum wollen Sie mir den Ausblick verweigern, von dem Sie so geschwärmt haben?«

»Bitte!«, sagte er, als erfülle er Bettina einen lang gehegten Wunsch. Jede Stunde auf der Alm vergrößerte die Aussicht, dass er heute nicht mehr nach Hause fahren müsste und verdrängte den Gedanken an das *danach*.

Sie stiegen am Bach entlang den Hang hinauf wie auf einer

nicht enden wollenden Treppe. Dahinter öffnete sich die Gir-pitsch-Alm mit ihren hügeligen Wiesen. Sie erklommen den ersten Buckel.

Bettina hielt ihn vom Weitergehen zurück. »Gönnen Sie mir den Ausblick, auch wenn es für Sie nichts Neues ist.«

Die Aussicht reichte über das Priachtal bis zum Oberalmsattel und entgegengesetzt hinunter in Richtung Josephskirch, wo die Berge niedriger und grüner wurden. Das Priachtal war eng und gab aus dieser Entfernung den Blick auf den Weg nicht frei. Gegenüber lag ein Felsmassiv, das sich mit seinen Ausläufern über mehrere Kilometer ausdehnte. Stefan zeigte Bettina die Gipfel des Priachers und der Karner Kalkspitze, den Steinkarsattel, der zwischen beiden Bergen lag und das Priachtal vom Gitzlachtal trennte, und die Route über die Decker-Alm auf den Priacher, die es auf keiner Karte gab. Die letzten dreihundert Meter seien zur Herausforderung geworden, erzählte er, und schilderte das Glücksgefühl, am Gipfelkreuz zu stehen. Die Belohnung war der Ausblick. Der Berg vergab sie an jeden, der auf dem Gipfel stand.

»Und wenn der Gipfel in den Wolken liegt?«

»Dann ist schlechtes Wetter. Für Verrückte hat der Berg nichts übrig.« Stefan deutete nach links, den Weg vom Priacher hinunter zum Steinkarsattel. »Wir waren wie im Rausch und sind noch am gleichen Tag über den Steinkarsattel auf die Karner Kalkspitze gestiegen. Eine Doppelbesteigung.«

»Ich verstehe«, sagte Bettina. »Wie das eben ist, wenn Männer einen Kraftakt vollziehen.«

»Hören Sie auf, mir Etiketten anzupappen.« Er sparte sich die Schilderung, wie sie vom Steinkarsattel aus den steilen Pfad auf die Karner Kalkspitze geklettert waren, mit dem Berg dicht vor den Augen. Die letzten Meter bis zum Gipfelkreuz führten um einen Felsen, und im Herum schoss der Blick kilometerweit ohne Halt und Horizont in die Landschaft, dass ihm schwindelig wurde und er sich wie ein Abstürzender an den Felsen klammerte. Noch nie zuvor hatte er in der Höhe einen solchen Schock erlebt. Minuten vergingen, bis er die Vision vom freien Fall abgeschüttelt hatte.

Stefan setzte sich in die Wiese, und nach kurzem Zögern folgte Bettina. Ihre Anspielung hatte ihn aus einem erlebten Traum gerissen und den Entschluss, sich zu setzen und nicht weiterzugehen, als Antwort auf die Frage nach dem *Wohin* und *Was erwartet mich?* erscheinen lassen. Die Wohnung, Moosbauer und Berta Böttcher waren die bekannten Größen seines Lebens. Gerne würde er Stefanie kennen lernen. Die Sache mit Alfred hatte sich wohl erledigt. Seltsam, er konnte sich nicht richtig darüber freuen, wieder Herr im eigenen Kopf zu sein. Bettina erschien ihm als die realste und zugleich lebendigste Begegnung, seit er in Stefanies Wohnung aufgewacht war. Sollte er ihr die Autoschlüssel geben und die Straßenkarte? Sie würde allein nach Hause finden, vielleicht die Strafanzeige noch in Österreich aufgeben. Sie war umgänglich und hörte interessiert zu, sie hatte das Maß mehr an Sensibilität, um auch das nicht Geschriebene zwischen den Zeilen zu verstehen. Was sie allerdings über ihren Beruf sagte, klang sehr rational. Bücher zu verlegen ist Betriebswirtschaft. Wozu dann geisteswissenschaftliche Fachrichtungen studieren?

Was würde sie ihm bedeuten, wenn er sie als Frau und nicht als Entführte kennen gelernt hätte?

Unmerklich drehte er den Kopf wie jemand, der in die Betrachtung der Landschaft vertieft ist und die Perspektive langsam ändert, damit der Gesamteindruck nicht verloren geht. Soweit er aus ihrem Profil deuten konnte, nahm sie ruhig auf, was sie sah. Sie ist hübsch, dachte er, *sie kniete über ihm und er hielt sie an den Hüften, die Daumen auf ihrem flachen Bauch, und mit jeder ihrer Bewegungen glitten seinen Hände bis über die Rippenbögen und zurück.*

Ein Schmerz zog vom Unterleib bis in die Brust, unerwartet und mit solcher Heftigkeit, dass er den Mund öffnete und nicht schrie.

»Ich bin ein Mann!«, platzte er heraus.

Bettina starrte ihn überrascht an. »Haben Sie daran gezweifelt? Etwa, weil Sie sich bislang anständig verhalten haben?«

»Wer weiß schon von sich, wer er ist«, antwortete Stefan und horchte auf den verebbenden Schmerz.

»Ich möchte Sie gerne verstehen. Erzählen Sie.«

»Ich bin Taxifahrer«, sagte er lapidar.

»Die überwiegende Zahl der Taxifahrer sind Männer. Das reicht nicht für eine Begründung. Und außerdem ist der Beruf nicht alles am Menschen. Haben Sie keine Ziele, Ideale, Abneigungen, Wünsche? Können Sie auf diese Frage eine Antwort geben, ohne das Wort *Lektorin* in den Mund zu nehmen?«

Stefan forschte in ihrem Gesicht, ohne eine Spur von Provokation zu erkennen.

»Ich wünsche mir Zufriedenheit durch die Dinge, die ich tue.«

»Wir haben eine Gemeinsamkeit entdeckt«, sagte sie, mit Enthusiasmus in der Stimme. »Kurz: Ein Leben wie die Senner. Erzählen Sie mehr über sich.«

Die Aufforderung traf Stefan unvorbereitet. Er konnte nur gestehen oder sich aus dem Stegreif selbst erfinden, mit den zu erwartenden Widersprüchen und Ungereimtheiten. Zu Alm und Hütte war ihm, seit Alfred ihm das Bild gezeigt hatte, jedes Detail geläufig, er zweifelte nicht im Geringsten, alles so erlebt zu haben, auch wenn er die Frauengarderobe in den Schubkästen und die gelegentlichen weiblichen Einblendungen in seinem Kopf nicht einordnen konnte.

»Alfred kann Ihnen über mein Leben mehr erzählen als ich. Er hat – sagen wir – die nötige Distanz.«

»Das klingt nicht wie eine Ablehnung, eher wie eine Verlockung. Ist Alfred Ihr Freund?«

»Wir waren eine kurze Zeit sehr intim.«

»Bitte?« Bettina geriet mit Armen und Beinen in Bewegung, als wüsste sie nicht, ob sie sitzen bleiben oder aufstehen sollte.

»Aus dieser Ecke weht also der Wind. Ist das die Auflösung für Ihr Verhalten?«

»Nein. Wir haben sozusagen unsere intimsten Gedanken geteilt. Ich kann das nicht besser erklären.«

»Ein Schriftsteller kann alles erklären, sonst ist er keiner. Ich respektiere aber, dass Sie nicht erklären wollen.«

»Ich kann Sie beruhigen, meine sexuellen Fantasien beschäftigen sich mit Frauen.«

»Wie steht es mit den weniger intimen Details?«, fragte sie.

Seine Kurzbiografie! Geboren in Bochum, Ingenieur der Nachrichtentechnik, zuletzt freiberuflich tätig. Stefan hatte die wenigen Sätze wohl dutzendfach in dem Hefter mit den Anschreiben an die Verlage gesehen. Es musste an der Verwirrung gelegen haben, mit denen er anfänglich der unbekannten Umgebung begegnet war, dass er seine Biografie nicht wahrgenommen hatte. Zumindest die diesseitige Erinnerung funktionierte, noch dazu im richtigen Moment.

»Ich habe Nachrichtentechnik studiert«, sagte er. »Wahrscheinlich war ich ein schlechter Ingenieur, sonst hätte ich nicht mit dem Schreiben angefangen. Also bin ich ein Quereinsteiger.«

»Den ich nicht habe einsteigen lassen.«

»Wenn ich das Wort *Lektorin* nicht in den Mund nehmen darf, klammern Sie das Thema *Manuskripte* aus.«

»Ich möchte trotzdem gerne wissen, wie Sie auf die Idee gekommen sind, mich zu entführen.«

»Die Absage von Weigold war die letzte und Ihr Name war mir in guter Erinnerung. Zur Hütte wäre ich ohnehin nach der Schicht gefahren, auch ohne Ihren Fahrauftrag.«

»Eine zufällige Kurzschlusshandlung?«

»Vermutlich. Die ganze Woche habe ich mich nicht wohl gefühlt. Höhepunkt war am Dienstag ein Kreislaufkollaps auf der Landsdorfer Straße. Daher das Pflaster hinter dem Ohr. Ich hätte dem ärztlichen Rat folgen sollen.«

Bettina pflückte einen Grashalm und drehte ihn zwischen den

Fingern. »Wie lautete der ärztliche Rat?« Sie schaute Stefan an, bis er ihrem Blick auswich. »Ich will Sie nicht bedrängen«, fügte sie leiser hinzu.

»»Gründlich durchchecken, die Ursache suchen. Man fällt nicht einfach um‹, sagte Dr. Römer.«

»Ich gehe nur zum Arzt, wenn es unbedingt nötig ist. Mir reichen die regelmäßigen Untersuchungen, die ich als Frau über mich ergehen lassen muss.«

»Dr. Brinkmann?«

»Woher wissen Sie? Also doch kein Zufall – Sie haben mir nachspioniert!«

Hastig bastelte Stefan eine Ausrede. Die Namensnennung sei eine Erinnerung an einen Namen, den er eigentlich nicht einordnen konnte, Dr. Römer musste ihn erwähnt haben, als er wegen der Kopfverletzung im Krankenhaus war. Ansonsten kenne er – wie sollte er auch? – keine Frauenärzte.

»Gut«, sagte Bettina, »ich glaube Ihnen. Dr. Brinkmann ist nämlich eine Ärztin.«

Stefan lehnte sich erleichtert in die Wiese zurück. Der Rucksack behinderte beim Liegen; er zog ihn vom Rücken und holte eine kleine Flasche Mineralwasser heraus.

»Bevor das Wasser warm wird, sollten wir es trinken. Sie zuerst.«

Sie reichte ihm die Flasche halb voll zurück.

Zu korrekt, wie er fand, und trotzdem verständlich. Die vorbeiziehenden Wolken fesselten seine Aufmerksamkeit und er begann das Alm-Spiel, wie er es nannte, beobachten und dabei nichts tun, den Gedanken freien Lauf lassen, die Einfühlsamkeit schärfen, sich so weit vom Alltag entrücken zu lassen, dass ihm das Leben leicht erschien wie eine vom Wind getragene Feder, wenn er nur anhielt und sich mitnehmen ließ, wie von den Wellen einer starken Strömung. Er schob die Bilder an die Seite, ohne sich von ihrer Bedrohlichkeit vollends lösen zu können. Ein Stapel Papier geriet in Bewegung, schwappte über – tausend Seiten aufeinander lagen schwer auf dem Magen und drückten wie ein zu fett angerichtetes Essen. Nur der Wind konnte Abhilfe schaffen und den Stapel zerlegen und die Wörter zurücklassen, die ohne ihren Zusammenhang keinen Sinn mehr ergaben.

Stefan stützte seinen Oberkörper auf die Ellenbogen und sagte in Bettinas Richtung: »Ihre Bemerkung über den Kraftakt – als hätte es jeder von uns mit zwei Frauen getrieben. Typisch schwarz-weiß: Männer wollen nur das eine, wollen Sie damit sagen.«

»Moment«, hakte Bettina ein, aber er ließ sie nicht zu Wort kommen.

»Frauen klagen über sexuelle Belästigung und machen daraus ein allgemeines Vorurteil gegenüber Männern. Das ist genauso verwerflich wie Ihnen an die Brust oder das Gesäß zu fassen. In jedem Falle wird der andere missachtet.«

»Ausgerechnet Sie müssen von Missachtung sprechen. Wenn Sie Achtung vor mir gehabt hätten, säße ich jetzt ...« Sie schaute auf die Armbanduhr. »In der Mittagspause.«

Stefan hob den Kopf. Die Sonne blendete und er musste eine Hand hochhalten, um Bettina ins Gesicht schauen zu können. »Es gibt viele Formen von Missachtung.«

»Sprechen Sie schon wieder von zurückgeschickten Manuskripten?«

»Ach was! Sie haben die Entführung als Totschlagsargument benutzt, und das ist unsachlich. Und Sie haben damit Ihre Person ins Spiel gebracht, und das ist unklug. Oder habe ich Sie etwa nicht geachtet?«

Sie kniete sich neben ihn. »Später«, sagte sie. »Am Anfang waren Sie ein bisschen verrückt. Das hat mir Angst gemacht.«

Stefan ließ die Hand sinken. Für den Blick an ihr vorbei brauchte er keinen Schutz vor der Sonne.

23

Ohne ein bestimmtes Ziel wanderten Stefan und Bettina über die hügeligen Wiesen unterhalb der Bergkette. Die unberührte Weite belebte Stefan, und er vergaß, wie er sich noch eben von Bettina bedrängt gefühlt hatte. Ein Murmeltier pfiff, ließ sich aber nicht blicken. Stefan zeigte Bettina einen großen, in der Nähe eines Gipfels kreisenden Vogel und behauptete, der Vogel sei ein Adler.

Als er überlegte, umzukehren, um nicht in Sichtweite des Tauernhöhenweges zu gelangen, erkundigte sich Bettina nach der Stelle, bis zu der er mit der kleinen Engländerin gegangen war. Das war ein guter Grund, die Richtung zu wechseln; eifrig machte er sich auf die Suche, aber ein Hügel ähnelte dem anderen und die Aussicht auf den Priacher auf der gegenüberliegenden Seite des Tales blieb unverändert und lieferte keinen Anhaltspunkt. Schließlich behauptete er auf dem nächstbesten Buckel, hier sei es gewesen. Bettina blieb stehen, und als er schon an eine Schweigeminute glaubte, hielt sie ihm das Zifferblatt ihrer Armbanduhr hin.

Ist das eine Theatervorstellung?, fragte er sich. Sollte er erschrecken und hastig zum Aufbruch blasen? Schlagartig änderte sich seine Stimmung.

»Es ist Zeit.« Mehr sagte er nicht.

Den Abstieg brachte er einsilbig hinter sich. An der Hütte erreichte seine Anspannung einen Höhepunkt, bei dem er sich am liebsten übergeben hätte.

»Wie lange benötigen wir zum Einpacken?«, fragte Bettina und schloss die Hüttentür hinter sich.

»Eine Stunde, vielleicht anderthalb. Putzen ist nicht notwendig, aber der Ofen muss gesäubert werden.« Seine Stimme klang gequält, und er hätte sich dafür ohrfeigen können. Verdammt!, schrie er sie in Gedanken an, sag schon, dass wir jetzt aufbrechen!

»Ich bin hungrig, mit richtigem Appetit. Würden Sie es nicht missverstehen, wenn ich vorschlage, erst morgen zu fahren?«

Er beugte sein Gesicht zur Ofenklappe, schloss die Augen unter der geballten Wucht der befreiten Gefühle und zog mit aufeinander gebissenen Zähnen eine Grimasse. Mit jedem Tag, den sie freiwillig blieb, schmolz die Bürde der Entführung wie der Schnee draußen an den Hängen.

»Es ist Ihre Entscheidung«, sagte er. »Ich wollte die ganze Woche bleiben und wäre heute nur gefahren, um Sie zurückzubringen. Sie sind herzlich willkommen.«

Er fachte das Feuer an und besprach mit ihr das Essen. Viel auszuwählen gab es nicht, denn ohne Kühlschrank musste gegessen werden, was ansonsten zu verderben drohte. Bettina deckte den Tisch und setzte Reis im Wasserbad auf, er würfelte und briet die mitgebrachte kleine Portion Schweinefleisch.

»Man merkt, dass Sie sich selbst versorgen müssen«, sagte sie, während sie eine Zwiebel zerteilte. »Kochen ist für Sie kein Problem. Warum haben Sie nicht geheiratet?« Sie gab die Zwiebelstücke in die Pfanne.

»Wo ist der Zusammenhang?«

Bettina betupfte mit dem Trockentuch ihre Augen. »Ich hätte fragen sollen, warum Sie nicht geheiratet worden sind. Als Mann sind Sie eine ideale Partie.«

Ihm fielen zu diesem Thema keine konkreten Vorkommnisse aus seinem Lebenslauf ein. Sobald er versuchte, sich zu bewusst zu erinnern, blieb sein Kopf leer. Er öffnete ein Glas mit süß-saurer Soße und goss den Inhalt in die Pfanne. »Sie haben merkwürdig konservative Einstellungen zur Partnerschaft.«

»Ich streiche das Wort *merkwürdig*.« Bettina verrührte die Soße mit einem Holzlöffel. »Einen Mann zu haben bedeutet verheiratet zu sein, war meine Vorstellung als junges Mädchen.«

»Und heute?« Stefan holte eine Schüssel aus dem Schrank und stellte sie an den Rand der Herdplatte. Mit einer Gabel fischte er einen Reisbeutel aus dem Wasser.

»Eine Beziehung bedeutet, eine Verpflichtung dem anderen gegenüber einzugehen.«

»Die Sie scheuen?«

Der Reisbeutel plumpste halb geöffnet in die Schüssel. Stefan wedelte mit den Fingern der rechten Hand und steckte Daumen und Zeigefinger in den Mund.

»Das Thema ist zu heiß für Sie.« Bettina nahm die Pfanne vom Herd und stellte sie auf ein Holzbrettchen auf den Tisch. »Bringen Sie einen Löffel mit«, rief sie ihm zu.

Er brachte die Schüssel mit dem Reis und drückte ihr den Löffel in die Hand. Das Austeilen der Fleischbeilage besorgte er selbst. »Und bei Ihnen? Wie war das eigentlich mit Ihren heißen Beziehungen?«

Bettina lehnte sich mit dem Rücken an die Wand. »Nicht so viel Fleisch«, wehrte sie mit ausgestreckten Armen ab.

»Also mehr platonisch.«

Bettina lachte. »Man könnte fast meinen, dass Sie ... Aber nein, reden wir von Ihren Besteigungen. Ich gebe zu, es ist mein derzeitiges Lieblingsthema.«

»Sprechen wir noch über Beziehungen oder haben wir das Thema gewechselt?«

Bettina setzte zu einer heftigen Antwort an, besann sich aber. »Schlüpfrigkeiten passen nicht zu Ihnen. Ich nehme sie Ihnen jedenfalls nicht ab.«

»Ich bin mehr der ernste, nachdenkliche Typ?«, fragte er.

»Sie haben wie jedermann eine Fassade. Ich habe eine Vermutung über das, was dahintersteckt.«

»Nun: Was sehen Sie?«

»Nichts. Ich ahne und empfinde. Sie sind nicht albern, doch mächtig aufgeheitert vom Girpitsch, nicht wahr? Sie verehren diese Alm geradezu, das ist nicht schwer zu erkennen.«

Stefan nickte. Über den wahren Grund, warum er so aufgedreht war, wollte er sie nicht aufklären; nicht den letzten Rest des Scheins verlieren, dass er noch Herr der Situation war.

»Würden Sie morgen mit mir auf den Priacher gehen? Ich meine, wenn das Wetter gut bleibt«, fügte sie hastig hinzu.

Es gab keine Ofenklappe, die er angrinsen konnte, nur die Zeit, die er brauchte, um das Stück Schweinefleisch von der Gabel in den Mund zu schieben. Nicht wieder mit halbvollem Mund sprechen, mahnte er sich und war dankbar für die Sekunden, die ihm die Etikette schenkte. Trotzdem kaute er schneller, weil er die Zustimmung loswerden wollte, bevor sie es sich anders überlegte. Im Schlucken nickte er und sagte: »Selbstverständlich«, und dann redete und erzählte er von den Aufstiegen auf den Priacher und die Karner Kalkspitze, auch von den Begebenheiten, die er auf dem Girpitsch ausgelassen hatte.

Bettina unterbrach ihn nicht, was Stefan als *in seinem Redefluss baden* empfand. Trotzdem hatte er den Eindruck, dass sie sich nebenbei mit eigenen Gedanken beschäftigte.

Nach dem Essen bat sie, die Schreibmaschine benutzen zu dürfen. Stefan überließ ihr den Wohnraum und setzte sich mit einem Buch und einer Flasche Bier auf die Bank neben der Eingangstür.

24

Die Decker-Alm hatte die Größe von zwei durchschnittlichen Wiesen und die Form eines unregelmäßiges Ovals, umsäumt von Gebirgswald. Die Almhütte nutzte eine halbwegs ebene Fläche aus, war aber nicht so lang gestreckt wie die Walln-Hütte. Spitzwinklig hinter der Hütte lag das Stallgebäude.

»Handarbeit macht ökonomisch«, sagte Stefan zu Bettina. Sie war stehen geblieben und betrachtete die Hütte aufmerksam. »Da wurde nichts ausgehoben und planiert, sondern stets dort gebaut, wo es passte.«

»Darum geht es nicht. Ist die Hütte noch bewirtschaftet?«

»Im Priachtal gibt es keine Senner mehr. Der Walln-Bauer erwähnte, dass die Hütte verpachtet ist, aber ich habe noch nie jemand hier wohnen sehen. Manchmal heißt es auch, die Jäger würden hier übernachten, wenn sie früh auf die Hochalmen wollen.«

»Aus welchem Grund hat der Bauer den Stall erneuert, wenn er die Alm aufgegeben hat?«

»Wie meinen Sie das?«, fragte Stefan überrascht.

»Das Holz ist heller, längst nicht so grau und dunkelbraun von der Sonne verbrannt wie die Hütte, also neuer«, erklärte sie.

Das Holz ist neuer ... verbrannt ... der Stall ... Eine Flut von Bildern überschwemmte Stefans Gehirn. Geblendet schloss er die Augen. Alfred? Alfred gab keine Antwort.

»Ist Ihnen wieder übel?«, fragte Bettina. »Sie sollten einen Arzt aufsuchen, wenn Sie wieder zu Hause sind.«

»Das ist eine verrückte Geschichte«, sagte er langsam und machte eine Pause, als müsse er sich für die Verrücktheit erst sammeln. »Eine Geschichte« – wieder hielt er inne – »auf die ich nicht besonders stolz sein kann. Der Stall ist vor einigen Jahren im Winter abgebrannt. Man vermutet Skifahrer, die vom Tauernhöhenweg über den Oberalmsattel in das Priachtal wollten und vom Wetter überrascht in einer Hütte Unterschlupf suchten, aber nur in den Stall eindringen konnten.«

»Das verspricht interessant zu werden«, meinte Bettina. »In welcher Weise waren Sie beteiligt?«

»Das ist kein Thema für zwischendurch. Vielleicht später.«

»Ich werde Sie erinnern«, versprach Bettina. »Wollen wir weitergehen? Der Priacher wartet auf uns.«

Stefan nahm die Richtung auf eine offene Stelle im Waldsaum, aus dem ein Bach in die Wiese mündete und die Alm mit Wasser versorgte. Den Bachlauf hoch wurde der Wald dichter und erschwerte das Fortkommen. An einer günstigen Stelle wechselte Stefan auf die andere Bachseite, stieg mal in die Falllinie, dann parallel zum Berg, die lichten Stellen suchend, aber stetig aufwärts. Nur wenn der Fels aus dem Hang trat, opferte er mühsam gewonnene Höhe und umging das Hindernis unterhalb.

»Beinahe wie im richtigen Leben«, sagte er atemlos in einer Pause. »Ist Ihr Lebensweg immer geradeaus verlaufen? Und stets aufwärts?«

Bettina schüttelte den Kopf, atmete hörbar ein und aus, den Kopf auf die Brust geneigt und die Hände auf die Knie gestützt. »Die Karriere ist kein Weg, sondern eine Leiter. Steil«, brachte sie heraus.

»Dann werde ich Sie jetzt befördern«, sagte er.

An der Baumgrenze trafen sie auf karge Wiesen. In steilem Winkel lag der Berg vor ihnen. Aufrechtes Gehen war nahezu unmöglich. An Grasbüscheln und Zwergsträuchern ziehend, arbeiteten sie sich höher.

»Ich kann nicht mehr«, stöhnte Bettina, als sie den Anstieg überwunden und am Rand eines Geröllfeldes angelangt waren. Sie warf sich schwer atmend rücklings ins Gras und schloss die Augen vor der Sonne. Stefan stand eine ganze Weile keuchend neben ihr, bis genügend Energie gesammelt war, den Rucksack abzunehmen und sich zu setzen und nicht wie Bettina fallen zu lassen.

Während sie ausruhten, zeigte er ihr den weiteren Weg. Vor ihnen lag ein Felsgrat, der am hinteren Ende nach oben schwang und in die mächtige graue Kuppel des Priachers mündete.

Sie passierten den Felsgrat auf der rechten Seite über lockeres Geröll, rutschten häufig und stießen Steine polternd zu Tal. Stefan überlegte verunsichert, ob zwei Menschen genügten, um eine Mure loszutreten und war deshalb erleichtert, als sie auf festem Boden anlangten. An dieses Detail des Aufstieges mit Hermann konnte er sich noch gut erinnern; sie waren in gehobener Stimmung und hatten übermütigen Spaß an dem Gepolter.

»Dreihundert Meter bis zur Gipfelhöhe«, erklärte Stefan, »und dann noch zweihundert bis zum Gipfelkreuz.«

»Eine runde Sache, dieser Gipfel, wie glatt geschmirgelt.«

»Warten Sie, bis Sie oben sind.« Er kramte in seinem Rucksack und holte einen gefalteten Leinenhut heraus, dessen Krempe rundherum herabhing. »Hier, nehmen Sie meine Mütze. Ich kann nicht unterscheiden, ob Ihr Gesicht von der Anstrengung oder von der Sonne rot ist.«

»Haben Sie auch etwas zu trinken mitgenommen?«

Verlegen reichte er ihr eine kleine Flasche Mineralwasser.

Den Schlapphut lehnte sie ab. Geduldig redete er auf sie ein, bis sie den Hut schließlich akzeptierte, aber nur für die Zeit, die sie am Gipfel allein blieben.

Stefan erschrak innerlich. Sie würden anderen Wanderern begegnen – er hatte diesen Umstand glatt verdrängt. Wie würde Bettina reagieren? Laut schreiend mit dem Finger auf ihn zeigen: »Dieser Mann hat mich entführt! Retten Sie mich?« Nein, schon die Art, wie er sich die Situation veranschaulichte, zeigte ihm, wie wenig wahrscheinlich sie war. Eine verstohlene Handbewegung an seine Stirn würde auf die Leute glaubhafter wirken als Bettinas Hilfeschrei. Sie war wohl kaum auf eigenen Wunsch auf die Priacher Kalkspitze gestiegen, um ihn an irgendwelche Wanderer auszuliefern, die auch nichts ausrichten konnten. Schließlich lag sie nicht in Fesseln und war ersichtlich keiner unmittelbar drohenden Gefahr ausgesetzt.

Mit gleichmäßigem Schritt ging er bis zum Gipfel voraus. Er

begrüßte das Holzkreuz wie einen alten Bekannten mit einem Handschlag.

Der Ausblick verlor sich in der Ferne in Dunstschleiern.

»Sie haben nicht übertrieben«, sagte Bettina anerkennend. Artig trug sie sich in das Gipfelbuch ein und blätterte dann, ob sie einen Eintrag von ihm finden konnte.

»Unwahrscheinlich«, meinte er, »das Buch hält nicht lange vor. Der Priacher ist für routinierte Wanderer vom Tauernhöhenweg aus bequem zu erreichen. An manchen Tagen könnte man glauben, es fände hier oben eine Mitgliederversammlung des Alpenvereins statt.«

»Sie reden über den Gipfel, als ob es sich um irgendein Konsumgut handelt.«

»Von der Wirklichkeit ist dieser Vergleich nicht weit entfernt.« Er deutete nach rechts auf den tief unten liegenden Oberalmsee. Aus dieser Perspektive wurde der See zum Teil von einem Ausläufer der Karner Kalkspitze verdeckt. Auf einem hellen Strich, der sich Zickzack bergwärts schlängelte, lagen bunte Fleckchen. Das seien die Wanderer, zeigte er ihr und fragte, ob sie die Bewegung erkenne. Die Karawane ziehe auf den Berg.

»Sie möchten den Priacher für sich allein haben, nicht wahr?«

Stefan hielt den Blick beharrlich auf die gegenüberliegende Girpitschkarspitze gerichtet. »Gut, bezeichnen wir es als Mythos für einen Menschen, der im Flachland groß geworden ist. Umgekehrt könnte ich dem Lugleitner mit dem täglichen Stau auf der Autobahn zwischen Dortmund und Bochum schwerlich ein beglückendes Erlebnis vermitteln.«

»Warum gerade dort?«

»Ich bin in Bochum geboren. Hatte ich das nicht erwähnt?«

Bettina nickte. »Sie haben Nachrichtentechnik studiert und schreiben gerne, sind sensibel, suchen nach dem Sinnhaften und Ihrem Platz im Leben, letzteres mehr irrend.«

»Ist das alles, was Sie über mich wissen?«

Bettina betrachtete ihre Bergschuhe. »Die Naturverbundenheit benutzen Sie, damit sich die Sehnsucht in Ihrer trüben Wirklichkeit zurechtfindet.«

Zwei Schritte nach vorn brachten Stefan an den Rand des Gipfels, wo die glatte Fläche in den steilen Bogen abwärts mündete.

»Das ist keine Lösung«, hörte er Bettina sagen. Sie nahm seinen Arm und zog ihn behutsam zurück zum Gipfelkreuz. Ihre Geste erzeugte ein warmes, drängendes Gefühl.

»Dieses Gipfelkreuz ist in Ihrem Leben ein wichtiger Orientierungspunkt, den Sie festhalten sollten. Hier gibt es nichts, was Ihren Blick verstellen könnte.«

Festhalten, ja ... *Sie* war das Gipfelkreuz.

»In Ordnung«, sagte er, »ich bin also oben.«

»Aus Ihrer Flachländer-Sicht betrachtet sind Sie ganz schön weit gekommen.«

»Danke für die Aufmunterung.« Im Zurücklehnen verlor er das Gleichgewicht und stürzte rücklings neben das Gipfelkreuz.

Bettina lachte lauthals los. Weil er die Situation nicht komisch fand, hielt sie sich die Hand vor den Mund.

»Anlehnen funktioniert auch nicht«, stellte er fest. »Wir sollten in unseren Gesprächen auf alles Sinnbildliche verzichten.«

»Sie nutzen Ihr Missgeschick, um mir wieder einmal auszuweichen.«

Stefan stand auf und rieb sich die linke Gesäßhälfte. »Eben am Rand, da hatte ich nicht die Absicht zu springen, wie Sie vielleicht geglaubt haben. Weil ich mich durchschaut fühlte, wollte ich aus dem Blickfeld treten. Ich – ich möchte die Entführung ungeschehen machen, würde lieber einfach so mit Ihnen hier sitzen, obwohl – ein paar Worte der Entschuldigung können unmöglich genügen.«

»Nein«, antwortete Bettina, »aber es ist gut, dass Sie es endlich ausgesprochen haben.«

25

Stefan fühlte die Leichtigkeit, mit der er Bettina umfasste und mit ihr davonschwebte. Sanft berührte er mit den Fingerspitzen ihr Gesicht, in sachten Bewegungen konzentrierte sich drängendes Verlangen bis zu dem Punkt, an dem er die Beherrschung verlieren würde.

Er breitete die Arme aus.

»Sieht aus, als wollten Sie fliegen«, bemerkte Bettina.

Der Absturz war schmerzhaft. Schlagartig trat ihm sein Identitätsproblem ins Bewusstsein, damit er nicht übermütig würde. Ohne Vergangenheit hatte er keine Zukunft, war seine Sorge. Ähnlich lautete Bettinas Weisheit, als sie ihn wegen seiner abendlichen Flucht vor die Hüttentür zur Rede gestellt hatte. Die Erinnerungen waren bisher geflossen, wie er sie im Gespräch brauchte, mehr nicht, aber zur Not konnte er mit diesem Zustand leben: Die Zeit würde die Lücken nach und nach auffüllen und dies umso schneller, wenn sich jemand fände, der ihm mit genügend Interesse zuhören würde.

»Wollen Sie heute noch auf die Karner Kalkspitze aufsteigen?«

»Nicht alles auf einmal«, wehrte Bettina lächelnd ab. »Wo ich auch bin, ich behalte gerne einen Grund, um wiederzukommen.«

»Ein sympathisches Prinzip«, sagte er, »es macht allerdings wehmütig. Ich bin in den letzten Jahren nicht weiter als bis hier in das Priachtal gekommen.«

»Ich dachte, Sie befänden sich bereits im Paradies.«

»Ja. Einerseits.«

»Das klingt nicht sehr überzeugend«, sagte Bettina. »Die Grenzen zwischen Paradies und Fluchtburg sind bei Ihnen verschwommen.«

»Paradies ist überall dort, wo man sich wohl fühlt und im Einklang mit sich und seinen Bedürfnissen lebt.«

»Bezeichnen Sie das *dort* wie Sie wollen, meinetwegen auch als ihr Refugium. Nur, ließe es sich denn irgendwo anders bequemer mit sich leben? Alles gehorcht *meinen* Regeln, keine Konflikte! Und warum? Weil kein anderer da ist! Sich regelmäßig zurückzuziehen ist in Ordnung, sich zu verkriechen eine andere Sache.«

»Halten Sie mir keine Bergpredigt«, murrte er.

Bettina überlegte einen Augenblick. »Sie sollten nicht alles so verbissen sehen wie die Pharisäer. Ich möchte Sie auch nicht verurteilen, damit ich nicht selbst verurteilt werde.«

Nach seiner Einschätzung hatte er nicht besonders geistreich ausgesehen, eine Freude für Bettina. Sie ließ sich allerdings nichts anmerken.

Von seitwärts tönte eine enttäuschte norddeutsche Stimme. »Wir sind leider nicht die Ersten auf dem Gipfel.« Eine Gruppe von sechs Wanderern nahm vom Gipfel Besitz. Sie lobten die Aussicht und tauschten Erfahrungen über noch höhere Berge mit wesentlich anspruchsvollerem Anstieg aus.

Eine junge Frau in Kniebundhosen und Bergschuhen aus Wildleder bat Stefan um das Gipfelfoto. Sie legte den Arm um ihren Jungen. Stefan fragte das übliche *Wo muss ich draufdrücken?*, und animierte ein Lächeln.

»Komm«, sagte Bettina, als er die Kamera zurückgegeben hatte, »es ist aus mit der besinnlichen Zweisamkeit.«

Sie hat die Führung übernommen, schoss es Stefan durch den Kopf.

Vom Gipfel bis zum Steinkarsattel, der den Priacher und die Karner Kalkspitze miteinander verbindet, glich der kahle Hang einer kleingeschotterten Piste. An einigen rutschgefährlichen Stellen war gegenseitiger Halt nach Art einer Seilschaft geboten, und so nahm Bettina ohne Zögern die ihr entgegengestreckte Hand an, während Stefan die Lösung dieser Zweckbindung eher hinauszögerte und dann glaubte, mit dem Loslassen etwas verloren zu haben.

Am Steinkarsattel trafen sie auf einen Wegweiser mit vier Armen, für jede Himmelsrichtung einen. Ein säuberlich aufgeschichteter Steinhaufen hielt den Holzpfahl aufrecht. Sie gingen ein Stück hinunter bis an eine Wegkehre, von der sich ein Fernblick in das Gitzlachtal und über den Gitzlachsee bot. Wenn Aussichten schwer wiegen würden, meinte Stefan, würden sie kaum den Weg zurück über den Steinkarsattel schaffen. Sie entschieden, für den Rückweg zur Hütte den Tauernhöhenweg bis zum Oberalmsattel zu nehmen. Die Wanderzeit war am Wegweiser mit einer Stunde angegeben, doch brauchten sie eine Viertelstunde mehr, weil Stefan in den steileren Abschnitten wegen seiner schmerzenden Knie pausierte. Die aufsteigenden Touristen begrüßten sie artig mit *Grüß Gott*.

Vom Oberalmsattel aus konnten sie die Ebene überblicken, über die sie im Schnee von der Hütte aus gewandert waren.

»Da sind Leute!«, sagte Bettina überrascht und streckte den Arm aus. »Ich hatte gedacht, wir seien ganz weit abseits – die müssen direkt an unserer Hütte vorbeigekommen sein!«

Stefan erinnerte sich an seine Lüge an der Wegmarkierung. »Vermutlich wandern sie nach einer alten Karte. Der Weg führt über die Decker-Alm, nicht an unserer Hütte vorbei. Über den auch die Kühe auf die Alm kommen.«

»Welten liegen nicht dazwischen«, meinte Bettina vorwurfsvoll.

»Alte oder neue Wege«, schnitt er die Diskussion ab, »bei Schnee sind sie nicht passierbar.«

Bettina sagte nichts weiter dazu. Sie stiegen den Sattel auf einem ausgetretenen Pfad hinab, bis Stefan plötzlich rechts abbog und ein sumpfiges Stück Wiese umging. Durch ein Latschengehölz gelangten sie auf den Hügel, an dessen Fuß sich die Walln-Alm ausbreitete.

26

»Unsere letzte Flasche Rotwein«, verkündete Stefan, »ein Cabernet Sauvignon, kaum ein Jahr alt. Eine miese Lebenserwartung. Post mortem gibt es Bier, Schnaps und Fruchtsaft.«

Bettina kostete. »Feine Supermarktqualität. Das Gläschen Wein macht mich neugierig, unter welchen Umständen der Stall auf der Decker-Alm niederbrannte.«

»Wollen Sie dieses düstere Kapitel in meinem Leben tatsächlich aufschlagen?«

»Wenn Sie die Sache schon ins Lächerliche ziehen, kann es mit der Düsternis nicht weit her sein. Darf ich eine Prognose wagen? Ich schätze, meine Entführung war die bisher schwärzeste Tat in Ihrem Leben. Soll ich die Petroleumlampe höher drehen?«

»Besser nicht. Die Flamme rußt, wenn sie zu groß ist.«

»Gut. Legen Sie los.«

»Kaum, dass ich die Hütte gepachtet hatte«, begann er, »setzte sich in mir ein großer Traum fest: Eine Silvesterfeier auf der Alm ist nicht nur romantisch, auch außergewöhnlich und abenteuerlich. Die Hütte ist im Winter die meiste Zeit unter Schnee begraben, wie mir der Lugleitner erzählte. Bei gutem Wetter fährt man am Tauernpass mit dem Lift hoch, dann geht es mit Skiern auf und ab über die Hügel bis zum Oberalmsattel und durch das Priachtal hinunter bis Josephskirch.«

Bettina zog die Augenbrauen zusammen. »Ist die Tour nicht zu gefährlich, abseits jeder Piste?«

»Der Weg ist nicht das Problem, den sind wir häufig gewandert. Das Wetter ist entscheidend. Ich habe die Tour gemacht, vor fünf Jahren, zusammen mit John und Margot. John heißt bürgerlich Johannes, aber das ist ein lächerlicher Name für jemanden, der im Rotlichtmilieu etwas darstellen will.«

Bettina atmete hörbar durch.

»Als ich anfing zu schreiben, ging es mir finanziell nicht besonders gut.«

»Und da haben Sie Frauen für sich anschaffen lassen?«

»Herrgott«, fauchte Stefan, »wenn wir uns in einem ähnlich sind, dann mit unpassenden Bemerkungen.« Bettina wollte etwas entgegnen, doch er sprach weiter. »Ich habe mich mit Taxi fahren über Wasser gehalten. An einem Sonntagvormittag ist mir ein Mann beinahe in den Wagen gelaufen. Er riss die Tür hinten auf und warf sich auf die Rückbank. ›Fahr los!‹, brüllte er, und ich gab Gas. Die Tür flog gegen seine Beine, und der Mann schrie vor Schmerz: ›Abbiegen!‹ Ich bog links in die nächste Nebenstraße ein. Durch das Seitenfenster sah ich, wie ein Mann auf die Straße lief und sich umschaute, dann waren wir um die Ecke verschwunden. Mein Fahrgast kroch ganz in den Wagen und schloss die Tür.

›Schwein gehabt‹, sagte er, ›wenn die dein Kennzeichen mitbekommen hätten, wärst du geliefert.‹ Ich war zu geschockt, um mir Gedanken über Tragweite und Konsequenzen dieser Bemerkung zu machen.

›Wir brauchen einen anderen Wagen‹, sagte er dann. Jetzt begriff ich erstmals, dass ich kein Taxifahrer mehr war, sondern unfreiwillig in einem Boot saß, das nicht von mir gesteuert wurde.

›Mein Wagen steht zwei Straßen weiter‹, sagte ich ohne zu überlegen, und der Mann befahl, ich solle mich beeilen. Ich fuhr zu Moosbauer auf den Hof, dort wo ich Sie auch umgeladen habe, ließ den Schlüssel stecken und holte meinen Wagen.

›Wunderbar‹, sagte der Kerl zu meinem Schrotthaufen. Beim Einsteigen hatte ich erstmals die Ruhe, mir den Mann anzuschauen, der so besorgniserregend in mein Leben eingedrungen war. Er war etwas älter als ich und hatte ein festes Gesicht, dem ich ansah, dass es zu befehlen gewohnt war. Das Lächeln war mir eine Spur zu gewöhnlich, der Gesamteindruck nicht bedrohlich. Er nannte mir eine Adresse, und ich fuhr los. Während der Fahrt gab er laufend Anweisungen, wo ich hinfahren sollte. Kurz vor dem Ziel musste ich anhalten und parken.

›Wollen Sie nicht aussteigen?‹, fragte ich nervös.

›Wir warten hier, Kleiner‹, sagte er.

Wir warteten eine halbe Stunde.

›Du hast mir das Leben gerettet, Kleiner, die wollten mir näm-lich an den Kragen‹, sagte der Mann plötzlich. ›Spielschulden. Ich hab' jetzt keine Kohle, aber ich werd' mich revanchieren.‹ Ich heiße John. Du kannst mich im *Blue Moon* erreichen. Dann sprang John aus dem Wagen und verschwand um die Häuserecke.«

Stefan füllte die Gläser nach.

»Sind Sie sicher, dass Sie das tatsächlich erlebt haben?«, fragte Bettina.

Stefan schlug mit dem Handballen auf den Korken. »*Sie* wollten doch hören, wie es zum Brand auf der Decker-Alm kam.«

»Erstens habe ich Ihre Phantom-Geschichte gelesen, und zweitens ist mir die Anrede *Kleiner* schon häufiger untergekom-men.«

»Für die Klischees anderer kann ich nichts. Später habe ich John erklärt, im Umgang mit einem Schriftsteller müsse er auf abgegriffene Floskeln verzichten.«

»Hat er?«, wollte Bettina wissen.

»Er hat.«

»Sie sind also ins *Blue Moon* gegangen, um den Fahrpreis zu kassieren?«

»Bin ich lebensmüde? Ich habe drei Wochen abgewartet, ob John sich bei mir meldet. Nichts. Mehr und mehr setzte sich dann bei mir die Einsicht durch, dass ich eine Prämie verdient hätte.«

»Geld ...«

»Zu der Zeit drückte ich das Haushaltsgeld auf zehn Euro die Woche. Tütensuppen, Brot, Streichwurst, die lange vorhält.«

»Als Taxifahrer muss man doch nicht verhungern.«

»Ich arbeitete nur die halbe Zeit, die andere habe ich beschrie-benes Papier produziert. Die Miete, das Auto – ich stotterte an einer Reparatur, anstatt den Wagen abzumelden. Dieses Auto war für mich zum Symbol im Überlebenskampf geworden, es abzu-geben hätte bedeutet, die Schwelle zur Armut zu übertreten, das

Absinken auf die unterste Stufe. Ich wollte mir beweisen, dass ich auch ohne die regelmäßigen monatlichen Überweisungen auskomme, und ich wollte die Zeit zum Schreiben nicht dem Broterwerb opfern. Dann hätte ich bei der Nachrichtentechnik bleiben können. Ich ging also mit einem genialen Plan ins *Blue Moon*, um meine Haushaltskasse aufzubessern. Dem Barkeeper sagte ich, das bestellte Taxi für John sei da. Er schaute mich seltsam an und winkte mich dann in einen Gang neben der Theke. Das schummrige Licht behagte mir nicht, war aber genau so, wie ich es vorausgedacht hatte. Ehe ich mich richtig versah, stand ich mit dem Rücken zur Wand und der Barkeeper hatte mich am Kragen.

›Wo ist John?‹, fragte er und schlug meinen Hinterkopf mehrfach gegen die Wand, damit es mir schneller einfallen sollte.

›Ich weiß es nicht‹, japste ich. Das Dröhnen verstärkte sich, weil der Barkeeper noch heftiger anklopfte. Mehr als ein *Ich suche ihn* brachte ich nicht heraus.

Am Ende des Ganges öffnete sich eine Tür. ›Was ist los?‹, fragte eine Stimme ungehalten. Ich wagte nicht, den Kopf zu bewegen.

›Der Kerl will was von John‹, antwortete der Barkeeper und stieß mich in den Gang. Ich stolperte und lief voll gegen eine Faust in meiner Magengrube.

›Du kannst wieder nach vorn gehen‹, wies der Mann den Barkeeper an.

Ich krümmte mich auf dem Fußboden vor Schmerzen.

›Keine Kinderstube‹, sagte der Mann und trat mir heftig in die Seite, dass ich aufschrie. Wenn ich schon unangemeldet zu Besuch käme, belehrte er mich, sollte ich wenigstens aufstehen und *Guten Abend, Leo* sagen. Ich weiß nicht, wie ich hochkam, aber ich war oben und stöhnte: ›Guten Abend, Leo.‹

›Keine Vertraulichkeiten‹, tadelte Leo und verpasste mir eine Ohrfeige, die mich endgültig umwarf. Er schleifte mich in ein kleines fensterloses Büro und lud mich im Sessel vor dem Schreibtisch ab. Mit einem einzigen Ruck drehte er den Sessel in seine Richtung.

Ich schmeckte Blut auf den Lippen und wischte es mit dem Handrücken weg.

›Erzähle dem lieben Leo, was du mit John gemacht hast‹, forderte er mich auf. Hinter ihm trat eine blonde Frau in mein Blickfeld. Sie steckte vollkommen faltenfrei in einem rosa Kostüm mit kurzer Jacke und kurzem Rock, eine perfekte Besetzung für das Kleidungsstück.«

»Der Barkeeper hatte wohl nicht fest genug angeklopft, dass Sie in der Lage noch wohl proportionierte Formen wahrgenommen haben.«

»Ich denke, das ist ein Schutzmechanismus«, sagte Stefan. »Man verdrängt die Gefahr, damit die Angst nicht die Kontrolle übernimmt.« Er gab Bettina keine Zeit zum Antworten. »Ich stammelte das Erlebnis aus der Pritzelstraße. Für meine blutenden Lippen hätte ich ein Taschentuch gebraucht, traute mich aber nicht, den Bericht zu unterbrechen und in die Hosentasche zu greifen. Das Blut tropfte mir auf Jacke und Hose.

Leo hörte wortlos zu. Nachdem ich geendet hatte, holte er eine Pistole aus der Schreibtischschublade, entsicherte sie und setzte sie mir auf die Stirn. ›Erzähle, was mit John passiert ist‹, wiederholte er, ›und zwar die Wahrheit, sonst war das die letzte Lüge, die du dir ausgedacht hast.‹

Ich sank tiefer in den Sessel, konnte aber der Berührung durch das schwarze Metall nicht entgehen. Ich warf einen Hilfe suchenden Blick zu der blonden Frau. Mir kam gar nicht der Gedanke, dass sie bei Leo vermutlich ebenso wenig ausrichten konnte wie ich. Sie hatte ängstlich geweitete Augen.

›Leo‹, flehte sie.«

»Leo!«, imitierte Bettina. »Das klingt verdammt nach Kino. Sie müssen mir Ihren letzten Drehbuch-Entwurf nicht als wahre Geschichte verkaufen.«

»Es gibt keinen Grund, Ihnen Ammenmärchen aufzutischen«,

protestierte Stefan. Dann war Stille, und er ärgerte sich über diesen Misston. »Ich schau mal nach dem Ofen«, sagte er, um überhaupt etwas zu sagen. Er legte Holz nach und blies in die Glut, bis ihm die Funken ins Gesicht stoben. Schnell schloss er die Ofenklappe. Diese Hütte wollte er auf keinen Fall in Brand setzen.

Unschlüssig warf er einen Blick vor die Tür.

Am tiefen Schwarz des Himmels funkelten Hunderte von Sternen. Ganz rechts lag der Gipfel des Kreuzecks in mildem Licht. Der Mond kündigte sich an.

»Es weht ein kalter Luftzug«, rief Bettina aus dem Wohnraum.

»Wir verpassen eine herrliche Sternennacht«, antwortete er mit hörbarer Begeisterung. »Schauen Sie sich diese Pracht an!«

Als sie kam, stand er noch wie festgenagelt auf der Türschwelle. »Ich habe Ihnen Ihre Jacke mitgebracht.«

Sie setzten sich auf die Bank neben der Tür und beobachteten, wie der Mond hinter dem Kreuzeck aufging.

Bettina stieß ihn an. »Sind Sie noch verärgert?«

»Nein«, rang er sich ab. Damit sie ihm glaubte, erzählte er weiter.

»Margot, die Blondine, kannte die Adresse, zu der ich John gefahren hatte, und dieser Umstand überzeugte Leo, dass ich die Wahrheit gesagt hatte. Mit einer Flasche Whisky unter dem Arm und der Ermahnung, mich ruhig zu verhalten, ansonsten könnten mich die anderen aufstöbern, verließ ich das *Blue Moon*. Margot brachte mich zum Wagen und hauchte mir ein *Danke, dass du John geholfen hast*, auf die geschwollenen Lippen.

Ein halbes Jahr später tauchte John wieder auf. Wir begegneten uns zufällig, als ich einen Fahrgast aus einer Bar abholte. John steckte mir spontan vier Zweihundert-Euro-Scheine zu. Von da an fragte er nach mir, wenn er ein Taxi für sich oder Margot brauchte. Margot behandelte mich von Anfang an wie einen guten Freund. Wenn ich sie allein fuhr, plauderte sie meist über das, was sie im Moment bewegte, auf eine offenherzige und naive Art.

John lud mich gelegentlich ins *Blue Moon* ein. Es machte ihm Spaß, seinen Freunden einen intellektuellen Bekannten vorzuführen, und er genoss die vermeintliche Aufwertung seines Egos, das ansonsten aus Prahlerei über das Geld und über die Frauen bestand, die er haben konnte und die ihm aufs Wort gehorchten, und dazu zählte auch Margot. Als ich ihm eines Tages nicht mehr nüchtern meinen Traum von der Sylvesterfeier auf der Hütte erzählte, war er sofort Feuer und Flamme. ›Das machen wir‹, sagte er, ›und Margot kommt mit.‹ Von den vulgären Saufgelagen zu Sylvester mit den Schlampen habe er die Nase gestrichen voll.

Ich glaubte, bei John etwas bewegt zu haben und stimmte zu. John mietete uns einen Tag vor Sylvester im besten Hotel am Tauernpass ein. Offiziell hatte er hinterlassen, er sei zum Jahreswechsel mit Margot in Wintersport gefahren. Sylvester um zehn Uhr vormittags brachen wir auf. In unseren Rucksäcken steckte das Nötigste, ein Schlafsack, Brot, Wurst, Käse, Champagner für Mitternacht und eine Flasche achtzigprozentigen Rum, um Grog zu machen – eine Gewicht sparende Idee von mir, bei der wir auf einen ordentlichen Rausch nicht zu verzichten brauchten.

Bereits an der ersten Steigung merkten wir, dass Margot nicht genug Kondition besaß. Wir hatten drei Stunden bis zur Hütte veranschlagt, das war mit ihr nicht zu schaffen. Gegen zwei Uhr waren wir endlich angekommen, konnten aber die Hütte nicht ausmachen. Gleich hinter der Hütte steigt die Wiese hoch, und in dieser Mulde war die Hütte völlig eingeschneit.«

»Haben Sie nicht vorhin gesagt, die Tour sei ein Abenteuer, weil die Hütte im Winter oft eingeschneit ist?«

»Damals wusste ich das noch nicht. Wir stocherten also mit unseren Skiern im Schnee herum, ohne viel auszurichten. Der Schnee war unter der Oberfläche hart gefroren, und da hätte selbst mit einer Schaufel graben nur Sinn gemacht, wenn wir die Stelle genau gekannt hätten.«

»Dann hat sich der Himmel bezogen und es begann zu schneien?«

»Woher ...«

»Nichts für ungut«, unterbrach Bettina schnell. »Es musste so sein, wegen der Dramaturgie.«

»John war sauer. Wir sind dann hinüber zur Decker-Alm gefahren. Ohne Werkzeug kamen wir in die Hütte nicht hinein, aber die Stalltür war kein Problem. Im Stall fanden wir kein Werkzeug, dafür Heu zum Schlafen und Holz. John sagte: ›Bleiben wir halt hier.‹ Ich war froh, dass wir die Hütte nicht aufbrechen mussten, ich hätte auf ewig ein schlechtes Gewissen gehabt. Notdürftig richteten wir uns ein und zündeten ein Feuer an. Ich fand eine Petroleumlampe, die am Türpfosten hing und noch reichlich gefüllt war, und durchsuchte den Stall.«

»Sie brauchten einen Topf, vermute ich.«

»Ich stöberte einen emaillierten Teekessel auf, der nicht mehr ganz dicht war.«

»Damit waren die Voraussetzungen für das Saufgelage gegeben.«

»Wenn Sie eh schon alles wissen ... Leider haben Sie Recht. Zunächst war die Stimmung gut, und wir aßen zu Abend, reichten Brot, Käse und Wurst reihum und jeder biss ein Stück ab. Zu trinken gab es nicht zimperlich angemachten Grog. Das Drama begann, als John zu philosophieren begann. Er verglich sein Leben mit dem meinigen, er hatte Geld und ich keines, er jede Menge Weiber, wie er sich ausdrückte, und zog daraus die Schlussfolgerung, dass er lebe und ich vegetiere. Während er seinen Verstand zur Befriedigung der menschlichen Grundbedürfnisse einsetze, würde ich den meinen zu Nutzlosem verschwenden. Wir bekamen Streit, und es kam zu einem Handgemenge, ich setzte mich mit einem brennenden Holzscheit zur Wehr, John schlug mir das Holzscheit aus der Hand, und im Nu stand das Heu in Flammen.«

»Sie haben sich wegen einer primitiven Zuhälter-Weltanschauung geprügelt?«, fragte Bettina erstaunt.

»Na ja«, druckste Stefan, »er hat Margot beleidigt.«

»Sie waren in Margot verliebt, nicht wahr?«

»Papperlapapp«, erwiderte Stefan.

»Was war dann der Grund?«

»Verachtung, Erniedrigung. John zwang Margot, sich den Pullover und das Hemdchen auszuziehen, eine Demonstration seiner Macht. Noch hoffte ich, er würde Ruhe geben, aber dann sollte sie sich ganz ausziehen. ›Wir besorgen es ihr‹, grölte John, ›erst du, dann ich.‹«

»Saufen und die Puppen tanzen lassen – wollte dieser John dem nicht eigentlich entfliehen?«

»John konnte nicht aus seiner Haut. Der mächtigste Mann des Milieus sitzt Sylvester weit abseits in einem zugigen Stall, wie absurd und lächerlich! Ich schätze, auch auf der Hütte wäre uns Ähnliches widerfahren. Margot war zutiefst verletzt, das konnte ich sogar im Feuerschein in ihrem Gesicht sehen. Verdammt, sie war eine Nutte, aber John war dabei, ihr die Seele wegzunehmen, die nur ihr und keinem Freier gehörte. John schlug sie, und ich griff nach dem Holzscheit. Nur mit meinen Fäusten hätte John mich in zwanzig Sekunden fertiggemacht. Erst als die Flammen schon hoch aus dem Heu schlugen, ließ John von uns ab. Gegen das Feuer hatte ich ebenso wenig eine Chance wie gegen John.

Im Morgengrauen sind wir zurück zum Tauernpass aufgebrochen. Im Hotel haben wir uns getrennt, und seitdem habe ich John nie wieder gesehen. Margot hat mich noch gelegentlich in meiner Wohnung besucht, immer, wenn sie den Beruf und die Abhängigkeit nicht mehr in ihrer Seele bewältigte und sie daran dachte, vorzeitig aufzugeben. Sie war voller Sehnsucht nach Liebe und wollte selbst Liebe geben.«

»Hat sie Ihnen – Liebe gegeben?«

»Ja.«

Bettina berührte seine Schulter. »Sie sind nicht der Scheißkerl, als den ich Sie mehrfach beschimpft habe.«

27

Der Mond hatte sich vom Kreuzeck gelöst und zeigte sich in beinahe vollkommener Rundung. Stefan suchte in seinem Leuchten nach den schemenhaft zwischen Sichtbarem und Einbildungskraft liegenden Maren.

»Der Mond ist eine unerschöpfliche Quelle von Kraft und Fantasie«, nahm er das Gespräch wieder auf. »Margots Beziehung zur Nacht war naturgemäß ausgeprägter als die zum Tag. Sie mied Nacktbadestrände, weil sie sich dort bloßgestellt fühlte. Wenn sie traurig war, dachte sie an den Mond. Für sie war er nachsichtig und vergebend. Der Mond ist dein Freund, habe ich ihr einmal aufgeschrieben, der nicht ins Dunkel leuchtet, wo er nichts sehen will. Margot kam immer spätabends zu mir. Sie wollte kein Licht, und ich lernte, mit meinen Händen zu sehen und, wie Bilder in meinem Kopf explodieren. Nur gelang es mir nie, mein schlechtes Gewissen zu überwinden. Die Freundschaft mit einer Prostituierten passte nicht in meine Wertvorstellungen – die Erkenntnis, dass Leidenschaft für mich bisher nur ein Wort war, dessen Bedeutung ich bisher nicht erfahren hatte, stürzte mein Selbstverständnis ein und machte mich zugleich schuldig. Bei ihrem letzten Besuch nahm sie mich fest in den Arm. ›Du bist der netteste Kerl, den ich bisher getroffen habe‹, sagte sie zum Abschied, ›nur in einem Punkt bist du wie die anderen: Deine Küsse sagen nicht die Wahrheit.‹ Margot wollte sich die Anerkennung nicht erkaufen, die ich ihr verweigert habe. Die Beziehung zwischen uns beiden war aussichtslos, ich konnte nicht über meinen eigenen Schatten springen.«

»Sie ist über Ihre Seele gewandert und hat Spuren hinterlassen. Aber bitte, schreiben Sie das nicht auf, weder meine Bemerkung noch die Geschichte selbst.«

»Sie ist Ihnen zu rührselig, nicht war? Seien Sie unbesorgt, Margot ist keine öffentliche Frau. Ich respektiere sie.« Stefan wechselte unvermittelt das Thema. »Klare Sternennächte sind eine Herausforderung an die Poesie. Viel wurde über sie geschrieben, romantisch, zärtlich oder wortgewaltig. Ich traue mich nicht, weitere hinzuzufügen. Himmelszelt, Firmament, Universum, Kosmos – es gibt nicht genug Worte für diese Vielfältigkeit. Außerdem neige ich unter solchen Umständen dazu, kitschig zu werden.«

»Sie stoßen doch nicht etwa an Ihre Grenzen?«

Stefan ignorierte Bettinas feinen Spott. »Gefühle entziehen sich jeder Form von Argumentation. Das sind Ihre Grenzen. Denken Sie an die Handvoll Amerikaner und Russen, die über uns fliegen. Bedeutet das für Sie Überwindung der Schwerkraft, Beherrschung von Naturgesetzen oder technische Höchstleistung?«

»Von allem etwas«, sagte Bettina vorsichtig, »doch wird meine Antwort Ihrer Frage nicht gerecht.«

»Es ist nichts, was den Menschen aus sich heraustreten lässt.«

»Sind Sie Esoteriker?«, fragte Bettina.

Stefan lachte. »Das einzig Geheimnisvolle an mir ist meine Identität.«

Bettina musterte ihn kurz aus den Augenwinkeln. »Sie haben mir doch Ihren Namen genannt, Stefan Brucks.«

»Bruhks. Mit einem Dehnungs-h.«

»Sie sollten sich in Geheimniskrämer umtaufen lassen. Der Name passt gut zu Ihnen und enthält kein einziges u.«

Von rechts schob sich eine Wolke über die Spitze eines unbedeutenden Allerweltsberges, dessen Namen Stefan nicht kannte. Die Wolke kam aus nordwestlicher Richtung, andere würden ihr folgen und Regen bringen.

»Vielleicht sollten wir weniger reden und dafür den Anblick des Sternenhimmels auf uns einwirken lassen«, schlug er vor.

»Ich fürchte, es gibt diese Nacht noch Regen.«

Die Wolke streifte die Siebenachtelscheibe des Mondes und verschluckte einen Teil des Lichtes. Winzige Pünktchen wie Augenflimmern gewannen für Minuten an Leuchtkraft und

Kontur und wurden dann vom wieder aufhellenden Mondlicht aufgesogen.

»Von jeder Sonne bleibt eines Tages nur das Licht«, sagte Bettina leise. »Es trifft noch in Millionen solcher Nächte auf die Erde. Das ist eine wirkliche Dimension! Drucktermine, Neuerscheinungen, das Programm für das nächste Jahr, der Messetermin – all das ist unwichtig wie ein Schnippen mit den Fingerspitzen.«

Nach einer Weile stieß sie ihn mit dem Fuß an. »Was ist? Haben die Sterne Sie hypnotisiert? Oder warum starren Sie so beharrlich in den Nachthimmel?«

»Ich sitze nicht zum ersten Mal nachts auf dieser Bank. Der Horizont öffnet sich, trotz der Dunkelheit, und ich sehe nicht mehr, sondern weniger, das Wesentliche eben. Das Leben reduziert sich auf seine Grundfunktionen: Hunger und Durst stillen, Schutz vor Naturgewalten suchen, Wärme schaffen. Wenn ich einen Baumstamm in handliche Kloben spalte, arbeite ich unmittelbar für mein Bedürfnis nach Wärme. Zu Hause drehe ich einen Regler und danach richtet sich der Geldbetrag, der von meinem Konto abgebucht wird. Dann muss ich dafür sorgen, dass neues Geld auf das Konto fließt. Also fahre ich Taxi. Selbstverständlich ist mir klar, dass ich auf der Alm nicht überleben kann, und trotzdem verursacht mir das Fehlen unserer gewohnten komplizierten Mechanismen ein unbeschreibliches Gefühl von Freiheit. Meine Ansichten relativieren sich bis hin zu der Frage, warum ich eigentlich Romane schreibe. Habe ich wirklich Wichtiges mitzuteilen?«

»Wie lautet die Antwort?«

»Ich schreibe gerne. Ich fühle mich berufen.«

»Ein Mann stürzt vor einer Metzgerei und schlägt sich das Knie auf. Ich fühle mich berufen, sagte der Metzger und amputierte das Bein.«

»Ich schlachte die deutsche Sprache?«

»Nein«, lachte Bettina. »Sie übertreiben mit Ihrem Anspruch.«

»Ihre Vergleiche sind auch nicht gerade trivial.«

»Aus dem, was ich von Ihnen gelesen habe, schimmerte das Bemühen, Botschaften zu übermitteln. Überlassen Sie das den Werbespots. Was ist gegen gute Unterhaltung einzuwenden?«

Von rechts schwebten weitere Wolken im Zeitlupentempo in den Talhimmel. Eine gute halbe Stunde noch, schätzte Stefan, dann würde der Sternenhimmel erloschen sein. Auch die Kälte kroch langsam in die Kleidung. Er zog den Reißverschluss der Jacke bis zum Hals hoch.

»Offenbar nichts«, stellte Bettina fest.

»Müssen wir unbedingt jetzt darüber reden? Sie wollten meine Empfindungen, ich habe sie Ihnen geschildert. Alles andere ist mir gleichgültig, das Schreiben so weit weg wie der nächste Computer. Unwichtig wie ein Fingerschnippen, sagten Sie.«

Bettina zupfte einen langen Halm aus einem Büschel Gras, das unter der Bank bis in Wadenhöhe sprießte. »Gut, lassen wir das Thema Schreiben, wenn es Ihnen für die ehrerbietige Stille nicht angemessen ist.«

»Anfangs hat mich das Geplätscher des Baches gestört. Ich wurde verrückt im Kopf bei dem Gedanken, dieses Geräusch nicht abstellen zu können. Ich hatte den Wunsch nach vollkommener Ruhe.«

»Haben Sie es schon einmal mit einer Kirche auf dem Land versucht?«, fragte Bettina.

»Nein. Himmlische Ruhe?«

»Heilige Ruhe.«

»Abstand gehört dazu«, sagte Stefan. »Verstehen Sie? Mehr als hundert Kilometer müsste die Kirche schon entfernt sein.«

»Ich fühle mich ruhig und glücklich bis in die Haarspitzen. Wir sind bestimmt mehr als hundert Kilometer weit weg.«

»Und ich bin froh, dass ich nicht allein bin.«

»Schön«, sagte sie, für ihn so flüchtig, dass er glaubte, er habe sich die Antwort eingebildet. Die Stille lenkte seine Betrachtungen ab zu den Wolken, die den Mond in ihre Mitte nahmen und an ihm vorbeizogen. Dann drängten sich Körpersignale in sein Bewusstsein. Die ganze Zeit saß er eng neben Bettina, Schulter an Schulter. Er verkrampfte in dem Bemühen, sich nicht zu bewegen, nicht mit den Armmuskeln zu zucken, damit sie nicht von ihm abrückte.

»Ich verzeihe dir«, sagte Bettina leise und ohne ihn anzusehen; plötzlich und unerwartet, dass es ihm die Sprache nahm.

»Ich ...« Stefan verschluckte den Rest und räusperte sich. »Ich hätte mich nie getraut, Sie um Verzeihung zu bitten, ich meine, um mehr als die Entschuldigung auf dem Priacher.«

»Nicht mit Worten, ich weiß. Dein Verhalten hat es getan. Trotz aller Merkwürdigkeiten in deinen Reden.«

Der Himmel war jetzt zur Hälfte bedeckt und der Mond in arger Bedrängnis.

»Ich bin dir unendlich dankbar«, nahm er das angebotene Du auf. »Nicht wegen der Konsequenzen. Ich habe zuletzt sehr unter der Vorstellung gelitten, dass ich dich nach hierhin verschleppt habe und du nicht freiwillig bei mir bist.«

»Der Alptraum ist jetzt für uns beide vorbei.« Sie drückte seine Hand. »Darf ich ... ich habe einen Wunsch.«

»Selbstverständlich«, sagte er.

»Können wir noch ein paar Tage verschollen bleiben?«

»Wartet denn niemand auf dich, der sich sorgt?«

»Vielleicht Berthold.«

»Dein Freund?«

»Ja und nein.« Bettina schaute beharrlich nach oben. »Er ist auch mein Chef.«

»Die Karriere«, sagte Stefan.

»Nein!«, protestierte Bettina. »Ein väterlicher Freund, ein Vorbild.«

»Im Bett reduziert es sich auf ein Verhältnis. Oder habt ihr dort gemeinsam Manuskripte gelesen?«

»Spar dir deine Ironie. Zu spät wurde mir klar, dass keine Liebe im Spiel ist.« Bettina stieß ihn mit der Schulter an. »Was ist mit dir?«

»Ich sehe euch. Du bist nackt, und er ist zu alt für dich. Er berührt deinen Mund, deine Brüste, den Bauch. Er fasst dich an. Ohne Gefühle würde ich niemandem erlauben, mich anzufassen.«

»Du hast keinen Grund, eifersüchtig zu sein.«

»Ich mag das starke und selbstbewusste Bild von dir, da fällt es mir schwer zu glauben, dass du bei ihm schwach geworden bist.«

»Ich gebe zu, es war ein Irrtum. Das Einzige, was ich mir vorwerfe ist, nicht Schluss gemacht zu haben, nachdem ich mir über die Beziehung zu Berthold im Klaren war.«

»Du bist mit ihm aus purer Gewohnheit ins Bett gegangen?«

»Hör zu, Stefan, ich bin nicht katholisch, und du bist nicht mein Beichtvater. Was ich getan habe, ist allein meine Sache. Wenn Schriftsteller über ihre Liebesbeziehungen und Verhältnisse an der Schreibmaschine Rechenschaft ablegen müssen, ist das deren Sache.«

Stefan sprang auf. »Ich habe den Ofen vergessen!«

Bettina verdrehte die Augen. Durch die offene Tür rief sie ihm hinterher: »Berthold ist ebenso gut oder schlecht wie jeder andere.«

Stefan, der vor dem Herd kniete, konnte den trotzigen Ausdruck in ihrem Gesicht nicht sehen. Der Rollwagen im Herd war leer, und er musste einen Stapel Brennholz aus dem Stall holen. Bevor er die Ofenklappe schloss, blies er kräftig in die Glut, bis Flammen um die Holzscheite züngelten. Die Kerze auf dem Ecktisch neben der Tür war ebenfalls heruntergebrannt, und er entzündete am Stummel eine neue. Draußen setzte er sich wieder neben Bettina, genauso eng wie vorher.

»Ich wollte das Gespräch nicht abwürgen«, entschuldigte er sich.

»Du hast meine Beziehung zu Berthold als Verhältnis eingestuft.«.

»Wir sprachen über nicht vorhandene Liebe. Erinnerst du dich noch an meine Aufzählung der Bedürfnisse? Die Liebe fehlte.«

»Du sagtest *Hunger, Durst, Schutz und Wärme* – die Liebe lässt sich mit jedem dieser Begriffe verbinden.«

»Ich dachte nicht an das Gemeinsame. Liebe lässt sich nicht sammeln wie Blaubeeren und Pilze, sie kann nicht wie Holz gehackt und nicht aus dem Bach geschöpft werden.«

»Sie kann Unterschlupf in einer Berghütte finden«, sagte Bettina.

»Die Natur gibt, was man zum Überleben braucht, nur keine menschliche Wärme. Die Frage ist, wie lange ein Mensch ohne die Zuneigung eines anderen Menschen überleben kann.«

»Ohne selbst zu erkalten«, ergänzte Bettina.

Stefan lachte leise. »Ich möchte nicht nur mit den Händen streicheln, wie bei Margot.«

Bettina reagierte nicht sofort. »Wie ist es mit deiner Vergangenheit, Margot ausgenommen?«

»Nicht der Rede wert«, antwortete er wahrheitsgemäß.

»In deinem Alter? Hat es keine wilden Jahre gegeben?«

»Keine, an die ich mich erinnern kann.«

»Du bist ja ein ganz Seltsamer! Eine solche Sorte Mann ist mir bisher noch nicht begegnet.«

»Mein Leben bleibt in weiten Teilen undurchdringlich wie das Dunkel der heutigen Nacht.« Stefans Stimme vibrierte leicht. »Du versuchst mich, gemeinsam mit dir auf Entdeckungsreise zu gehen.«

»Vielleicht wäre das für mich eine gute Gelegenheit zum Neubeginn. Jetzt, wo die Entführung nicht mehr zwischen uns steht.«

»Heißt das, dass wir uns auch nach dieser Woche treffen könnten?«, fragte er.

»Warum nicht? Oder möchtest du weiter als Literaturphantom auftreten?«

»Die Geschichte ist eine Satire.«

»Ich meinte nicht dein Manuskript.«

»Die Entführung bedaure ich nicht; allein für die versöhnliche

Wendung lohnen sich die Schuldgefühle, auch wenn sie mich beinahe aufgefressen haben.«

Schweigend hörten sie dem gleichmäßigen Plätschern des Quellbaches zu.

»Es ist spät«, sagte Bettina schließlich. »Ich möchte jetzt schlafen gehen.«

»Willst du oder soll ich?«

»Geh ruhig zuerst«, entschied sie. »Ich schließe die Tür ab und blase die Kerze aus.«

Bettina ließ sich Zeit. Stefan lag auf der Seite, mit angezogenen Beinen, und hielt den Schlafsack am Kinn fest geschlossen. Er wartete, auf Bettina und die Körperwärme. Langsam verteilte sie sich im Schlafsack, und er dehnte sich aus der Kauerstellung.

Ein Kerzenlicht wanderte durch die Tür und zurück. Bettina holte sich ihren Pyjama. Im Ofen knackte ein Holzscheit.

Die Befreiung brauchte ein wenig Zeit, bis sie endlich aus Bettinas Worten schlüpfte und sich in seinem Innern wie die Wärme im Schlafsack verbreiten konnte. Er hätte schreien können vor Glückseligkeit. Erstaunt bemerkte er darum eine melancholische Grundstimmung, die sein Gefühl zwar nicht zudeckte, ihm aber die Perspektive nahm, als sei das Glück nur für diesen Augenblick, ein Höhepunkt, der mühsam erreicht wurde und dem in seiner Endlichkeit nur noch Leere folgt.

Stefan schloss die Augen und horchte in sich, um Ordnung zu schaffen. Sein Glück produzierte jetzt Sehnsucht wie ein Körperhormon, eine unbändige Sehnsucht, und drängte sein Bewusstsein in die Küche zu Bettina. Im Aufnehmen der Geräusche war er geübt. Wasser floss aus der Schöpfkelle in ein Gefäß. Der Deckel des Wasserbehälters wurde geschlossen. Eine Zahnbürste wurde in den Becher gestellt, Wasser gespuckt, die Hüttentür knarrte. Er ahnte das Platschen des Wassers im Gras mehr, als er es hören konnte. Der Schlüssel drehte sich im Schloss.

Dann war es ruhig. Was sie wohl machte? Jetzt kam sie; er hörte ihre Schritte und sah das flackernde Kerzenlicht. Sie hielt die Kerze hoch über ihr Bett und ordnete mit einer Hand den Schlafsack, um hineinzuschlüpfen. Dann war es dunkel. Ein Brett knarrte unter ihrem Gewicht. Der Reißverschluss ihres Schlafsackes sirrte.

»Gute Nacht«, sagte sie.

»Eine gute Nacht wünsche ich dir auch«, antwortete er, gesetzter als beabsichtigt. War der Gutenachtgruß schon die Erfüllung des heutigen Tages?

»Ich friere«, sagte sie mit belegter Stimme.

Stefan schälte sich aus dem Schlafsack und tastete sich im Dunkeln durch die Tür. Das Feuer im Ofen schimmerte rötlich durch das Loch in der Herdplatte. Mit Mühe schob er ein weiteres Scheit Holz durch die Ofenklappe.

»Ich habe den Herd bis oben hin vollgestopft«, sagte er, zurück im Schlafraum. Bis morgen früh würde die Wärme nicht vorhalten. *Die Frage ist, wie lange ein Mensch ohne die Zuneigung eines anderen Menschen überleben kann.* Ohne selbst zu erkalten, hatte sie ergänzt. Sehnsuchtsvoll streckte er seine Hand in das Dunkel und berührte ihre Schulter. Sie drehte ihr Gesicht in seine Hand, und er spürte ihre Haare, die Augen und ihren Mund.

28

Durch das Schiebefenster fielen Streifen helles Sonnenlicht in den Schlafraum. Bettinas Haare kitzelten Stefan im Gesicht. In der nächtlichen Kühle des Schlafraumes waren sie eng aneinander gerückt und teilten sich die Wärme. Stefan schloss die Augen und startete mühelos die Erinnerungen der letzten Nacht, von den sanften Berührungen bis zu den heftigen umklammernden Bewegungen.

Bettina streckte die Beine und drehte sich auf den Rücken. Sie holte tief Luft, einem Schnaufen ähnlich, das seine Stimmung störte.

Unerwartet trafen sich ihre Blicke.

»Wer bist du, Stefan Bruhks?«, fragte sie.

»Hallo, guten Morgen«, antwortete er. »Die Sonne scheint, der Regen ist ausgeblieben, da sollten wir uns den Tag nicht mit Gewissenserforschungen belasten.«

»Mit einem Mann wie dir habe ich noch nie geschlafen«, fuhr Bettina unbeirrt fort. »Und jetzt, wo dein Mund jede Stelle meines Körpers von der Stirn bis zu den Kniekehlen besser kennt als ich in dreiunddreißig Jahren, solltest du ihn zum Reden gebrauchen.« Sie küsste ihn flüchtig auf die geschlossenen Lippen. »Du hast mich verrückt gemacht.«

Stefan zog sie an sich.

Sie machte ihren Mund frei und sagte: »Du frönst deiner Lieblingsbeschäftigung: Ablenken. Nach all dem, was du mit mir veranstaltet hast, ist Vertrauen die wichtigste Voraussetzung. Ich hätte dir nie verziehen, wenn ich nicht Vertrauen gehabt hätte. Jetzt erzähle mir, wer du bist, Stefan Bruhks.«

In Stefans Bauch drehte sich der Schreck. Über kurz oder lang würde er sich zu Panik wandeln und nach seiner Kehle greifen. Der unerwartet glückliche Ausgang der Entführung lenkte sein Leben nicht von selbst in geordnete Bahnen. Sich zu verkriechen ist eine andere Sache, hatte sie gesagt. Er würde nicht ständig vor sich weglaufen können. Das Leben würde die Lücken seiner Erinnerung füllen, hoffte er, wenn sich jemand fände, der ihm mit genügend Interesse zuhören würde.

»Die Wahrheit ist«, sagte er, »dass ich mein Leben erst seit knapp vierzehn Tagen kenne. Mein Name ist Stefan Bruhks, wenn ich meinem Personalausweis Glauben schenke.«

»Drücke dich deutlicher aus. Was bedeutet *erst seit knapp vierzehn Tagen?*«

»Was davor war, liegt im Dunkeln.«

»Amnesie? Warum müssen Schriftsteller einfache Sachverhalte stets kompliziert formulieren?«

»Ich habe vier Manuskripte in meinem Computer und eine Menge Verlagskorrespondenz im Bücherregal gefunden. Ist das der Beweis, dass ich Schriftsteller bin?«

Bettina setzte sich auf. »Warum hast du dich dann mir gegenüber als Schriftsteller ausgegeben?«

»Ich habe mich den erdrückenden Beweisen gebeugt. Tatsächlich verspüre ich einen ausgeprägten Hang zum Lesen und nicht zum Schreiben.«

»Das könnte vorübergehend sein.«

»Es gibt mich nicht, keinen Stefan Bruhks, weder amtlich und auch nicht unter der Adresse, wo ich wohne. Das ist eine Tatsache.«

Bettina drehte sich ihm zu und stützte ihren Oberkörper auf den Arm. Kalte Luft strömte unter die Decke.

»Leg dich wieder hin«, sagte Stefan. »Ich habe es auf dem Bürgerbüro nachgeprüft. Meine Nachbarin schwört, dass in meiner Wohnung bis vor kurzem eine Frau gewohnt hat, Stefanie. Sie nimmt an, ich sei ihr Bruder. Mein Kleiderschrank enthält nur Frauengarderobe, mein Bad ist voll mit Kosmetika, im Medikamentenschrank liegt die Pille. Kein Wunder, dass ich nicht schwanger werde.« Stefan steigerte sich in verhaltene Wut. »Dabei ist die Auflösung doch so einfach! Ich wache nach einem Anfall von Amnesie in der Wohnung meiner – Freundin, Schwester,

Geliebten auf. Leider ist die Holde auf Nimmerwiedersehen verschwunden, also muss ich mich allein auf die Suche nach *meiner* Wohnung machen. Welch bedeutungsloses Detail, dass Stefanies Adresse laut meinem Personalausweis auch meine Adresse ist!«

»Lieber Gott, bitte!«, flüsterte Bettina und sackte auf das Kopfkissen zurück. »In meinem Kopf dreht sich alles. Bochum«, schrie sie, »Nachrichtentechnik, Hermann, Margot, die kleine Engländerin – war jedes Wort Erfindung? Verdammt, ich wollte dich doch nicht in Frage stellen, nur ein wenig in deinem Inneren stöbern!« Ihre Stimme erstarb. »Berthold hat mich nicht belogen, er hat sich nur genommen, was ich ihm in meiner Einfalt in den Schoß geworfen habe, ich dumme Kuh!«

Mit einer heftigen Bewegung entzog sie sich seinen besänftigend nach ihr greifenden Händen.

»Ich habe dich auch nicht belogen!«, sagte er eindringlich.

Bettina ließ sich auf das Kopfkissen zurückfallen und zog den Schlafsack über ihre Brust.

»Gemein wäre, wenn ich dich getäuscht und mir von dir etwas hätte geben lassen, was du nicht zurücknehmen kannst«, sagte Stefan ernst. Er wischte ihr Tränen mit dem Zeigefinger aus den Augen. »Alles, was ich dir erzählt habe, ist schon allein deshalb wahr, weil ich mir nie die Mühe gemacht habe, Geschichten zu erfinden. Ich habe dir erzählt, was ich wusste, mehr nicht. Die ganze Wahrheit ist, dass mich in den ersten Tagen, an die ich mich erinnern kann, eine innere Stimme verfolgte. Die Stimme behauptete, sie heiße Alfred und sei eine Seele auf Bewährung.«

»Ist das endlich alles?«

Vorsichtig erkundigte sich Stefan: »Reicht das nicht?«

»Mir schon.« Bettina schob eine Haarsträhne aus der Stirn. »Ich habe mich mit einem Verrückten eingelassen«, stellte sie fassungslos fest. »Warum müssen Männer ihre Geständnisse eigentlich bis zum Morgen nach der ersten Liebesnacht zurückhalten? Ist das biologisch oder egoistisch, weil ihr euch die Gelegenheit nicht entgehen lassen könnt? Schlag in deinem Bedeutungswörterbuch den Begriff *Hingabe* nach. Und dann unter *Benutzung*. Kapier endlich den Unterschied!«

Eine Falte des Schlafsackes hatte sich zwischen beide gelegt.

»Bist du sprachlos?«, fragte sie.

»In den letzten Tagen – ich hatte manchmal das Gefühl, ich müsste von der Weißen Wand springen«, erklärte Stefan mit leiser Stimme. »Ich allein trage die Verantwortung.«

»Den letzten Satz kann ich unterstreichen. Ansonsten ist mir nicht damit geholfen, wenn du mir als Seele auf Bewährung erscheinst.«

Du bist nicht schuldig, sagte Alfred.

Stefan setzte sich stocksteif auf und verlor die Farbe aus dem Gesicht. Mit Alfreds Wiederkehr hatte er nicht mehr gerechnet.

Stell dir vor, es ist ein Traum, und vergiss, dass die da unten den schlechten Scherz beschlossen haben, wie sich eine Lektorin als erfolgloser Schriftsteller macht. Dabei sind sie nicht einmal selbst auf diese niederträchtige Idee gekommen, sie verlassen sich auf die Menschen. Jeder böse Gedanke wird irgendwann einmal begierig aufgegriffen.

Lauter als gewöhnlich sagte Alfred: *Ich verabschiede mich.* Leise fügte er hinzu: *Wird wohl nichts mit der Beförderung werden. Die Entführung werden sie mir ankreiden, weil ich dich allein gelassen habe. Hättest du mich bloß nicht zum Teufel gewünscht! Aber mit meiner Ehre lasse ich nicht spaßen.*

»Wer verabschiedet sich?«, fragte Bettina und schaute sich verunsichert um. »Jetzt werde auch ich verrückt.«

»Nein«, antwortete Stefan, »das ist Alfred.« Ein dunkles anschwellendes Grollen dröhnte in seinen Ohren, als stürzten Massen zu Tal, tief unter ihm. Dann war es wieder still und eine erlösende Ruhe setzte ein. Tränen liefen ihm das Gesicht herab. Vergeblich versuchte er, sie anzuhalten und nach innen zu schlucken.

Bettina zögerte, dann legte sie die Arme um seinen Kopf. Als Stefan endlich ruhig lag, war Alfred aus beider Erinnerung verschwunden.

29

Ich starrte auf das unbeschriebene Blatt in der Maschine. Unbefleckt, jungfräulich, schwirrte mir dazu im Kopf; ein Schriftsteller nimmt dem Papier die Unschuld. Solange das Papier weiß ist, ist es nichts, dessen wir uns schämen müssten. Erst die Buchstaben erzeugen die Konflikte, wenn sie sich zu Worten und Sätzen formen. Wenn ich schreibe, kämpfe ich mit Worten, schreibe ich nicht, kämpfe ich mit mir selbst. Wann hatte ich zu kämpfen aufgehört?

»Simpel«, sagte ich und hob den Zeigefinger zu meiner eigenen Belehrung, »simpel ausgedrückt: Es fällt dir nichts mehr ein.« Die Rolle der Triumph in diesem Spiel war noch nicht geklärt. Hatte sie mich nicht ständig zum Schreiben gedrängt? Im Grunde ging mir ihr silbernes Gegrinse und der melodische Anschlag auf die Nerven und ich hätte sie liebend gern erschlagen, aber so betrunken war ich nicht, dass ich mich nicht an meine blutenden Handgelenke erinnert hätte.

Die Pflaster waren schwarz und an den Rändern aufgerollt. Ich riss sie mit einem Ruck herunter.

Wenn ich mich recht erinnerte, fehlte der Schluss. Ein fulminantes Finale, das alle Fäden der Handlung zu einem Netz verknüpfte, um damit den Leser zu fangen, oder zu einem Strick drehte, an dem sich der Verfasser erhängen könnte?

»Ich bin eine mehrfach erhängte Leiche«, dozierte ich laut. Ich setzte den Zeigefinger erneut zur Unterstützung meiner Aussage ein und fing ihn im zweiten Versuch mit der anderen Hand ein.

Die Triumph lachte.

Na warte, dachte ich, jetzt werde ich dir ein letztes Kapitel auf die Walze hämmern, dass sich die Typenhebel biegen.

Letztes Kapitel

asdfg hjklöä asdfg hjklöä asdfg hjklöä qwert

```
zuiopü qwert zuiopü asdfg asdfg hjklöä asdfg
hjklöä asdfg alsk skdjfkjf aeeürtkkkkkkkkkkkk
```

Genial, kicherte ich, Generationen von Literaturkritikern und
gestandenen Germanisten würden die einschlägigen Periodika
mit Deutungsversuchen füllen. Wer auf den trivialen Ansatz
verfiel, der Autor habe in einer Phase seelischer und geistiger
Ausbrennung Fingerübungen an der Tastatur gemacht, worauf
die regelmäßige Anordnung der Buchstaben hindeute, würde ge-
ringstenfalls mitleidig belächelt, auf jeden Fall aus der Gemeinde
seriös arbeitender Textinterpreten ausgestoßen. *Versöhnung und
Chaos – ein ketzerischer Ansatz zum neueren Verständnis des Werkes
von Stefan Bruhks.* Wer würde diese Herausforderung wagen?
Mir fiel ein, dass ich in den letzten Jahren keine private Korres-
pondenz geführt hatte – Fluch der modernen Kommunikations-
technik, die auf das flüchtige, gesprochene Wort abstellte. Damit
fehlte den Deutern jegliches Quellenmaterial über die einzelnen
Phasen meines Schaffens und der Einfluss der wechselnden Le-
bensumstände auf mein Werk blieb im Verborgenen und konnte
nicht für Querinformationen genutzt werden.

Aus der augenblicklichen Euphorie stieg ich zügig zu einer
depressiven Stimmung hinab. Mit Daumen und Zeigefinger
zog ich das Blatt aus der Maschine und legte es auf den Stapel
der anderen. Fünf Zeilen pro Blatt waren angemessen. Sorgfältig spannte ich ein neues Blatt ein und richtete es aus. Dann
hämmerten meine Finger rhythmisch auf der Tastatur. Bei *jklöä*
verhakten sich die Typenhebel regelmäßig, weil ich zu schnell
war. Schade, dass es noch keine Methode gab, dem Leser durch
Vermittlung der Anschlagfolge beim Schreiben den letzten Rest
analytischen Aufschlusses zu geben. Nicht nur das r, auch das ä
war inzwischen verbogen und hob von der Grundlinie ab.

Im Licht der Schreibtischlampe schimmerte der eingetrock-
nete Bodensatz im Rotweinglas durch die wenigen Stellen, die
noch nicht matt von Fingerabdrücken waren. Nur eine Sekunde

schwankte ich beim Aufstehen. Vorsichtig stieg ich über das Leergut. Im Kühlschrank in der Küche fand ich kein Bier. Verflucht, du hast die Übersicht verloren, schimpfte ich und stopfte sämtliche Dosen einer Papp-Palette in den Kühlschrank. Rotwein mit Zimmertemperatur ist in Ordnung, aber Bier? Ich entschied mich für die schlechtere Alternative. Ich hatte Durst, und meine Kehle würde beim Hinunterkippen die Temperatur des Bieres nicht sonderlich registrieren.

Das warme Bier zischte, spritzte mir über die Hand und schmeckte eklig. Ich schüttelte die Tropfen auf den Boden und wischte mir die Hand am Gesäß ab. Die Luft in der Wohnung war warm und abgestanden wie das Bier. Hatte ich nicht erst vorgestern das Fenster geöffnet? Richtig, es regnete, und ... Nein, das musste vorige Woche gewesen sein. Oder?

Auf dem Küchentisch vergammelte ein halbes Brot, grüne Flecken waren auf der Schnittfläche gewachsen. Bis zum unverdorbenen Rest schnitt ich eine dicke Scheibe ab und warf sie neben den Tisch auf den Stapel der Bier-Pappen. Der Abfalleimer quoll bereits über.

Zu trockenem Brot schmeckt Rotwein besser, dachte ich kauend. Die Kartons mit dem Chianti standen unter dem Küchentisch. Mit dem Bücken drehte sich die Tischkante um hundertachtzig Grad. Zunächst beanspruchte der Schmerz im Hinterkopf mein Bewusstsein, dann fand ich die Lage komisch und strampelte mit den Beinen. Halt suchend griff ich nach einem der Kartons, er war leer und kippte weg. Vorsichtig rollte ich mich vom Rücken auf die Seite und dann auf alle viere. Zurück in der Senkrechten wurde mir erst schwindelig, dann hatte ich das Gleichgewicht wieder unter Kontrolle. Blind langte ich unter den Tisch, fasste eine Flasche und trug sie triumphierend ins Wohnzimmer. Die Triumph lachte, als sie mich mit der Weinflasche sah, und ich drohte ihr mit dem Finger.

Der Korkenzieher lag griffbereit auf dem Schreibtisch.

»Prost, Stefanie!«, hob ich das Glas, mit Rotwein ebenso voll wie ich mit Verlangen. Nicht du, Bettina, verscheuchte ich das Bild in meinem Innern. Du auch nicht, Amanda. Oder doch Bettina? Ich grübelte, welcher Ausführung meiner Traumfrau die Sehnsucht eigentlich galt und verlor darüber die Verbindung zu den Bildern. Als Antwort schrieb ich einen Namen auf das Papier. Die Typenhebel der Schreibmaschine bewegten sich mit einer Leichtigkeit, dass mir schon beim Schreiben Zweifel kamen, ob der Name von mir geschrieben wurde.

An der Wand vor mir heftete noch die Verlagskorrespondenz. Ich zog die Stecknadeln aus der Tapete und ließ die Briefe zu Boden flattern. Beim nächsten Reinemachen würden sie als Abfall entfernt.

Ab-fall!, lachte die Triumph, was ihr einen tadelnden Klaps gegen den Walzenknopf einbrachte. Für Worterklärungen war sie nicht zuständig. Ich traute der Triumph zu, dass sie beim Schreiben mitlas. Resigniert griff ich zur Flasche und füllte das Glas nach.

Ich kehrte zum Anfangspunkt meiner Überlegungen zurück. Mir fehlte der Schluss, genauer gesagt wusste ich nicht, was ich mit Stefan und Bettina anfangen sollte. Es war alles gesagt.

Ratlos tippte ich ein weiteres *jklö*.

Ich brauchte die beiden nicht mehr.

30

Durch den Schleier vor meinen Augen erkannte ich Kallweit, der sich zu mir hinunterbeugte, die Hände auf meinen Schultern, und mich in kurzen Abständen schüttelte. Da waren noch zwei andere im Zimmer, zwei grüne Schemen.

»Lassen Sie es gut sein«, sagte jemand. »Er kommt zu sich.«

»Kallweit«, sagte ich und versuchte ein freundliches Gesicht, »was machen Sie bei den Barmherzigen Schwestern?« Ob ich nach Dr. Römer klingeln sollte?

»Jetzt gehen Sie mal an die Seite«, sagte der grün Uniformierte. »Das ist unsere Sache.« Er schaute mir intensiv in die Augen und versperrte mir die Sicht.

»Wo ist Stefanie?«, fragte ich. Sie sollte für Ordnung sorgen. Ich war im Moment nicht ganz auf der Höhe; an sich nicht weiter verwunderlich, denn es schlaucht, einen Roman zu verfassen.

»Kennen Sie die Dame?«, wandte sich der Grüne an Kallweit.

»Nä, der wohnt allein hier.«

Das war nicht das Krankenhaus. Ich saß an meinem Schreibtisch.

»Wer ist Stefanie? Sollen wir sie benachrichtigen?«, erkundigte sich der Polizist teilnahmsvoll.

Die Polizei verblödet auch immer mehr, dachte ich. Man muss mit mir nicht im Tonfall für Kleinkinder reden.

»Wie ist ihre Adresse?« mischte sich die andere uniformierte Jacke ein.

»Welche Adresse?«, Konnten sich die beiden nicht präziser ausdrücken? »Was machen Sie eigentlich in meinem Wohnzimmer?«

»Aufräumen«, sagte der erste und grinste. Er trat gefühlvoll gegen eine Bierdose und beförderte sie auf den Haufen der anderen. Es schepperte blechern.

»Schau dir das mal an.« Der Grüne nahm ein Blatt vom Schreibtisch und reichte es seinem Kollegen.

»Dat issen Schriftställer«, erklärte Kallweit.

»Lesen Sie mir mal vor.« Der Polizist hielt mir das Blatt hin. Ich zerbrach mir die Zunge.

Schreib, mein Junge, sagte die Triumph.

»Oma Käthe – bist du es?«

Die Polizisten sahen sich bedeutungsvoll an.

»Nä«, sagte Kallweit, »bringt ihn ärs ins Krankenhaus. Vielleicht isser ja nur besoffen.«

»Hilflose Person? Was meinst du?«, fragte der Polizist, der das Blatt hielt.

»Ich schau mich mal um.« Der andere Polizist verließ das Wohnzimmer.

»Dat is ja noch nich strafbar, watte dir privat auf Papier schreibs«, wandte sich Kallweit an den Polizisten.

»Wenn es sich nicht um volksverhetzende Parolen handelt. Oder auf staatsfeindliche Aktivitäten hindeutet. Dann müssten wir den Verfassungsschutz einschalten.« Der Polizist legte das Blatt auf den Schreibtisch zurück. »Warum haben Sie uns gerufen, wenn Sie keinen Verdacht haben?«

»Sonn Mitmenschen kannze doch nich einfach verkomm lassen. Jehn Tach isser an mir vorbei, un dann wie vom Ärdboden verschluckt. Da habich mir Sorgen gemacht. Watte so inne Zeitung liest – warum soll dat nich auch mal inne Gottfried-Keller-Straße passiern?«

»Karl?«, rief es von draußen. »Komm mal in die Küche.«

Kallweit war erst unschlüssig, dann folgte er dem Polizisten. Ich nutzte die Gelegenheit, um mir ohne Dreinreden und Vorsagen Klarheit über die Vorgänge in meinem Wohnzimmer zu schaffen. Das Durcheinander aus über den Boden verstreuten Bierdosen und Weinflaschen, Korken und Papierbällchen verschlug mir die Sprache. Handtücher, teilweise entrolltes Toilettenpapier, leere Tüten von verschiedenen Süßigkeiten, Klarsichtverpackungen. Meine Mutter, die sich durch peinliche Ordnung und Sauberkeit für jeden Eventualbesuch rüstete, obwohl es nie unangemeldete Besuch bei uns gab, wäre schockiert gewesen. Mir fehlte im Moment die Fantasie, um mir die Tragweite der Vorgänge vorzustellen, die sich hier abgespielt haben mussten.

Die beiden Polizisten erschienen im Türrahmen, hinter ihnen Kallweit.

»Hilflose Person«, sagte der Polizist, der das Blatt gehalten hatte.

Sie halfen mir beim Packen der Sporttasche und Zusammensuchen der Toilettenartikel.

Die Fahrt zu den Barmherzigen Schwestern empfand ich wie den Weg zurück ins Leben, ungewollt zwar, aber nicht zu ändern. Ich wunderte mich nicht, dass Traurigkeit Besitz von meinem Gemüt ergriff. Sie versetzte mich in einen Zustand innerer Ruhe und ließ mir den Tod als die notwendige Folge aus der Schwermut und gleichfalls als Erlösung erscheinen. Meine Ansicht beeindruckte den Arzt nicht, er schickte nach einer Tablette und eröffnete mir, dass ich dieses Medikament über einen Zeitraum von drei Monaten einnehmen müsse.

Ich wurde in die Station *Chirurgische Männer* eingewiesen. Die psychiatrische sei voll, erklärte der Arzt, die Patienten lägen dort teilweise auf den Gängen, ideale Voraussetzungen, um einen Fall wie dem meinen zu einer schweren Depression auswachsen zu lassen. Andererseits sei für manche das Bett auf dem Gang wie das Paradies auf Erden. Die Menschen würden gleich reihenweise durchknallen, erzählte der Arzt, als spräche er von der konjunkturellen Entwicklung. Ich sah seine saloppe Ausdrucksweise als die notwendige Distanz an, ohne die er in einem Umfeld von Jammer und Verzweiflung nicht überleben konnte. Ich selbst fühlte mich weder den Hoffnungslosen noch den Hilfsbereiten zugehörig.

Das Stationspersonal überbrachte mir täglich Termine zu Untersuchungen und Gesprächen. Das halbwegs verheilte Loch am Hinterkopf weckte ihre besondere Aufmerksamkeit. Soweit ich mich erinnern konnte, war ich im Aufstehen auf einer vergessenen Bierdose ausgerutscht und mit dem Kopf auf die Schreibmaschine geschlagen; bis auf den Schmerz, der mich einen halben Tag begleitete, war die Sache nicht weiter tragisch. Sie wollten auch wissen, wie ich an die frischen Narben in der Nähe der Handgelenke gekommen sei. Ich schwieg zu dieser Frage.

Die Zeit zwischen den Terminen verbrachte ich auf dem Bett und hörte Musik gegen den serienweise laufenden Fernseher, um den sich meine beiden Bettnachbarn stritten. Wenn um halb sechs Uhr morgens der Pfleger den neuen Tag begrüßte und das Licht anknipste, bewegte ich mich übergangslos von den Traumfantasien in meine realen Probleme. Es gab eine Menge nachdenkenswerter Dinge über meine Arbeit, meine Freundschaften und vor allem mich selbst. Leider konnte ich nicht verhindern, dass therapeutische Versuche an mich herangetragen wurden. Ich wich ihnen durch hartnäckige Einsilbigkeit aus.

Am dritten Tag besuchten mich Kallweit und Sonja. Er kramte umständlich Obst aus einer Plastiktüte, Äpfel, zwei Bananen und eine Birne Ich hängte den Ohrhörer an den Schubladengriff.

»Von Olga soll ich dich schön grüßen. Sie hat sichen bisken in deine Wohnung umgekuckt. Jezz isset widda sauber.«

Ich fragte Kallweit nicht, wie sie in meine Wohnung gekommen waren. »Danke«, sagte ich. »War es sehr schlimm?«

»Wennze mich frachs, sahet aus wie hoffnungslos.«

»Ich werde es Ihrer Frau wieder gutmachen.«

»Nä, so war dat nich gemeint. Dat is ja dat Dilemma vonne Welt, dat keina mähr wat fürn annern tut, ohne dasse gleich bezahln muss.«

»Ja«, sagte ich.

»Wennzen ganzen Tach im Fenster liechs, wirße ein Philosoph, ganz automatisch. Da siehße die Leute rennen, un glaub mir, wennze die fragen täts, wattse machen, da krichtesse keine Antwort drauf. Weil die dat nämmich selbst nich wissen, wohse hinterherlaufen.«

»Orientierungslos«, sagte ich.

»Weilse ihren Platz im Leem nich gefunden ham. Jedem müsstense aintlich bei der Geburt ein Leemsstuhl mitgeem. Woa zeitleems wüsste, dat is mein Platz. Den kann mir keina wechnehm.«

»Hol dir den Stuhl vom Tisch«, forderte ich Sonja auf. »Du stehst herum wie bestellt und nicht abgeholt.«

Kallweit schwieg, bis Sonja den Stuhl an das Bett gerückt hatte. »Ein Jahr lang habbich auch geglaubt, die ham mir den Leemsstuhl geklaut. Jetz sitzich widda.«

Meine Frage, was er mit dem Lebensstuhl meinte, erschöpfte sich in einem kurzen Brummen. Kallweit sagte nichts weiter, und ich überlegte, ob er auf eine gesprochene Frage von mir wartete.

»Ich hab Aabeit«, erklärte er endlich. »Eine Hausmeistastelle anne Polizeischule. Is zwar nich wien Klempner auffen Bau, aber die ham jede Menge Waschbecken, Duschen und Toletten, wohße dich drann austohm kanns.«

Ich gratulierte ihm aufrichtig.

»Dat schicke is, dat da ne Dienswohnung zugehört. Nächsten Monat ziehn wir aus.«

»Schade«, sagte ich.

»Und? Wie gehdet dir so?«

»Die machen hier allerlei Umstand mit mir. Warum haben Sie eigentlich die Polizei geholt?«

»Bisse deshalb sauer? Du wars plötzlich wie vonne Bildfläche verschwunn. Da habbich gedacht, es könnt ja was passiert sein, wo du doch allein leebs. Vielleicht, dasse dir beim Pinkeln ein Bein gebrochen hass.«

Sonja kicherte.

»Hasse dein Humor verlorn?«, fragte Kallweit. »Wat is mit dir?«

»Ich habe viel nachzudenken.«

»Siehße, du weiß auch nich, wohße hingehörs. Machet doch so wie ich. Wennze nich Klempner sein kanns, dann eem wat anners, wo du trotzdem noch drann bis am Rohr, wat dir Spaß macht.«

»Das ist einfach gesagt.« Ich sah durch Kallweit hindurch, fand mich in der Karlstraße wieder, zwischen den zu beiden Seiten eng zusammenstehenden gelben und schmutziggrauen Fassaden aus großen Quadern, die sich zum Ägidiusplatz lichthell öffneten. Das war mir ein vertrauter Gang, denn auf der anderen Seite des Platzes lag die Buchhandlung Bogner. Auch wenn ich kein Buch kaufen wollte, konnte ich an der Ladentür nicht vorbei, machte den vertrauten Rundgang, träumte bei den Reiseführern, blätterte in den Nachschlagewerken, wünschte mich von all dem Wissen beseelt und nicht mit nüchternen Fakten angehäuft. Zwischen Büchern zu sein war mir der liebste Platz geworden neben dem an meinem Schreibtisch.

Kallweit faltete die Plastiktüte zusammen und steckte sie in die Jackentasche. »Na ja, du bis nich so gesprächich heute. Wir gehn dann ma.«

Ich fühlte mich beschämt. Wie lange hatte ich vor mich hin-geträumt? »Danke für den Besuch«, sagte ich.

Sonja warf mir einen frühreifen Abschiedsblick zu.

»Und Grüße an Ihre Frau«, sagte ich ihm in den Rücken. Kallweit drehte sich um und nickte.

31

Nach einer Woche wurde ich entlassen. Körperlich sei alles in Ordnung, wurde mir mitgeteilt, und ob ich nicht eine Therapie machen wolle. Die Tabletten müsse ich weiterhin einnehmen, mein Hausarzt solle sie mir verschreiben. Ich nickte, ohne die feste Absicht, die Anweisung zu befolgen.

Den Taxistand in der Nähe des Haupteingangs ignorierte ich. Heiter, sagten die Meteorologen zu diesem Wetter, und so fühlte ich mich, seit ich aus dem Krankenhaus auf den Fußweg zur Straße getreten war. Die Aussicht auf einen Fußmarsch von einer Stunde war verlockend und würde mir helfen, den Kontakt zum normalen Leben wiederherzustellen. Am Prinzregentpark bog ich auf einen der Spazierwege ein, schlenderte zwischen den Rasenflächen und durch ein dichtes Gebüsch aus Rhododendron, um einen Teich herum und setzte mich schließlich auf eine Bank in den Schatten.

Unter den Bäumen und in der Sonne lagen junge Leute dösend oder lesend auf Decken und Handtüchern, überwiegend einzeln oder zu zweit. Ein paar Jungen auf Fahrrädern umfuhren die Spaziergänger auf dem Weg in Schlangenlinien, hatten unbändigen Spaß und genossen triumphierend die Beschimpfungen. Junge Mütter schoben ihre Kinderwagen vor mir vorbei, alte Frauen passierten mich wie in Zeitlupe. Ich beobachtete den stetigen Wechsel, ohne eine wirkliche Veränderung festzustellen. Nach einiger Zeit nahm ich meine Sporttasche. Ich konnte die Rückkehr in meine Wohnung hinausschieben, aber nicht verdrängen.

Auf der Luitpoldbrücke blieb ich stehen und schaute dem träge unter mir fließenden Wasser zu. Die Uferwiesen waren gut besucht von Menschen, die es sich für ein paar Stunden wohl sein ließen. Ich überlegte, ob ich in einen Biergarten gehen sollte, aber allein? Ich hatte mich völlig von Pia abhängig gemacht, keine neuen Bekanntschaften geschlossen und bis auf das Schreiben alles Leben aus mir verdrängt. Es blieb mir nur noch, ein Requiem auf mich zu verfassen.

Schreiben? Was hatte ich eigentlich die ganze Zeit in meiner Wohnung getrieben? Im Laufschritt überquerte ich die Luitpold-brücke und stürzte in eine Bäckerei. Ich sei von den Barmherzigen Schwestern entlassen worden und müsse sofort wieder hin, erzählte ich der Verkäuferin. Mit einem verzweifelten Gesichtsausdruck schummelte ich mich an fünf Kundinnen vorbei; ein überzeugt vorgetragener Notfall, denn ich brauchte das Telefonat nicht zu bezahlen.

Das Taxi kam in weniger als fünf Minuten. Alle Achtung, sagte ich beim Einsteigen, der Moosbauer ist perfekt organisiert. Wie lange er schon bei Moosbauer arbeite, fragte ich und schaute auf das Schild am Armaturenbrett: Mehmet und viele ü's und eine Wagennummer, die mich ins Grübeln brachte. Das Getriebe rauscht immer noch, sagte ich.

Kallweit lag nicht im Fenster, als mich Mehmet in der Gottfried-Keller-Straße absetzte. Vielleicht sitzt er in seinem Leemsstuhl, dachte ich, und schämte mich gleichzeitig für meine Gedanken. Oben in der Wohnung setzte ich das Schämen fort. Ich hatte nur noch eine vage, nahe an Chaos reichende Vorstellung, in welchem Zustand die Wohnung gewesen sein musste. Olga hatte gründliche Arbeit geleistet, gemessen an meinem frustrierten Putzen hätte ich zwei Verlagsabsagen gleichzeitig gebraucht.

Das Manuskript lag, wo es hingehörte, neben der Schreibmaschine. Hastig blätterte ich den Papierstapel durch. Keine Seitenzahlen! Verständlich, was im Computer von der Textverarbeitung erledigt wurde, hätte ich an der Triumph selbst bedenken müssen. Vorsichtig trug ich das Manuskript zum Tisch, und nur zaghaft traute ich mich trotz der brennenden Neugier, mit dem Lesen zu beginnen. Gleich mit der Überschrift schwand ein Teil meiner Selbstzweifel, ich war entzückt, welche formale und beherrschende Wirkung von den beiden Worten *Erstes Kapitel* ausging. Der erste Satz des Textes war ein Plagiat, er war indes so bekannt, dass er auch ohne Nennung des Verfassers als Zitat durchging.

Nach einer Minute lesen war der Satz und seine Herkunft und alles um mich herum vergessen.

Es war wieder einmal Nacht, als ich das letzte Blatt an die Seite legte, welches passenderweise mit *Letztes Kapitel* überschrieben war und auch zuunterst im Stapel lag, aber wie etwa dreißig Seiten vorher keinen erzählenden Text, sondern Fingerübungen an der Schreibmaschinentastatur enthielt. Die Handlung war mit Stefans Bekenntnis und der unerwarteten Verabschiedung von Alfred nicht abgeschlossen.

Nur einen flüchtigen Augenblick dachte ich daran, mich an die Schreibmaschine zu setzen und den Roman zu Ende zu schreiben. Ich traute mich kaum, die Triumph anzufassen und an ihren angestammten Platz in das Regal zurückzustellen. Nichts passierte, die Maschine bleckte weder ihre silbernen Zahnreihen noch fühlte ich mich besonders zum Schreiben angeregt. Im Gegenteil, bei der Vorstellung, Papier zu beschreiben, überkamen mich Beklemmungen. Das war kein Widerspruch zu der Genugtuung und der Begeisterung, die mich beim Lesen des Romans begleitet hatten. Ich könnte an dem einen oder anderen Kapitel allerdings noch feilen ...

Meine Müdigkeit rettete mich aus dem Zwiespalt.

Als ich aufwachte, war die Mittagszeit vorbei. Ich ärgerte mich, weil ich nahtlos an meine früheren schlechten Gewohnheiten anknüpfte. Wenigstens hatte ich angenehm geträumt, wie ich mit Bettina im Bett lag und wir die Holzbalken der Decke betrachteten und ungeduldig auf die Fortsetzung der Handlung warteten.

In der Bäckerei um die Ecke ließ ich mir ein Käsebrötchen schmieren und trank einen Becher Kaffee. Für Olga musste ich ein Geschenk besorgen, aber was? Zu Geschenk fiel mir nur *Präsentkorb* ein, und zum Einkaufen fehlte mir die Lust. Zu allem Überfluss begegnete ich Kallweit im Hausflur. Er trug einen Sack Holzkohle und Grillwürste und wollte in den Hof.

»Gehdet dir widda besser?«

»Ich komme zurecht. Was könnte ich eigentlich Ihrer Frau schenken? Die Wohnung ist tipptopp sauber.«

Kallweit winkte ab.

»Ich lasse mir etwas einfallen«, versprach ich, »jetzt habe ich noch zu tun.«

Ich war schon auf halber Treppe, als mir Kallweit nachrief: »Wennze drei Tage nich mähr ausse Bude komms, kommich nachsehn.« Die Gelegenheit würde ich ihm nicht geben, nahm ich mir fest vor. Ich musste den Roman fertig stellen, einen sauberen Schnitt zwischen dem Vergangenen und der Gegenwart ziehen und mich in meinem Leben zurückmelden. Nicht auf der Schreibmaschine, sagte ich laut zu mir selbst und stellte den Computer an.

32

Letztes Kapitel

Stefan wälzte sich stöhnend auf die Seite. »Zwei Tage verbringen wir schon im Bett, als Gefangene im eigenen Leben.«

Bettina lag regungslos; sie lebte in den Bewegungen ihrer Augäpfel, denen der dünne Tränenfilm Brillanz verlieh.

»Wir müssen hier heraus«, sprach Stefan die sich in seinem Kopf wiederholende Aufforderung nach, »wenn wir eine Zukunft haben wollen.«

»Wir haben überall eine Zukunft, wenn wir zusammen sind.«

Stefan küsste Bettina, sanft, zurückhaltend, mit einer flüchtigen Begegnung der Lippen. Eine Weile stierte er zur Holzdecke und überlegte.

»Verdammt!«, schrie er, und: »Warum geht es denn nicht weiter?«, als verberge sich hinter der Decke ein unsichtbarer Lenker, dem eine Vernachlässigung seiner Pflichten vorzuwerfen sei. »Dieser lähmende Stillstand! Wir können uns kaum noch bewegen, essen und trinken nicht, nur noch Wachen und Schlafen. Jemand hat unser Leben angehalten.« Mit merkwürdiger Betonung fuhr er fort: »Introibo ad altare Dei.«

»Du denkst an den Tod, nicht wahr?«

»*Zum Altare Gottes will ich treten.* Das sind die ersten Worte der Messe. Unser Pfarrer triezte uns gern mit den lateinischen Messtexten, obwohl diese längst vom Aussterben bedroht waren. Viel mehr als den ersten Satz habe ich nicht behalten. Als wir beim Gloria ankamen, bin ich bei den Messdienern ausgetreten.«

»Glaubst du an Gott?«

»Ich bin ein Zweifler. Sollte ich jemals vor dem *altare Dei* stehen, möchte ich dich an meiner Seite haben.«

Bettina lächelte mit den Augen. »Du musst deine Seele schon alleine retten.«

»Würdest du ein gutes Wort für mich einlegen?«

»Deine Taten sollen für dich sprechen, heißt es.«

»Dann sollten wir sofort aufbrechen. Mit jeder Stunde sinken unsere Chancen. Ich will Aussicht auf Gemeinsamkeit.«

»Bis dass der Tod euch scheidet«, sagte sie. »Wenn ich Gewissheit hätte, auch danach mit dir zusammen zu sein, wäre es mir egal, ob ich leben oder sterben würde.«

Stefan griff unter der Decke nach ihrer Hand. »Dann müsste es heißen: Ich verbinde euch über den Tod hinaus. Aber vermutlich würde dann niemand mehr heiraten. Ich stelle mir soeben vor, dass in manchen Ehen die Aussicht auf den Tod des anderen die einzig verbliebene Hoffnung ist.«

»Du kannst schrecklich sarkastisch sein. Schreib darüber, über Tiefen der menschlichen Seele. *Warten auf den Tod*.«

»Nicht darüber und auch nichts anderes.«

»Es wäre falsch, aufzugeben. Lege eine Pause ein, beschäftige dich mit anderen Dingen, die dir Freude machen. Du brauchst dich weder heute noch sonst irgendwann zu entscheiden. Schreibe, wenn du das Bedürfnis hast, dann kannst du sicher sein, dass es dir Spaß macht.«

»Alles, was du sagst, ist eine Liebkosung wert. Mein Herz zerfließt vor Sehnsucht nach dir. – Doch«, fuhr er zögernd fort, »ich empfinde tatsächlich, was ich sage. Dabei wäre mir diese Formulierung in tausend Jahren nicht durch die Finger gegangen. Und du? Du hättest ein Manuskript an der Stelle mit Sicherheit zugeklappt.«

»Das Urteil hängt doch nicht an einem einzigen Satz!«

»Ich stöbere oft in der Buchhandlung am Ägidiusplatz. Neulich fand ich in einer Kiste mit Sonderangeboten eine Anleitung zum Schreiben, auf fünf Euro heruntergesetzt. Quasi ein Über-Buch. Sätze wie *Ich liebe dich* sind zu vermeiden, las ich. Zugegeben, der Satz ist viel gebraucht, aber abgenutzt? Nenne mir eine andere, gleichermaßen präzise und kompakte Beschreibung für einen komplexen Zustand, der die Sinne vollständig in Anspruch nimmt, den Verstand teilweise ausschaltet und den Gefühlen die Initiative des Handels überlässt.«

»Jede Frau wartet auf diese drei Worte. Auch ohne deine gestochen scharfe Analyse zu kennen.«

»Ich liebe dich.«

Als Bettina ihren Mund wieder frei hatte, sagte sie: »Läge ich nicht so elendig hier, würde ich dir zeigen, was drei Worte bewirken.« Sie lachte leise. »Deine Gedanken an den Tod sind schnell verflogen.«

»Ach, Lektorin«, seufzte Stefan. Beim Reden streifte sein Atem ihre Wange. Die Berührungen ihres Körpers an Armen und Beinen brannten schmerzhaft. Verdammte Unbeweglichkeit! »Lass uns aufbrechen«, bat er.

Sie benötigten eine halbe Stunde, um sich anzukleiden. Stefan suchte ihre wichtigsten Habseligkeiten zusammen und verstaute sie in einem Rucksack. Der Rucksack hatte kaum Gewicht und hing ihm schlaff auf dem Rücken.

Es gab keinen Abschied, als er die Hüttentür hinter sich ins Schloss gezogen hatte, keinen Blick zurück, keine Wehmut. Sein Verstand arbeitete klar und war auf zwei Ziele ausgerichtet: Er musste weg von hier, zurück an den Anfangspunkt in seiner Wohnung. Die Auflösung würde er dort finden, wo sein derzeitiges Sein begonnen hatte, das er nun nicht mehr der Energie aus Körperfunktionen verdankte. Bis auf die Liebe war seine Seele ebenso leer wie sein Körper, den er selbst nur noch als eine Hülle empfand.

Er griff nach Bettinas Hand.

Die Sonne hatte sich im Westen hinter das Kreuzeck zurückgezogen. In zwei Stunden würde die Dämmerung einsetzen; die Luft war klar und angenehm frisch.

Stefan hob mit jedem Schritt das volle Körpergewicht, und wenn die Füße auf dem Boden waren, klebten sie wie in zähem Teig. Am Lift legten sie die erste Pause ein. Wenn sie es bis zum Auto schaffen würden, hätten sie gewonnen, verbreitete er

Zuversicht. Die Sorge, wie er mit kraftlosen Beinen die Pedale bedienen wollte, behielt er für sich.

Der Weg durch die Latschen wurde zur Qual und gab eine Andeutung von dem, was sie auf dem Steilstück vom Wasserfall bis zum Schuppen erwartete. Stefan hielt Abstand, weil Bettina die in den Weg ragenden Zweige nicht halten konnte. Auf dem schmalen Felsvorsprung am Wasserfall blieb sie stehen und ließ ihn aufschließen. Sie drehte sich um und umarmte ihn. Er konnte ihre Worte gegen die Gewalt des Wassers nicht verstehen.

Ihre Beine knickten weg. Instinktiv klammerte er sich an ihr fest.

Ich lasse dich nicht mehr los, dachte er im Fallen.

33

Ich druckte das letzte Kapitel aus und legte die Seiten zum Manuskript. Mit meinem ersten Arbeitstag zu Hause war ich rundherum zufrieden. Wie immer, wenn ein Roman abgeschlossen war, suchte ich in Gedanken nach einem geeigneten Verlag.

Weigold! Die letzte Absage! Von Bettina Kracht!

Den Roman durfte ich nicht mit der Post schicken, mit diesem Ende musste ich ihn Bettina persönlich übergeben. Ich heftete das Manuskript in eine Mappe und bestellte bei Moosbauer ein Taxi. Mit der Suche nach meinem Polo wollte ich mich jetzt nicht aufhalten.

Der Zufall teilte mir Mehmet zu und keinen von den alten Kollegen, die unangenehme Fragen gestellt hätten, wie es geht und warum und wieso, erst recht, sobald ich das Fahrtziel genannt hätte. Das Gesprächsthema ergab sich von allein, weil Mehmet den Weg zur Franz-Ferdinand-Straße nicht kannte.

Während der dreißig Schritte von der Eingangstür zum Empfang war ich nervös. Ein Manuskript persönlich abzugeben hebt aus der Masse der unverlangten Einsendungen heraus, die Lektorin konnte die Einschätzung über den Text unmittelbar mit meiner Person verbinden; ich stellte nicht nur den Roman zur Beurteilung, sondern auch mich selbst.

Eine Frau in meinem Alter saß hinter der Empfangstheke, in ein schickes, blau in blau getöntes Kostüm eines Sicherheitsunternehmens gekleidet.

Ich möge doch bitte einen Termin vereinbaren, war die freundliche Auskunft, nachdem sie telefoniert hatte. Einen Augenblick musste ich mich sammeln. Ich war ein unangemeldeter Termin mit einem unverlangten Manuskript in der Hand; das ist, als hätte ich weder eine Eintrittskarte zu einer Vorstellung noch das Geld, mir eine zu kaufen. Ein zweites Mal würde mir der Zufall keinen Fahrauftrag erteilen, um Bettina nach einem anstrengenden Arbeitstag nach Hause zu bringen.

Ich verlegte mich aufs Bitten. Nur eine Viertelstunde, die Sache ließe sich nicht schriftlich erledigen. Es folgten weitere Telefonate und Bedauern. Demonstrativ setzte ich mich in einen der Besuchersessel und zeigte auf die Armbanduhr. Gleich fünf Uhr, sagte ich, und dass ich warten würde; Frau Kracht würde kaum wegen mir in ihrem Büro übernachten.

Eine knappe Stunde lang vertrieb ich mir die Zeit, den Gehenden von der Treppe oder vom Aufzug bis zum Ausgang nachzusehen und meine Fantasie an Kleidung, Gang und Gesichtsausdruck zu erproben. Heute war das Spiel eher Gewohnheit, ich war zu angespannt und darum nicht besonders konzentriert bei der Sache.

»Ist er das, dort im Sessel?«

Wie elektrisiert sprang ich auf.

»Mutter?«

Mir war das Wort einfach so herausgerutscht. Das Gesicht, die Farbe der Haare und der Schnitt hatten mich zu dem Irrtum verleitet, auch das Alter und die Figur stimmten, aber meine Mutter trug keine Brille. Mit dieser Frau konnte Stefan Bruhks nicht in die Priach gestürzt sein. Ich machte zwei, drei Schritte, zögerte und rannte los, gegen die Tür. Einige Sekunden zappelte ich an der Glasscheibe und war dann draußen und lief weiter, etwa für zwei Euro, wenn ich ein Taxameter am Bein gehabt hätte. Zwischendurch bemerkte ich, dass ich das Manuskript auf dem Tischchen neben dem Besuchersessel vergessen hatte. Frau Kracht würde den Roman also lesen und ich mich in die entfernteste Ecke verkriechen. Nicht, dass ich den Roman für schlecht hielt, er kam mir jetzt nur peinlich falsch besetzt vor.

Ich ging für weitere zwei Euro, bis ich an eine U-Bahn-Station kam und in den ersten Zug stieg. Vielleicht hielt Frau Kracht den Roman für ein Kompliment, dachte ich, und dass ich von den Konflikten, die mir das Schreiben einbrachte, die Nase voll hatte. Ich könnte wieder einmal lesen, nicht nur erste Sätze studieren, und meine Liebe zu Büchern neu beleben.

Nächster Halt Ägidiusplatz, sagte der Lautsprecher.

Ob ich in der Buchhandlung vorbeischauen sollte? Christine hatte mir mit ihrer schüchternen Freundlichkeit immer wohl getan. Wenn sie sich aufmerksam nach meinen Wünschen erkundigte, bildeten sich Falten auf ihrer Stirn, und der sanfte Blick, der die Frage nach dem Fortschritt meiner Arbeit begleitete, streichelte meine wunde Seele. Mit ihr könnte ich auch über andere Romane reden als über meine eigenen. Ein Gefühl von Geborgenheit breitete sich aus, trotzdem blieb ich skeptisch. Das Erlebnis bei Weigold war noch zu frisch, als dass ich mich nicht fragte, in welche Richtung ich diesmal vor mir selbst fliehen wollte.

Ich brauche jetzt Ruhe. Ein Fundstück der Studien über erste Sätze kam mir in den Sinn. Ich hatte kein Chalet in den Schweizer Bergen, wie es Elizabeth von Arnim in ihrem Roman beschrieben hatte. Würde Christine mit mir die Begeisterung für die Almhütte teilen? Ich könnte sie dorthin entführen, gleich heute Nacht.

Ende